JACQUELYN FRANK

World of Nightwalkers

Grenzenloses Verlangen

Die Romane von Jacquelyn Frank bei LYX:

Die Schattenwandler-Serie:
1. Schattenwandler – Jacob
2. Schattenwandler – Gideon
3. Schattenwandler – Elijah
4. Schattenwandler – Damien
5. Schattenwandler – Noah
6. Schattenwandler – Adam

Die Shadowdwellers-Serie:
1. Shadowdwellers – Trace
2. Shadowdwellers – Magnus
3. Shadowdwellers – Sagan

World of Nightwalkers-Serie:
1. World of Nightwalkers – Verbotenes Begehren
2. World of Nightwalkers – Echo der Unsterblichkeit
3. World of Nightwalkers – Ewige Sehnsucht
4. World of Nightwalkers – Grenzenloses Verlangen

Außerdem erschienen:
Die Gabe des Blutes

Exklusiv als E-Book erhältlich:
Schattenwandler – Kane (Novella)
Das Phoenix-Projekt

JACQUELYN FRANK

GRENZENLOSES VERLANGEN

WORLD OF NIGHTWALKERS

Roman

Ins Deutsche übertragen
von Beate Bauer

LYX
EGMONT

Die Originalausgabe erschien 2014 unter dem Titel *Forged*
bei Ballantine Books, an Imprint of Random House, a division of
Random House LLC, a Penguin Random House Company, New York.

Deutschsprachige Erstausgabe Januar 2016 bei LYX
verlegt durch EGMONT Verlagsgesellschaften mbH,
Gertrudenstraße 30–36, 50667 Köln

1. Auflage
Redaktion: Nicola Härms
Umschlaggestaltung und Artwork: © Birgit Gitschier, Augsburg unter
Verwendung mehrerer Motive von Shutterstock (Anetta, Anastasios71)
Satz: Greiner & Reichel, Köln
Printed in Germany (670421)
ISBN 978-3-8025-9979-8

www.egmont-lyx.de

MIX
Papier
FSC FSC® C083411

Für Alisha und Mitchell.
Möge eure gemeinsame Zukunft glücklich werden.

Die verlorene Schriftrolle der Völker

… und so wird es in künftigen Zeiten geschehen, dass die Nationen der Schattenwandler auseinandergerissen und einander fremd werden. Durch Ungemach und Vorsatz werden diese zwölf Nationen zu unterschiedlichen Zielen kommen und füreinander mit der Zeit in Vergessenheit geraten. In der Zukunft werden diese Nationen Mühen und Kämpfe zu bestehen haben wie noch nie zuvor, und nur indem sie wieder zusammenfinden, können sie darauf hoffen, dem Bösen entgegenzutreten, das sie heimgesucht hatte. Doch sie sind füreinander verloren und werden das auch bleiben, bis ein großer Feind besiegt wird … und ein neuer wiederaufersteht …

1

Vor ungefähr dreihundert Jahren

Sein Name war ihm genommen worden.

Vor vielen Jahren, als er verschmolzen worden war, hatten sie ihm alles geraubt, was ihn ausgemacht hatte, und ihn mit nichts zurückgelassen … nackt und schutzlos, sogar ohne einen Namen. Vom Moment der Wiedergeburt als das Ding, das er jetzt war, war er alles Mögliche genannt worden. Sklave. Idiot. Dummkopf. Diese Worte waren jetzt seine Namen. *Was denkst du, Dummkopf? Reich mir das Wasser, Sklave. Weißt du, was du da tust, du Idiot!!?*

Aber nun nicht mehr. Heute Nacht würde er frei sein, auf die eine oder andere Weise, und er würde nicht vor dem Preis zurückschrecken, den es zu zahlen galt, um die Freiheit zu erlangen. Egal ob es Flucht oder Tod bedeutete.

Er musste nur den Stein an sich bringen. Das war alles. Nur ein kleines Stück Stein, das genau seit dem Moment mit ihm verbunden war, als man ihn zu diesem furchtbaren Leben gezwungen hatte. Ein kleiner Stein machte für ihn den Unterschied zwischen Leben und Tod aus. Freiheit oder Auslöschung. Andere Möglichkeiten gab es nicht. Er konnte nicht länger einen anderen Daseinszustand ertragen.

Doch die Aufgabe war schwerer, als es schien. Sein Meister wachte eifersüchtig über den Stein wie auch über die der anderen Sklaven. Er spürte einen Anflug von schlechtem Gewissen, die anderen zurückzulassen, die sich weiterhin mit ihrem versklavten Zustand abfinden müssten, doch er konnte sich weder um sie kümmern noch sie um Hilfe bitten. Er würde kein anderes Leben außer seinem riskieren. Wichtiger noch, er wusste nicht, ob er sich überhaupt darauf verlassen konnte, nicht von einem der anderen verraten zu werden.

Ja, es war in gewisser Weise egoistisch, gestand er sich ein, doch er hatte keine andere Wahl, als egoistisch zu sein. Diese verrückte Tat war ausschließlich sein Ding.

Alles, was er brauchte, war ein kleiner Stein.

Er wartete, bis nur noch er und sein Herr im Raum waren. Er stand lässig herum und versuchte, nicht den Eindruck zu erwecken, als würde er irgendetwas im Schilde führen, das auch nur im Entferntesten als rebellisch angesehen werden könnte.

Sein Herr war ein dunkler und mächtiger Mann. Er stand sehr weit oben in der Befehlskette, und er war vielbeschäftigt und auf den Krieg konzentriert, den er gegen seine Feinde führte. Doch er war nicht allmächtig. Er war zwar talentiert genug, zahlreiche Sklaven wie ihn zu erschaffen, doch sein Herr war selbst einer Herrin Rechenschaft schuldig.

Er war ihr stets zu Diensten und übertrug seinen Sklaven in ihrem Auftrag unzählige Aufgaben, die mal harmlos, mal schrecklich waren. Und obwohl sein Herr es gewesen war, der ihn versklavt hatte, war es diese Herrin, auf die er seine ohnmächtige Wut als Gefangener richtete. Oh, sie waren gleichermaßen verantwortlich für die einzelnen Sklaven, die sie schufen, doch die Herrin seines Herrn war der kranke Geist, der die schrecklichen Aufgaben, die ihm sein Herr übertrug, ersann.

Und egal wie verwerflich die Aufgaben waren, solange sein Herr im Besitz des Steins war, blieb ihm nichts anderes übrig, als sich zu fügen. Und so hatte er schreckliche Dinge getan. Dinge, die er manchmal sehr genossen hatte, auch wenn er gewusst hatte, wie finster die Ziele seines Herrn womöglich waren. Er hatte Dinge gestohlen. Er hatte Überfallkommandos gegen die Feinde seines Herrn angeführt.

Er hatte kaltblütig gemordet.

Und in der Nacht, als ihm bewusst geworden war, dass er langsam Gefallen an diesen schrecklichen Taten fand, hatte er erkannt, wie unmoralisch er selbst geworden war. Er konnte seinen Herrn nur bis zu einem gewissen Grad dafür verantwortlich machen. Doch hatte er weit mehr als die ihm übertragenen Pflichten erfüllt, und er hatte Gefallen daran gefunden. Er war von einem versklavten Wesen, das seinen Besitzer verachtete, zu einem ehrlichen und loyalen Diener geworden, der stolz darauf war, wie er die finsteren, abscheulichen Taten vollendete.

Er war zu einem abstoßenden Abbild seines Herrn geworden. Er musste für seine Taten so viel Buße tun, dass er die Freiheit wahrscheinlich gar nicht verdiente. Doch auf die Freiheit zu verzichten würde bedeuten, anderen nur noch mehr Schaden zuzufügen. Es würde ihn nur noch tiefer ins Verderben stürzen, und das konnte er nicht ertragen.

Doch es war genau diese Loyalität gegenüber seinem Herrn, die diesen nachlässig werden ließ, weshalb er seinem besten und loyalsten Sklaven die Steine unbeaufsichtigt überließ. Doch wenn er scheiterte, würde er jedes Vertrauen verlieren und würde von grausamer Folter bis zum Tod alles erleiden. Er hatte aus nächster Nähe den Zorn seines Meisters wüten sehen. Verdammt, er selbst war oft das Instrument gewesen, durch das sein Meister seine Vergeltung an denjenigen geübt hatte, die ihm in die Quere gekommen waren. Er wusste, wie einfallsreich der Mann beim Töten sein konnte.

Der Raum war leer, doch das hatte nichts zu bedeuten. Er ging langsam und zielstrebig auf den Kasten mit den Steinen zu. Es war ein schlichter Schmuckkasten mit blauer Samtverkleidung und aus auf Hochglanz poliertem Holz. Er war sechseckig, und in den Deckel war ein weiteres Sechseck aus geschliffenem Glas eingelassen. Das Glas in der Mitte war wie eine Lilie gestaltet. Hätte man das Glas gefärbt, wäre es eine schwarze Lilie gewesen. Schwarze Lilien waren das Kennzeichen seines Herrn. Manchmal wurde er angewiesen, am Kampfort eine Lilie auf den Boden zu zeichnen; er hatte das Kennzeichen seines Herrn hinterlassen – ob bei etwas so Brutalem wie einem Rachemord oder etwas so Harmlosem wie einem Altar.

Es war kein kitschiges Zeichen wie in Filmen oder im Fernsehen – eine Art zu sagen: »Ich war hier!« oder »Fürchte meinen Zorn!«. Die schwarze Lilie war ein Schlüsselsymbol für Tod, einen Tod, den sein Herr zielstrebig und zornig verfolgte. Nicht den Tod derjenigen um ihn herum, sondern seinen eigenen.

Denn sein Herr war ein mächtiger Unsterblicher, dazu verdammt, das Leben immer wieder aufs Neue zu leben, wobei er sich an das Leiden des vorhergehenden Lebens erinnerte. Nicht vielen war das bewusst, doch als rechte Hand seines Herrn konnte er kaum übersehen, wie sehr sein Herr sich nach einem endgültigen Tod sehnte.

Er zögerte einen Moment, bevor er den Kasten berührte. Er wusste, dass er verzaubert war, dass er augenblicklich Alarm auslösen und mit einem abwehrenden, schmerzhaften Zauber explodieren würde. Durch das Glas hindurch konnte er die kleine Sammlung bunter Steine sehen, die von grau wie Granit bis zu wunderschönen Rottönen und sämtlichen Abstufungen dazwischen reichten. Er wusste, dass seiner der zimtfarbene Stein war, der knapp in seine Hand passte. Er war glasklar und so geschliffen, dass er wie ein Rubin schimmerte, nur ohne die dunkle, blutähnliche Färbung. Er passte perfekt zu seinen Augen. Er war, was er war. Ein Stein. Ein geschützter Stein. Sein Energiestein. Ein Stein, an den er den Rest seines Lebens gebunden wäre. Er war an dem Tag, an dem er geformt worden war, seiner Hülle entnommen worden, und jetzt … und jetzt war er sein Sklave. Immer wenn er schlief, musste dies in Kontakt mit dem Stein geschehen. Wenn er das nicht tat, wären die Folgen katastrophal. Für längere Zeit von dem Stein getrennt zu sein würde bedeuten, ewiges Leben zu riskieren.

Er ballte die Faust und verwandelte damit sein Fleisch und seine Haut in Stein … einen dunkelgrauen Stein. Mit einem sorgfältig kontrollierten Stoß rammte er die Faust in das Glas. Er war stark genug, um alles in dem Kasten zu Staub zu zermalmen, wenn er nicht vorsichtig war, und das würde nicht nur sein Ende bedeuten, sondern auch das all derjenigen, die mit den anderen Steinen verbunden waren.

Der ausgelöste Zauber war schrecklich schmerzhaft. Er wütete gegen ihn und trieb ihn von dem Gegenstand weg, den er so dringend brauchte. Er warf sich dagegen, doch die Kraft drängte ihn immer weiter zurück.

Nein! Nein! Ich darf nicht scheitern!

Er musste es schaffen, und zwar rasch. Der Alarm, der aus dem Raum hinausschallte, würde in kürzester Zeit andere herbeirufen. Unter Aufbietung seiner letzten Kräfte warf er sich ein letztes Mal nach vorn, griff nach dem Energiestein und schloss seine Hand darum.

Der Kasten fiel zu Boden, und die anderen Steine verstreuten sich in alle Richtungen. Doch er achtete nicht darauf. Er überließ sich der Abwehr des Zaubers, der ihn gewaltsam aus dem Raum stieß. Er stieß mit zwei Dienern zusammen, die wegen des Alarms angerannt kamen. Ein Dritter hob eine Waffe, eine Pistole, und schoss ihm in die Brust, direkt über seinem schlagenden Herzen und unter dem Mal, das ihn für immer zeichnen würde. Seine versteinerte Haut fing einen Großteil des Aufpralls der Kugel ab, doch er spürte und sah, dass ein Stück herausgerissen wurde. Der Schmerz war stechend und heftig, doch er schenkte ihm keine Aufmerksamkeit. Er hatte sich schon schlechter gefühlt. Im Moment konzentrierte er sich darauf, den Akolythen zu packen, ihn etwas näher heranzuziehen und ihm die Faust mit dem Stein darin auf den Schädel zu schlagen. Der Mann sackte zusammen, und er ließ ihn wie einen Müllsack fallen. Wie stets ließ er keine Gewissensbisse zu. Das hob er sich für später auf. Im Augenblick musste er kämpfen, für seine Freiheit und das Recht, Buße zu tun – für die neuen Sünden, die er begehen würde, wie auch für die alten.

Er schüttelte den Gedanken ab und machte sich auf den Weg hinaus, in eine kalte und erstaunlich klare Nacht, und er spreizte die Flügel und erhob sich mit drei gleichmäßigen Schlägen in die Lüfte.

Er wusste, dass sie ihm auf den Fersen waren, doch er wusste auch, dass er frei war.

Frei.

Und niemand würde ihm das je wieder nehmen.

2

Gegenwart

Gefangen.

Angekettet. Wie ein Tier. Wie ... wie ein Tier auf dem Weg zur Schlachtbank. In der Erwartung jener, die ihn verschlingen würden.

Ahnvil hätte am liebsten geschrien, doch er gönnte seinen Kidnappern die Genugtuung nicht. Er bewegte sich und vernahm augenblicklich das Geräusch von Ketten, die über den Zementboden seines Gefängnisses schleiften. Er war an den Fußknöcheln und Handgelenken gefesselt und obendrein hinter Gitter geworfen worden. Sein Gefängnis war irgendeine Art von Keller, der sich, wie er spüren konnte, vollständig unter der Erde befand.

Der Klang von Stimmen drang an sein Ohr, und er spitzte die Ohren. Er trat so weit nach vorn, wie seine Fesseln es ihm erlaubten, und begann auf und ab zu gehen, so als wäre er aufgebracht. Das war es, was sie von ihm erwarteten. Das Gefühl von Überlegenheit, das ihnen dieses angebliche Wissen gab, ließ sie nachlässig werden und würde ihm, wie er hoffte, einen Vorteil verschaffen.

»Ich muss dir das hier zeigen«, sagte der Templer in leicht gedämpftem Tonfall zu seinem Begleiter. Er bezweifelte wohl, dass sie überhaupt jemand hören konnte, doch ihre Heimlichtuerei war vielsagend, und er würde sehr gut aufpassen ... während er den gegenteiligen Eindruck erweckte. Vielleicht würde er endlich herausfinden, warum sie ihn in Ketten gelegt hatten und gefangen hielten, anstatt ihn einfach zu töten und somit ihren Feinden, die auf seine Stärke und Fähigkeiten angewiesen waren, einen empfindlichen Schlag zu verpassen. Doch es gab auch die Möglichkeit, dass sie die Zeit für sich arbeiten ließen …

»Worum geht es?«, fragte der andere Templer, ein kleiner Mann mit beginnender Glatze. *Im Ernst jetzt?*, dachte Ahnvil spöttisch. *Von allen menschlichen Wesen, die er sich für seine Wiedergeburt hätte aussuchen können, hatte er sich ausgerechnet für diesen hier entschieden? Das zeigte, dass manche Körperwandler einfach schlauer und stärker und besser waren als andere.*

Ein Körperwandler war ein Wesen, das zwei Seelen beherbergte. Die eine war die eines Menschen, der auf natürliche Weise geboren worden war. Die andere Seele war die eines alten Ägypters, eines mächtigen Mannes oder einer ebensolchen Frau, die im Körper des Menschen wiedergeboren werden konnte. Nur dass diese Körperwandler, die Templer, nicht zum Teilen bereit waren. Sie unterdrückten die unbekannte menschliche Seele … so, wie sie ihn einst ebenfalls unterdrückt hatten.

Die Körperwandler, die er kannte, jene, denen er einst ergeben gewesen war, die Politik – sie alle waren anders. Sie kümmerten sich um ihren menschlichen Wirt, verschmolzen mit ihm, respektierten ihn und teilten ihr Leben mit ihm in Harmonie. So wie es sein sollte.

Und weil die Körperwandler sich einfach aussuchen konnten, in wem sie wiedergeboren werden wollten, kam es ihm lächerlich vor, dass sich dieser hier ein körperlich so unterentwickeltes Exemplar ausgesucht hatte.

Als sie in die Nähe der Gefängniszelle kamen, konnte er seinen Geiselnehmer sehen: groß und attraktiv, wenn auch etwas älter, mit grau meliertem Haar und einem tiefen Grübchen in der linken Wange. Dieser hatte anscheinend nach ästhetischen Kriterien entschieden.

»Du liebe Güte! Wo hast du das denn her?«, fragte Glatzkopf überrascht, als er den Gefangenen im Käfig erblickte.

»Nicht das«, sagte Grübchen. »Ich werde dir verraten, warum ich *das* im Handumdrehen gefangen genommen habe.«

»Oh. Na schön, was ist es denn?«

Grübchen trat an die Schublade eines Arbeitstisches, in dem alle möglichen Dinge verwahrt wurden, einschließlich der Bestandteile der Zauberformeln, mit welchen die Templer arbeiteten. Es waren dunkle, böse Kräfte, mit denen man nicht fahrlässig sein durfte. Die gleichen dunklen Kräfte, die *ihn* erschaffen hatten.

Grübchen nahm eine Stahlkiste aus der Schublade und öffnete sie, wobei das leichte Zittern seiner Finger genau verriet, wie sehr ihn der Inhalt der Box erregte. Er griff hinein und nahm eine Halskette heraus, deren Anhänger hell funkelte, als von oben Licht auf ihn fiel.

»Was ist das?«, fragte Glatzkopf und riss sie seinem Begleiter aus der Hand. Grübchen nahm sie ihm augenblicklich wieder weg und hielt sie voller Ehrfurcht in den Händen.

»Man nennt es Adomas Amulett«, hauchte er leise.

»Wirklich?« Glatzkopf sprach jetzt ebenfalls in dem ehrfürchtigen Ton von Grübchen. »Was kann es, Panahasi?«

»Ich habe keine Ahnung«, sagte Panahasi.

Glatzkopf blickte entrüstet und ungeduldig. »Wenn du nicht weißt, was man damit machen kann, was ist dann so besonders daran?«

»Das Besondere daran ist, dass ich es unter Kamenwatis Besitztümern gefunden habe, bevor seine Sachen weggeschafft wurden!«

Ihrem Gefangenen klangen bei dem vertrauten Namen die Ohren. Kamenwati war der mächtigste Tempelpriester, den es je gegeben hatte. Er war die rechte Hand der mächtigsten Priesterin, Odjit, gewesen.

Bis Kamen zur anderen Seite übergelaufen war. Zu *Ahnvils* Seite.

Absurd, wenn man bedachte, dass er Ahnvils Schöpfer war. Sein vormaliger Herr.

Glatzkopf reagierte entsprechend. »Ohhh! Und was macht es abgesehen davon so besonders?«

»Nun, anscheinend hat Kamen es genauestens recherchiert. Er ist an seinem Schreibtisch Band für Band durchgegangen. Doch das Einzige, was er bis jetzt gefunden hat, ist dieser Abschnitt.« Panahasi entnahm der Kiste ein kleines Buch und schlug es auf einer markierten Seite auf. Ahnvil zuckte zusammen, als er es sah, und fragte sich, weshalb das Buch in Panahasis Händen nicht einfach zerfiel, so alt wie es war. Doch keiner der beiden Templer schien es überhaupt zu bemerken. Sie waren zu beschäftigt damit, die Früchte eines anderen ernten zu wollen, von jemandem, der weit weg war und es viel mehr verdient hätte … was sogar Ahnvil zugeben musste, trotz seiner Gründe, Kamen zu hassen.

»Hier steht: ›Der Sklave, der aus den unsterblichen Schattenwandlern hervorgeht, wird die Kräfte darin freisetzen. Derjenige, der Adomas Amulett nutzbar macht, wird über solche Kräfte verfügen, dass er selbst einen Gott zum Weinen bringen kann.‹«

»Liebe Güte«, hauchte Glatzkopf, als er schließlich die Bedeutung dessen, was sein Freund in Händen hielt, erfasste. »Oh!«, sagte er plötzlich erregt. »Dafür ist der Gargoyle also.« Er blickte hinüber zu ihrem Gefangenen.

»Ja. Und er ist nicht nur irgendein versklavter Gargoyle, er ist Kamens Schöpfung. Ich dachte, falls ein Sklave so mächtig sein kann, die Kräfte des Amuletts zu aktivieren, dann müsste es einer der Sklaven von Kamen oder Odjit sein. Und weil ich von keinen lebenden Gargoyles weiß, die Odjit hat, muss dieser hier genügen.«

»Was tun wir also als Nächstes?«, wollte Glatzkopf wissen und rieb sich eifrig die Hände.

»*Wir* tun gar nichts. Ich werde versuchen, den Gargoyle dazu zu bringen, dem Amulett seine Kräfte zu entlocken.«

»Und wie willst du das bewerkstelligen?«, schnaubte Glatzkopf, dem es überhaupt nicht gefiel, von den möglichen Vorteilen nichts abzubekommen, auch wenn er nichts dafür getan hatte. So wie sein Freund sie ebenfalls nicht verdiente, abgesehen davon, dass er ein Dieb war. »Wenn du ihm zu nahe kommst, reißt er dir den Kopf ab. Freiwillig tut er einem bestimmt keinen Gefallen.«

»Ich weiß«, sagte Panahasi mit einem Stirnrunzeln, als sie beide zu ihm hinüberblickten. Er schenkte ihnen das erwartete böse Lächeln angesichts ihrer Pläne.

»Lass dir lieber schnell etwas einfallen. Du hast nur ein paar Tage, bevor er nicht mehr zu gebrauchen ist.«

»Ich *weiß*«, zischte Panahasi scharf. »Keine Sorge, mir fällt schon etwas ein. Kamenwati ist nicht der einzige Priester mit Macht, weißt du. Schließlich ist es mir gelungen, den Gargoyle in einen Hinterhalt zu locken und ihn mir zu schnappen«, plusterte sich Panahasi auf. Doch weder für seinen Freund noch für seinen Gefangenen klang das aufrichtig. Wahrscheinlich nicht einmal für Panahasi selbst.

»Egal«, sagte Panahasi, als sein Begleiter noch immer zweifelnd dreinschaute. Er legte das Amulett gemeinsam mit dem Buch in die Kiste zurück und stellte diese auf den Tisch. Dabei knallte der Deckel der Kiste zu. »Ich kümmere mich später darum. Ich wollte lediglich wissen, ob du mitmachen willst. Aber wenn du nur darüber urteilen willst …«

»Nein! Ich werde nicht urteilen«, sagte Glatzkopf eifrig und hob feierlich eine Hand. »Ich schwöre es.«

»Gut«, sagte Panahasi, den der neuerliche Respekt seines Freundes zu besänftigen schien. Oder das, was wie Respekt aussah. Es war eher wahrscheinlich, dass er sich das Amulett bei der erstbesten Gelegenheit unter den Nagel reißen würde. So raffgierig und illoyal waren diese Templer nun mal.

An der Tür war ein Geräusch zu hören, und Ahnvils Wärterin kam mit irgendwelchen Gegenständen schwerfällig hereingepoltert. Sie war nicht seine Geiselnehmerin. Nur seine Aufseherin. Wie immer näherte sie sich ihm vorsichtig, und man konnte ihr die Angst am Gesicht ablesen. Es war klug von ihr, beklommen zu sein. Er hatte es ihr nicht leicht gemacht. Sie hatte ihn nicht wirklich verletzt, doch sie hatte auch nichts für ihn getan, außer ihm zu essen zu geben und seine Zelle zu säubern. Er stand auf und ballte die Fäuste, und seine gesamte Haltung ließ seinen Körper noch massiger erscheinen, als er sowieso schon war.

»Ist es Tag?«, fragte er, denn die Zeit verging unendlich langsam für ihn, wenn er von den Launen der Sonne abgeschnitten war.

»Nein. Es ist bereits dunkel«, antwortete sie freundlich. Sie war ein unscheinbares, kleines Ding, sowohl was ihr Aussehen als auch ihre Gestalt betraf. Und sie war schüchtern und unsicher, vor allem wenn sie sich seinem Käfig näherte.

Sie war winzig klein und so schmal und dünn, dass er sie mit einem Hieb hätte töten können. Sie ging zu dem Hebel an der gegenüberliegenden Wand, und ihr gesamter Körper war verkrampft angesichts dessen, was bevorstand. Sie zog an dem

Hebel, und quietschend begannen die Ketten in der Wand zu verschwinden. Sie wurden aufgerollt und zogen seinen schweren, angespannten Körper zu der dicken rückwärtigen Steinmauer seiner Gefängniszelle. Er blickte sie hasserfüllt an, und sie drehte sich weg und versteckte das Gesicht hinter ihrem herabfallenden Haar.

Er knurrte, als er freiwillig zurücktrat, weil es sowieso nicht zu vermeiden war, doch zumindest handelte es sich um eine freie Entscheidung, eine Wahl, so klein und sinnlos sie auch sein mochte.

»Was ist heute mein Fraß, Wärterin?«, fragte er sie. Dass er sie Wärterin nannte, ließ sie zusammenzucken. Doch sie beide wussten, dass das nicht stimmte. Nicht sie hatte ihn hierhergebracht, und nicht sie hielt ihn noch immer gefangen.

Sie ging zurück zum Eingang, um das Tablett zu holen, das sie in Händen gehalten hatte, als sie gekommen war, und ging nun mit einem unbehaglichen Gefühl, das er bereits aus der Entfernung spüren konnte, mit kleinen Schritten auf ihn zu. Sie hatte solche Angst vor ihm, dass die Sachen auf dem Tablett klapperten, weil ihre Hände zitterten, wahrscheinlich sogar ihr gesamter Körper bebte. Als sie die vergitterte Tür erreichte, zögerte sie. Sie hatte allen Grund, ihn zu fürchten. Trotz seiner Fesseln besaß er noch immer ungeheure Kräfte. Und zweifellos spürte sie den Hass ihr gegenüber, der von ihm ausging. Sie hätte dumm sein müssen, um davon nicht eingeschüchtert zu sein.

»*Mendato dirivitus day-o septoma*«, sagte sie schließlich und schloss die schwere Tür mit dem Zauberspruch auf. Sie machte sich keine Sorgen darüber, dass er ihn mitbekam, denn seine Spezies konnte keinen Zauber wirken. Magie hatte seine Spezies zum Leben erweckt.

Sie drehte sich zur Seite und stieß die Tür mit dem Fuß auf. Dann betrat sie rasch die Zelle. Er nahm an, weil sie das Ganze hinter sich bringen wollte, und je weniger Zeit sie in seiner Zelle verbrachte, desto besser war es für sie.

Sie hatte keine Ahnung, dachte er bedrohlich. Wenn er sie in die Finger bekäme, würde er ihr ihren gemeinen Templerhals in Sekundenschnelle umdrehen. Sie und ihre Spezies hatten ihm die eine Sache genommen, die *eine* Sache, die ihm vor allem anderen etwas bedeutet hatte, und sie würden dafür bezahlen.

Sie hatten ihm die Freiheit genommen.

Es machte ihn wahnsinnig, eingesperrt zu sein. Obwohl es eine völlig andere Art von Gefangenschaft war als diejenige, für die er erschaffen worden war, war das hier viel schlimmer. Wahrscheinlich weil es diesmal seine eigene Dummheit gewesen war, die ihn erneut in Schwierigkeiten gebracht hatte.

Er war hinter einem anderen Stück Templerabschaum her gewesen, war ihm in eine Kneipe gefolgt, wo er sich von einem hübschen Mädchen, einem Köder, hatte ablenken lassen, die sich gut gelaunt mit ihm unterhalten hatte, als dieser Mistkerl von Templer hinter ihm aufgetaucht war und … Nun, so genau erinnerte er sich nicht an das, was als Nächstes geschehen war, doch der Kopf hatte ihm wehgetan, und er hatte offensichtlich das Bewusstsein verloren.

Sie stellte das Tablett in Reichweite auf den Boden … besser gesagt, in Reichweite, wenn seine Ketten gelockert waren. Sie stand auf und strich sich das seidige, volle Haar zurück. Trotz seines Hasses auf die Templer musste er eins zugeben. Gott war großzügig gewesen, was ihr Haar betraf.

Ahnvil knurrte leise und bedrohlich, woraufhin sie erschrocken zusammenzuckte und rasch in Richtung Tür zurückwich. Er war jetzt seit zwei Tagen hier gefangen, und die Zeit wurde knapp. Er musste handeln, sonst würde er den Wahnsinn oder, schlimmer noch, ewiges Leben riskieren. Ewiges Leben schürte bei seiner Spezies die größte und umfassendste Angst von allem. Wahnsinn konnte mit Zeit und der richtigen Anleitung geheilt werden, aber ewiges Leben … das bedeutete, für alle Zeiten in Stein gefangen zu sein.

»Bevor du gehst«, sagte er hastig und räusperte sich, um sich den Zorn nicht anmerken zu lassen, »sag mir, warum ich hier festgehalten werde. Ich weiß nichts Wichtiges, und ohne meinen Energiestein könnt ihr mich nicht versklaven. Das Ganze birgt lediglich das Risiko von ewigem Leben. Das ergibt keinen Sinn! Ich bin nur die Wache eines unbedeutenden Körperwandlers der Politik«, log er, »ich schwöre, ich weiß überhaupt nichts!« Seine Verzweiflung war ihm anzuhören, und sein starker schottischer Akzent wurde nur noch stärker, und er verfluchte sich dafür.

Sie verschränkte ihre Hände und knetete sie aufgeregt.

»Ich weiß es nicht«, sagte sie, und die Besorgnis in ihren Augen verriet ihm, dass sie ehrlich war.

Besorgnis wegen mir?, fragte er sich. Wohl kaum, dachte er einen Augenblick später. Sie war eine Templerin. Die schlimmste Sorte Körperwandler. Diejenige, die ihrem Wirt sein gesamtes altes Leben und seine Individualität raubte. Die Sorte, die ein anderes Wesen versklavte. Die Sorte, die böse Magie benutzte, um ihren Willen durchzusetzen. Sie war eine Schlange. Vielleicht im Gesamtzusammenhang nicht ganz so gefährlich, doch trotzdem eine Schlange, und ihr Gift wäre genauso tödlich … auch wenn es nur in kleinen Dosen verabreicht wurde. Er bewegte sich, prüfte seine Fesseln zum tausendsten Mal, und das Brennen seiner wunden Haut spiegelte es wider. Er hatte sich früher schon von Stein in Haut verwandelt, als er sich mit allen Mitteln zu befreien versucht hatte. Jeder Versuch, so halbherzig er auch sein mochte, erinnerte ihn daran, dass die Uhr tickte, und damit auch seine Gesundheit schwand. Egal wie stark er war, je länger er von seinem Energiestein getrennt war, desto schwächer würde er. Je länger er von seinem Stein entfernt war, desto mehr würde sein Realitätsbezug nachlassen und damit auch … sein Verstand. Und je länger er ohne den Stein wäre, desto stärker würden die Schübe hin zu einem ewigen Existieren. Ewiges Existieren. Sich in Stein verwandeln und unfähig sein, sich wieder zurückzuverwandeln. Gefangen im eigenen Gefängnis aus Stein. Keine Möglichkeit, davon geheilt zu werden, keine Möglichkeit, zurückzukommen. Und diese Templer rechneten mit seiner Angst davor. Sie brauchten ihn nicht zu foltern. Sie brauchten nur abzuwarten und die Zeit für sich arbeiten zu lassen.

»Stell dir vor, wie frustrierend das für mich ist«, sagte er und hielt mit seiner Verzweiflung nicht hinter dem Berg, um an die schwachen Anflüge von Menschlichkeit zu appellieren, die er hin und wieder in ihr sah. Vielleicht war ihr Wirt nicht völlig unterworfen, dachte er noch verzweifelter. Vielleicht kämpfte ja ein richtiger Mensch mit ihr.

Vielleicht konnte er das zu seinem Vorteil nutzen.

»Wie du bin ich nur der Diener eines Herrn. Ich weiß nichts. Ich bin nicht viel mehr als ein Hund, der apportiert.« Er knurrte. »Ich habe um meine Freiheit gekämpft, nur um mich als Sklave wiederzufinden«, log er. Ziemlich überzeugend, wie er fand. Er seufzte schwer. »Aber man wird es mir nicht glauben. Nicht einmal, wenn ich mich in ein unsterbliches Wesen verwandle.« Er erschauerte bei der Vorstellung und musste das Gefühl nicht vortäuschen.

»Tut mir leid«, sagte sie, und er glaubte ihr beinahe. »Es gibt nichts, was ich tun könnte.«

Sie wandte sich um und verließ hastig die Zelle.

»Warte. Wie ist dein Name? Damit ich weiß, wie ich meinen einzigen Freund, den ich hier anscheinend habe, nennen soll.« Da beugte sie sich in seine Richtung und betrachtete ihn aufmerksam, während sie sich eine Strähne hinters Ohr schob.

»Jan Li«, sagte sie, und er wusste sofort, dass es, nach den asiatischen Zügen zu urteilen, der Name ihres Körperwirts war. Das war ungewöhnlich. Normalerweise nahmen Templer den Namen ihres Wirts nicht an. Je weniger sie an den Gast in ihrem Innern dachten, desto froher schienen sie zu sein.

»Jan Li. Danke, Jan Li, dass du mit mir sprichst. Mein Name ist Ahnvil.« Wahrscheinlich wusste sie das bereits, doch er nannte ihr seinen Namen, um an ihre menschliche Seite zu appellieren. Es würde den anständigen Teil in ihr ansprechen ... sofern sie einen hatte. Ihm kam der Gedanke, dass sie vielleicht genauso unehrlich war wie er und die Unschuldige mimte, um ihm mit ihrer Weiblichkeit und Hilflosigkeit die Informationen zu entlocken, die sie von ihm haben wollten. Doch das Risiko war es wert. Was hatte er sonst für eine Wahl?

Jan Li verschloss erneut seinen Käfig und rüttelte anschließend an dem Metall, um sich zu vergewissern, dass er auch verschlossen war. Dann trat sie zur Winde und lockerte seine Ketten. Vielleicht ... war es Einbildung, aber hatte sie diese nicht ein wenig mehr gelockert als zuvor? Er schüttelte den Kopf und versuchte, sich in seiner Realitätswahrnehmung von der Sache nicht aus dem Konzept bringen zu lassen. Das würde noch früh genug geschehen. Doch er bemerkte, dass sie noch immer zu ihm hinübersah. Sogar als sie den Raum verließ, blickte sie ihn über die Schulter hinweg noch einmal an.

Dann ließ sie ihn allein.

Allein, um zu warten.

Fünf Stunden später tauchte sie wieder auf, die Einzige, die seine Einsamkeit unterbrach, und es wurde immer schwieriger für ihn, die tickende Uhr zu überhören, die sie absichtlich in seinem Sichtfeld platziert hatten.

Sie trug allerdings ein weiteres Tablett und ging auf den Käfig zu, um es gegen das leere zu seinen Füßen auszutauschen. Erst als sie sich dem Schloss zuwandte, wurde ihm bewusst, dass sie seine lockeren Ketten nicht angezogen hatte. Bedeutete das etwa, dass sie ihm langsam vertraute? Dass ihre Wachsamkeit nachließ?

Sie stellte das Tablett auf den Tisch und richtete ihre dunklen Augen auf ihn.

»Du hast höchstens fünf Minuten, bevor sie merken, dass du weg bist. Ich habe eine List angewandt, mit der ich den Wachmann aus seiner Station gelockt habe. Es gibt eine Kamera, die dich beobachtet.«

»Das habe ich mir gedacht«, sagte er atemlos vor Ungläubigkeit.

»Ich bitte dich nur darum, dass du mich mitnimmst. Ich kann diesen Leuten nicht allein entkommen. Ich bitte dich, mir deinen Schutz zu gewähren. Wahrscheinlich bin ich nicht sehr stark und von keinem besonderen Nutzen für dich, und du hast nur den Überraschungseffekt und mein Wissen über das Gebäude.«

»Einverstanden. Das genügt«, sagte er zu ihr.

Daraufhin verschwendete sie keine Zeit mehr und betrat den Käfig, wobei er bemerkte, dass sie einen Schlüssel zwischen ihren zitternden Fingern hielt. Mit blitzartiger Geschwindigkeit schloss sie seine Handfesseln auf, was ihn nach ihrem ganzen Gerede über ihre Schwäche beeindruckte. Ihm kam der Gedanke, dass das Ganze eine Falle sein könnte, ein Versuch, Hoffnung in ihm zu wecken, um sie dann zunichtezumachen. Eine Möglichkeit, seinen mentalen Stress noch zu vergrößern, um ihn ihrem Willen zu unterwerfen, doch welche andere Option hatte er? Auf einmal waren seine Hände von den Fesseln befreit, was bedeutete, dass er seine Flügel spreizen konnte.

Nachdem er sich befreit hatte, hastete sie aus dem Raum, und er musste sich beeilen. Allerdings … er blieb stehen und blickte zurück zu dem Arbeitstisch … zu der Metallkiste. Aus einem Impuls heraus griff er danach, öffnete sie und schnappte sich das Amulett. Dann rannte er hinaus.

Sie befanden sich im Kellergeschoss, wie er vermutet hatte. Doch war es höchstens das erste, weil sie schon nach zwei Treppenabsätzen frische Luft atmeten. Er hörte lautes Geschrei und sah, wie Leute über einen Hof, der wie ein alter Gefängnishof aussah, vor ihnen davonrannten. Er war rundherum eingezäunt und hatte Stacheldraht auf dem oberen Rand, doch sah er, wie geschossen und dabei ein Loch in den Zaun und den Boden gerissen wurde. Eine Ablenkung, stellte er fest, als er sich zu ihr umdrehte. Doch er befand sich im Freien, und mehr brauchte er nicht. Er veränderte augenblicklich seine Gestalt, wurde von seiner steinernen Hülle umgeben, und seine Flügel stülpten sich aus seinem Rücken. Er packte sie und drückte sie an sich, während er sich mit den Beinen kraftvoll vom Boden abstieß, sich in die Luft erhob und versicherte, dass sie vor allem geschützt war, das womöglich von unten geflogen kam. Doch am meisten Sorge machte ihm die Tatsache, dass er diese Last trug – im Gegensatz zu den anderen Wasserspeiern, die man ihm hinterherschicken würde.

3

»Es ist kein sinnloses, hässliches Denkmal aus Metall. Es ist ein hässliches Denkmal aus Metall, das es uns ermöglicht, störungsfrei zu telefonieren.«

Dieses Minimum an Logik löste eine Schimpftirade über die Übel der modernen Technik am anderen Ende der Leitung aus, und Katrina Haynes rollte die Augen gen Himmel, als würde ihr das helfen, mit ihrer Mutter klarzukommen, für die Logik etwas Fließendes war. Der hässliche Mobilfunkmast, den man gerade auf dem Nachbargrundstück ihrer Mutter oben auf dem Berg installiert hatte, war ein Schandfleck und völlig unnötig, behauptete sie, die an ihrem Smartphone klebte, dessen Funktionen sie kaum kannte. Für ihre Mutter musste es stets das Beste sein, egal, ob sie es richtig nutzen konnte oder nicht.

Katrinas Smartphone war ein Geschenk ihrer Mutter zu Weihnachten gewesen; ansonsten würde sie sich noch immer mit ihrem geliebten aufklappbaren Handy begnügen. Obwohl sie zugeben musste, dass sie süchtig nach *Angry Birds* war. Sie hatte verschiedene Spielvarianten davon.

»Dann musst du dich wohl damit begnügen, Mutter, vom Berg *hinunter*zuschauen und nicht nach *oben*, wo der Mobilfunkmast steht. Ist es nicht auch das, was eine Aussicht ausmacht? Dass man auf die Landschaft *hinab*blickt?«

Sie stieß einen scharfen Pfiff aus und blickte ihre eigene Auffahrt entlang, wo Karma verschwunden war. Sie seufzte tief, und es bildete sich eine Atemwolke vor ihrem Mund. Die Luft war kalt, so wie sie es mochte, und als sie ihre eigene Aussicht betrachtete, ein atemberaubender Blick ins Tal und auf die kleine Stadt Stone Gorge, Washington, wo sie lebte, dachte sie, dass sie wahrscheinlich ebenfalls verärgert gewesen wäre, wenn ihr jemand in irgendeiner Richtung die Aussicht verbaut hätte.

»Mama, Karma ist schon wieder verschwunden. Ich ruf dich später noch mal an.«

»Dieser Hund«, sagte ihre Mutter tadelnd. Sie mochte den stürmischen Neufundländer nicht. Ihre Mutter sagte, dass er sie mehr an einen Schwarzbären als an einen Hund erinnere, und so nah der Wildnis, wo Bären häufig hinkamen, um die Vogelfutterhäuschen ihrer Mutter zu plündern, konnte Katrina die Sorge verstehen. Obwohl Karma ein sanftes, freundliches und sabberndes Bündel war, das keiner Fliege etwas zuleide tun konnte, ganz zu schweigen von Vogelhäuschen.

Kat verabschiedete sich und legte auf, bevor sie die abschüssige Auffahrt hinabging und dabei nach ihrem Hund pfiff. Als sie um eine der zahlreichen Kurven kam, traf sie den Hund dabei an, wie er in einem der Blätterhaufen wühlte, die vom letzten Herbst übrig waren. Karmas großer Körper versperrte ihr den Blick auf etwas, das er gefunden hatte. Aus Angst, der Hund könnte mit einem Stinktier ankommen, ging Kat eilig auf ihn zu.

»Karma, komm da raus!«, befahl sie streng.

Und da sah sie es. Ihn. Es. Sie vermochte es nicht genau zu sagen und stand wie angewurzelt da, und vor lauter Angst pochte ihr Herz auf einmal wild. Er war wahrscheinlich der größte Mensch, den sie je gesehen hatte, und in dem eher wilden Bergland, wo sie lebte, hatte das etwas zu bedeuten. Er war beinahe doppelt so groß wie der riesige Hund, der an ihm herumschnüffelte. Doch das Erschreckendste an ihm war nicht, dass er halb nackt im Schneematsch lag, sondern dass seine Haut zu einer Hälfte grau und hart wie Stein und zur anderen Hälfte dunkel war, vielleicht tief gebräunt oder dunkelhäutig, und dass sein Körper ziemlich muskulös war. Er lag auf dem Bauch und schien tot zu sein.

Auf einmal stöhnte er, was bewies, dass er am Leben war, und rollte sich auf den Rücken, und ihre Furcht löste sich in nichts auf, als sie eine große Menge leuchtend rotes Blut sah. Sie stürzte vor und stieß den Hund beiseite, als sie sich auf die Knie fallen ließ und die Hände nach ihm ausstreckte. Sie packte ihn bei den Schultern; an einer Schulter berührte sie eiskalte Haut, die andere war hart wie Stein. *Aber das konnte nicht sein*, dachte sie in einem Winkel ihres Hirns. Haut verwandelte sich nicht einfach in Stein. Vielleicht war es eine Verbrennung oder irgendeine andere Art von Verletzung … Doch die Verwandlung von Haut zu Stein geschah unter ihrer Berührung, und plötzlich wurde auch die andere Schulter zu Stein und diese unter ihrer zitternden Hand zu Fleisch, was jeden Erklärungsversuch zunichtemachte.

Doch unter der Verwandlung schoss auf einmal Blut über seine Bauchmuskeln; es tropfte in den Schnee, der bereits voller schmelzender roter Flecken war.

»Nicht … bewegen«, sagte sie und tastete nach ihrem Telefon. »Ich rufe Hilfe.«

»Nein!« Er packte sie an ihrem Mantel, und sie fühlte sich unter dem Griff seiner Faust zerbrechlich, als er sie nach vorn riss. »Du siehst, was ich bin. Ich kann es kontrollieren. Der Schmerz … Sie würden erkennen, was ich bin.« Dann blickte er hinauf in die morgendliche Dämmerung. Sie und ihre Mutter telefonierten immer unglaublich früh, zwischendurch bei einer Tasse Tee oder Kaffee und darüber hinaus am Abend, um beim Klang der Stimme der anderen das Ende des Tages einzuläuten. »Ich brauche ein schützendes Dach. Bitte. Ich kann nicht hier draußen im Tageslicht bleiben.«

Katrina saß starr und unentschlossen dort auf den Knien, während der nasse Schnee durch ihre Körperwärme schmolz und durch ihre Jeans drang. Ein weiterer Schwall hellrotes Blut rüttelte sie schließlich auf.

»Das ist verrückt, das ist verrückt«, flüsterte sie, gehetzt vor Aufregung. »Okay«, sagte sie schließlich lauter, sodass er sie hören konnte. »Ich bringe Sie hinein. Aber … das bedeutet nicht, dass ich nicht jemanden rufen werde. Wenn Sie versuchen sollten, mir etwas zu tun … wird mein Hund Sie angreifen.«

»Oh«, sagte er und verzog seine gemeißelten Lippen zu einem spöttischen Lächeln, »der Hund, der gerade fröhlich mein Gesicht abgeleckt hat?«

Mist. *Verdammt, Karma*, dachte sie wütend.

»N-Na ja … ich werde um Hilfe schreien.«

»Danke für die Warnung. Sobald wir drin sind, werde ich Ihnen das Genick brechen, um Sie zum Schweigen zu bringen.« Sie stöhnte, als er ihr noch ein spöttisches Lächeln schenkte. »Erzähl'n Sie dem Bösewicht nicht, was Sie vorhaben, wenn Sie nicht wissen, wozu er in der Lage ist. Ich werde Ihnen nicht wehtun. Ich brauche Ihre Hilfe. Und zwar schnell. Ich werde mit jeder Sekunde schwächer, und Sie werden mich hier nicht wegbewegen können, wenn ich bewusstlos bin. Sie sind viel zu klein dafür.«

Er erwähnte ihre kleine Statur, als wäre es ein unverzeihlicher Mangel, und das brachte sie in Rage. Die Leute hatten sie ihr Leben lang wie ein kleines, zerbrechliches Ding behandelt, und das ärgerte sie. Sie war klein, daran bestand kein Zweifel, doch sie konnte, wenn nötig, einen Schlag einstecken. Und nach seinem Hinweis, ihre Pläne doch lieber für sich zu behalten, biss sie sich auf die Lippen, um bloß nichts zu sagen.

Stattdessen half sie ihm auf. Es war offensichtlich alles, was sie tun konnte, damit er auf die Füße kam, und sie erkannte, wie schwer verletzt er war. Nur konnte sie wegen des ganzen Bluts die Wunde nicht erkennen. Trotz seiner Besorgnis über ihre mangelnde Körpergröße stützte er sich schwer auf sie, was den extremen Größenunterschied nur noch unterstrich. Als sie sich die Auffahrt hinaufschleppten, begann sie daran zu zweifeln, dass sie ihn in Sicherheit bringen könnte. Ihre Muskeln begannen unter der Anstrengung des Anstiegs mit diesem schweren Gewicht auf ihr in dem Moment spürbar zu brennen, als das Haus zwischen den Pinien in Sicht kam.

»Wie weit …«

Noch, wollte er wissen. Das Blut, das er verlor, tränkte die linke Hälfte ihrer Kleidung, und sie wusste, warum er nicht sprechen konnte. Er musste seine gesamten Kräfte aufbieten, um sich auf den Beinen zu halten.

»Nicht mehr weit. Wir sind gleich da. Nicht mehr sehr weit. Sie schaffen das«, ermunterte sie ihn. Es schien ihm Kraft zu verleihen, und er verlagerte sein Gewicht weg von ihr und drängte sie beide vorwärts. Vor dem Haus stolperte er allerdings und ging zu Boden, wobei er den steinernen Fußweg mit Blut befleckte. »Kommen Sie«, sagte sie und hatte Angst, dass er nicht weitergehen konnte und dass sie, wie er gesagt hatte, nicht stark genug war, ihn hineinzubringen.

Sie blickte hinauf zum Himmel, doch es wurde nicht heller, weil dicke Schneewolken ihn bedeckten. Schlimmer noch war, dass der Wind auffrischte und einen heftigen Blizzard ankündigte.

Doch das Unwetter war noch weit weg und somit ihre geringste Sorge. Bis auf die Tatsache, dass sie ein Sturm von allem abschneiden könnte und sie ihm hilflos ausgeliefert wäre …

Doch momentan war er derjenige, der ihr hilflos ausgeliefert war, und das trieb sie an.

»Hoch!«, befahl sie ihm und zerrte an seinem Arm, den er um ihre Schultern gelegt hatte. »Stehen Sie auf. Nur noch ein bisschen. Es wird langsam hell«, warnte sie ihn, ohne zu wissen, warum ihm das Probleme bereiten sollte. Vielleicht war es der aufziehende Sturm, der ihm Sorgen machte. Und das zu Recht. Washington war bekannt für seine heftigen Schneestürme. Vor allem in dieser Höhe.

Sie zog ihn hoch, und er konnte sich mit letzter Kraft auf den Beinen halten. Sie stolperten zur Tür, und während sie sein schweres Gewicht abstützte, hantierte sie mühsam mit dem Türknauf. Schließlich gab er nach, und sie taumelten hinein.

»Irgendwas Dunkles. Ohne Licht. Geschützt.« Er brachte die Worte nur stoßweise und heiser vor Schmerz heraus. Und sie war weit davon entfernt, mit ihm zu streiten.

»Ich kenne das Gefühl«, murmelte sie.

Sie ging zum nächsten Schlafzimmer, ihrem eigenen Schlafzimmer. Alle anderen Zimmer befanden sich im ersten Stock, und sie wusste, dass Treppensteigen für sie beide nicht infrage kam. Selbst ohne sein Gewicht hätte sie es mit ihren brennenden Beinmuskeln kaum hinaufgeschafft.

»Das war's«, sagte sie ächzend, »ich setze mal meinen dicken Hintern in Bewegung und stell mich aufs Laufband. Im Frühjahr wird's besser … Nur ein paar Wanderungen die Berge rauf und runter, oder?«

Nach vielem Ächzen und Stöhnen, und nachdem sie ein paarmal gegen die Wand gestoßen waren, hatten sie es ins Schlafzimmer geschafft und waren gemeinsam aufs Bett gefallen, wobei sie unter seinem Gewicht fast keine Luft bekam. Sie versuchte ihn wegzuschieben, doch er war kaum bei Bewusstsein, und sie bemerkte, dass sich die seltsame Steinhülle um seinen Körper wieder verwandelte … falls das überhaupt möglich war. Teufel, das musste es sein. Sie sah es schließlich mit ihren eigenen Augen. Spürte es auf ihrer Haut. Bevor er sich vollständig in Stein verwandelt haben würde und sie unter einer zehn Tonnen schweren Statue eingeklemmt wäre, versuchte sie ihn mit letzter Kraft von sich herunterzuschieben. Doch egal wie sehr sie auch schob und drückte, gelang es ihr nur mit seiner Hilfe, ihn herunterzurollen.

Mühsam richtete sie sich auf, stellte sich neben das Bett und rang nach Luft. *Verdammt*, dachte sie, als sie ihn groß und blutend auf dem Bett liegen sah, sie liebte diese Steppdecke, aus der sie das Blut nie wieder herausbekommen würde.

Weil sie ihn für bewusstlos hielt, berührte sie mit einem Finger die wie Stein aussehende Haut auf seinem Arm. Sie konnte es nicht glauben, doch es war wirklich Stein! Ein rauer Stein, wie von einer ungeschliffenen Statue. Wie zum Teufel war das möglich? Es konnte nicht sein … aber es war so. Sie konnte es unter ihren Fingerspitzen spüren.

»Kein Tageslicht. Bitte«, sagte er unvermittelt. Sie erschrak. »Bei Tageslicht können Sie nichts für mich tun, und ich werde sterben. Ich schwöre Ihnen, ich *werde* sterben.«

Sie nickte hastig und tätschelte ihm ungeschickt die kräftigen Schultern. »Keine Sorge. Ich habe bereits die Fensterläden geschlossen.« Und ein Feuer im Kamin gemacht, das sowohl das Schlafzimmer als auch das Wohnzimmer heizte und dessen warmes Licht über ihnen flackerte. Das und die Nachttischlampe waren genug.

Da atmete er lang und seufzend aus, während seine letzten Kräfte schwanden, und plötzlich fiel ihr wieder ein, was das ganze Blut bedeutete, und sie vergaß ihre verhunzten Kleider und Decken. Sie rannte ins Badezimmer und zerrte das ganze Verbandszeug heraus, das sie im Laufe der Jahre hier und da verstaut hatte … nur für den Notfall. Und der war jetzt eingetreten. Sie fand eine Schüssel, füllte sie mit Gaze, Jod und Nahtmaterial. Sie wusch – reichlich verspätet – ihre Hände und zog ein Paar purpurfarbener Nitrilhandschuhe an, obwohl sie bereits voller Blut war. Mit sauberen Händen und den rutschfesten Handschuhen konnte sie besser arbeiten.

Sie eilte zum Bett zurück, trat neben ihn und machte beide Nachttischlampen an. Als sie ihn umdrehte, stellte sie fest, dass die Steinhaut verschwunden war. Er bestand vollständig aus Fleisch und Blut. Aus irgendeinem Grund tröstete sie das ein wenig. Doch die Vorstellung, dass sich das jeden Augenblick wieder ändern konnte, machte ihr zu schaffen. Plötzlich spürte sie das Telefon in ihrer Gesäßtasche. Sie sollte Hilfe rufen, trotz seines Protests. Er war sofort eingeschlafen, und er könnte nichts dagegen tun, so schwach, wie er war. Doch war sie von seinen Kräften, die er trotz seiner Schwäche entwickeln konnte, überrascht, und selbst wenn sie um Hilfe rief, konnte es zwischen dreißig Minuten und einer Stunde dauern, bis es jemand zu ihr auf den Berg schaffte. Das war das Einzige, das sie bei einem so abgelegenen Wohnort gefürchtet hatte. Sie hatte sich solche Dinge vorgestellt, böse Männer, die in ihr Haus stürmten, wo sie ihnen allein und hilflos ausgesetzt wäre.

Doch nichts an ihm weckte bei ihr den Eindruck, dass er an sich böse war. Immerhin hatte er sie darauf hingewiesen, was er mit ihr anstellen könnte … und sie hatte daraus geschlossen, dass er nichts dergleichen tun würde.

Sie beschloss, das Telefon in ihrer Tasche zu lassen, selbst als sie sich schalt, dumm zu sein und es irgendwann zu bereuen. Doch die Heilerin in ihr drängte sich in den Vordergrund, und sie griff nach der Gaze und begann die Wunde zu reinigen. Sie stöhnte, als sie den Bereich schließlich gesäubert hatte und das Ausmaß der Verletzung erkannte. Es war eine tiefe Schnittwunde an der Seite, als hätte ihn jemand mit einem Schwert getroffen und versucht, ihn in zwei Teile zu schneiden. Ebenfalls an der Seite und am Bein hatte er schwere Brandwunden, an den meisten Stellen mindestens dritten Grades.

Wieder spürte sie das Telefon in ihrer Gesäßtasche.

»Tu's nicht«, krächzte er, als könnte er ihre Gedanken lesen.

»Nein, das werde ich nicht«, beruhigte sie ihn. »Aber Sie sind schwer verletzt. Sie müssen ins Krankenhaus.«

Sein Mund wurde zu einem Strich, und er öffnete flatternd die Lider. Zum ersten Mal bemerkte sie den Goldtopas seiner Augen. Sie waren wunderschön, dachte sie ziemlich ehrfürchtig, wie auch alles andere an ihm. Er hatte das schwärzeste Haar, das sie je gesehen hatte. Nicht blauschwarz … nicht dunkelbraun … sondern tiefschwarz. Es war leicht gelockt, wie es auf seinen Hals fiel. Er besaß eine Adlernase, wie gemeißelte Wangen und breite Wangenknochen. Sein Mund war voll, wie der einer Frau, nur unverkennbar männlich. Sie stellte sich ein breites Lächeln auf einem so großen Mund vor. Ein umwerfendes Lächeln, dessen war sie sich sicher. Er war weder hübsch noch jungenhaft und trotzdem ausgesprochen attraktiv.

Doch es blieb keine Zeit, den Anblick länger zu genießen. Sie musste erneut die Wunde reinigen und griff dann nach dem Nahtmaterial. Wegen der Tiefe der Wunde sorgte sie sich um die Verschmutzung durch heruntergefallenes Laub und durch das, was die Wunde ursprünglich verursacht hatte. Zuerst wusch sie diese mit einer Salzlösung, bis sie sicher war, dass es keine Rückstände mehr gab, dann verteilte sie Jod aus der Flasche darauf und betete, dass alles gut ging.

»Das wird wehtun. Ich habe nichts, um den Bereich zu betäuben.« Den Bereich? Verdammt, es war beinahe ein chirurgischer Eingriff, ihn wieder zusammenzuflicken.

»Tun Sie's«, krächzte er. Und zu seinem Glück wurde er ohnmächtig. Sie spürte es in seinem gesamten Körper, beinahe wie das Entweichen der Luft bei einem plötzlichen Tod. Besorgt prüfte sie, ob er noch atmete. Ja, wenn auch sehr flach. Sie richtete ihre Aufmerksamkeit auf seine Wunde, fädelte den Faden ein und machte sich an die Arbeit.

4

Nachdem Kat ihre ärztliche Erstversorgung beendet hatte, musste sie duschen, um das Blut abzuwaschen, und sich umziehen. Nachdem das erledigt war, wusch sie ihren Patienten. Die Wunde war sauber und ordentlich genäht, wo man sie hatte nähen können, doch die versengte Jeans klebte noch an seinem Körper, und es war kein einfaches Unterfangen, sie ihm auszuziehen.

Sie besaß eine chirurgische Schere, die ziemlich breit und dazu gedacht war, dicken Stoff zu durchschneiden. Auf der linken Seite hatte sie die Jeans bereits aufgeschnitten und von der Wunde gelöst, also schob sie die Schere jetzt unter die Jeans auf seiner rechten Seite und zerschnitt langsam den dicken Jeansstoff. Es war ziemlich mühsam, und ihre Hände brannten, als sie den Knöchelsaum erreichte. Sie wusste nicht, ob der Stoff besonders fest war oder ob es am abfallenden Adrenalinspiegel lag, doch ihre Hände zitterten wie verrückt, weshalb sie zwischendurch ein paarmal innehalten musste, aus Angst, ihn womöglich zu schneiden. Er durfte wirklich nicht noch mehr Blut verlieren. Seine Lippen waren ganz bleich, seine Haut gräulich, doch zumindest nicht deswegen, weil er wieder zu Stein geworden war. Nach einem so großen Blutverlust würde vielleicht jeder so aussehen. Er war nach wie vor bewusstlos, und obwohl ihm das im Moment große Schmerzen ersparte, machte ihn das natürlich deutlich schwerer.

Sie packte die Jeans unten am Saum, stemmte die Füße gegen die Holzdielen und zog an dem aufgeschnittenen Jeansstoff unter seinem Körper.

Jetzt hatte sie einen nackten Gott in ihrem Bett. Sie hatte nicht wirklich auf ihn geachtet, solange er in echter Gefahr gewesen war, doch jetzt betrachtete sie ihn eingehend von Kopf bis Fuß und versuchte mit der Vorstellung klarzukommen, dass ein menschliches Wesen so groß und so schön sein konnte.

Moment. *Woher willst du wissen, dass er überhaupt ein Mensch ist?*, fragte sie sich. Doch als sie ihn jetzt anblickte, nachdem sie Hand an ihn gelegt und ihre Finger in seinen Wunden gehabt hatte, fragte sie sich, ob das, was sie zuvor gesehen hatte, nur eine Täuschung aufgrund des dämmrigen Lichts gewesen war. Aber nein, sie schüttelte den Kopf. Das Licht war eine Sache, doch hatte sie den rauen Stein unter ihren Fingern gefühlt, das Gewicht auf ihrem Körper gespürt. Der Verstand sagte ihr laut und deutlich, dass es im Grunde unmöglich war, dass sie nicht gesehen und gespürt hatte, was sie zu sehen und zu spüren geglaubt hatte.

Unmöglich. Die gesamte Situation war unmöglich. Sie nahm ihr Handy und überlegte zum hundertsten Mal, ihre Mutter anzurufen.

Sie schob das Telefon wieder in die Hosentasche und zupfte behutsam die Reste der Jeans aus seinen Brandwunden, die sie sorgsam reinigte, bis sie frisch bluteten und von Rückständen und verbranntem Fleisch völlig frei waren.

Nachdem sie das blutige Durcheinander wieder aufgeräumt und sich vergewissert hatte, dass er vollständig gesäubert und versorgt war, ging sie in die Küche und bereitete sich eine Tasse heißen Java-Nirvana-Kaffee zu. Um diese Uhrzeit trank sie normalerweise keinen Kaffee, doch sie ging davon aus, dass sie ihn brauchen würde, wenn sie sich in den nächsten Stunden um ihren Patienten kümmern wollte.

Sie malte sich aus, wie sie sich den Kaffee spritzen würde, sich eine Kanüle legen und ihn direkt in ihren Blutkreislauf pumpen würde, wie es sich jeder anständige Junkie wünschte, aber leider ging das trotz ihres medizinischen Sachverstands nur über den Magen.

Apropos medizinischer Sachverstand, sie war froh, dass sie ihn noch hatte. Es war fünf Jahre her, dass sie als Krankenschwester in einer von Manhattans belebtesten Notaufnahmen gearbeitet hatte. Wie bei jeder Tätigkeit konnte man aus der Übung kommen. Und obwohl sie nicht behaupten konnte, auf dem neuesten Stand zu sein, war sie froh über ihre Kenntnisse.

Sie schob weitere Grübeleien über ihre Fähigkeiten und wo sie diese zuletzt angewendet hatte, beiseite. Es waren Gespenster, die zu leicht aufzuscheuchen waren.

»Fünf Jahre. Du bist eine völlige Anfängerin«, sprach sie leise zu sich selbst und beruhigte sich mit diesem Mantra. Manchmal funktionierte es. Wie jetzt, aber wahrscheinlich nur, weil sie noch Wichtigeres zu tun hatte.

Und kaum hatte sie diese Überlegung angestellt, kam auch schon der nackte Koloss den Flur entlanggestolpert, taumelte wie ein Betrunkener hin und her, während das Fieber in seinen Augen brannte.

»Ist es dunkel draußen?«, krächzte er. Als sie nicht schnell genug antwortete, packte er sie und schleuderte sie mit einem kräftigen Rums gegen die Wand. Während ihrer Tätigkeit in einer städtischen Notaufnahme hatte sie das Hunderte von Malen erlebt, wie Patienten aufwachten und desorientiert und aggressiv waren. Doch es gab weder Krankenpfleger noch Wachleute, um ihn zu beruhigen. Nur sie. Sie ganz allein. »Antworte!«

»Nein! Es ist Tag, und Sie müssen zurück ins Bett, bevor die Nähte noch aufgehen!« Alles an ihm wirkte übermenschlich.

Er war noch immer aufgebracht, und alles an ihm verströmte eine rohe Kraft.

Ganz zu schweigen von seiner Nacktheit. Ein Zustand, der ihm überhaupt nicht bewusst zu sein schien. Als ehemalige Notfallkrankenschwester sollte sie ebenfalls nicht darauf achten, doch es war wie der Elefant im Zimmer. Elefant in verschiedener Hinsicht. Nichts an diesem Mann war klein. Seine Frau, sofern er eine hatte, musste körperlich genauso massiv sein wie er. Kat konnte sich nicht vorstellen, der Partner von jemandem zu sein, der so groß war. Endlich einmal war sie froh, sagen zu können, dass sie viel zu klein war, um diesen speziellen Berg zu besteigen.

Sie redete ihm mit leiser Stimme gut zu. »Kommen Sie«, sagte sie sanft, während sie ihm mit der Hand beruhigend über einen seiner Unterarme strich, mit denen er sie an die Wand presste. »Sie schaden sich nur selbst.«

Er schnaubte. »Es gibt sehr wenig, was mir schaden kann.«

Doch sie konnte sehen, dass er sich nur mit Mühe aufrecht hielt, während sein muskulöser Körper erst nur leicht und dann immer stärker zitterte. »Bitte legen Sie sich ins Bett und ruhen Sie sich aus. Bei dem aufziehenden Sturm können Sie sowieso nirgendwohin.«

Er knurrte und schüttelte sie. »Biete mir noch einmal das Bett an, Mädchen, und du legst dich mit hinein.« Er beugte sich tief über sie, und seine Nase berührte ihre Schläfe, als er wie der Hund an ihr schnüffelte. »Du riechst ziemlich verführerisch, aber so klein, wie du bist, würde ich es an deiner Stelle nicht riskieren. Ich werde kein bequemer Liebhaber sein.« Seine Stimme senkte sich um eine Oktave. »Ich liebe es, mein Mädchen zu packen, sie fest an mich zu ziehen und an ihr zu schnuppern und zu lecken, bevor ich überhaupt daran denke, es ihr zu bis zu ihrer totalen Erschöpfung zu besorgen … aber vielleicht gefällt es dir ja, auf diese Weise genommen zu werden.«

Oh ja, bitte!, schrie plötzlich ein Teil von ihr. *Halt. Nein!*, wurde sie von ihrem besonnenen Teil gewarnt. Sie schüttelte das kurze Verlangen ab, das seine sinnlichen Gedanken und die unverhofften Tagträume in ihr geweckt hatten. *Nichts davon wird geschehen*, ermahnte sie sich.

Kurz bevor er seine Hand über ihren Brustkorb gleiten ließ und ihre Brust mit der Handfläche und den Fingern vollständig umschloss.

Sie stöhnte, packte seine Hand und stieß sie weg.

Er knurrte ungeduldig. »Erst bietest du mir das Bett an, und dann weist du mich zurück. Hör auf, mich anzumachen, Frauenzimmer.«

»Ich mache Sie nicht an! Ich wollte nur sagen …« Sie schnaubte laut und merkte, dass sie genauso stark zitterte wie er, und sie sagte sich, dass das von der Angst kam und nicht daher, dass er ihren willigen Körper völlig schwach machte.

»Da wird heute Nacht nichts laufen«, stammelte sie so entschlossen wie möglich und stieß mit der Handfläche gegen die Brust des Mannes, jedoch ohne dass dies irgendeine Wirkung gehabt hätte. Er hatte eine Art wulstiger Brandwunde auf seiner Brust, etwas, das längst verheilt, dessen Form jedoch nicht zufällig zu sein schien … so als wäre er gebrandmarkt worden. Zwei Schlangen in einer Endlos-Acht um einen Dolch gewunden, wobei jede Schlange den Schwanz der anderen in einem ewigen Kreislauf zu verschlingen schien. Der klar definierte Muskel mit dem Brandmal zuckte sichtbar unter ihrer Berührung. Wie ein Kind, das etwas Faszinierendes und Neues entdeckt, wollte sie diese Berührung noch einmal wiederholen, um die Reaktion erneut zu sehen. Um ehrlich zu sein, verströmte er eine Welle von Männlichkeit, deren Brandung sie mitriss und wie ein Kind am Strand umherwirbelte. Doch an der Erregung, die seine Worte in ihr auslösten, war ganz und gar nichts Kindliches.

Kat verzog ihren Mund zu einem dünnen Strich und sah ihn drohend an. Wer zum Henker benutzte überhaupt noch den Begriff Frauenzimmer?, dachte sie und versuchte sich betont streng zu geben. »Sie legen sich wieder ins Bett, allein, um sich auszuruhen! Ärztliche Anordnung! Sie haben eine Menge Blut verloren …«

Und wie aufs Stichwort sank er gegen sie und zerquetschte sie beinahe mit seinem Gewicht an der Wand, als wäre sie ein Käfer. Doch er sammelte sich rasch und wich zurück, nahm sich einen Augenblick Zeit, um sie abzuklopfen und nach Lebenszeichen zu suchen. Es waren diese kleinen Aufmerksamkeiten, die ihr noch immer das Gefühl gaben, dass er kein schlechter Mensch war, egal wie er sie bisher behandelt hatte.

»Du magst recht haben«, sagte er und klang noch immer so, als wäre er geradewegs dem Mittelalter entsprungen. Was er wohl auch zu sein schien. »Ich werde mich ausruhen. Auch wenn dein Bett unzureichend ist.«

Auch wenn es was ist?

Sie wurde sauer. »He, mein Bett ist völlig in Ordnung. Es kann nichts dafür, dass Sie so riesig sind! Seien Sie froh, dass ich Sie nicht in dem Berg Laub dort draußen habe sterben lassen!«

Er blickte finster, doch auf einmal erhellte sich sein Blick. »Ja.« Seine Hand wanderte zu seiner verletzten Körperseite, und er ließ die Finger über die Naht gleiten. »Ich danke Ihnen dafür«, sagte er. »Ich denke, ich werde auch weiterhin Ihre Hilfe benötigen«, sagte er höflich in Bezug darauf, wie unsicher er auf den Beinen war. Besänftigt schlüpfte sie unter seinen Arm, und trotz ihres Größenunterschieds gelang es ihr, ihm zurück ins Bett zu helfen. Oje, morgen würde sie das schwere Heben in ihren Muskeln spüren.

Nachdem sie ihn ins Bett verfrachtet hatte, nahm sie endlich ihr Telefon und rief ihre Mutter an.

Und erreichte nur die Mailbox. Entzückend.

Biep! »Hallo, Mom. Ich bin's. Es ist wirklich …«, Knistern, Knistern, Klick, »wichtig, dass du mich anrufst«, beendete sie den Satz mit einem Seufzen, obwohl klar war, dass sie keine Verbindung mehr hatte. »So ein Mist!«, rief sie aus, als sie zum Fenster eilte, wo sie den Grund für die abgebrochene Verbindung fand. Es herrschte heftiges Schneetreiben. Und zum ersten Mal hörte sie, wie das Haus knarzte und der Wind heulte. Er war schnell aufgekommen, doch konnte ihr unter den gegebenen Umständen niemand einen Vorwurf daraus machen. »Oh Mist!«, sagte sie plötzlich.

Ihr Besucher hatte eindeutig Fieber. Seine klaffende Wunde war wer weiß wie lange ungeschützt gewesen, und er konnte leicht eine Blutvergiftung bekommen, wenn er keine starken Antibiotika bekam.

Kat lief in das zum Schlafzimmer gehörende Bad und begann, den Medizinschrank und die Unterschränke zu durchwühlen, obwohl sie wusste, dass sie ein braves Mädchen war, das seine Medikamente stets bis zur letzten Tablette einnahm. Doch wer weiß? Vielleicht hatte sie sich ja ein einziges Mal widersetzt. Natürlich hatte ihre rebellische Zeit vor Jahren ziemlich plötzlich geendet, und sämtliche Medizin von damals wäre längst abgelaufen, doch wäre sie besser als nichts.

Nichts. Sie fand absolut nichts. Ein tiefes Stöhnen drang aus dem Schlafzimmer ins Bad, was ihr Versagen nur unterstrich. Sie eilte nach nebenan. Ihr Bett knarrte, als er schweißgebadet um sich schlug. Gott, das Fieber hatte ziemlich rasch eingesetzt. Oder vielleicht auch nicht. Wer wusste schon, wie lange er bereits dort draußen gelegen hatte. Karma war seit Tagen nicht so weit die Auffahrt entlanggelaufen. Und der einzige Grund, warum sie an diesem Tag so weit gelaufen war, war, dass das Entsetzen ihrer Mutter über den Mobilfunkmast – der nicht einmal funktionierte – sie abgelenkt hatte.

Doch an seinem Bett zu stehen und nachzudenken war kein guter Schlachtplan. Plötzlich wurde sie von einer riesigen Klaue gepackt und hochgerissen, und ihr Körper flog über seinen hinweg und schlug mit dem Rücken auf dem Bett auf. Die Luft wich mit einem zischenden Geräusch aus ihrer Lunge.

»Du schon wieder?«, knurrte er und rollte sich auf sie, wobei er mit der Hand ihre Beine auseinanderschob, um den Weg für sich freizumachen. Er war so stark, und sie war so überrumpelt, dass sie keine Chance sah, ihn abzuwehren. Wieder vergrub er sein Gesicht an ihrem Hals und atmete tief durch die Nase ein. »Allmächtiger Gott, du riechst so gut, dass man dich verschlingen könnte.«

»Nein! Nein«, rief sie. »Nicht verschlingen! Verschlungen wird *nicht*!«

Sie wand sich unter ihm und versuchte, ihn von sich herunterzustoßen, obwohl es war, als würde eine Fliege gegen einen Hund prallen, damit der seine Richtung änderte.

»Oh, und ob«, konterte er mit einer noch tieferen Stimme als der volltönenden, die er sowieso hatte. »Und lecken und saugen und noch viel mehr, mein hübsches Mädel.«

Die ganze Zeit hatte sie versucht, seinen Akzent einzuordnen. Sie war nie sehr gut darin gewesen, doch in diesem Moment, als er sie »hübsches Mädel« nannte, erkannte sie, dass er Schotte war. *Ohhh,* dachte sie, *Schotten sind so sexy. Gerard Butler ist ein Schotte, und er ist so wahnsinnig sexy.*

Doch Gerard Butler war nur halb so groß wie dieses Wesen, und sie konnte es sich nicht erlauben, ihn sexy zu finden. Auch wenn sie es irgendwie doch tat. Vielleicht war er nur zur Hälfte Schotte. Sein Akzent machte sich nicht die ganze Zeit gleich stark bemerkbar, und manchmal, wenn der Mann bei klarem Verstand war, schwächte sich sein Akzent deutlich ab. So, wie sein Anstand in diesem Momenten zum Vorschein kam.

»Wenn du mich nicht willst, Mädel, warum hältst du dich dann nicht von mir fern? Warum kommst du dann dauernd in mein Schlafzimmer und riechst dabei so köstlich und sexy?«

»Ich … köstlich und sexy?«, fragte sie, von ihrem eigentlichen Vorhaben abgelenkt.

»Gewiss«, brummte er, und seine tiefe Stimme vervielfachte sich in ihr zu einem stimulierenden Beben. »Als hättest du Zucker über deine intimen Körperstellen gestreut und wolltest, dass ich sie ablecke.«

Okay, die Wärme, die ihr Gesicht jetzt verströmte, hätte die Polkappen zum Schmelzen bringen können. Und diese zuvor erwähnten intimen Körperstellen verströmten plötzlich die gleiche Wärme. Ganz zu schweigen davon, dass sie auf einmal spürbar feucht war.

»Komm schon«, redete er ihr sanft zu, und sein goldener Blick fiel auf ihren Mund. »Wenn wir uns küssen, kann ich dir nicht wehtun.«

»Wenn wir uns küssen?«, wiederholte sie entgeistert, weil er ein »wir« auch nur erwähnte.

»Abgemacht!«, sagte er und nahm ihre erstaunte Wiederholung als Einverständnis.

»Oh nein, ich –«

Er schoss zu ihr hinab und bedeckte ihren Mund mit seinem, wobei er ihren Protest zum Verstummen brachte. Sein

Mund war warm und verlangend, wie auch der Rest von ihm. Er verfügte über diesen Kuss und verhinderte jede Art von Gegenwehr oder Widerspruch. Er presste seine Wärme auf sie, bis sie dahinschmolz und sich hingab. *Es ist nur ein Kuss*, dachte sie. *Was schadet ein Kuss schon?* Er spürte die Veränderung in ihr und nutzte sie. Er stieß mit seiner Zunge gegen ihre Lippen und leckte ihren Saum. Es war ein unverblümtes Anklopfen, und sie war hin und her gerissen zwischen der Überzeugung, dass es keine gute Idee war, und der, dass es der heißeste Kuss ihres Lebens war. *Es hat einmal eine Zeit gegeben*, dachte sie, *als du eine solche Gelegenheit beim Schopf gepackt und Hurra gerufen hättest!*

Sie öffnete die Lippen, und er glitt dazwischen, verlangend und wild. Das feuchte Streicheln seiner Zunge in ihrem Mund löste eine ebenso feuchte Welle der Erregung in allen Bereichen ihres Körpers aus. Er hob die Hände, um ihren Kopf zu umfassen, und nur mit den Ellbogen schützte er sie vor dem vollen Druck seines Gewichts. Doch das spielte für sie in dem Moment keine Rolle. Denn genau in diesem Moment wurde sie vom tiefsten, erregendsten und vollsten Kuss ihres Lebens vom Hocker gerissen.

Als er sie schließlich losließ, damit sie Luft holen konnte, wurde ihr bewusst, dass sie danach japste. Nach Luft … und nach einem weiteren verschlingenden Kuss. Er war so verdammt heiß an ihrem Körper, wie ein Schmelzofen, und er war so … hart.

Heilige Scheiße! Er war nackt, und sein Ständer, der sich zwischen ihre Beine presste, war die unglaublichste Erektion, die sie je an einem Mann gesehen hatte. Und in diesem Moment wurde sie von der Wirklichkeit brutal eingeholt. Sie war zu klein und zu schwach, um ihn abzuwehren, falls er sich tatsächlich in den Kopf gesetzt hatte, mehr als einen Kuss zu wollen.

Und du darfst jetzt nicht daran denken, wie sehr du das vielleicht genießen würdest, ermahnte sie sich streng. *Du machst dir gefälligst klar, wie gefährlich das ist, und verhältst dich dementsprechend.* Und die andere Sache, die Erregung in seinem Körper verstärkte sich, und sie war nicht arrogant genug zu denken, dass das irgendetwas mit ihr zu tun haben könnte.

»Okay, und jetzt lassen Sie mich aufstehen«, sagte sie. »Sie haben Ihren Kuss bekommen, lassen Sie mich aufstehen.«

»Oh, aber du willst nicht wirklich, dass ich gehe«, lockte er sie. »Schau deine winzigen Nippel an.« Er beugte sich so weit zurück, dass er eine Hand zwischen sie schieben und ihre Brust über der Baumwollbluse umfassen konnte, wobei seine Finger begierig über die Spitze ihres hart werdenden Nippels strichen. »Sie wollen, dass ich an ihnen sauge, nicht wahr?«

»Nein!«, sagte sie aufgeregt. »Sie bitten um nichts dergleichen!«

»Worum bittest du dann?«, konterte er mit einem verschmitzten Lächeln auf den Lippen und fiebrigen gelben Augen.

»Um gar nichts. Ich bitte um überhaupt nichts!«

»Lügnerin!«, widersprach er und strich erneut mit den Fingern über ihren Nippel. »Wenn das nicht die putzigste Art zu betteln ist, dann weiß ich auch nicht. Zeig mir, was du hast, dann entscheiden wir.«

Er griff nach dem Saum ihrer Bluse, und sie schrie in Panik auf. Sie packte ihn am Handgelenk und versuchte ihn davon abzuhalten, doch brachte sie ihn lediglich dazu, langsamer zu machen, als er ihre Bluse hochzog.

»Nein. Bitte nicht.«

Irgendetwas in ihrer bebenden Stimme ließ ihn stutzen. Oder vielleicht war es ein weiterer Augenblick dieser seltsamen Klarheit. Was auch immer, er blickte hinauf in ihre Augen und konnte darin Angst und Zwiespalt erkennen, was ihn dazu brachte, ihrer Bitte Folge zu leisten. Er hielt inne, ließ ihre Bluse los und bewegte seine Hand auf das neutrale Gebiet des Lakens neben ihrer Schulter.

»Willst du mich heißmachen, Mädel?«

»Nicht absichtlich«, sagte sie kleinlaut. »Das mit dem Kuss war nicht meine Idee.«

Er schien einen Moment lang darüber nachzudenken und rollte dann mit einem Schnauben von ihr herunter. »Geh!«, befahl er ihr. »Und komm erst wieder zurück, wenn du bereit bist, *hiergegen* etwas zu unternehmen!« Er umfasste seine Erektion und ließ seine Faust daran entlanggleiten. »Du bist viel zu hübsch, als dass man dir widerstehen könnte. Denk daran, bevor du das nächste Mal kommst, um mich heißzumachen!«

Katrina befreite sich, fiel dabei aus dem Bett und rappelte sich mühsam hoch. Dann stürzte sie aus dem Zimmer.

5

Sie musste etwas unternehmen. Sie konnte ihn nicht einfach dort drin an seinem Fieber zugrunde gehen lassen. Jeder Arzt, der diesen Namen verdiente, wüsste das.

Nachdem sie einen Entschluss gefasst hatte, packte sie ihre Autoschlüssel und wagte sich hinaus in den Sturm. Der Sturm tobte bereits heftig, und es glich einem Selbstmord. Sie wusste das. Doch extreme Umstände verlangten nach extremen Maßnahmen. Zum Glück war der nächste Doktor nur anderthalb Meilen entfernt. Und zum Glück hatte der Sturm das Tageslicht geschluckt.

Kat hatte sich dick eingepackt, doch es war bitterkalt, als sie aus dem Wagen stolperte und an die Tür des Arztes klopfte. Michael Sloan riss die Tür auf und schaute sie an, als hätte sie den Verstand verloren. Was, wie sie annahm, stimmte.

»Blasenentzündung!«, sagte sie zur Begrüßung. »Tut mir leid, aber ich halte es nicht mehr aus, und ich hatte keine Wahl. Es heißt, der Sturm würde tagelang anhalten …«

»Nein, ich verstehe«, sagte der Arzt und bat sie herein. Dr. Sloan war in den späten Vierzigern, sah aber für sein Alter unglaublich gut aus. So gut sogar, dass er in ihrem kleinen Ort von den Wichtigtuern für einen guten Fang gehalten wurde, und sie versuchten, ihn unter die Haube zu bringen. Mehr als einmal hatten sie ihr Augenmerk auf Kat als zukünftige Braut des alleinstehenden Arztes gerichtet, doch war es ihr gelungen, sich ihren Bemühungen zu entziehen. Sie hatte sie jedes Mal so gut es ging zum Schweigen gebracht. Gott wusste, dass sie keinen Mann brauchte, der ihr Leben verkomplizierte.

Vielleicht hätte sie die Ironie darin amüsant gefunden, wenn sie nicht ganz auf ihre momentane Aufgabe konzentriert gewesen wäre.

»Ich kenne die Symptome, und die Schmerzen sind unerträglich«, sagte sie, presste die Faust gegen ihre unschuldige Blase und tat so, als müsste sie schon wieder pinkeln. »Ich brauche Cipro.«

»Cipro? Ist das nicht ein wenig stark für –?«

»Glauben Sie mir, es ist eine starke Infektion«, unterbrach sie ihn hastig.

Er stand da und schien einen Augenblick darüber nachzudenken. »Natürlich glaube ich Ihnen«, sagte er dann. »Von all meinem Patienten, die eine Selbstdiagnose stellen, kann ich bei Ihnen wenigstens sicher sein, dass Sie wissen, wovon Sie reden.«

»Keiner Ihrer Patienten, die eine Selbstdiagnose erstellen, war Krankenschwester.«

»Stimmt«, sagte er mit einem leisen Lachen. »Machen wir eine Urinanalyse, und Sie bekommen das Cipro.«

»Dr. Sloan.« Sie warf einen bedeutungsvollen Blick nach draußen. »Ich habe es kaum hier herunter geschafft. Bei meiner gehemmten Blase könnte ein Urintest eine Ewigkeit dauern. Bitte, ich muss wieder zurück.«

»In Ordnung. Natürlich.« Er eilte in den hinteren Teil des Hauses. Es gab keine Apotheke in der Stadt, weshalb er selbst einen Vorrat an Medikamenten bereithielt. Er füllte ein Fläschchen mit den gewünschten Tabletten, und sie bezahlte eilig. »Ich mache nur einen Vermerk in Ihrer Akte, und wir sagen niemandem, dass wir ein paar Schritte ausgelassen haben. Schließlich ist es ein Antibiotikum und kein Opiat.«

»Stimmt«, sagte sie lächelnd. »Ich mache mich besser auf den Weg!«

»Seien Sie vorsichtig. Sie hätten nicht – «

»Ich weiß! Bis bald, Doktor!«

Als sie den steilen Weg von der Veranda des Doktors zu ihrem Wagen hinabschlitterte, murmelte sie fortwährend: »Das ist verrückt. Das ist verrückt. Das ist so verrückt!« Und sogar ein paarmal: »Du hättest es ihm sagen sollen. Du hättest einfach nur den Mund aufmachen und sagen sollen: ›He. Da ist dieser Typ in meinem Haus, der sich in Stein verwandeln kann, okay? Oh, und er ist verwundet und wird wahrscheinlich an einer Infektion sterben. Doch bevor das passiert, wird er mich vielleicht …‹«

Sie konnte nicht das Wort »vergewaltigen« benutzen. Er hatte nichts getan, was sie auf den Gedanken gebracht hätte, dass er zu dieser Sorte Mann gehörte. Er war nur … lüstern. Ja, das war das passende Wort. Er war voller Lust. Fiebriger Lust. Als hätte er sämtliche Hemmungen verloren, und als wäre das ganze Drumherum nicht wichtig. Er war eine Art Atavismus. Als käme er aus einer anderen Zeit.

Oh, großartig. Nicht genug, dass er die Hälfte der Zeit aus Stein war, du machst aus ihm auch noch einen Zeitreisenden. Du hast wirklich zu viele schlechte Romane gelesen, Kat! Eine richtige Frau würde die Hälfte dessen, was in diesen Romanen passiert, einfach nicht hinnehmen.

Sie hielt inne und dachte einen Moment lang darüber nach, wobei sie das auf ihre derzeitige Situation anwendete. *Ach, verflixt.* Hatte sie nicht schon verrücktere Dinge in der Notaufnahme gesehen als einen Mann, der sich in Stein verwandeln konnte? Im Grunde war es eine völlig harmlose Angelegenheit …

Katrina kletterte zitternd in den Truck, stellte ihn auf Allradantrieb und machte sich auf den tückischen Heimweg den

Berg hinauf. Sie kroch langsam vorwärts und war froh, dass sich das Schneetreiben in das sanfte Fallen dicker weißer Flocken verwandelt hatte. Das erleichterte ihr die Sicht, obwohl sie dennoch kaum einen Meter weit sehen konnte, weil noch immer dichter Schneefall herrschte. Der hohe Schnee verringerte außerdem die Bodenhaftung, die sie dringend benötigte. Auf halbem Weg zu ihrem Haus war sie so angespannt davon, die gefährliche Bergstraße hinaufzukriechen, dass ihr Hals, Arme und der gesamte Rücken wehtaten. Sie bewegte die Schultern, um die Verspannung zu lockern – ganz unbewusst, weil ihre gesamte Aufmerksamkeit auf die Straße gerichtet war.

Irgendwann hörte sie auf, sich Sorgen über ihre Rückkehr nach Hause zu machen, und begann sich um das Leben des Mannes zu sorgen, das womöglich auf dem Spiel stand und das sie als Einzige retten konnte. Es war eine große Verantwortung, die sie, wie sie feststellen musste, gern übernahm. Warum hätte sie sich sonst in diesen Wahnsinn stürzen sollen?

Sie musste wohl davon ausgehen, dass sie instinktiv wusste, dass er eine gute Seite hatte, etwas, das es wert war zu retten und dafür ihr eigenes Leben zu riskieren. Doch hätte sie wahrscheinlich das Gleiche auch für den allerschlechtesten Menschen getan … nur dass sie dann auch die Kavallerie gerufen hätte.

Kat gab nicht einmal einen Seufzer der Erleichterung von sich, als sie in ihre Auffahrt bog. Die Auffahrt zu ihrem Haus war lang und noch heimtückischer, als es die Straßen gewesen waren. Sie bestand aus Schlamm und Schotter, der für eine bessere Haftung sorgte … es sei denn, sie war überflutet und gefroren. Dann war sie nur Glatteis mit Gefälle. Im Moment war es eine Mischung aus beidem. An manchen Stellen drehten die Reifen durch und rutschten weg, und die Auffahrt fiel auf der rechten Seite zu einer Schlucht ab, in die sie zu stürzen drohte. Doch schließlich erreichte sie die letzte Kurve zum Haus, fuhr direkt in die Garage und stieß den wohlverdienten Seufzer aus. Doch sie verschwendete nicht viel Zeit darauf, bevor sie aus dem Wagen sprang und ins Haus stürmte.

Im nächsten Moment sprang Karma an ihr hoch. Der Hund winselte und warf seinen großen Körper gegen Katrina, als wäre sie ein Jahr lang weg gewesen. Sie war darauf trainiert, nicht an ihr hochzuspringen, weil diese Art von Zuneigung Katrina wahrscheinlich umbringen würde. Doch das hielt Karma nicht davon ab, sie wie ein Kind in einem Autoscooter anzustupsen.

»Jaja. Hallo, hallo«, sagte sie und tätschelte hastig den Hund, bevor sie an ihm vorbeidrängte und zum Schlafzimmer rannte. Sie zog nicht einmal den Mantel aus. Sie nahm das Cipro aus der Tasche und eilte ins Badezimmer, um ein Glas Wasser zu holen.

Als sie das Schlafzimmer betrat, war das Bett wieder leer und ihr Patient nirgends zu sehen.

»Himmelherrgott noch mal!«, knurrte sie. Gott allein wusste, in welcher Verfassung er war und wo im Haus er sich herumtrieb. Und wenn er wieder irgendwo Blutflecken hinterlassen würde, würde sie ihn eigenhändig umbringen!

Sie warf die Antibiotika auf den Nachttisch und schlüpfte aus dem Mantel, während sie auf der Suche nach ihm durchs Haus lief.

»Er kann nicht einfach verschwunden sein«, sagte sie laut, als sie durch die Räume im Erdgeschoss ging.

Und tatsächlich fand sie ihn auf dem Küchenboden liegend, direkt vor dem Kühlschrank. Anscheinend hatte ihm das Fieber den Appetit nicht verdorben, und er hatte sich auf die Suche nach etwas Essbarem gemacht. Gläser mit eingemachten Gurken und Oliven, die alle leer zu sein schienen, standen neben ihm. Sie ertappte sich dabei, wie sie dafür betete, dass er sich später nicht übergeben musste.

Im Hier und Jetzt hatte sie jedenfalls einen bewusstlosen Koloss vor sich auf dem Fußboden liegen und das Vergnügen, herauszufinden, wie sie ihn wieder ins Bett verfrachten sollte … vorzugsweise ohne sein Fummeln und Streicheln und Küssen.

Katrina versuchte die Erregung zu ignorieren, die sich langsam in ihr ausbreitete, als sie sich an das Küssen und Fummeln erinnerte, das nach mehr verlangt hatte. Ein Verlangen, das sie rasch unterdrückt hatte. Sie hatte genug, worüber sie sich Sorgen machen musste, ohne in Fantasiewelten abzudriften. Er war ein Fremder. *Ein Fremder*. Daran war nichts Vertrauensvolles, ganz zu schweigen von dem Geborgenheitsgefühl, das sie brauchte, bevor sie mit ihm intim wurde. Und sie wollte nicht mit ihm intim werden. Weder mit ihm noch mit sonst jemandem, doch vor allem nicht mit ihm. Der Kerl war ein Neandertaler, um Himmels willen. Er betatschte sie und … versuchte, jede sich bietende Chance zu nutzen. Und es war klar, dass er ein Experte darin war, »Frauenzimmer« zu verführen.

Seufzend kehrte Katrina ins Schlafzimmer zurück. Sie nutzte die Gelegenheit, die schmutzige Bettwäsche abzuziehen, stopfte sie umgehend in die Waschmaschine und kippte eine große Menge Bleichmittel in das Waschmittelfach. Es würde die Steppdecke womöglich beschädigen, doch das tat das Blut auch. Sie musste es probieren.

Sie hatte geduscht und sich umgezogen, bevor sie zu Dr. Sloan gefahren war, aber sie war selbst von oben bis unten voller Blut gewesen. So viel zu allgemeinen Vorsichtsmaßnahmen. Wenn er irgendeine übertragbare Krankheit hatte, war sie auf jeden Fall gefährdet. Plötzlich spürte sie einen Anflug von Panik. Was, wenn diese seltsame Versteinerung ansteckend war?

Sie schüttelte den Gedanken ab. Unter anderem auch deshalb, weil sie mit der Vorstellung nicht zurechtkam. Bereits erschöpft vom vielen Nachdenken, nahm sie ein neues Thema in Angriff und stellte fest, dass sie normalerweise längst im Bett liegen würde. Es waren diese fast panischen Gedanken, die sie allzu gern hinter sich gelassen hatte, als sie ihr Leben als Krankenschwester im Manhattan General Hospital aufgab. Es war die Art von Stress, der bei ihr zu Haarausfall, einem Magengeschwür und schweren Angstzuständen geführt hatte; ihre ganze Existenz schien damals mit dem nächsten Fall, der zur Tür hereinkam, auf der Kippe zu stehen … sogar wenn sie nicht arbeitete.

Wer hätte gedacht, dass sie sich gleiche Art von Stress ins Haus holen würde, Jahre, nachdem das Magengeschwür geheilt, die Angstzustände unter Kontrolle und ihr Haar glücklicherweise nachgewachsen war. Doch sie war nicht daran interessiert, zu diesem früheren Zustand zurückzukehren, also musste sie sich die stressigen Umstände so schnell wie möglich vom Hals schaffen. Aber … was, wenn es ansteckend *war*? Oh Gott! Sie hatte womöglich Dr. Sloan damit angesteckt!

»Okay, keine Panik. Keine Panik«, murmelte sie vor sich hin. Er ist wie alle anderen eingeschneit. Niemand wird mit ihm in Kontakt kommen. Die Chance, dass noch jemand so dumm und leichtsinnig wäre, den Berg hinunterzufahren, war verschwindend gering.

Hoffte sie jedenfalls.

Sie versuchte, nicht daran zu denken, als sie ihre nassen, schneeverklebten Jeans auszog und in ihre liebste blaue Jogginghose schlüpfte. Durch das Anheizen des Kamins war es in ihrer Abwesenheit im Haus schön warm geworden, weshalb sie den Sweater gegen ein T-Shirt mit der Aufschrift NEW YORK FUCKIN' CITY austauschte. Es hatte sie aus irgendwelchen

Gründen immer zum Schmunzeln gebracht. Auch wenn sie nie den Mut gehabt hatte, es in der Öffentlichkeit zu tragen aus Angst davor, dass ein Kind es möglicherweise entziffern und nachplappern konnte. Doch ihr gefiel die Vorstellung. Die Vorstellung, mutig und frech genug zu sein, um es am Kamin zu tragen.

Doch ihr Selbstbewusstseins-Radar gab nicht einmal einen Impuls von sich, als sie in die Küche eilte und sich neben ihrem fiebrigen Riesen hinkniete. Sie berührte seine Haut, die, wie erwartet, regelrecht brannte. Eigentlich hätte sie seine Haut gar nicht berühren müssen. Er verströmte Wärme wie ein Schmelzofen, und sie konnte sie auf der gesamten Vorderseite ihres Körpers spüren. Zuerst schloss sie die leeren Gläser um ihn herum und stellte sie auf den Küchentresen. »Oh Mann!«, jammerte sie. »Sie haben alle meine Peperoncini verputzt!«

Wie konnte jemand nur ein ganzes Glas dieser scharf gewürzten Peperoni essen? Sie gehörten zu ihren Lieblingsspeisen, doch in geringer Dosierung. Sie wusste, dass das Glas beinahe voll gewesen war, weil sie es erst vor zwei Tagen geöffnet und eine kleine Menge Peperoni auf ihre Pizza getan hatte. »He, soll das heißen, Sie haben ein ganzes Glas eingelegter Peperoni gegessen?«, fragte sie scherzhaft ihren bewusstlosen Patienten und kicherte, während sich ihre Stimmung ein wenig aufhellte.

Der Saft im Glas schwappte, als sie es neben die anderen auf den Tresen stellte. Sechs insgesamt. Doch besaß keins der Dinge, die sie auf die Einkaufsliste setzte, großen Nährwert. Ihr wurde klar, dass er gezwungen gewesen war, darauf zurückzugreifen, weil sie kaum etwas Frisches im Kühlschrank hatte. Sie begnügte sich mit Tiefkühlkost und Müslis. Obwohl Müsli wohl von der Speisekarte gestrichen werden konnte, weil er ihre gesamte Milch getrunken hatte.

»Keine Sorge. Ich habe auch Milchpulver. Ist zwar nicht das Gleiche«, erzählte sie ihrem rücksichtslosen Gast, »aber gut genug. Und ich habe von allem noch mehr in der Vorratskammer. Allzeit bereit. Das ist mein Motto. Und ein gutes dazu, weil man in dieser Gegend häufig eingeschneit wird.«

Natürlich hatte es mehr mit einer Zwangsstörung zu tun als mit bloßem Vorbereitetsein, doch sie würde sich mit solchen Details nicht quälen.

Nachdem sie fünf Minuten lang versucht hatte, ihn vom Kühlschrank wegzuziehen, um wenigstens die Kühlschranktür schließen zu können, gab sie auf, und ihr wurde klar, dass sie ihn ohne seine Mithilfe niemals wegbewegen könnte. Und nachdem ihr Ziehen, Stoßen und Knurren ihn nicht wachgerüttelt hatten, war sie erst einmal ratlos. Sie hatte Riechsalz, doch wenn sie ihm Ammoniak unter die Nase hielt und er davon aufwachte, verpasste er ihr vielleicht einen Schlag, bei dem sie an die Wand flog, oder etwas ähnlich Schmerzhaftes. Sie betrachtete abwechselnd den Kühlschrank und ihren Besucher, als sie plötzlich einen brillanten Einfall hatte.

6

Ahnvil fühlte sich, als würde er brennen. Er war gefangen, umgeben von einem fürchterlichen Brennen, das ihn zwar nicht umbringen konnte, sich aber bis auf die Knochen in ihn hineinfraß. Doch etwas drängte sich in seinen Schmerz, zuerst ganz schwach, dann immer stärker, genug, um ihn von seiner nicht enden wollenden Qual abzulenken.

Dann wurde ihm bewusst, was es war.

Nahrung. Kochende Nahrung. Plötzlich wurde das Feuer schwächer, und er spürte, wie hungrig er war. Sehr sogar. Hatten ihn diejenigen, die ihn in dieses Feuer geworfen hatten, auch hungern lassen? Er konnte sich nicht erinnern. War das eine weitere Folter, die er zu erleiden hätte?

Nein! Er würde das nicht zulassen. Er würde nicht zulassen, dass sie ihn wieder gefangen nahmen und einsperrten! Nie wieder! Und er würde jeden töten, der ihm in die Quere kam!

Das große Biest in Kats Küche gab ein grauenerregendes Brüllen von sich, das eindeutig Wut bedeutete. Es ängstigte sie so sehr, dass sie die Fleischgabel in die schwere, gusseiserne Pfanne fallen ließ und sich in Sicherheit brachte. Sie sprang auf eine Arbeitsplatte, als wäre er eine Maus oder etwas, dem sie ausweichen konnte, indem sie Bodenkontakt vermied.

Er brüllte noch einmal, rollte auf Hände und Knie und schlug gegen den nächstbesten Gegenstand, ihre Kühlschranktür, die er beinahe aus den Angeln riss. *He,* dachte sie, *das ist rostfreier Stahl. Mach das nicht kaputt.* Sie hatte nicht den

Mut, es laut auszusprechen. Sie hatte nicht einmal den Mut, es laut zu *denken*.

Nach ein paar Sekunden schien er zu sich zu kommen und rappelte sich langsam hoch.

Ta-da! Ihr Einfall war richtig gewesen! Erster Platz für Team Kat! Sie war stolz auf sich, doch nicht genug, um es laut auszusprechen oder irgendwelche Emotionen zu zeigen. Sie war viel zu sehr damit beschäftigt, unbemerkt zu bleiben. Und sie war klein genug dafür, wenn sie es richtig anstellte. Als er aufrecht mit dem Rücken zu ihr stand, zog sie die Beine an und rollte sich auf dem Tresen zusammen.

Ahnvil war sich kaum bewusst, wo er sich befand. Er war an Details nicht interessiert. Nicht eigentlich. Er wollte das Ding, mit dem sie ihn gefoltert hatten. Jetzt, wo er frei war, würde er es bekommen, und wenn er dafür eine ganze Armee töten musste.

Doch es gab keine Armee, wie er gleich darauf feststellte. Es gab lediglich eine Pfanne auf einer Gasflamme und ein riesiges Steak, das darin brutzelte. Ohne auf etwas anderes zu achten, zog er mit einer Hand die Pfanne von der Flamme und griff mit der anderen nach dem Steak. Sekunden später verschlang er es mit großen Bissen, ohne es zu genießen. Es war bestimmt das Köstlichste, was er je gegessen hatte. Vielleicht war es einfach nur seine Wahrnehmung, doch für ihn schmeckte es nach Götterspeise.

Sobald er das Steak zur Hälfte verputzt hatte, begann er sich heimlich umzuschauen, bereit, welche Armee auch immer abzuwehren, die auf der Lauer lag. Ihm war bewusst, dass das Steak vielleicht nur ein Köder war, um ihn zu fangen, doch es kümmerte ihn nicht. Um Schwierigkeiten kümmerte er sich, wenn sie da waren, und keinen Moment früher. Zur Gattung der Bedenkenträger hatte er noch nie gehört. Wenn er sich etwas vornahm, dann zog er es auch durch. Er sah keinen Sinn darin, sich über das Resultat oder sonst irgendetwas Sorgen zu machen. Das Leben war einfach. Gut oder böse. Krieg oder Frieden. Frei oder Sklave. Kampf oder Tod. Einfach. So einfach wie er selbst. Fleisch oder Stein. Einfach.

Er brauchte nicht lange, bis er das kleine, seltsame Mädchen ängstlich zusammengerollt auf dem Tresen ihm gegenüber entdeckte. Er blickte über die Schulter, um festzustellen, was ihr solche Angst machte, doch er konnte nur Ofen und Kühlschrank entdecken. Dinge, die in einer Küche standen. Er befand sich also in einer Küche.

Das gab ihm zu denken. Er ließ den Blick durch den großen Raum schweifen, der an einer Seite offen war und zu einem ausgedehnten Wohnbereich führte, mit riesigen raumhohen Fenstern entlang der Wand. Das wiederum brachte ihn dazu, seine Konzentration auf das Toben des Sturms draußen zu richten. Er prüfte kurz seine innere Uhr. Tageslicht. Es musste taghell sein. Doch das war es nicht. Der Sturm. Er ließ keine Sonne durch, was ihn beruhigte. Es bedeutete, dass er sich frei bewegen konnte, ohne davor Angst haben zu müssen, dass die Sonne ihn verwandelte.

Er richtete seine Aufmerksamkeit wieder auf das kleine Mädchen. Da kam ihm der Gedanke, dass sie wahrscheinlich vor ihm Angst hatte. Das brachte ihn beinahe zum Lachen. Er war der Beschützer von allem Guten und Unschuldigen, und kein Ungeheuer, vor dem man sich fürchten musste. Warum sollte sie …?

Dann hielt er inne und sah an sich hinunter. Nahm sich in Augenschein. Er stand riesengroß und nackt in ihrer Küche – er ging davon aus, dass es ihre war – und verschlang wie ein Tier ihr Essen – er ging davon aus, dass es ihres war. Es gab keine Feinde. Es gab kein Gefängnis.

Nicht jetzt. Es hatte eins gegeben, doch er war ausgebrochen. Er war seit drei Tagen und Nächten ohne seinen Energiestein. Wer wusste, wie viel Zeit ihm noch blieb, bevor das Unvorstellbare geschah?

Langsam stellte er die Pfanne neben sich auf die Arbeitsplatte und bewegte seine Hand ein wenig, die er, wie er jetzt erst spürte, in seiner Gier nach Essen verbrannt hatte. Er nahm eine gerade Haltung an und wollte den Rest des Steaks weglegen, brachte es aber nicht über sich. Es war sowieso schon beinahe aufgegessen. Eher unwahrscheinlich, dass sie den Rest zurückhaben wollte. Besänftigend streckte er eine Hand aus.

»Kein Grund, besorgt zu sein«, sagte er und schluckte ein Stück des köstlichen Rindfleischs hinunter. Wenn man etwas über seine Spezies sagen konnte, dann, dass sie ihre Nahrung liebte. Und aus gutem Grund. Sie verbrannten Kalorien dreimal so schnell wie Menschen und mussten deshalb genauso schnell für Nachschub sorgen. Neben ihrer Freiheit war Nahrung bei den Wasserspeiern stets willkommen. Freiheit und Nahrung. In dieser Reihenfolge.

»S-Sie haben meinen Kühlschrank kaputt gemacht. Ich denke, das ist ein Grund.«

Verdammt, dachte er, als er sich das beschädigte Gerät anschaute. Er verschlang das letzte Stück seines Steaks und griff nach der wackligen Tür. Sie ließ sich schließen, doch nicht so, dass die Nahrungsmittel darin geschützt gewesen wären … auch wenn kaum etwas da war, wie er feststellte, als er sich dabei ertappte, nach noch mehr Essbarem Ausschau zu halten, um seinen Hunger zu stillen. Aber so klein, wie sie war, aß sie wahrscheinlich nicht besonders viel.

Er wandte sich wieder zu ihr um. »Das tut mir wirklich leid. Ich war nicht ganz bei mir. Wo bin ich? Was ist das hier für ein Ort?« Dann bewegte er sich, und ein durchdringender, glühender Schmerz durchfuhr ihn und zwang ihn beinahe in die Knie. Wäre nicht die Arbeitsplatte neben ihm gewesen, wäre er direkt zu Boden gegangen. Und schnell wie eine Biene, die auf eine Blüte zuflog, war sie von der Arbeitsfläche herunter und unter seinen Arm geschlüpft, als wollte sie ihn stützen. Trotz des Schmerzes brachte ihn das zum Lachen. Glaubte sie wirklich, dass ein so kleines Ding wie sie einem Mann von seiner Größe damit behilflich sein konnte?

»Sie sind verletzt«, sagte sie hastig.

»Das kann ich sehen«, stellte er trocken fest. Er machte sich nicht die Mühe zu fragen, was geschehen war. Er wusste es nur zu gut. Er war mit der Hilfe eines anderen mutigen Mädchens aus dem Gefängnis dieses Teufels ausgebrochen …

Ahnvil schob jeden Gedanken an die Flucht und die Frau, die das ermöglicht hatte, beiseite. Er würde seine Empfindungen darüber später konsultieren. Im Moment musste er sich um die Gefühle von jemand anderem kümmern. »Lass los«, sagte er, stieß sie von sich weg und blickte zu den Fenstern, als stünden seine Verfolger direkt dahinter. Vielleicht taten sie das auch, und dann würde die Hölle über dieser unschuldigen Frau hereinbrechen, und sie würde am Schluss womöglich ebenfalls … tot sein.

»Aufhören«, sagte sie und wehrte sich gegen seinen Versuch, sie wegzuschieben. Wie ein Blitz war sie auf seiner unversehrten Seite. »Sie müssen sich hinlegen und ausruhen. Sie werden eine Weile hier sein«, sagte sie und nickte in Richtung des Sturms draußen. »Also können Sie sich genauso gut entspannen und ausruhen. Wenn Sie zulassen, dass ich Sie ins Bett bringe, brate ich Ihnen noch ein Steak«, lockte sie ihn.

Und, verdammt noch mal, er wollte gern noch ein Steak. Er hatte noch immer Hunger und, wie er zu sich selbst sagte, er konnte es sich nicht leisten, vor Hunger geschwächt zu sein.

Mit dem Sturm hatte sie recht. Aufgrund dessen und aufgrund der Tatsache, dass es eigentlich taghell war, war es ziemlich unwahrscheinlich, dass man ihm gefolgt war. Doch das änderte nichts daran, dass ihm die Zeit davonlief. Gefährlich davonlief. Er konnte es sich nicht leisten, Zeit mit Essen und Genesen zu verbringen.

Doch der Sturm … der würde ihn hier festhalten. Vor allem weil er verletzt war.

»Wie lange?«, fragte er und nickte in Richtung der Fenster. »Wann erwarten Sie die nächste Windstille?«

»Ich weiß nicht. Nicht innerhalb der nächsten vierundzwanzig Stunden, das kann ich Ihnen versichern. Die Stürme hier sind heftig und lang. Er könnte zwei bis drei Tage dauern. Und danach dauert es eine ganze Weile, bis die Schneepflüge durchkommen und die Straßen frei machen. Also müssen Sie davon ausgehen, dass Sie hier für eine Weile festsitzen. Und sich einfach ausruhen, genesen und«, beeilte sie sich hinzuzufügen, »essen.«

Ihre Argumentation und ihre Lockmittel waren unschlagbar. Mit einem zustimmenden Nicken ließ er sich von ihr ins Schlafzimmer und in ein frisch bezogenes Bett helfen. Als sie dort ankamen, fühlte er sich so schwach wie ein neugeborenes Lamm, und seine Beine zitterten vor Anstrengung. Auf dem Weg erzählte sie ihm, wie sie ihn gefunden hatte und in welcher Verfassung er gewesen war. Fieber. Wahrscheinlich eine Infektion. Verletzt. Alles Dinge, um die er sich problemlos selbst kümmern konnte … wäre da nicht das bedrohlich enge Zeitfenster. Er blieb besser so, wie er war, Mensch und hilflos, als sich in Stein zu verwandeln, ein Zustand, in dem er viel schneller heilen würde. Doch nach drei Tagen ohne Kontakt zu seinem Energiestein musste er auf Nummer sicher gehen.

Im Handumdrehen hatte sie ihn ins Bett gepackt, und ihr

Tempo und ihre Kraft waren ziemlich beeindruckend. Sie drängte ihn, ein paar Tabletten zu nehmen, die er, gefolgt von einem Glas Wasser, schneller schluckte, als ihm bewusst war, und sie tätschelte seine Hand.

»Wenn Sie diesmal im Bett bleiben können, mache ich Ihnen noch ein Steak. Und wenn Sie es erwarten können, mache ich Ihnen auch ein paar Beilagen dazu.«

Er zog es einen Moment lang ernsthaft in Betracht. Dann sagte er: »Mach mir doch zwei Steaks mit allem Drum und Dran.« Dann fügte er noch hinzu: »Bitte.«

Sie riss die Augen auf. »Das macht dann drei Steaks!«, sagte sie ziemlich erschrocken und auch ein wenig beeindruckt.

»Ja und?«, konterte er mit strengem Blick, damit sie keine Einwände erhob. Er wollte dieses Steak und war nicht in der Stimmung, darüber zu streiten. Doch sein Blick besagte, dass er es, wenn nötig, tun würde.

»Also einverstanden«, sagte sie und wich vorsichtig zurück, als wollte sie ihn nicht erschrecken. Erst da wurde ihm bewusst, was für ein ungehobelter Kerl er gewesen war, und er fühlte sich auf einmal ziemlich kleinlaut. Es musste ihm anzusehen sein, denn sie zögerte.

»Es tut mir leid. Ich bin nur schrecklich hungrig«, sagte er mit tiefem Bedauern. Sie hatte so viel für ihn getan, und er war ein so undankbarer Kerl.

»Ist schon okay.« Angesichts seines Fiebers wollte sie ihm gern etwas Leichteres zu essen anbieten, doch brachte sie den Mut nicht auf. »Ich bring Ihnen gleich die Steaks. Würden Sie diesmal bitte im Bett bleiben?«

»Diesmal?«, wiederholte er, während er sich zurücklegte und wirklich mitgenommen aussah. Er hatte sich in den letzten fünfzehn Minuten ziemlich angestrengt, und es war mehr, als sein Körper vertrug.

»Sie stehen dauernd wieder auf. Das letzte Mal, um etwas zu essen, und die beiden Male davor, um …«, sie verstummte, als ihr bewusst wurde, dass er wahrscheinlich keine Erinnerung daran hatte und es ihm wahrscheinlich schrecklich peinlich wäre, was er getan hatte. Vielleicht. Sie war sich noch immer nicht sicher, aus welchem Holz er geschnitzt war.

»Um was?«, wollte er wissen, setzte sich wieder auf und blickte sie aus zusammengekniffenen bernsteinfarbenen Augen an.

»Sie haben Fieber. Es ist nicht wichtig«, wehrte sie ab und wandte sich erneut zum Gehen. Nur ein paar Schritte, und sie wäre von seiner betörenden Anwesenheit befreit. Vielleicht hatte sie ja Glück, und er würde wegen des Fiebers ohnmächtig, bevor sie mit dem Essen zurückkam.

»Es ist mir wichtig«, sagte er, und seine strenge Stimme verlangte, dass sie mit den Nettigkeiten aufhörte und die Wahrheit sagte.

»Sie haben«, sie schluckte, »Sie haben versucht, mich anzufassen.« Sie würde nicht erzählen, dass sie von ihm bereits ausgiebig angefasst worden war. Vielleicht besaß er einen Ehrenkodex oder etwas Ähnliches, und es würde ihn nur aufregen. Sie wollte ihn nicht noch mehr beunruhigen.

Das dachte sie, als er auf einmal ein wölfisches Lächeln aufsetzte. »Oje, das kann ich mir vorstellen.« Er lachte ein tiefes, dröhnendes Lachen. »Du bist hübsch, so wie du bist. Und obwohl du ziemlich schmal bist, hast du reizvolle Brüste.«

Sie stöhnte erschrocken und gekränkt auf. Nun, vielleicht nicht gekränkt … oder doch gekränkt. Sie fragte sich, wie sie das alles ertrug. Sie war schon so lange auf höchster Alarmstufe, dass sie regelrecht ausgebrannt war. Vielleicht verlor sie deshalb die Fassung.

»Sie sind ein arroganter, widerlicher Mistkerl!«, schleuderte sie ihm entgegen, ohne darauf zu achten, dass sie gerade einen Bären piesackte. »Fieber oder nicht, Sie lassen Ihre Hände ab jetzt besser bei sich, oder ich ramme Ihnen den nächstbesten scharfen Gegenstand hinein!«

»Na schön«, sagte er mit einem amüsierten Ausdruck in den Augen, »ich werde rücksichtsvoller sein.«

Es war klar, dass er von ihr nicht besonders eingeschüchtert war. Und das Schwein machte sich sogar über sie lustig.

»Oh!«, schnaubte sie, drehte sich ruckartig um und stampfte aus dem Zimmer. Sie wünschte, sie hätte die notwendige Geistesgegenwart, um einen arroganten Scheißkerl wie ihn auf seinen Platz zu verweisen, doch so schlau war sie nicht. Sie hatte alles um sich herum immer viel zu ernst genommen. Das hatte es ihr schwer gemacht, Freunde bei der Arbeit zu finden. Die Kollegen machten gern Scherze auf Kosten des jeweils anderen, doch wenn sie davon betroffen war, fühlte sie sich jedes Mal … beschämt. Gekränkt und beschämt. Sie war zwanghaft mit den Schwächen beschäftigt, die sie scheinbar entdeckten und die groß genug waren, um sie damit zu ärgern. Es war für sie eine weitere Stressquelle in ihrem Alltag, während es für andere lustig und entspannend war. Und schließlich hatten sie damit aufgehört, sie über sich selbst zum Lachen zu bringen, und damit begonnen, hinter ihrem Rücken darüber zu tuscheln, dass sie eine Spielverderberin war.

Vorsicht, da kommt die Spaßbremse, murmelte irgendjemand, der glaubte, dass sie ihn nicht hörte, bevor sie das Schwesternzimmer betrat. Doch sie war mit einem ungewöhnlich guten Gehör geschlagen, noch so eine sinnlose Gabe in ihrem Leben, und sie hatte stets sämtliche Tuscheleien oder spöttischen Bemerkungen mitbekommen.

Als sie jetzt ging, um sich um das Essen zu kümmern, versuchte sie, das Bedürfnis zu weinen zu unterdrücken.

Ahnvil konnte hören, wie sie in der Küche herumlärmte, und er versuchte, nicht zu lachen, doch das Bedürfnis war übermächtig. Als Strafe dafür spürte er einen stechenden Schmerz an der Seite. Sein Gesicht wurde ernst, als er die tiefrote Narbe in Augenschein nahm.

Stiche? Und sie hatte nicht einfach ihren Nähkasten hervorgeholt und einen schlampigen Job gemacht. Es sah professionell aus. Nein, mehr als professionell. Sehr … sorgfältig. Ihr Geschick würde seine schnelle Wundheilung noch unterstützen … sofern die verdammte Infektion den Prozess nicht verlangsamte. Er war für alles anfällig, wofür auch ein Mensch anfällig war. Mit dem Unterschied, dass seine Chancen zu überleben viel größer waren.

Vorausgesetzt natürlich, er konnte sich in sein steinernes Selbst zurückverwandeln. Doch so weit weg von seinem Energiestein wagte er das nicht. Er hatte Angst, dass er sich nie wieder zurückverwandeln könnte. Trotzdem spürte er, während er im Bett saß und wartete, einen heftigen Schmerz durch seine Arme schießen, und sein Fleisch verwandelte sich wieder in Stein. Das Herz pochte heftig in seiner Brust, und er hielt den Atem an, wartete und betete dafür, dass er sich wieder zurückverwandeln würde. Soweit er sich erinnern konnte, war es das erste Mal, dass er sich unfreiwillig in Stein verwandelte … bis auf die Male, als er unbewusst unter Sonneneinstrahlung gestanden hatte. Diese Vorfälle waren zum Glück selten. Unbewusst in diese Situation zu geraten war lebensgefährlich. Wenn man sich in Stein verwandelte, sollte das stets gut vorbereitet sein und in geschützten Räumen stattfinden.

Dieser Ort hier war nicht geschützt. Der Sturm verdunkelte zwar die Sonne, doch das würde nicht ewig so bleiben, und er glaubte nicht, dass es so lange anhalten würde, wie sie behauptete. Das Wetter war zu unberechenbar, um einem Wetterbericht vertrauen zu können. Also war das Erste, was er bei ihrer Rückkehr sagte: »Du musst sämtliche Vorhänge zumachen. Ich darf nicht das kleinste bisschen Sonne abbekommen. Ich … ich habe ein Leiden …«, sagte er so unbestimmt wie möglich.

»Bedeutet dieses Leiden, dass Sie sich in Stein und wieder zurückverwandeln?«, fragte sie ein wenig spöttisch, um ihm deutlich zu machen, dass sie weder blind noch dumm war und dass die Verwandlung zu Stein auch stattgefunden hatte, als er bewusstlos war.

»Ich … weiß, dass dir das komisch vorkommen muss«, wich er aus, und sein Blick fiel auf das Essen, während er hin und her gerissen war zwischen seinem Appetit und seinem Wunsch, sich zu erklären. »Das ist nur … eine Krankheit, nichts Ansteckendes«, fügte er hastig hinzu, um sie auf keinen Fall zu erschrecken. Er würde sie noch eine Weile brauchen. Der Sturm gab ihm eine Galgenfrist, doch seine Feinde waren ihm auf den Fersen. Feinde, die mit einer Frau nicht lange fackeln würden, um ihn wieder in die Finger zu bekommen. Und so schlimm die Vorstellung auch sein mochte, wieder eingesperrt zu sein, war doch die von ihrem gewaltsamen Tod noch viel schlimmer.

»Ja, gewiss«, sagte sie in sarkastischem Tonfall. »Das würde ich glauben … wenn ich nicht selbst einen medizinischen Beruf hätte. Ich habe von Leuten gehört, die als Folge einer teilweisen Verkalkung langsam versteinern, aber noch nie von jemandem, der sich wieder in Fleisch verwandelt.« Sie strich mit einer Hand über die Daunendecke auf dem Bett und glättete unbewusst die Ecke, während sie sprach. Dann wurde sie auf einmal ernst und richtete ihren Blick auf ihn. Ihre Augen hatten eine hübsche rotbraune Farbe, wie Bourbon, dachte er in diesem kurzen Moment. »Bitte behandeln Sie mich nicht wie einen Dummkopf.«

Ahnvil spielte mit der Gabel, die auf seinem Tablett gelegen hatte, doch so hungrig er auch sein mochte und so gut das Essen auch roch, er wollte mit ihr ins Reine kommen.

»Tut mir leid. Glauben Sie mir einfach, wenn ich Ihnen sage, je weniger Sie über mich wissen, desto besser für Sie. Ich will nicht, dass Sie in Gefahr geraten. Deshalb ist es wichtig, dass niemand ins Haus hereinschauen kann und auch nicht der kleinste Sonnenstrahl hereinfällt.«

Sie stand einen Moment lang da, verarbeitete seine Worte und nickte dann kurz. »Essen Sie. Ich kümmere mich darum. Ich bin an Ihren Geheimnissen nicht interessiert, nur daran, dass Sie die Verwundung heil überstehen.«

Sie verließ das Zimmer und ging zu den Schiebefenstern, die normalerweise auf eine Veranda mit atemberaubendem Blick ins Tal führten. Sie griff nach der Jacke, die sie zuvor ausgezogen hatte, und zog sie rasch über. Dann zog sie ihre Slipper aus und schlüpfte erneut in die Stiefel. Der Schnee, der bei ihrer Fahrt zum Doktor hineingefallen war, war geschmolzen und fühlte sich kalt und nass an ihren Füßen an, nachdem sich ihre Socken damit vollgesaugt hatten. Sobald sie wieder eingemummelt war, öffnete sie die Verandafenster.

»Warte, was tust du da?«, wollte er von ihr wissen. Sie blickte ihn mit ernster Miene an.

»Ich tue das, was ich versprochen habe. Und ich würde es zu schätzen wissen, wenn Sie das ebenfalls täten«, sagte sie und nickte in Richtung Tablett.

»Aber …«

Sie gab ihm keine Gelegenheit zu widersprechen und trat hinaus in den Sturm. Es war, als würde man vom Himmel direkt in die Hölle wechseln. Die sichere, stille Wärme im Haus wurde von einem heftigen Windstoß wie weggewischt, und sie hatte das schreckliche Gefühl, als würden eiskalte Nadeln in sämtliche Poren von Gesicht, Hals und Händen dringen. Normalerweise hätte sie sich viel dicker eingepackt, doch es würde nur eine Minute dauern, die schweren Sturmläden vor den Fenstern zu schließen. Es war ihr bei allen anderen Fenstern gelungen, doch war sie noch nicht dazu gekommen, auch die vor den Terrassenfenstern zu schließen, weil sie anderweitig beschäftigt gewesen war. Allerdings war es nicht so leicht, wie sie gehofft hatte. Die Läden ließen sich selbst bei gutem Wetter schwer bewegen, doch wegen des Sturms und des Schnees, der sich bereits vor den Fenstern angesammelt hatte, war es beinahe unmöglich. Sie würde eine Schaufel brauchen. Sie würde den gesamten Schnee wegschaufeln müssen, der sich um die Läden und vor den Fenstern angesammelt hatte, bevor sie diese schließen konnte, um das Glas und ihren lichtscheuen Gast vor der Sonne zu schützen. Sie ließ den Laden los, an dem sie sich vergeblich abgemüht hatte, und wollte hineingehen, um sich wärmer anzuziehen und einen sinnvollen Schlachtplan aufzustellen. Dabei stieß sie gegen eine gebrandmarkte Brust und eine Wand aus nackten Bauchmuskeln. Er packte sie mit einem Arm, während er mit der anderen Hand nach dem linken Laden griff. Gleichzeitig stieß er sie ins Haus zurück und zog den Laden mit einer kraftvollen Bewegung zu. Doch er zahlte einen Preis dafür. Er stöhnte und neigte sich zur Seite. Sie schüttelte die Hand ab, mit der er sie noch immer am Arm festgehalten hatte. Dann trat sie wieder hinaus und packte den anderen Laden, entschlossen, ihn eigenhändig zu schließen, und war erfreut, als er nachgab. Doch als sie nach oben blickte, erspähte sie über ihrem Kopf seine Hand auf dem Laden. Sie widerstand dem Bedürfnis, aufzustampfen und eine Schnute zu ziehen, und drehte sich um.

»Gehen Sie wieder hinein! Es ist zu kalt für Sie hier draußen!« Sie betrachtete seinen nackten Körper. Verdammt, der

Mann könnte zumindest so viel Anstand besitzen, in der Kälte … ähm … wie jeder normale Mann zu schrumpfen.

»Ebenfalls«, erwiderte er, packte sie erneut am Arm und schob sie wieder hinein, ob sie wollte oder nicht. Doch weil sie sich den Hintern abfror, wehrte sie sich nicht und nutzte ihre schwachen Kräfte dazu, ihn hinter sich herzuziehen. Sobald sie wieder drin waren, legte sie die Riegel an den Läden vor und knallte die Terrassentüren zu.

»Ab ins Bett mit Ihnen!«, befahl sie ihm. *Ja, das ist es. Ganz geschäftsmäßig*. Er würde sie mit ihrer knarzenden Krankenschwesternstimme ernst nehmen müssen. Sie hatte von dieser Stimme häufig Gebrauch gemacht, um zu ihrer kleinen Gestalt ein Gegengewicht zu setzen.

Der Mistkerl lachte über sie, selbst als er sich eine Hand auf die schmerzende Seite legte, und sie bemerkte, dass er wieder blutete. Seine Finger waren rot.

»Du bist ja ein ganz schön bestimmendes Ding«, sagte er mit seinem gedehnten Akzent.

Warte! Nein! Nicht sexy. Denk nicht mal an sexy! Gott allein wusste, wer er war. Gott allein wusste, *was* er überhaupt war. Es gab keinerlei Veranlassung, ihn so anzuschauen, als fände sie ihn irgendwie attraktiv. Er war ein kraftvoller Fremder, möglicherweise nicht einmal ein menschlicher Fremder. Stark genug, sich auf den Beinen zu halten, obwohl er durch den Blutverlust weiß wie die Wand war.

Wenn nicht menschlich, was dann?

Auf ihr Starren hin hob er beschwichtigend die Hände und ging wieder zu ihrem Bett zurück. Er humpelte leicht zur verletzten Seite geneigt und hatte sichtbar Schmerzen. Sie wünschte, sie hätte irgendeinen schlauen Einfall gehabt, um an Schmerzmittel heranzukommen, doch so weit hatte sie nicht gedacht. Seine Infektion stand eindeutig ganz oben auf der Liste der Dinge, die in den Griff zu kriegen waren. Sie konnte nicht einmal jetzt an die restliche Liste denken, das würde sie überfordern. Eine Liste von Dingen, die sie abarbeiten sollte, nachdem sie eine gefährliche, fragwürdige Person medizinisch versorgt hatte. Wie Hilfe holen … davonlaufen … oder eine Valium nehmen … etwas in dieser Art. Sie zwang sich dazu, gleichmäßig zu atmen und eine geschäftsmäßige Haltung einzunehmen.

»Wie dem auch sei, ich weiß, was in dieser Situation am besten ist, und was ich sage, wird gemacht. Schließlich ist das mein Haus.«

Er warf ihr einen prüfenden Blick zu, bevor er auf seinem Weg zum Bett stehen blieb und sich zu ihr umdrehte. Seine Größe und Stärke waren einschüchternd, und sie hörte sich selbst schlucken. Und er zweifellos ebenfalls.

»Du bist ein winziges, kleines Ding«, stellte er mit einem tiefen Brummen fest. »Aber mach keinen Fehler. Ich bin ein Fremder in deinem Haus. Doppelt so groß wie du und ein trainierter Kämpfer. Ich tu nichts, was ich nicht tun will, und du weißt ansonsten nichts über mich. Ich bin wahrscheinlich ein Serienmörder, mein Püppchen. Gefährlich und ein Risiko. Einer, den jemand, der so winzig ist wie du, gar nicht hätte aufnehmen sollen.«

Sie schnaubte. »Ich hatte keine Wahl, und Sie auch nicht. Sie wären verblutet und würden jetzt bis zum Frühling unterm Schnee begraben liegen! Also versuchen Sie nicht, mich zu provozieren oder einzuschüchtern, wo ich Ihnen doch nur helfen will!«

»Das ist keine Einschüchterung«, sagte er mit rauer und ein wenig verärgert klingender Stimme. »Das is'n Risiko, das du nicht hättest eingehen sollen.«

Er neigte sich auf einmal zur Seite und gab ein schmerzerfülltes Stöhnen von sich, während er blind nach dem nächstbesten Gegenstand tastete, um sich abzustützen. Doch da war nichts. Nichts außer ihr, und als er sich aufzurichten versuchte, anstatt sich an sie zu lehnen, schob sie sich auf seiner gesunden Seite unter seinen Arm.

»Hören Sie auf damit«, befahl sie ihm und schob ihn in Richtung Bett, wobei ihr klar wurde, dass er so geschwächt war, dass er keine andere Wahl hatte, als zu gehorchen. Es war die reine Willenskraft, mit der sie ihn zum Bett schaffte, und als sie dort ankamen, war er von einem Schweißfilm bedeckt. Er stöhnte, als er ins Bett fiel, und sie griff nach ein paar Wundkompressen und drückte sie fest auf seine Wunde, wobei sie wieder gängige Regeln missachtete, und das, obwohl eine Schachtel mit Einmalhandschuhen direkt auf der anderen Seite des Zimmers stand. Sie hatte jedoch einfach nicht die Zeit, sich vorher noch Handschuhe anzuziehen – und er genauso wenig. Er hatte einfach schon zu viel Blut verloren, sodass man nicht riskieren konnte, dass es noch mehr wurde.

»Essen Sie, wenn Sie können«, befahl sie ihm und nickte in Richtung des Tabletts, das er nicht angerührt hatte. »Und versuchen Sie, es drinzubehalten. Sie brauchen die Nährstoffe.«

»Jawohl«, sagte er, doch es war nur ein schwaches Krächzen im Vergleich zu dem kraftvollen Dröhnen, das seine Stimme sonst besaß. Sie glaubte, dass es sein männliches Ego verletzte, auf die Hilfe einer Frau angewiesen zu sein, doch es ging ihm einfach schlecht.

Er saß bei ihr fest, und sie würde sich um ihn kümmern, ob es ihm gefiel oder nicht.

7

Isabella Russ rollte im Schlaf herum. Obwohl sie kaum bei sich war, erkannte sie den Geruch, der ihr in die Nase stieg, sofort.

Mann. Ihr Mann. Ihr Ehemann. Sie schnupperte ein wenig, nahm dann einen langen, tiefen Atemzug, weil er wie üblich wunderbar roch. Es war eine nette Ablenkung davon, dass sie noch immer müde war, obwohl sie den ganzen Tag geschlafen hatte.

»Schnupperst du an mir?«, ertönte ein tiefes, amüsiertes Brummen neben ihr.

»Du riechst gut«, murmelte sie an seiner Haut und schmiegte sich fester an ihn. Im Zimmer war es kühl, und sie hatte noch keine Lust auf die kalte, erwachende Welt.

Und wie gerufen, begann ein kleines Kind zu schreien.

»Ohhh neiiin!«, stieß sie hervor und steckte den Kopf unter die Decke, als könnte sie sich so den Bedürfnissen ihres Sohns entziehen. Doch anders als ihre Tochter hatte sich ihr Sohn als ausgesprochen fordernd erwiesen. Jason hatte sich zum Beispiel geweigert, gestillt zu werden. Flaschenfütterung machte doppelt so viel Arbeit, und sie hatte die Kränkung darüber, dass sie ihm nicht die Brust geben durfte, noch nicht überwunden. Er war zwar jetzt aus dem Stillalter heraus, doch war sie noch nicht darüber hinweg. Und das war nur eine der Dutzenden von Methoden, mit denen dieses besondere Kind sie ihrer Kräfte beraubte.

Zum Beispiel sie bei Tagesanbruch zu wecken. Der Kleine hatte wie die meisten Schattenwandler eine innere Uhr, die ihm verriet, wann die Dämmerung einsetzte, doch war diese in einem so jungen Alter selten so ausgeprägt.

Bella hatte einfach Glück gehabt.

»Ich kümmere mich um ihn«, sagte ihr Mann mit einem leisen Lachen.

»Nein«, sagte sie, als er mit seiner männlichen Wärme aus dem Bett schlüpfte. »Ich will, dass du bleibst.«

»Nun, einer von uns muss ihn holen, oder er fängt an zu schreien«, stellte Jacob überflüssigerweise fest.

»Lass das Leah machen«, seufzte sie.

»Leah ist neun. Sie ist ein wenig zu jung, um sich um unseren renitenten Dreijährigen zu kümmern.«

»Das weiß ich doch!«, schnaubte sie und rollte sich auf den Rücken. »Na schön. Geh. Ich steh gleich auf.«

»Bella.« Jacob streckte eine langfingrige, kräftige Hand aus und legte sie ihr um den Hals. »Worum geht es eigentlich? Wenn du müde bist, kommen wir auch ohne dich klar, während du noch ein bisschen schläfst.« Er fuhr ihr mit der Hand beruhigend vom Hals über ihren gesamten Körper. Beruhigend. Nicht sexy oder prickelnd, wie es früher jeden Morgen gewesen war, sobald sie einander erblickt hatten. Dafür war keine Zeit mehr. Es gab ein kleines Kind, um das man sich kümmern musste.

»Mehr Schlaf wird auch nicht helfen«, sagte sie und stieß einen weiteren Seufzer aus. »Ich würde nur aufreibende Träume haben.«

»Aufreibende Träume?«, fragte er. »Was für aufreibende Träume? Meinst du Träume oder Vorahnungen?«

Bella war eine Druidin, eine Mischung aus Schattenwandler und Mensch. Vor langer Zeit war sie einmal ein ganzer Mensch gewesen, zumindest hatte es den Anschein gehabt, bis Jacob gekommen war und sie emotional erweckt hatte. Seine Dämonen-DNA hatte mit ihrer Druiden-DNA interagiert und ihre schnell sich entfaltenden Fähigkeiten zum Leben erweckt. Eine davon war, die Zukunft zu erahnen. Was manchmal extrem erschöpfend sein konnte. Und das trotz der Tatsache, dass Jacob der beste Vater im Universum war.

Sie seufzte erneut. »Hör nicht auf mich«, sagte sie. »Ich bin nur ein bisschen weinerlich heute.«

»Du hast meine Frage nicht beantwortet«, insistierte er.

»Nun, ich kann es nicht sagen! Ich träume die ganze Zeit davon, Ferien zu machen. Weit weg von hier, in Nordamerika. Wo es verschneit und kalt und eisig ist, mit viel heißer Schokolade und prasselndem Kaminfeuer.«

»Wir haben Kaminfeuer und heiße Schokolade auch hier«, sagte er amüsiert. »Ich kann Elijah nur nicht dauernd bitten, dir hübsche, kleine Schneestürme zu zaubern.«

»Ich will keinen künstlichen Dämonenschneesturm, ich will einen echten.«

Jacob blinzelte. »Aber … er ist echt …«

»Verlange nicht von mir, logisch zu sein! Ich bin zu müde!«, nörgelte sie. Wieder ein zerknirschter Seufzer. »Habe ich außerdem erwähnt, dass das vielleicht Zeit für uns allein bedeuten würde?«

Jakob hob eine Braue, und seine Mundwinkel zuckten belustigt. »Zeit für uns allein? Wir können allein sein, wann du willst …«

»Aber dann schlafe ich einfach ein, weil ich so erschöpft bin. Egal!« Sie warf die Decke zurück und stand genervt auf, doch kaum hatte sie den Boden mit ihren nackten Füßen berührt, schlüpfte sie in ihre Slipper.

»Bella, komm zurück und rede mit mir.«

»Da ist ein schreiendes Kind, du erinnerst dich?«, warf sie ihm über die Schulter hinweg zu. Sie ging selbst in Jasons Kinderzimmer, drückte auf den Lichtschalter und ging weiter zu dem Bettchen. In dem Moment, als sie Jasons Gesicht sah, trat ein Lächeln auf ihre Lippen, und seine Augen begannen zu leuchten. Sein Geschrei verwandelte sich in fröhliches Gebrabbel, und wie üblich ließ er ihr launenhaftes kleines Herz schmelzen.

»Komm her, du«, sagte sie und nahm ihn auf den Arm. Er strampelte und wand sich aufgeregt, bevor er sich an sie schmiegte wie ein Affe an einen Fahnenmast. Dann lachte er. Er hatte, was er wollte. »Verwöhnter kleiner Fratz«, sagte sie leise und küsste ihn drei- oder viermal auf die Stirn.

»Bella«, tadelte Jacob sie, der ihr gefolgt war.

»Er muss gefüttert werden«, sagte sie, ohne den fragenden Blick ihres Mannes zu erwidern, als sie an ihm vorbeigehen wollte.

»Nicht«, sagte er und streckte den Arm im Türrahmen aus, um ihr den Weg zu versperren, »bevor du mir nicht gesagt hast, was du willst. Sag es mir einfach.«

Sie blickte in seine beinahe schwarzen Augen und sah die Entschlossenheit darin. Augenblicklich wusste sie wieder, warum sie diesen Mann bis zu ihrem Tod lieben würde … was als Unsterbliche und all das … noch in weiter Ferne lag. Hoffentlich. Es gab stets dunkle Mächte da draußen, die ihr Leben wie das von jedem anderen in Gefahr bringen konnten. Unsterblich war nicht das Gleiche wie unverwundbar … oder untötbar.

Es war nur so, dass, wenn man ein Schattenwandler war, es schwieriger zu bewerkstelligen war.

Gott sei Dank.

Oder dem Schicksal sei Dank, wie Jacob es formulieren würde.

»Ich liebe meinen Sohn«, platzte sie heraus.

»Ich …«, er machte ein ernstes Gesicht. »Ich weiß das, meine kleine Blume. Ich habe nie daran gezweifelt – Bella! Warum weinst du?«

Sofort umfasste er ihr Gesicht mit seinen eleganten Händen und neigte ihren Kopf zurück, damit sie ihn durch den plötzlichen Tränenstrom hindurch ansah. »Es ist wegen meiner Hormone!«, sagte sie und versuchte sich loszureißen.

»Ich weiß, dass du erschöpft bist –«

»Nein! Nicht so! Ich meine … ich bin *scharf*«, sagte sie ohne Umschweife und stampfte sogar leicht mit ihrem Slipper auf. »Und du hast mich seit vier Monaten nicht angefasst! Nicht ein Mal! Na ja … ich meine, du berührst mich die ganze Zeit, und du bist sehr liebevoll, aber du bist einfach nur lieb und nett. Natürlich bin ich dankbar dafür – versteh mich nicht falsch; ich weiß, wie glücklich ich mich schätzen darf. Es ist nur so, dass wir früher S-e-x hatten. Ich meine, natürlich hatten wir S-e-x. Wir haben schließlich zwei Kinder«, sagte sie so schnell, dass ihr Mann Mühe hatte, ihren wechselnden Themen zu folgen, »aber ich glaube nicht, dass du mich noch immer sexy findest, und ich kann es nicht einmal herausfinden, weil ich die ganze Zeit müde bin oder der Kleine schreit, wenn wir mal einen Augenblick Zeit für uns haben, oder Leah zu uns ins Bett springt oder wir die Welt retten müssen.«

Und in alldem entdeckte Jacob schließlich den Kern der Aussage.

»Ohhh«, sagte er, als es ihm dämmerte, »du willst *Ferien* machen.«

»Ich könnte schwören, dass ich das gesagt habe. Du bist heute Abend ein wenig schwer von Begriff.« Wieder wollte sie an ihm vorbeigehen, doch er ließ sie nicht. Er wischte mit dem Daumen eine Träne weg, die beim Blinzeln heruntergelaufen war.

»Ferien. Ohne Kinder. Vereinigte Staaten. Kalt. Kakao. Kaminfeuer. Skifahren. Betrachte es als gebucht«, sagte er. »Wir sollten heute Abend aufbrechen.«

»A-aber der K-leine und Leah und –«

»Wir brechen heute Abend auf«, sagte er bestimmt. »Noah wird auf Leah und den Kleinen aufpassen. Oder wir können den Kleinen zu Elijah und Sienna bringen.«

Das brachte Bella zum Lachen. »Du bist gemein«, sagte sie. Sienna war bekannt dafür, völlig überfordert zu sein, was Kinder anging. Sogar noch mehr, seit sie erfahren hatte, dass sie selbst eins erwartete. Sie hatte einen ziemlichen Bauch, fühlte sich unbehaglich und hatte schreckliche Angst vor dem, was als Nächstes passieren würde.

Elijahs Antwort darauf war Immersions-Therapie gewesen. Er hatte sich angeboten, sämtliche Kinder im Radius von tausend Meilen zu beobachten und Sienna Größe, Alter und Geschlecht zu vermitteln in der Hoffnung, dass das ihre Sorgen mindern würde.

So weit, nicht so gut. Bella hatte ihm klarzumachen versucht, dass allein die Geburt sie beruhigen konnte. Die ultimative Immersions-Therapie. Elijah war zu Siennas Bestürzung nicht überzeugt gewesen.

»Mein Standpunkt ist, wir kennen Lykanthropen, Dämonen, Mistrale, Schattenbewohner, Druiden und Vampire. Unter diesen sechs Schattenwandlerspezies werden wir eine finden, die vertrauenswürdig genug ist, um unsere Kinder zu beaufsichtigen, und du und ich werden verreisen.«

Dann beugte er sich über sie, wobei er das zappelnde Bündel, das ihr Sohn war, ignorierte, und bannte sie mit seinen dunklen, hungrigen Augen. »Und ich warte seit drei Monaten darauf, dass du wieder s-c-h-a-r-f bist«, sagte er erregt. »Wenn ich gewusst hätte, dass du es bereits bist, dann hätte ich augenblicklich etwas unternommen.«

»Ha! Eine gewisse telepathische Verbindung haben wir wohl noch«, schnaubte sie. »Ich war mir sicher, du hättest es mitbekommen und ich wäre dir zu rundlich mit dem Übergewicht nach der Schwangerschaft und dass du mich deshalb nicht wolltest …« Und auf einmal klang das auch in ihren Ohren lächerlich.

»Und ich war mir sicher, dass du weißt, dass ich dich will, dich immer will. Ich war nur … etwas zurückhaltend, weil ich nicht wollte, dass du dich bedrängt fühlst. Ich weiß, wie müde du zurzeit bist.«

»Na gut«, sagte sie mit einem leichten Schnauben. »Ferien.«

»Großartig«, sagte er mit einem breiten, ein wenig lüsternen Lächeln. »Wo? In den Catskills? Vale?«

»Stone Gorge, Washington.«

Jacob blinzelte. »Wo zum Teufel ist das?«

»Stone Gorge, Washington, du Dummkopf«, sagte sie spöttisch.

Jacob rollte mit den Augen. »Ich kenne es. Ich wollte sagen, warum dorthin? Ich kenne einen großartigen Ort in Vale. Er kostet ein kleines Vermögen, doch zu Recht. Vornehme Hütten, nächtliches Skifahren …«

»Stone Gorge, Washington.«

»Ich habe kein gutes Gefühl dabei«, sagte Jacob zögerlich.

»Egal was für ein Gefühl du hast. Wir fahren dorthin.«

Ende der Geschichte. Sie sprach es nicht aus, und Jacob wusste, dass sie es nicht musste, also tat sie es nicht.

Oh ja, er hatte wirklich ein schlechtes Gefühl dabei.

Doch mit der Aussicht auf haufenweise heißen Sex ließ sich dieses schlechte Gefühl leicht verdrängen.

8

Er schnarchte.

Nicht das normale, leichte Sägen, sondern das Donnern eines Güterzugs, der ihre Dachbalken erzittern ließ.

Großartig. Angesichts der Tatsache, dass er in ihrem Bett lag, wie sollte sie da ein wenig Schlaf bekommen? Oh ja, es gab noch ein Bett im ersten Stock, aber es war nicht *ihr* Bett, und sie wollte in Hörweite bleiben. Gott allein wusste, was er das nächste Mal anstellen würde; wahrscheinlich würde es wieder damit enden, dass sie seinen schweren Körper vom Fußboden hochhieven musste. Und um ehrlich zu sein, ihre Beine hatten genug. Und ihre Arme ebenfalls. Und ihr Rücken.

Gott, sie wurde langsam alt.

Dreißig Jahre alt und *alt*. Zurückgezogen. Schwach.

Und, wie es schien, noch nicht vertrocknet. Nicht, wenn das ständige Revue-passieren-Lassen seines Kusses etwas bedeutete. Sie ertappte sich fortwährend dabei, wie sie sich abwesend mit den Fingern über ihre leicht geöffneten Lippen rieb und dabei an das Gefühl seines Munds auf ihrem dachte.

Nein. Vergiss es!, sagte sie sich jedes Mal. Und jedes Mal ohne Erfolg. Sie saß im Sessel in der Ecke ihres Schlafzimmers, ein Bein angezogen, und stieß sich mit dem anderen regelmäßig vom Boden ab, sodass sie sanft hin und her wippte. Sie hatte eine Tasse Kaffee auf das angewinkelte Knie gestellt und pustete hinein, weil die Flüssigkeit noch immer zu heiß war. Jacob schlief bereits seit drei Stunden, und in dieser Zeit hatte sie ein halbes Dutzend Mal nach ihm gesehen, hatte seinen Puls gefühlt und seinen Verband überprüft. Weder hatte er sich in dieser Zeit ein einziges Mal bewegt noch mit dem Schnarchen aufgehört.

Nach Stunden mit diesem Geräusch hatte es eine einschläfernde Wirkung bekommen. Und sie hatte sich mehr als einmal dabei ertappt, wie sie weggedämmert war, weshalb sie sich für einen weiteren Becher Kaffee entschieden hatte. Um diese Zeit trank sie normalerweise Tee anstatt Kaffee …

Verdammt, um diese Zeit schlief sie normalerweise.

Sie war vor zehn Minuten ins Wohnzimmer gegangen und hatte vorsichtig hinausgespäht. Dafür, dass es Tag war, war es draußen so dunkel, dass sie etwas sehr Ungewöhnliches tat.

Sie verließ das Haus und ging in die Dunkelheit hinein. Karma war hocherfreut, obwohl sie sie eine halbe Stunde zuvor verwundert angeschaut hatte, weil sie noch immer wach waren und weil sie nicht das einzige Riesending war, das da im Bett lag. Der Schneefall hatte kein bisschen nachgelassen, doch hatte sich zumindest das eisige Schneetreiben gelegt. Karma tobte durch den zehn Zentimeter hohen frischen Schnee, der sich auf den bereits vorhandenen gelegt hatte. Es war bislang ein harter Winter gewesen, und es gab riesige gefrorene Schneehaufen auf beiden Seiten der Auffahrt. Zum Glück war der Hang auf der einen Seite bestens zum Entsorgen des Schnees geeignet. Und die gefrorenen Schneehaufen gaben Karma das Gefühl, die Königin der Berge zu sein, weshalb sie jedes Mal bellte, wenn sie hinaufkletterte, und große weiße Atemwolken aufstiegen.

Die Temperatur fiel rasch, und es war noch kälter als zu Beginn des Sturms. Sie konnte die schwer beladenen Bäume im Wind knarren hören.

»Karma! Komm schon, Mädchen!«

Karma folgte ihr brav, ein weiteres Zeichen dafür, dass es kälter wurde. Normalerweise war es schwer, sie wieder ins

Haus zu locken. Doch selbst mit ihrem dicken Fell war sie an ihre Grenze gekommen und Kat trotz der dicken Daunenjacke ebenfalls.

Nachdem sie wieder im Haus waren, wusste sie nicht so recht etwas mit sich anzufangen. Sie ging ins Schlafzimmer, und weil sie den Verbandsmull und alles andere bereits entsorgt hatte, hob sie seine Jeans vom Boden auf. Dabei stellte sie fest, dass etwas in einer der Taschen war.

Es war eine Halskette. Eine sehr hübsche Halskette mit einem Anhänger aus Silber und Onyx. Das Silber war eine ovale Scheibe, die so poliert war, dass sie ihr Spiegelbild darin sehen konnte. Sie war gesäumt von perlenförmigen, polierten schwarzen Steinen. Sie vermutete, dass es Onyx war, doch ihr Glanz konnte ebenfalls von Perlen herrühren. Sie war keine Expertin für Edelsteine, also wusste sie es nicht. Sie wusste nur, dass der Anhänger wunderschön und sehr alt war. Sie hatte eine Schwäche für wirklich alte und schöne Dinge. Deshalb hatte sie auch kein schlechtes Gewissen, als sie zum Spiegel huschte und sich das Ding über den Kopf zog und ihr Haar anhob, damit es sich um ihren Hals schmiegte. Wie für sie geschaffen, lag der Anhänger auf der Mulde ihres Schlüsselbeins.

»Ohhh. Wie hübsch«, flüsterte sie und betastete den Anhänger, wobei sie das kalte Metall und die Steine zwischen den Fingern spürte.

Wahrscheinlich hätte sie die Kette gleich wieder abnehmen sollen, doch weil er bewusstlos war, sah sie keinen Schaden darin, sie noch eine Weile zu tragen. Er würde es nie erfahren, sagte sie sich. Deshalb spielte sie eine Stunde später noch immer damit und glitt mit dem Anhänger an der Kette auf und ab. Die Kette hatte keinen Verschluss, keinen Anfang und kein Ende, nur zarte Glieder, die schimmerten und glitzerten.

Plötzlich blieb der Güterzug stehen, und er erwachte und sprang mit einem riesigen Satz aus dem Bett, krachte gegen die Wand und riss dabei ihre kleine, handbemalte Nachttischlampe herunter, die wie ein weiß glühendes Mordopfer am Boden lag. Er hatte die Hände zu Fäusten geballt und erhoben, und seine Haut verwandelte sich in Stein und dann wieder in Fleisch, so wie eine heranrollende Welle die Farbe des Sandes veränderte.

Sie sprang auf und streckte beschwichtigend eine Hand aus. »Alles in Ordnung! Es geht Ihnen gut!«, sagte sie schnell und laut, weil sie nicht wusste, was in seinem benommenen Zustand zu ihm durchdrang. Er starrte sie ganze fünfzehn Sekunden lang misstrauisch an, bevor er seine Augen hin und her schnellen ließ, um die Umgebung zu prüfen und sich zu entspannen. Er stieß einen erleichterten Seufzer aus und öffnete langsam die Fäuste.

Es war seltsam, aber von den Tausenden von Fragen, die sie ihm stellen wollte, stand ganz oben auf der Liste: *Wer zum Teufel hat dich verletzt?* Das war nicht richtig. Oben auf der Liste hätte stehen sollen: *Was zum Teufel bist du?* Doch fairerweise kam sie gleich als nächste. Und weil sie bezweifelte, eine Antwort auf die erste zu bekommen, hielt sie sich an die zweite.

»K-können Sie mir etwas sagen?«, fragte sie zögernd. »Können Sie mir sagen, warum Ihre Haut das macht … das mit dem Stein?«

Er machte ein Gesicht, als hätte man ihn mit heruntergelassenen Hosen erwischt … nur dass sie bezweifelte, dass das seinem Selbstbewusstsein irgendwie schadete. Er schien nicht der Typ zu sein, den kümmerte, was andere von ihm dachten. Doch sie hatte insgesamt auch nur ungefähr dreißig Minuten gehabt, um dahinterzukommen, wie sollte sie das also wissen?

Einen Moment lang hatte sie das Gefühl, dass er ihr sagen würde, dass sie das nichts anginge, doch nach einem kurzen

Ringen mit sich selbst strich er sich mit der Hand durch sein zerwühltes schwarzes Haar und betrachtete sie, als würde er abschätzen, wie viel Wahrheit sie wohl vertrug.

»Ich bin mir nicht sicher, ob du das wissen willst«, sagte er vorsichtig, während sich sein Körper nach links neigte. Er blutete wieder. Mit einem tadelnden Geräusch stellte sie den Becher ab und griff nach noch mehr Gaze. Sie trat vor ihn hin und presste sie vorsichtig auf den blutigen Verband.

»Es ist irgendwie der Elefant im Zimmer, egal wie man es betrachtet«, sagte sie und wagte es, zu ihm hochzuschauen. Seine bernsteinfarbenen Augen schimmerten im gedämpften Licht des Raums und erinnerten sie daran, dass ihre Lampe am Boden lag. Das ließ sie die Stirn runzeln. Sie hatte sie in einer Antikscheune zum Spottpreis bekommen. Es war eine ihrer liebsten Anschaffungen.

»Die meisten Menschen können mit der Wahrheit nicht umgehen«, sagte er düster.

Die meisten Menschen? Gab es denn etwas anderes als Menschen? Sie dachte an das, was sie bisher gesehen hatte, und schluckte schwer.

»Versuchen Sie's mit mir. Falls ich in Panik gerate, schlagen Sie mich bewusstlos oder so. Falls ich in Panik gerate, werde ich Ihnen wahrscheinlich dafür danken.«

»Trotzdem?«, fragte er vorsichtig.

»Versuchen Sie's«, wiederholte sie.

»Na schön. Ich bin ein Wasserspeier, auch Gargoyle genannt.«

Sie blinzelte. Und wie eine Eule blinzelte sie noch einmal. »Ich verstehe nicht. Sie sind eine … böse, hässliche Statue oben auf der Kathedrale von Notre Dame? Oder ein bisschen niedlicher in der Disney-Version?« Sie schluckte geräuschvoll und hoffte auf Letzteres. Obwohl sie es besser wusste.

»Wir leb'n nicht alle auf Kirchen«, schnaubte er, als hätte sie ihn in eine Schublade gepackt. Sie verstand nicht, wie das möglich sein sollte, jetzt, da sie von der Existenz eines Wasserspeiers wusste. Ein Wasserspeier, der lebte, atmete und sich bewegte.

»Okay«, sagte sie vorsichtig. »Verzeihen Sie mir, dass ich das Offensichtliche benannt habe«, sagte sie nach einem leisen Räuspern, »aber abgesehen von der plötzlichen Verwandlung in Stein sind Sie aus Fleisch und Blut.«

Er lachte, und das tiefe, krächzende Geräusch bekam auf einmal eine ganz eigene Bedeutung. »Ja«, stimmte er zu, »das bin ich. Die halbe Zeit. Und die andere Hälfte bin ich aus hartem Stein, mit Flügeln und einem hässlichen Gesicht, wie du es von den Wasserspeiern kennst.«

»Oh«, sagte sie. Dann fragte sie, ohne nachzudenken. »Können Sie mir das zeigen? Vorsätzlich?«

»Nee, kann ich nicht«, sagte er und schüttelte langsam den Kopf. »Nicht jetzt.«

»Warum nicht?«, fragte sie, unfähig, ihre Neugier zu zähmen.

»Das ist 'ne lange Geschichte. Die willst du gar nicht hören.«

»Ich hätte nicht gefragt, wenn ich es nicht wissen wollte.«

»Ich glaube nicht, dass du weißt, was du willst, weil dir nicht klar ist, was du fragst.«

»Sehr nett. Wirklich ausgesprochen zuvorkommend«, sagte sie finster.

Er runzelte die Stirn. »Ich will damit nur sagen, wenn du jetzt Angst hast, wird das mit einer Erklärung nicht besser.«

»Verstehe«, sagte sie und konnte es nicht lassen, nervös auf ihrer Unterlippe zu kauen. »Ich habe mich nur gefragt –«

»Herrgott, Frau!«, platzte er halb verärgert, halb lachend heraus. »Also schön. Die ganzen Sachen, die nachts zum Leben erwachen, sind real. Dschinn, Phönixe und dergleichen, Geister … und ein paar Dinge, von denen du nie zuvor gehört hast.«

»G-Gespenster? Sie wollen mir sagen, Gespenster sind real?«

»Geister«, korrigierte er sie und zuckte zusammen, als sie ihn ein wenig zu fest stieß.

»Phönixe«, flüsterte sie. »Was ist mit Vampiren? Werwölfen?«

»Nein, die nicht. Sie heißen Schattenwandler. Es gibt sechs Spezies. Geister, Mysticals, Dschinn, Körperwandler, Nachtengel und Phönixe. Sechs Schattenwandler-Typen insgesamt.«

»Warten Sie, das macht sieben. Mit den Gargoyles sind es sieben.«

»Nein.« Er schüttelte seinen grauen Kopf. »Wasserspeier sind keine Schattenwandler. Wir sind … so etwas wie Ableger einer Schattenwandlerspezies namens Körperwandler. Und wenn du eine ausführliche Erklärung willst, muss ich mich vorher hinlegen.«

»Oh! Oh, natürlich!« Sie nahm die Gaze weg und begutachtete die Wunde, wobei sie feststellte, dass die Blutung aufgehört hatte. Vorerst. Sie half ihm ins Bett und stopfte Kissen in seinen Rücken, nachdem klar war, dass er aufrecht sitzen wollte. Sie versuchte es zu ignorieren, als er in Richtung ihres Schlüsselbeins ein anerkennendes Geräusch machte.

Und plötzlich packte er sie an den Armen und schüttelte sie so kräftig, dass die Augäpfel in ihrem Kopf klackerten.

»Wo hast du das her?«, fragte er barsch und griff nach dem Anhänger.

Sie besaß den Anstand, rot zu werden.

»Es tut mir leid. Ich hab es in Ihrer Hosentasche gefunden, und es war so hübsch … Ich konnte einfach nicht anders –«

»Runter damit! *Sofort*!«, bellte er ihr ins Gesicht.

»Schon gut!«, fauchte sie. »Herrje, regen Sie sich nicht auf! Ich hab sie nur anprobiert –«

»Runter!« Er machte Anstalten, ihr die Kette vom Hals zu reißen, und aus Angst um den Anhänger wollte sie diesen schnell abnehmen. Schlimm genug, dass er bereits eine Antiquität kaputt gemacht hatte.

»Ist sie für Ihre Frau? Sie haben recht, es war falsch, dass ich sie angelegt habe. Aber ich verspreche, ich habe sie nicht kaputt gemacht.«

»Warum nimmst du sie dann nicht ab?«, wollte er wissen.

»Das tu ich doch!«

»Nein, du hebst sie hoch und lässt sie dann wieder los.«

»Tu ich nicht!«, sagte sie und hob den Anhänger hoch.

Und ließ ihn wieder los.

Ihre Blicke begegneten sich, ihrer verwirrt und seiner alarmiert. »Ich mach's«, sagte er und packte die Halskette.

Kat spürte einen kräftigen Schlag auf der Brust, flog durch die Luft und knallte gegen die rückwärtige Wand. Die Luft wurde aus ihren Lungen gepresst, als sie eine Sekunde später hart auf dem Boden aufschlug. Ihr Gast auf der anderen Seite des Zimmers kletterte aus dem Bett. Sie fühlte sich zwergenhaft, als er sich über sie beugte, und sie zuckte zusammen, als er die Hände nach ihr ausstreckte.

»Bitte nicht!«, rief sie, während ihr Körper versuchte, ausreichend Sauerstoff in ihre Lungen zu pumpen.

»Himmel, das tut mir leid«, sagte er, brachte sie in eine sitzende Position und umfasste ihre Wange mit einer seiner großen Hände. Sie fühlte sich auf einmal zerbrechlich und viel zu zart im Vergleich zu ihm.

»Haben S-Sie mich geschlagen?«, fragte sie zitternd und mit schriller Stimme. Sie erinnerte sich nicht daran, dass er Körperkontakt zu ihr gehabt hätte, aber wie sonst sollte sie ihren Flug durchs Zimmer erklären.

»Nein! Ich würde nie eine wehrlose Frau schlagen«, sagte er furchtbar gekränkt über diese Unterstellung. »Vor allem nicht die Frau, die mich vor dem sicheren Tod bewahrt hat.«

»Oh.« Sie hustete und rieb sich die schmerzende Brust. Sie hatte das Gefühl, dass sie am Abend einen ordentlichen Bluterguss haben würde. »Was ist dann passiert?«

»Muss ein verdammter Fluch sein«, sagte er leise zu sich selbst.

»Ein Fluch? Haben Sie wirklich gesagt ... ein *Fluch*?«

»Ja«, antwortete er grimmig und schien seine Vermutung für richtig zu halten. »Du kennst die Welt nicht, aus der ich komme, Mädel. Flüche und Wünsche und all das gibt es die ganze Zeit. Ich muss es wissen. Mein steinernes Selbst, dieses Biest, zu dem ich wurde und werden kann, ist eine ganz besondere Art von Fluch.«

»Sie wollen sagen ... Sie waren einmal m-menschlich? Ganz und gar?«

»Ja«, sagte er mit kurzem Nicken und nicht gerade erfreut über das Gespräch. »Aber ich will nicht darüber reden. Helfen wir dir mal hoch. Du bist ein gutes Mädchen.«

Ahnvil streckte den Arm aus und betastete vorsichtig ihren Brustkorb, und sie schrie auf und schlug ihn weg. »Lassen Sie das!«, rief sie. »Das war schon genug Gefummel für einen Abend.«

Er lächelte wie der böse Wolf, der sich eine Abkürzung zu Großmutters Haus überlegt hat. »So etwas wie zu viel Gefummel gibt es nicht«, sagte er. »Und ich weiß nicht, was du damit sagen willst. Ich hab dich nicht befummelt, selbst wenn ich daran gedacht hätte. Obwohl ich mir eher vorstellen würde, dass du das Fummeln übernimmst. Du hast wirklich ein Paar hübsche Hände, zart und geschickt. Alles andere wäre eine Lüge.«

»Sie hätten auch einfach gar nichts sagen können«, murmelte sie und strich sich mit der Hand über ihre geröteten Wangen. Dann hielt sie inne und sah ihn seltsam an. »Wie heißen Sie eigentlich?«, fragte sie ganz unvermittelt.

»Ahnvil.«

»Oh.« Und gleich darauf. »Im Ernst? Sie sind auf die Welt gekommen, und Ihre Mom hat Sie angeschaut und sich gedacht, ›Ahnvil‹, das ist es!«

»Nee, mein Mädchen. Das ist nicht mein eigentlicher Name. Das ist der Name, den ich nach meiner zweiten Geburt gewählt habe. Er wird A-h-n-v-i-l buchstabiert. Das *H* ist stumm.«

»Das ist eine seltsame Schreibweise. Warum ein H? Und was meinen Sie mit zweiter Geburt? Sind Sie so etwas wie ein wiedergeborener Christ?«

»Nein, Mädchen. Wie heißt du?«, fragte er im Gegenzug, um der Frage auszuweichen.

»Kat. Kurzform für Katrina.« Mehr als ihren Vornamen wollte sie nicht preisgeben. »Dann duze ich dich aber von jetzt an auch«, sagte sie mit leisem Trotz.

»Nun, Kat-Mädchen, ich bin ganz schön müde, also lege ich mich wieder in dein Bett und ruhe mich aus.«

»Aber was ist mit der Halskette?«, fragte sie und versuchte noch zweimal, sie abzunehmen, ließ sie jedoch unerklärlicherweise in dem Moment wieder los, als sie sie über den Kopf ziehen wollte.

»Nun«, sagte er und setzte sich seufzend aufs Bett. Er war sehr blass, und ihr war klar, dass das vom Blutverlust herrührte. Doch hatte sie keine Vergleichsmöglichkeit, weil sie nicht wusste, ob er auch sonst blass war. Sie hätte eher gedacht, dass er gebräunt wäre, weil er so kräftig und wahrscheinlich gern draußen war, nur dass er offensichtlich eine Abneigung gegen Tageslicht hatte, was sie gut verstand. »Wir können im Moment nichts tun. Also behältst du sie besser um. Ich will nicht, dass du dir wehtust, indem du versuchst, sie abzunehmen.«

»Oh. In Ordnung.« Sie wusste das zu würdigen und berührte sie kurz. »Sie ist sehr hübsch, aber ich glaube nicht, dass ich sie für den Rest meines Lebens tragen möchte«, sagte sie beunruhigt.

»So weit wird es wohl nicht kommen«, log Ahnvil. »Es gibt ein paar Leute, die uns dabei helfen können.« Er lauschte einen Moment lang dem Heulen des Windes draußen, der wieder aufgefrischt hatte. »Aber das muss bis nach dem Sturm warten.«

Sie schnaubte. »Länger noch«, sagte sie. »Du wirst für eine ganze Weile nirgendwohin gehen.« *Obwohl sich jeder andere*, dachte sie, *mit solch schweren Verletzungen überhaupt nicht hätte bewegen können.*

»Wirklich nett, wie besorgt du um mich bist«, sagte er mit einem Kichern.

»Halt den Mund!«, sagte sie und errötete. »Ich tue nur, was jeder anständige Mensch tun würde. Außerdem werde ich dieses Ding nicht mehr los, wenn ich mich nicht um dich kümmere.«

Sie hob den Anhänger ein wenig hoch. Er glänzte und war sehr hübsch. Er fühlte sich geschmeidig und kühl an, doch egal, wie sie ihn berührte, sie hinterließ keine Fingerabdrücke. Sie ertappte sich dabei, wie sie in die Scheibe in der Mitte blickte, wo ihr Spiegelbild klar zu erkennen war. Nur dass sie irgendwie anders aussah. Nicht verzerrt … nur … schemenhaft. Wenn sie sich anschaute, war ihr Spiegelbild zuerst normal, doch nach einer Weile verschwamm es.

»Stopp«, sagte er plötzlich und bedeckte das Amulett, um ihren Augenkontakt damit zu unterbrechen. »Es verhext dich«, warnte er sie. »Du scheinst nicht gehört zu haben, was ich gesagt habe.«

»Das tut es nicht!«

»Was habe ich denn gerade gesagt?«

»Dass es nett ist, wie besorgt ich um dich bin.«

»Das war vor ein paar Minuten«, sagte er. »Ich habe davon gesprochen, dass Heilung bei mir anders verläuft. Und ich würde noch schneller heilen, wenn ich mich in Stein verwandeln würde.«

»Aber das tust du doch die ganze Zeit«, sagte sie. Sie fühlte sich hin- und hergerissen zwischen der Erinnerung daran, dass er nur teilweise ein Mensch war, und der Faszination für jedes neue Detail, das sie über ihn erfuhr. Immerhin war sie noch nie zuvor einem übernatürlichen Wesen begegnet. Und abgesehen von der Angst, die sie auch empfand, gefiel es ihr ziemlich gut.

»Ich rede davon, mich vollständig in mein steinernes Selbst zu verwandeln. In eine groteske Gestalt. Was du siehst, ist, wie sich mein Körper als Schutzreaktion in Stein verwandelt, doch ich versuche es abzuwehren.«

»Warum solltest du? Wenn du so schneller heilst …«

»Das ist eine lange Geschichte. Der Hinweis möge genügen, dass es nicht gut wäre.«

Und er hatte nur noch ein paar Tage, bevor es schlimmer würde. Wahrscheinlich für immer und ewig schlimm. Er ertappte sich dabei, wie er besorgt zu den geschlossenen Fensterläden blickte. »Irgendwas Neues über den Sturm?«

»Oh! Ich habe gar nicht daran gedacht. Ich schalte mal den Wetterkanal ein, mal sehen, was sie sagen.« Sie griff über ihn hinweg nach der Fernbedienung auf dem Nachttisch, wobei sie ihren kleinen Körper an seinen Schoß presste und die Rundung ihrer Hüfte deutlich zu erkennen war. Nur noch ein paar Zentimeter mehr, und sie hätte den Po in der Luft.

Er hatte bereits bemerkt, dass sie einen hübschen Hintern hatte. Er hätte blind sein müssen, um es nicht zu sehen. Die Art, wie sie ihren Rücken wölbte, und die perfekte Rundung ihrer Hinterbacken sorgten dafür, dass es einem Mann in den Fingern juckte. Auch wenn sie kompakt war, war sie für ihre Größe ausgesprochen wohlgeformt.

Der Fernseher erwachte zum Leben, und plötzlich war sie von seinem Schoß herunter und klickte sich geübt durch den Guide und die Kanäle. »Ich verfolge den Sturm wie alle anderen hier schon seit ein paar Tagen. Wenn er noch ein paar Stunden anhält, fällt der Strom aus. Aber ich habe natürlich einen Generator. Bei den vielen Stürmen hier oben in den Bergen wäre ich dumm, wenn ich keinen hätte.«

»Sehr schön, Kat-Mädchen. In deinen Händen bin ich auf jeden Fall sicher, was?«

»Ja«, sagte sie und reckte stolz das Kinn. »Du hättest wirklich keinen besseren Ort finden können, um krank zu sein. Ich ... ich habe Erfahrung mit schweren Verletzungen und solchen Dingen.«

»Ja, das habe ich gemerkt«, sagte er und hob den Arm, um ihre Arbeit an seiner Seite zu inspizieren. »Wo hast du das gelernt?«

»Ich war Krankenschwester in einem Krankenhaus in Manhattan.«

»War?«, fragte er.

»Ich ... habe aufgehört. Und bin hierher gezogen. Ich mache das nicht mehr.«

Sie nahm ihm seinen verwirrten Blick nicht übel. Alle, denen sie die Geschichte erzählte, sahen sie so an. Und dann kam die unvermeidliche Frage.

»Und du arbeitest jetzt hier draußen als Krankenschwester?« Doch der Klang seiner Stimme verriet ihr, dass er begriffen hatte, dass sie das nicht tat. Also schüttelte sie lediglich den Kopf. »Warum nicht?«

»Ich rede nur ungern darüber«, sagte sie ausweichend und spielte an der Fernbedienung in ihrer Hand. Er redete nicht gern über sich selbst, also sollte er respektieren, dass sie das ebenfalls nicht gern tat. »Hast du wieder Hunger? Ich kann dir etwas kochen.«

»Nein«, sagte er leise und legte seine große Hand auf ihre beiden Hände und die Fernbedienung und drückte sie hinab, bis sie in seinem Schoß ruhten. »Warum hast du aufgehört, Kat-Mädchen? Ich weiß, dass deine Ausbildung lang gedauert haben muss. Du warst bestimmt gut in dem, was du gemacht hast. Und du hättest selbst nach dem Umzug eine Stelle in einem örtlichen Krankenhaus finden können. Warum hast du dir keine gesucht?«

»Ich habe … ich wollte einfach nicht mehr«, sagte sie und wusste, dass er ihre Lüge durchschaute. Sie hatte ihren Job geliebt. Es war etwas gewesen, das sie auch mitten in der Nacht hätte tun können, im Dunkeln, und das war ihr wichtig gewesen. Sie hatte etwas bewirkt. Sie hatte geholfen, Leben zu retten.

»Lüg mich nicht an, Kat-Mädchen, und ich werd's auch nicht tun.« Nun, das war eine Lüge, dachte Ahnvil und wand sich innerlich. Er hatte sie bereits ein- oder zweimal angeflunkert. Doch es war nur zu ihrem Besten geschehen.

Sie wurde rot, und ihre Nasenspitze und Ohrmuscheln nahmen eine rosa Note an, während alles dazwischen nur einen Hauch davon abbekam, was ihre winzigen Sommersprossen zur Geltung brachte.

»Das geht dich nun wirklich nichts an«, sagte sie und machte Anstalten, aufzustehen und sich ihm zu entziehen. Doch so leicht ließ er sie nicht davonkommen. Er packte sie am Arm und zog sie neben sich aufs Bett. Er stöhnte bei der Anstrengung und verfluchte seinen Zustand. Er gehörte nicht zu denjenigen, die Einschränkungen gewöhnt waren. Er mochte sie nicht. Hatte sie nie gemocht. Nicht einmal, als er noch sterblich gewesen war. Menschlich.

»Du kannst vor den Dingen nicht davonlaufen, Kat-Mädchen. Sie holen dich irgendwann ein.« Er musste es ja wissen. Er war vor drei Jahrhunderten weggelaufen, hatte sich befreit und geglaubt, seinen Herrn und Schöpfer nie wiederzusehen, und falls doch, wollte er ihn auf der Stelle töten. Doch das war weit von dem entfernt, was dann tatsächlich geschehen war. Etwas, das noch immer wehtat. Doch es gab Wichtigeres als seine Rache an dem Mann, der ihn zu dem gemacht hatte, was er war. Seine Rache würde warten müssen.

»Belehr mich nicht!«, wies sie ihn zurecht, jedoch ohne von ihm abzurücken. Da merkte sie auf einmal, dass sie tatsächlich über das reden wollte, was geschehen war. Er ertappte sich bei der Frage, warum er sich darüber Gedanken machte. Es gab viel dringlichere Dinge, über die er besorgt sein sollte. Doch schließlich hatte sie sich um ihn gekümmert, und wenn es ihr half, konnte er sich als Gegenleistung auch ein wenig um sie kümmern. Sein Gefallen war zwar anders, da sie ihm das Leben gerettet hatte, doch unter den gegebenen Umständen war es das Beste, was er tun konnte.

»Ich habe nicht …« Sie hielt inne und strich sich nervös eine Haarsträhne hinters Ohr. »Die Leute mögen mich nicht besonders. Ich passe irgendwie nicht dazu.«

»Blödsinn. Du bist ein nettes Mädchen. Ehrlich und gutherzig nach dem, was ich bisher gesehen habe. Was wollen die Leute sonst noch?«

»Sinn für Humor«, sagte sie trocken. »Und normales Verhalten hilft auch. Jeder wusste, dass ich … seltsam bin.« Sie seufzte und ließ resigniert die Schultern sinken, als wollte sie nicht den anderen die Schuld geben.

Ahnvil erschrak über seine Reaktion. Er wurde ärgerlich – sehr sogar –, als er sie so reden hörte und, wichtiger noch, als er sah, wie ihr der Mut sank. Er packte sie an den Schultern und drehte sie zu sich um. »Ich bin seit kurzer Zeit in deiner Gesellschaft, Kat-Mädchen, und ich habe nichts Seltsames an dir festgestellt. Bisher habe ich nur einen gutherzigen Menschen mit Anteilnahme für andere in Not gesehen. Das ist nicht seltsam, das ist *selten*.«

»Du kennst mich einfach nicht gut genug. Wenn du das tätest …«

»Willst du etwa sagen, dass ich dich dann seltsamer fände als einen Mann, der sich nach Belieben in Stein verwandeln kann? Oder einen, der sich im Sonnenlicht in Rauch auflöst und mit Gegenständen um sich herum zaubern kann? Das ist ein Dschinn«, fuhr er fort, und ihre Augen wurden ganz groß. »Oder vielleicht ein Mann, dessen Körper zwei Seelen beherbergt? Das ist ein Körperwandler. Oder wie wär's mit einer Frau mit kohlschwarzer Haut und sonnengelben Augen? Das ist ein Nachtengel.«

Bei seinem letzten Beispiel saß sie mit offenem Mund da, staunend und erschrocken zugleich. Staunend angesichts all der Dinge, die er ihr erzählte, und erschrocken, weil sie ihm glaubte.

»G-Gelbe Augen?«, fragte sie ein wenig unsicher. Sie strich eine zarte Locke ihres hübschen schwarzen Haars zurück, und Ahnvil fühlte sich davon angezogen. Ihr Haar war wie Seide.

»Es schimmert wie Katzenfell«, sagte er und strich ihr mit der Hand am Kinn entlang, nur eine tröstende Geste, sagte er sich. Doch in Wahrheit war er von ihren feinen Gesichtszügen fasziniert. Er konnte es nicht genau benennen, aber vielleicht lag es daran, dass er sich nicht entscheiden konnte, ob sie zerbrechlich aussah oder wie ein zähes, kleines, hübsch verpacktes Energiebündel.

Beides, wie er kurz darauf feststellte. Sie war beides. Zäh, wenn es notwendig war, und manchmal auch zerbrechlich, wie in diesem Augenblick.

»Du solltest dich hinlegen«, sagte sie leise und machte sich beinahe verlegen von ihm los. Er sah, dass sie schon wieder errötete und anbetungswürdig aussah.

Er kam ihr zu nahe, dachte sie, als sie von ihm wegrückte. Sie mochte es nicht, wenn ihr jemand zu nahe kam. Zu nah bedeutete, zu viel Kontrolle und zu viele Gelegenheiten, ihre Schwächen zu finden. Aus irgendeinem Grund war ihr seine Meinung wichtig. Sie wusste nicht, warum, denn sie lebte ihr Leben ohne jede Rechtfertigung, seit sie ihren Job in Manhattan aufgegeben hatte. Doch hatte sie für diese Entscheidung einen sehr hohen Preis bezahlt. Die Art von Preis, der sie zum Alleinleben zwang, im Dunkeln auf einem Berg in der kleinsten Stadt Amerikas.

»Willst du etwas essen?«

»Ich will«, sagte er und umfasste ihre Hand, bevor sie außer Reichweite war, »dass du wieder hierherkommst. Leiste mir Gesellschaft.«

Das war keine gute Idee. Gesellschaft bedeutete, reden zu müssen, und Reden bedeutete, dass er ihr wahrscheinlich Dinge erzählen würde, die sie nicht hören wollte und die er ihr auch gar nicht erzählen sollte. Doch er war dazu bereit.

Sie setzte sich wieder aufs Bett und schaute ihn so misstrauisch an, als wollte er ihr die Hand abbeißen, wenn sie nicht aufpasste.

»Was hat es mit dieser Verwandlung in Stein auf sich?«, fragte sie sofort. Beinahe so, als wüsste sie, dass ihn das zum

Schweigen bringen würde … und er sie wegschicken würde. Sie entkommen ließe.

Ahnvil hätte es tun sollen. Er hätte sie wegschicken, sich hinlegen und friedlich das Ende des Sturms abwarten sollen. Außerdem war die Idee, noch etwas zu essen, verlockend. Sein Verbrauch war so verdammt groß, dass er permanent Nahrung aufnehmen musste. Nicht jede Sekunde, aber mindestens alle zwei Stunden. Außer wenn er in Stein verwandelt war.

»Ein Wasserspeier hat drei Zustände«, erzählte er ihr, als würde er Sterblichen so etwas häufig erzählen. Eine der unausgesprochenen und strengen Regeln der Schattenwandlerwelt war, den Menschen gegenüber nie etwas preiszugeben. Doch sie hatte bereits zu viel gesehen, wofür er keine plausible Erklärung mehr liefern konnte. Seine Bilanz war bisher makellos gewesen, was unbemerkte Verwandlungen betraf.

»Der fleischliche Zustand«, sagte er und wies auf sich, »der steinerne Zustand, wenn ich mich von Kopf bis Fuß vollständig in Stein verwandle. Und der dritte Zustand ist der der grotesken Gestalt. Ich …« Er zögerte und fragte sich, warum.

Weil er nicht unhöflich sein und ihr keine Angst einjagen wollte. Und in grotesker Gestalt hätte er genau das getan.

»Mach weiter. Ich bin ein großes Mädchen. Ich verkrafte das schon«, ermunterte sie ihn mit einem kleinen, verschmitzten Lächeln. Es brachte ihn zum Lachen, und er merkte, wie seine Wachsamkeit nachließ.

»Ich sehe tatsächlich wie ein Wasserspeier aus. Als hätte man mich vom Dach einer Kathedrale gebrochen. Wir sehen alle verschieden aus, bis auf die Flügel. Flügel haben wir alle.«

»Flügel! Du meinst, Steinflügel? Wie zum Teufel fliegst du damit?«

»Flügel sind Flügel, und unsere sind stark genug, damit wir uns trotz unseres Körpergewichts in die Lüfte erheben.«

»Oh mein Gott«, sagte sie, und die Kinnlade klappte ihr herunter. Sie war ein kluges Mädchen. Er wusste, dass sie sich problemlos vorstellen konnte, wie stark er war. »Dann … bist du hässlich?«

»Das bin ich«, sagte er mit grimmigem Nicken. »Und wenn ich mich in Stein verwandle, ist es noch schlimmer.« Er zwinkerte ihr zu, und sie lachte überrascht auf.

»Oh!« Sie stieß ihn leicht an. »Du bist nicht hässlich, und du weißt das wahrscheinlich auch.«

»Ja, aber es ist eine Weile her, dass ich das von einem Mädchen gehört habe.«

Sie schien einen Moment lang darüber nachzudenken und nagte dabei an ihrer Unterlippe.

»Warum das *H*? In deinem Namen?«

Das war ein heikles Thema für ihn. Er wehrte instinktiv ab, weil die Antwort der Beginn einer schmerzhaften Reise in die Vergangenheit wäre.

»Du zuerst? Warum hast du gekündigt? Erzähl mir nicht, weil du seltsam bist. Warum bist du seltsam? Was stimmt denn nicht mit dir?«

Jetzt biss sie sich heftig auf die Lippe. Er konnte an dem Schmerz in ihren Augen erkennen, dass sie genauso viele Gründe hatte wie er, ausweichend zu reagieren.

Verbissen stand sie auf und ging. Ahnvil verfluchte sich dafür, so grausam gewesen zu sein, doch er hatte nicht anders gekonnt. Er wollte nicht darüber sprechen, dass er einst keinen Namen gehabt hatte. Keine Identität. Keinen Wert als Individuum. Vielleicht war er nur so empfänglich dafür, weil er selbst einmal beinahe in der gleichen Situation gewesen war. Doch diesmal hätte er sich nicht zum Sklaven machen lassen. Diesmal wäre er gestorben. Und sie hätten deswegen nicht mit der Wimper gezuckt. Er hatte deswegen noch immer den Geschmack von Angst in seiner Kehle. Eine Angst, die erst verschwinden würde, wenn er wieder mit seinem Energiestein in Kontakt käme.

Trotz seines Wunsches, das alles für sich zu behalten, verspürte er ein enormes Bedürfnis, ihr zu folgen. Der Impuls überraschte ihn sehr, weil er ein verschwiegenes Wesen war. Doch hier war er und plauderte übernatürliche Dinge aus. Obwohl die Katze schon aus dem Sack war, als sie gesehen hatte, wie er sich in Stein verwandelte. Das und die Tatsache, dass er trotz des hohen Blutverlusts noch immer bei Bewusstsein gewesen war.

Doch ein Wasserspeier konnte nur durch eine massive Verletzung sterben, wie zum Beispiel einen Speerstich ins Herz oder eine verletzte Aorta oder die immer wieder gern genommene Enthauptung. Vollständiger Blutverlust wurde wahrscheinlich als eine schwere Verletzung angesehen. Und er wusste, dass er dem Tod nahe gewesen war ... oder gewesen wäre, wenn man ihn draußen im Sturm gelassen hätte, wo er verblutet wäre. Wie ein Wasserspeier sonst noch sterben konnte? Wenn jemand ihn mit einer Abrissbirne traf, wenn er in seiner Statuengestalt war. Es war die größte Angst jedes Wasserspeiers. In Stein erstarrt zu sein, völlig hilflos, und dabei zuzusehen, wie der sichere Tod kam.

Ahnvil schüttelte die finsteren Gedanken ab und streckte sich erneut im Bett aus. Er zuckte vor Schmerzen zusammen. Er musste sich ausruhen und genesen, und das so schnell wie möglich. Sobald der Sturm nachließ, musste er sich auf den Weg machen. Doch dieser Sturm beunruhigte ihn. Er musste nach New Mexico, und nach einem Sturm waren die Flughäfen häufig eine Weile geschlossen. Normalerweise würde er selbst fliegen, doch diesmal konnte er nicht. Nicht ohne ewiges Leben zu riskieren. Er konnte vielleicht noch ein paar Tage ohne seinen Stein auskommen, solange er sich nicht in eine groteske Gestalt verwandelte. Doch an diesem Punkt war schon sein versteinerter Zustand ein Risiko.

Und dann war da noch die Sache mit einer kompakten kleinen Schönheit mit whiskeyfarbenen Augen und nerzfarbenem Haar. Er konnte sie auf keinen Fall hier zurücklassen. Nicht mit dem Wissen, das sie inzwischen hatte.

Sie wusste es noch nicht, doch dass sie ihn gerettet hatte, sollte ihr Leben vollkommen umkrempeln.

9

Ein Schneesturm. Seine Frau hatte sie geradewegs in einen Schneesturm gelenkt. Jacob umschlang sie mit seinem Körper und benutzte seine Dämonenkraft, um sie beide in Staub zu verwandeln. Das Problem dieser Gestalt war allerdings, dass sie den Launen des tosenden Winds noch viel stärker ausgesetzt waren. Doch Bella hatte sich geweigert abzuwarten, bis der Sturm vorüber war, und ihn mit aller Macht bedrängt, was ihn zu der Frage brachte, was sie eigentlich antrieb. Die Vorahnungen seiner Frau waren bekannt dafür, gefährlich an ihr zu zehren, vor allem wenn sie nicht darauf reagierte. Sie wusste vielleicht nicht, warum sie in eine bestimmte Richtung gedrängt wurde, nur dass sie dem um jeden Preis folgen musste.

Das hier fühlte sich langsam wie eine dieser Situationen an. Was bedeutete, dass ihre Ferien alles andere als das werden würden.

Sie landeten auf der Terrasse der gemütlichen kleinen Jagdhütte in Stone Gorge, verwandelten sich augenblicklich wieder in feste Materie und wurden vom Schneetreiben hineingescheucht. Zum Schrecken der Eigentümer, die sich fragten, wie sie überhaupt den Berg hinaufgekommen waren, begann sich Jacob mehr und mehr darüber zu ärgern, dass sie hier waren.

Sie waren beide von der Reise erschöpft, er vor allem, weil sie hauptsächlich tagsüber unterwegs gewesen waren. Der Kontakt mit der Sonne raubte Dämonen Energie und zwang die Schwächeren sogar, zu schlafen. Er war schon ziemlich alt und erfahren, an der Schwelle, ein mächtiger Ältester zu werden, und konnte es somit womöglich besser verkraften als andere, doch es hatte ihn auf jeden Fall eine Menge Kraft gekostet.

In dem Augenblick, als sie ihr Zimmer betreten und ihre kalten, nassen Kleider abgelegt hatten, scheuchte Jacob seine Frau unter die heißeste Dusche, die ihre eiskalte Haut vertragen konnte. Seine kurvenreiche kleine Frau schmiegte augenblicklich ihren nassen, nackten Körper an ihn und ließ die Hände an seinem Rücken hinaufgleiten, wie sie es beinahe immer tat, wenn sie ihn näher an sich ziehen wollte. Es funktionierte jedes Mal.

»Hör auf, dir Sorgen zu machen«, sagte sie. »Ich kann hören, wie du nachdenkst und dir Sorgen machst.«

Natürlich konnte sie das. Als verbundene Gefährten lebten sie stets auch in der Gedankenwelt des anderen. Sie unterhielten sich telepathisch genauso viel, wie sie laut miteinander sprachen. Was mit einer Neunjährigen in der Nähe ziemlich praktisch war, wenn sie Liebesgeflüster austauschen wollten. Allerdings eine sehr intelligente Neunjährige, die wusste, was sie sagen wollten, auch wenn sie die Worte über ihren Kopf hinweg buchstabierten.

Es war ungewöhnlich, dass er nicht mitbekommen hatte, wie vernachlässigt sie sich gefühlt hatte. Doch manchmal, wenn sie sich konzentrierte, konnte sie ihre Gedanken vor ihm verbergen.

»Ich denke, wir wissen beide, was dich hierhergetrieben hat.«

»Ich weiß«, sagte sie mit ernster Miene. »Ich habe keine Ahnung, warum es ausgerechnet hier sein muss und warum jetzt, aber du weißt, dass es wichtig ist, wenn ich einer Vorahnung folge.« Sie schmiegte sich an ihn und strich mit ihren Lippen über seine muskulöse Brust. »Das bedeutet jedoch nicht, dass wir unsere kinderfreie Zeit nicht genießen können.«

Jacob seufzte, als ihn eine vertraute Erregung durchströmte, ausgelöst von der Berührung ihres Mundes und dem Streicheln ihrer Hände. Selbst nach über zehn Jahren, die sie jetzt zusammen waren, wusste er, dass das nie nachlassen würde. Stets war die Reaktion auf die Berührung des anderen unmittelbar. Es war die Essenz ihrer Verbindung. Er fand es ebenfalls überraschend, dass sie einander so lange nicht berührt hatten. Sie hatte sich zu Recht vernachlässigt gefühlt. Und indem er mit sanften Fingerspitzen über die Erhebung ihrer Brust strich, begann er, es wiedergutzumachen.

Die Gründe, aus denen sie dort waren, konnten warten.

Panahasi hatte ein Problem. Der Gargoyle war geflüchtet … *mit* dem Amulett. Ein Amulett, das große Zauberkräfte barg, die der Wasserspeier irgendwie entfesseln konnte. Vorausgesetzt, die Schrift hatte recht … und vorausgesetzt, er fand heraus, wie. Panahasi wusste genau, wer der Gargoyle war und welche Rolle er für die Mächtigen der Fraktion der Politik spielte. Wenn der Gargoyle nicht herausfinden konnte, wie man das Amulett nutzbar machte, gab es mit Sicherheit jemanden unter den Oberen, der wusste, was man damit anstellen konnte.

Er hatte sogar Gerüchte gehört, dass Kamenwati zur anderen Seite übergelaufen sei und jetzt mit ihren Feinden kooperierte. *Der Verräter*. Doch das bedeutete, dass er es sofort erkennen würde und wüsste, was man damit machte.

Anfangs hatte er den Gargoyle aus zwei Gründen gefangen genommen. Einmal wegen des Amuletts, um sich dessen spezielle Kräfte anzueignen, und dann, um ihn seiner Herrin, Odjit, zu übergeben, damit er ihre Anerkennung dafür bekam, dass er einen Feind gefangen genommen hatte, der so nah am Thron der Politik war.

Nicht dass sie mit Lob besonders freigiebig gewesen wäre. Nicht in jüngster Zeit jedenfalls. In jüngster Zeit hatten die Templer unter den Körperwandlern mehr denn je Grund, die skrupellose Odjit zu fürchten – seit sie ihr Erscheinungsbild geändert hatte und irgendwie größer und imposanter geworden war. Zweifellos das Ergebnis irgendeiner Zauberei, die sie entdeckt und angewendet hatte, ähnlich wie Kamenwati das Amulett entdeckt hatte. Sie waren stets auf der Jagd nach stärkerer Magie, nach etwas Neuem, das ihre Position im Kampf gegen die Politik stärkte.

Nur dass sich die Templer in letzter Zeit nicht so sehr um neue Magie bemüht hatten, sondern mehr darum, ihrer Herrin zu gefallen. Riskierte er seinen Hals, riskierte er es, sie zu erzürnen, wenn er ihr erzählte, was geschehen war? Oder behielt er es einfach für sich in der Hoffnung, dass sie es nie herausfinden würde? Sie wäre vielleicht verärgert, wenn er überstürzt handelte, wahrscheinlich sogar wütend, doch wenn er es ihr verschwieg und es würde ihr auf anderen Wegen zugetragen, dann wäre sein Leben zweifellos verwirkt. Es würde nicht das erste Mal sein, dass sie einen solchen Preis forderte, um ihre Wut und das Gefühl von Verrat zu besänftigen.

Panahasi war jedoch eher ein Feigling. Er gestand es sich nicht gern ein, obwohl er in diesem Moment nicht umhinkonnte. Doch redete er sich ein, dass diese Seite an ihm nur angesichts des Zorns seiner Herrin zum Vorschein kam.

Er kam zu dem Schluss, dass Schweigen das Beste wäre. Gleich sterben oder ein wenig später – die Wahl war einfacher, als er gedacht hätte.

Es gab nur ein Problem.

Moribundi. Sein Kamerad von früher war im Bilde über sein falsches Spiel im Streben um Macht. Befände sich Moribundi selbst in der Position, wo er mit Nachsicht für eine Missetat oder mit einer höheren Position rechnen konnte, indem er das Scheitern eines Freundes verriet, würde er nicht zögern. Es war sogar wahrscheinlicher, dass Moribundis Verrat zu seinem Tod führte, als dass der Gargoyle und die Politik sich gegenüber Odjit mit dem Vorfall brüsteten. Zum Glück gehörte die Politik nicht zu der Sorte.

Doch Moribundi war ein noch größerer Feigling als Panahasi, und es gab keine Loyalität unter den Templern. Jeder war sich selbst der Nächste.

Also begann Panahasi nach Giften zu forschen.

Er wollte kein Risiko eingehen.

Dann schickte er einen seiner Untergebenen auf die Suche nach dem verschwundenen Gargoyle. Wenn er Adomas Amulett wiederbeschaffen konnte, bevor der Gargoyle zu weit weg war, würde die ganze Sache unter den Teppich gekehrt.

Nichts davon hätte geschehen müssen, wenn er mächtig genug gewesen wäre, um seinen eigenen Gargoyle zu kreieren. Doch nach Lage der Dinge war er das nicht. Und Moribundi ebenfalls nicht. Und er würde die Sache nicht noch jemandem anvertrauen. Nein, er musste das in Ordnung bringen. Der Wasserspeier war verwundet worden. Vielleicht tödlich, wenn Panahasi Glück hatte. Es war also nur eine Frage der Zeit, bis sich sein Erfolg oder sein Scheitern herumsprach.

Und sein erster Schritt war, sich um die eine unerledigte Sache zu kümmern.

Als Kat mit einem Tablett beladen mit Essen ins Schlafzimmer zurückkam, schlief er. Sie hatte gemerkt, dass Essen ihn stärkte. Zum Glück hatte sie Sandwiches und einen Makkaronisalat zubereitet. Sie stellte das Tablett vorsichtig auf den Nachttisch, denn sie wollte ihn nicht wecken.

Dann gingen plötzlich die Lichter aus, gemeinsam mit einem hörbaren Verstummen sämtlicher Hintergrundgeräusche im Haus, einschließlich des Fernsehers und Wetterkanals. Sie stöhnte, als vollständige Dunkelheit sie umgab. Daraufhin schoss ihr Patient im Bett hoch, riss sie hoch und drückte sie unter sich auf die Matratze, wobei seine große Hand ihren Hals umklammerte, bis sie keine Luft mehr bekam. Sie würgte, während sie mit den Händen fest gegen seinen Brustkorb schlug und ihn mit ihrem gesamten Körper abzuwerfen versuchte. Doch es war, als wollte man einen Berg versetzen. Er würde erst loslassen, wenn es ihm passte. In seinem Schrecken hatte er sie offensichtlich für eine Bedrohung gehalten, und selbst als sie wegen Atemnot in Panik geriet, fragte sich der ruhige Teil ihres Gehirns, aus was für einer Welt er kam, wenn er an jeder Ecke eine Bedrohung witterte. Angesichts seiner Verletzungen musste es sich um eine ziemlich große Bedrohung handeln.

Sie wusste, dass ihre einzige Hoffnung war, ihm klarzumachen, dass sie keine Bedrohung für ihn war. Also handelte sie gegen jeden natürlichen Instinkt, ließ die Hände fallen und entspannte sich völlig unter ihm. Vielleicht dachte er ja, dass sie bereits tot und die Gefahr vorüber war.

Es war das Schwierigste, was sie in ihrem ganzen Leben getan hatte.

Und es funktionierte. In der Dunkelheit erkannte sie, wie sich sein Gesichtsausdruck veränderte, als es ihm bewusst wurde.

»Du liebe Güte!«, stieß er hervor und sprang aus dem Bett. Er stolperte, als sich die Bettdecke um seine Füße wickelte, und fiel schwer auf seinen Hintern. Kat rang in der Zwischenzeit nach Luft und krächzte und hustete, als sie die Luft durch ihre gequetschte Luftröhre einsog.

»Gütiger Gott, Kat-Mädchen, es tut mir wahnsinnig leid.«

In nächsten Augenblick kroch er zurück aufs Bett und legte seine großen Hände um ihren Kopf. Herrje, zwischen seinen Händen fühlte sie sich so klein an. Doch seine Berührung gab ihr ein Gefühl von Geborgenheit. Eine unpassende Empfindung, wenn man bedachte, dass er gerade versucht hatte, sie umzubringen.

»Ist schon gut«, log sie hustend. Nun, in gewisser Weise war es keine Lüge. Sie war schließlich am Leben, oder nicht? Und sie wusste, dass er ihr nicht absichtlich wehgetan hatte.

»Nein, das ist es überhaupt nicht! Oh mein Gott, schau dir nur deinen Hals an. Diese Quetschungen.« Mit zitternden Fingern strich er ihr über die gesamte Länge ihres Halses, und ein unerklärlicher warmer Schauer durchfuhr sie. Dann senkte er auf einmal den Kopf und drückte ihr einen besänftigenden Kuss auf den Mundwinkel, und ihr und sein Atem vermengten sich, während sie sich zu beruhigen versuchten.

»Es ist in Ordnung«, flüsterte sie erneut, wobei sie mit dem Mundwinkel über seinen strich. Sie konnte den mehrere Tage alten Stoppelbart spüren, konnte spüren, wie er aus Angst, ihr wehgetan zu haben, zitterte. Es beruhigte sie. Beruhigte ihre Atmung. Löste die verbliebene Angst vor seinem Verhalten auf.

Und durch die Dunkelheit hindurch konnte sie die Bernsteinfarbe seiner Augen sehen. Konnte sehen, dass sie beinahe leuchteten, obwohl es stockfinster war. Sie ertappte sich bei dem Gedanken, dass es wahrscheinlich die schönsten Augen waren, die sie je gesehen hatte.

Sein beschleunigter Atem beruhigte sich ebenfalls. Seine Augen schienen ihr Gesicht zu studieren, als er seine Lippen von ihr löste. Und dort in der Dunkelheit verstanden sie sich auf einmal. Vergebung wurde gewährt und angenommen. Etwas änderte sich. Und plötzlich waren Furcht und Reue dahin, und etwas anderes trat an ihre Stelle. Etwas, das sie vielleicht nicht richtig verstand. Dann, als ihr Blick über sein Gesicht glitt, wurde ihr mit einem stummen Stöhnen bewusst, was es war.

Sie fand ihn attraktiv. Anziehend. *Erregend*, dachte sie. *Oh Gott! Ich bin eine von diesen Frauen, die sich von einem Mann schlagen lassen und ihm fünf Sekunden später vergeben!*

Doch warum hielt sie der Gedanke nicht davon ab, sich über die Lippen zu lecken, sie irgendwie erwartungsvoll zu befeuchten.

»Ah, was für ein hübscher Anblick«, hörte sie ihn leise sagen, als er ihre Zunge sah.

Ahnvil hätte sich am liebsten doppelt verflucht für sein unmenschliches Verhalten. Oh, er hatte die meiste Zeit gewusst, dass er genauso sehr Tier war wie Mensch, ein Wesen, das eher seinen Instinkten folgte als den Regeln der Zivilisation, doch hatte ihn das noch nie so sehr gestört wie in diesem Moment. Er hatte tatsächlich versucht, sie zu töten, Herrgott! Und was jetzt? Woran dachte er jetzt? Er dachte daran, wie köstlich ihre Lippen wohl schmeckten. Denn die kurze Berührung hatte ihm nicht verraten, wie es sein würde, seinen Mund auf ihren zu pressen und ihr seine Zunge in den Mund zu schieben. Und als diese Neugier in ihm geweckt war, konnte er an nichts anderes mehr denken.

Bei dem Gedanken an einen schlichten Kuss wurde er hart. Und so wie sich ihre Augen weiteten, hatte sie es sofort bemerkt.

»Ich bin ein wüstes Tier«, sagte er entschuldigend. »Lass dich da nicht täuschen, Kat-Mädchen. Es wäre nicht einfach mit mir, und du bist ein so zartes Ding.«

Augenblicklich war ihm klar, dass es falsch gewesen war, das zu sagen. Oder vielleicht auch nicht, denn sie richtete sich mit einem empörten Blitzen in ihren whiskeyfarbenen Augen auf.

»Ich bin nicht klein! Ich bin auch nicht zerbrechlich! Hör auf, mich wie ein Porzellanpüppchen zu behandeln.«

»Bist du auch zäh genug, um ein Tier zu überleben, das dich im Dunkeln an der Kehle packt? Ein Tier, das so daran gewöhnt ist, um sein Leben zu kämpfen, dass es dich erdrückt, ohne sich dessen überhaupt bewusst zu sein? Ohne jedes Bedauern?«, fragte er wütend.

Ihr Blick wurde ganz weich, als sie ihn ansah. »Du klingst wie jemand, der etwas bereut.«

Nun, dem war nur schwer etwas entgegenzusetzen, als er einen Moment lang darüber nachdachte. »Aber das ändert nichts an der Tatsache, dass ich … ach Gott, Kat-Mädchen. Ich weiß, was ich bin, aber ich kann gerade an nichts anderes denken als daran, wie köstlich du schmeckst. Wozu macht mich das in deinen Augen?«

Sie schluckte sichtbar und hörbar. Sie antwortete nicht, doch ihr Blick fiel auf seinen Mund, und das Verlangen war ihr an den Augen abzulesen. Er konnte es sehen und fühlen. Es war genauso real wie die Tatsache, dass er allein bei dem Gedanken noch härter wurde.

»Zum Teufel mit mir«, murmelte er, wobei ihr sein Atem warm über die Lippen strich. »Du wirst mich hassen und Schlimmeres. Lass dir das gesagt sein.«

Und mit diesen prophetischen Worten gab er seinen Impulsen nach und presste seinen Mund auf ihren. Der Kuss war weder sanft noch vorsichtig.

Er küsste sie, als hätte er das Recht, ihr die Luft zum Atmen aus dem Körper zu saugen. Er hatte von Zurückhaltung und Besorgnis gesprochen, doch sein Mund … Oh, sein Mund hielt sich nicht zurück. Es brauchte nur eine Sekunde heftigen Verlangens, um das Ruder zu übernehmen. Er drängte sich gegen sie, nachdem er tief Luft geholt hatte, schob sich auf sie, wobei er sich nur mit einem Ellbogen abstützte, während er sie mit der anderen Hand an der Hüfte packte und sie fest an sich zog.

Süße Hölle, dachte er, nachdem er mit der Zunge am Saum ihrer vollen Lippen entlanggefahren war und ein leises Stöhnen ihr Verlangen verriet. Hätte er nicht ein so gutes Gehör gehabt, hätte er es womöglich gar nicht mitbekommen. Und das wäre wahnsinnig schade gewesen. Er ließ seine Zunge in ihren Mund gleiten, und da war es, ein sofortiges Wonnegefühl, die köstlichsten Geschmacksnoten, die es gab. Oh, und ihre Erregung. Feucht und sinnlich brannte sie sich tief in ihn hinein.

Er hatte Angst, zu grob zu sein. Immerhin war er seit beinahe drei Jahrhunderten mit keiner Menschenfrau zusammen gewesen. Nein. Er hatte seine körperlichen Bedürfnisse mit weiblichen Wasserspeiern gestillt. Frauen, die genauso Tier waren wie er.

Doch jetzt lag dieses liebenswürdige, zarte Wesen unter ihm, und er hatte kein Recht, überhaupt kein Recht, das hier zu tun. Doch stieß auch diese wie jede andere Selbstermahnung auf taube Ohren bei ihm. Sein Verlangen war einfach zu groß. Er war überwältigt von ihrem Geschmack und davon, wie sie sich anfühlte. Und dann griff sie nach seinem Haar und schob ihre Finger in die dicken schwarzen Locken, presste die Handfläche auf ihn und …

… ermunterte ihn? Wollte *mehr* von ihm? Hatte sie keine Angst? Oder merkte sie gar nicht, dass sie mit dem Feuer spielte?

In diesem Moment kam ihre Zunge zum Vorschein und schlüpfte in seinen Mund. Hatte er etwa gedacht, er wäre hart? Oh, was für ein ahnungsloser Dummkopf er doch gewesen war. Zu spüren, wie ihr Kuss immer leidenschaftlicher wurde, war das Erotischste, woran er sich überhaupt erinnern konnte. Aber wieso nur? Wieso hatte sie eine solche Wirkung auf ihn?

Es war ihm egal. Er packte sie an der Hüfte, schob sich auf sie und stöhnte, als sie die Schenkel spreizte und sein Gewicht in Empfang nahm. Ihr Kuss wurde erneut ganz leidenschaftlich, und ihre Lippen brannten auf seinen, während ihre Zunge seine feucht umspielte. Er fühlte sich geehrt. Konnte gar nicht anders. Er wusste, dass er ihr Vertrauen nach dem, was er ihr gerade angetan hatte, nicht verdiente, dass er *sie* nicht verdiente, Punkt. Doch er konnte sich nicht von ihr losreißen, konnte nicht damit aufhören, seine Hüften gegen ihre zu pressen, sein nacktes Fleisch an ihrer Jeans zu reiben.

Sie zog die Hand aus seinem Haar und strich ihm mit den Fingernägeln über den Nacken. Sämtliche Muskeln in seinem Körper zogen sich bei dem Gefühl, das ihn durchfuhr, zusammen. Dann fuhr sie über seine Schulter, glitt an seiner Brust hinab und unter seinem Arm hindurch, um mit ihren Fingern über seinen Rücken zu gleiten. Ihre Berührungen erregten ihn mehr als umgekehrt. Doch er stockte bei der Vorstellung, denn er konnte seine Hände gar nicht schnell und entschlossen genug auf sie legen.

Er löste seinen Mund von ihrem, holte Luft, und sein Mund war ganz dicht vor ihrem, als er unter ihrer Berührung lustvoll stöhnte. Wenn sie so weitermachte, befände sich ihre Hand bald auf seinem Hintern, und diese Erwartung machte ihn fertig.

Seine Hand glitt zum Bund ihres Pullovers hinab, und nachdem er ihn rasch angehoben hatte, ließ er sie daruntergleiten, fuhr mit der Handfläche über ihren Brustkorb, wobei seine Fingerspitzen die Unterseite ihrer Brust streiften. Es war viel zu verlockend, viel zu überwältigend, das Verlangen nach mehr.

Erregt umfasste er ihre Brust, spürte, wie sie seine Hand ausfüllte und ihr Nippel lüstern hervorstand.

Sie stöhnte und schmiegte sich in seine Hand, und es war, als hätte er Sternenlicht eingefangen – so strahlend und feurig war seine Reaktion.

»Sieh an, ein williges Mädchen«, stöhnte er an ihrem Mund.

Anscheinend hätte er das nicht sagen sollen. Ihre Nachgiebigkeit verschwand wie das Tuch, das der Zauberer wegzog, um einen Trick zu präsentieren. Sie wich zurück, bevor er einen weiteren Kuss einfordern konnte, als wäre ihr auf einmal bewusst geworden, was sie tat und mit wem.

Verdammt, dachte er ungestüm. *Herrgott noch mal! Ich will sie so sehr, ich kann jetzt nicht aufhören!*

»Warte! Halt!«, sagte sie und versuchte ihn wegzustoßen. Sie tat es auf eine Weise, als wäre sie nicht anschmiegsam und feucht vor Verlangen nach ihm. Er wusste es allein wegen ihres Geruchs, dass sie das und viel mehr war.

Es war zu spät, um plötzlich festzustellen, dass er für ihren Geschmack viel zu tierhaft war, dachte er grimmig. Sie konnte ihm nicht einen Vorgeschmack auf etwas geben, das so stark war, und dann erwarten, dass er es nicht ganz wollte.

»Wozu warten?«, fragte er sie, während er ihre Brust losließ, um mit seiner Hand ihre Hüfte und die hübsche Rundung ihres Hinterns zu umfassen. Ihm gefiel, wie ihre Gestalt seine Hand ausfüllte, obwohl der Rest von ihr so schmal war.

»Weil ich das hier nicht will!«, platzte es aus ihr heraus.

Was für eine durchschaubare und dreiste Lüge, dachte er amüsiert.

Kat wurde plötzlich von widersprüchlichen Gefühlen und Wünschen überströmt. Oh, er fühlte sich so gut an. So verdammt gut. So männlich und stark unter ihren Handflächen, die sie auf ihn presste. Mit einer Hand umklammerte sie seine

Schulter, mit der anderen drückte sie gegen seine Brust, und es war, als könnte sie sich selbst nicht entscheiden, was sie tun sollte.

Doch sie hatte nicht vor, ein »williges Mädchen« zu sein. Die Sorte willige Frau, die überhaupt nicht an die Folgen ihres Tuns dachte. Sie hatte sich ihr Leben hier angenehm eingerichtet, und sie würde nicht zulassen, dass er in dieses Leben hereinplatzte und darauf herumtrampelte. Sie wollte bestimmte Dinge, Dinge, die jedoch nichts mit großen, sexy Gargoyles zu tun hatten.

In diesem Moment wurde seine Stimme tiefer, leiser … kehliger, und sein Akzent wurde ausgeprägter vor offensichtlichem Verlangen.

»Ich weiß, dass du die Hälfte der Zeit Angst vor mir hast, doch die andere Hälfte«, sagte er, während er das Gesicht zu ihrem Hals drehte und ihren Duft einsog, »die andere Hälfte der Zeit willst du mich. Ich weiß es, weil ich es fühle. Ich rieche es. Das ist so intensiv, dass ich es nicht ignorieren kann.« Er ließ seine Hand an ihrer Seite hinaufgleiten, bis er ihre linke Brust so kraftvoll umfasste, dass sie stöhnen musste. »Und ich wette, dass, wenn ich dich da unten anfasse, du nass bist und mich ebenfalls willst.«

Sie stöhnte erneut auf, diesmal empört, und spürte die Hitze in den Wangen, als sie errötete, obwohl der Rest von ihr noch viel erhitzter war. »Das tue ich nicht!«, log sie wütend. »Denk nicht nur an dich selbst! Und nimm die Hände weg!« Sie wand sich, als wollte sie ihn abwerfen, doch er hatte einen eisernen Griff, und es war lächerlich zu glauben, dass sie seinen ungeheuren Kräften irgendetwas entgegenzusetzen hätte. Selbst in seinem geschwächten Zustand hätte sie nichts gegen ihn ausrichten können. Abgesehen davon war sie mit dem Herzen nicht dabei, denn er hatte recht. Er hatte recht damit, dass sie vor Verlangen überwältigt war. Ein Teil von ihr wollte, dass er tat, was er sagte, dass er sie dort berührte und feststellte, dass sie log.

»Kleine Lügnerin«, sagte er, als könnte er ihre Gedanken lesen. Er ließ seine Hand von ihrer Brust gleiten, und sie begann so schwer zu atmen, dass es ein Wunder war, dass sie nicht ohnmächtig wurde. Zielstrebig ließ er seine Hand über ihren Bauch und ihre Jeans gleiten. Dann packte er sie mit kräftigen Fingern und zog sie an den Hüften hoch, wobei seine Erektion so deutlich und hart an ihrem Oberschenkel zu spüren war, dass sie weiche Knie bekam.

»Da«, zischte er. »Ich kann deine Hitze spüren. Und wie konnte ich nur so hart werden, dass mir die Eier wehtun, wenn ich dich, wie du behauptest, kaltlasse?«

»Ich bin nicht verantwortlich für den Zustand deiner … deiner …«

»Eier«, sagte er süffisant.

»Ja. Halt den Mund!« Sie glaubte nicht, dass sie vor Verlegenheit noch erhitzter sein könnte, ganz zu schweigen von anderen Dingen. Da bewegte er die Hand und rieb sich an ihr, und sie spürte, wie sie als Reaktion nass wurde. Ein Stöhnen entfuhr ihr, und er lachte leise.

»Ich kann nichts dagegen tun. Das ist meine Natur, Mädchen. Wasserspeier sind ein wollüstiger Haufen, selbst in geschwächtem Zustand, aber wenn wir spüren, dass jemand Lust auf uns hat, gibt es kein Halten mehr. Mit anderen Worten, ich würde es nicht spüren, wenn ich dich so kaltlassen würde, wie du behauptest.« Er atmete dicht an ihrem Hals aus, und sein Atem war feucht und intensiv. »Und da ist nichts Kaltes an dir«, brachte er ihr in Erinnerung und verstärkte seinen Griff gerade genug, um ihre Aufmerksamkeit zu bekommen. »Jetzt werde ich meine Hand in diese Jeans stecken, hinter der du dich versteckst, und werde uns beiden beweisen, wie nass du bist.«

»Ja und!«, platzte sie heraus. »Was ist dann? E-Es ist eine lange Zeit her, und n-natürlich empfinde ich etwas, wenn du mich so anfasst! Du bist nicht gerade unansehnlich mit deinen Muskeln und der ganzen Männlichkeit! Ich wäre tot, wenn ich nicht darauf reagieren würde. Welches Mädchen, das bei Verstand ist, würde einen Mann wie dich nicht haben wollen?« Als er befriedigt an ihrem Haar ausatmete, machte sie sich in seiner Umarmung ganz steif. »Das bedeutet aber nicht, dass ich Sex mit dir haben werde! Ich bin eine anspruchsvolle Frau, und … und du bist … du bist …«

»Sag es schon, Mädchen«, drängte er sie, und seine Stimme klang wie gemahlener Kies mit einem grimmigen Unterton. »Ich bin ein Wasserspeier. Ich bin etwas, das du nicht verstehst. Ein unmenschliches Ding. Mach schon. Sag es.«

»Nein«, sagte sie und sank in seiner Umarmung zusammen, wodurch sich ihre Körperspannung halbierte. »Ein Wasserspeier, ja. Eine Person, die ich nicht verstehe. Aber nicht unmenschlich. Ich sehe dich nicht als unmenschlich an.«

Er zog seine Hand von der intimen Zone weg und legte sie auf ihren Bauch. »Nun«, sagte er, »Das ist immerhin etwas, denke ich. Etwas für den Anfang. Und du hast zugegeben, dass du mich willst. Noch etwas zu meinen Gunsten.«

Sie schnaubte. »Du lässt nicht locker, was?«

»Nein, nicht, wenn es dich betrifft. Das verspreche ich dir.«

Das Versprechen berührte sie auf unerwartete Weise. Es gab ihr ein Gefühl von … Wertschätzung. War das etwa ernst gemeint? Alles, was er bis zu diesem Moment gesagt hatte, war die pure Lust gewesen, doch diese Äußerung machte es … persönlicher. Als … als ginge es mehr um sie als um seine sinnliche Natur. Als wäre ihre Wirkung auf ihn irgendwie besonders.

»Wirst du mich jetzt loslassen?«, fragte sie leise und war sich bewusst, dass er sie noch immer fest an sich drückte und noch immer hart wie Stahl war. Gütiger Himmel, sie musste daran denken, wie gut er … bestückt war. Es sollte eigentlich Angst einflößend sein, und ein wenig Angst hatte sie wohl auch. Doch das bedeutete, dass sie tatsächlich daran dachte, wie er bei ihr davon Gebrauch machen würde, und daran durfte sie gar nicht denken. Nur dass sie das bereits tat.

Nein. Nein, sagte sie sich selbst. *Du kannst das. Du musst nur stark sein.*

Stark. Er war stark. Oh ja … sehr, sehr st…

Shit. *Shit Shit Shit! Hör auf, Katrina Christina Haynes! Das ist eine heikle Situation, und du wirst dir noch die Finger verbrennen, wenn du so weitermachst!*

»Ich kann dich nicht loslassen, wenn du dich weiter so windest. Das fühlt sich einfach zu gut an.«

»Ich winde mich nicht! Und selbst wenn, ich mach das nicht zum Spaß! Ich versuche mich zu befreien, du Vollidiot! Jetzt lass mich los.« *Vollidiot? Wirklich, Katrina, was anderes fällt dir nicht ein?*

»Einverstanden, aber unter einer Bedingung«, sagte er, und seine Augen schimmerten vor Vergnügen.

»Die da wäre?«, fragte sie misstrauisch.

»Du musst mir noch einen Kuss versprechen. Nicht jetzt, aber irgendwann später. Wenn ich dich darum bitte, musst du ihn mir geben. Nur einen Kuss, Kat-Mädchen. Einen winzigen, kleinen Kuss.«

Kat biss sich auf die Lippe, während ihr das Herz bis zum Hals schlug. Nicht nur wegen dem, was bisher geschehen war, sondern weil die Vorstellung, dass er jeden Augenblick einen solchen Schuldschein einlösen könnte, sie erregte, als würde er sie erneut überall küssen.

»Einverstanden«, hauchte sie. »Aber nur einen. Und ohne Zunge.«

»Oh, die Zunge kommt auf jeden Fall zum Einsatz, und nicht zu wenig«, konterte er. »Ich mache keine halben Sachen, und das Gleiche erwarte ich von dir. Aber nur einen Kuss. Was danach kommt, ist deine Entscheidung.«

»Versprichst du das?«

»Ja, ich schwör's.«

»Okay«, stimmte sie zu.

Langsam und widerstrebend lockerte er seinen Griff und erlaubte ihr, nach und nach von ihm abzurücken. Sie war beinahe einen halben Meter von ihm entfernt, auf dem Weg zur anderen Betthälfte, und noch immer eingehüllt in die infernalische Hitze, die er verströmte, als er eine Hand nach ihrem Hals ausstreckte und ihr langsam darüberstrich und die Hand unter ihr Haar gleiten ließ.

»Du meine Güte, du bist so schön«, sagte er leise. »Das sage ich nicht, weil ich bei dir landen will, sondern nur, weil es wahr ist.«

Sie reagierte nicht auf das Kompliment oder die Art und Weise, wie es sie dahinschmelzen ließ. Sie entwand sich seinem Griff, stand auf und ging. Sie verließ den Raum, ohne ihn auch nur eines Blickes zu würdigen, und es war wahrscheinlich eines der schwierigsten Dinge, die sie je in ihrem Leben getan hatte.

Ahnvil rieb mit dem Handballen über seine Erektion. Er hatte einen Ständer, mit dem man hätte Nägel einschlagen können, und die Frau, die das verursacht hatte, bewegte sich in die falsche Richtung. Herrgott, begriff sie nicht, wie schmerzhaft das für ihn war? Und nicht nur in körperlicher Hinsicht. Egal wie sehr sie widersprochen hatte, er wusste, dass sie ihn als ein Ding ansah … ein Ding, vor dem man Angst haben musste.

Und sie lag nicht ganz falsch damit, so zu denken. Es war lange her, dass er ein Mensch gewesen war, und jetzt verbrachte er nur die Hälfte seines Lebens als solcher … wenn überhaupt. Er fragte sich manchmal, ob er vergessen hatte, wie es überhaupt war, ein Mensch zu sein.

Er sollte nicht darüber nachdenken. Er sollte nichts tun, was sie vertrieb. Und falls er irgendeine Hoffnung hatte, sich aus diesem Schlamassel zu befreien, würde er ihre Hilfe brauchen, und wenn er mit seinem besten Stück dachte, würde er es vermasseln.

Warum? Warum kann ich sie nicht einfach in Ruhe lassen?

Sein Leben hing von ihr ab. Er war vollständig in ihren Händen. Und er vermutete, dass sie das wusste und dass es eine schwere Bürde für sie war. Gott, er wünschte sich so, dass er sie außen vor lassen könnte, doch er hatte nicht viele Wahlmöglichkeiten. Er konnte sich nicht in Stein verwandeln. Er durfte es nicht riskieren. So lange von seinem Energiestein entfernt zu sein konnte bedeuten, dass er sich dauerhaft in Stein verwandelte, wenn er es versuchte. Doch er hatte nur in seiner grotesken Gestalt Zugang zu seinen Flügeln, den Flügeln, die er brauchte, um so schnell wie möglich nach New Mexico zurückzukehren. Das bedeutete, dass er auf konventionelle Weise reisen musste, und angesichts seines eingeschränkten Zustands bräuchte er Geld.

Und dann war da noch die unbedeutende Frage, ob er sie mitnehmen oder in ihrem Haus lassen sollte. Nun, im Grunde hatte er gar keine Wahl. Das Problem war nur, dass sie wahrscheinlich nicht freiwillig mitkommen würde.

Verdammt sollte er sein. Verdammt dafür, noch einer Frau das Leben zu ruinieren. Noch eine Frau in Lebensgefahr zu bringen. Und hier handelte es sich um eine sterbliche Person, einen Menschen, und einen viel zerbrechlicheren als denjenigen, den er damals verloren hatte. Zumindest hatte die andere gewusst, worauf sie sich eingelassen hatte. Trotz seiner Enthüllungen hatte Kat keine Vorstellung von der Gefahr, der sie in seiner Nähe ausgesetzt war.

10

Kat mied in den nächsten Stunden das Schlafzimmer. Sie war müde und über ihre übliche Schlafenszeit längst hinaus, wobei sie der Stress der gesamten Lage hier noch viel mehr erschöpfte. Sie versuchte es noch zweimal bei ihrer Mutter, jedoch ohne Erfolg. Zum ersten Mal, seit sie hier auf dem Berg lebte, wünschte sie sich einen Festnetzanschluss. Eigentlich brauchte sie ihn nicht, und es hätte ihr nichts ausgemacht, von der Außenwelt abgeschnitten zu sein. Schließlich war es in erster Linie genau darum gegangen, als sie hierhergezogen war. Und die Kosten eines Festnetzanschlusses noch zusätzlich zur Handyrechnung waren untragbar.

Natürlich hatte sie bei der Entscheidung Gargoyles nicht mit berücksichtigt.

Unter anderem.

Sie ging in Gedanken eine Reihe von Tiergestalten und Ghuls durch und schob sie dann beiseite. Sie hatte schon genug Sorgen mit dem Gargoyle in ihrem Bett. Kein Anlass, sich noch mehr Probleme aufzuhalsen.

Trotz ihrer Besorgnis schlief sie in dem Fernsehsessel im Wohnzimmer ein. Als sie aufwachte, war eine Decke über ihr ausgebreitet, die beim Einschlafen noch nicht dort gewesen war. Verwirrt sah sie sich kurz um, als ihr wieder einfiel, dass sich ein Gargoyle in ihrem Haus befand. Ein sehr fürsorglicher, wie sie feststellen musste, und sie konnte nichts tun gegen das kleine Lächeln, das bei der Vorstellung ihre Lippen umspielte.

Nun, sie konnte den Gefallen zumindest erwidern und noch etwas für ihn kochen. Hatte er nicht gesagt, dass er einen hohen Verbrauch hatte? Obwohl er bei diesem Tempo innerhalb einer Woche ihre Vorräte aufbrauchen würde! Zum Glück würde der Sturm nicht so lange dauern, und die Straßen wären nach ein paar Tagen wieder befahrbar.

Sie war noch nicht lange in der Küche, als Ahnvil aus dem Schlafzimmer kam. Als sie den Kopf in seine Richtung drehte, musste sie zweimal hinschauen. Wie es aussah, hatte er geduscht und das Blut und den Schmutz, die seine Wunde und der Aufenthalt im Wald hinterlassen hatten, abgewaschen. Er hatte eins der Frotteehandtücher umgeschlungen und sah irgendwie doppelt so sexy aus, als wenn er nackt war … was schon einiges aussagte, denn ein nackter Gargoyle war alles andere als übel.

»Hast du Hunger?«, fragte sie und wandte ihm den Rücken zu, um seine prächtigen Muskeln, seine nassen, wirren Locken und den verlockenden Streifen Haare, der knapp über seinem Bauchnabel begann und nach unten hin immer dunkler wurde, nicht mit Blicken zu verschlingen.

Ja, das Handtuch, das er um die Hüften geschlungen hatte, saß ziemlich tief.

Zu ihrem Glück nahm er auf einem Barhocker an der Küchentheke Platz und brachte auf diese Weise eine ganze Granitarbeitsplatte zwischen sie. Das war gut, dachte sie. Je mehr Dinge zwischen ihnen waren, desto besser war sie dran.

»Hast du Hunger?«, fragte sie erneut, und sie war froh, sein Lächeln, das sie fertigmachte, nicht zu sehen. Nahm man die lebhaften Bernsteinaugen hinzu, dann war es nicht zum Aushalten. »Und du?«

»Ich bin tatsächlich ein bisschen hungrig«, gestand sie. »Ich könnte noch ein paar Sandwiches oder etwas Warmes zubereiten …«

»Warm. Mit Fleisch. Um ein bisschen was auf die Rippen zu bekommen.«

Und damit sie, dachte Ahnvil, *ein bisschen um diesen hübschen Hintern herum zulegte.*

Den sie ihm gerade zuwandte, um unter keinen Umständen in seine Richtung blicken zu müssen. Es störte ihn nicht, dass sie sich unbehaglich fühlte. Es war sogar irgendwie befriedigend zu sehen, dass er sie berührte … egal ob nun im Guten oder im Schlechten.

Er hatte im Grunde kein Recht, sie anzuschauen wie ein Mann, der eine Frau anschaut. Er hatte ihr Leben schon kompliziert genug gemacht. Sie war wirklich nicht scharf darauf, dass er ihr Avancen machte, und er konnte es sich auch nicht leisten, sie gegen sich aufzubringen. Doch so wichtig es auch war, dass sie ihm half, wieder nach Hause zu kommen, war ihm sein unerwartetes Verlangen nach ihr auch nicht egal.

Ein Grund mehr, sie in Ruhe zu lassen. Er war ein grobschlächtiger, starker Mann mit ebensolchen Leidenschaften, und sie war ein Mensch.

Menschlich und zerbrechlich, brachte er sich in Erinnerung.

Neben ihm stand ein Korb mit Obst, aus dem er sich eine Mandarine nahm, eine Serviette vor sich hinlegte und sie vorsichtig zu schälen begann. Sie war der Frucht in seiner Hand ziemlich ähnlich. Er musste behutsam mit ihr umgehen, oder er würde sie beschädigen und den Genuss schmälern.

Aus Prinzip zwang sich Kat dazu, sich umzudrehen und ihn anzuschauen. Aus Prinzip und weil sich die Schneidefläche in dieser Richtung befand. Sie trug das Gemüse auf die gegenüberliegende Seite und begann damit, es zu zerkleinern, das Gesicht ihm zugewandt … jedoch ohne ihn anzuschauen. Ganz auf ihre Aufgabe konzentriert. Allerdings bekam sie mit, wie er seine Mandarine schälte. Seine Hände waren trotz ihrer Größe geschmeidig. Langsam löste er die Mandarinenschnitze voneinander und aß sie nacheinander auf.

»Hast du eigentlich eine Frau?«, hörte sie sich plötzlich fragen. »I-Ich meine …« Sie errötete, weil sie wusste, dass es eigennützig klang. »Heiraten Gargoyles wie Menschen auch?«

»Wir tun alles, was Menschen tun«, sagte er. Lag das an ihr oder klang das zweideutig? »Aber nein, ich habe keine Frau. Auch keine Freundin. Ich habe … Partner.«

»Oh! Du willst sagen … du bist schwul?«, fragte sie ungläubig. »Ich meine, bi. Richtig? Du musst es sein, weil vorhin …« Kat merkte, dass sie errötete, und seine wachsende Belustigung auf ihre Kosten war nicht hilfreich.

»Ich bin nicht schwul. Nur nicht fest gebunden. Meine Partner sind wie ich. Ausgeprägte sexuelle Wesen, die nach einer Möglichkeit suchen, ihr intensives sexuelles Verlangen zu befriedigen.«

»Intensiv?«, hörte sie sich fragen. Sie sollte dieser Information gar nicht weiter nachgehen. Das war keine gute Idee.

»Wasserspeier sind zu gleichen Teilen Tier und Mensch. Wenn wir geschaffen werden, werden wir mit einem Tier verschmolzen.«

»Also … ein Mensch und ein Tier«, ermunterte sie ihn.

»Ja. Und ein Tempelpriester hat einen bösen Zauber benutzt, um mich zu formen, und er hat dafür einen Bären benützt. Ich war schon immer ein großer Mann, doch das hat mich noch größer gemacht, und auch schneller und stärker. Und, täusch dich nicht, brutaler. Besitzergreifender und beschützender, was meine Liebsten betrifft.« Sein Blick weckte in ihr kurz den Wunsch zu wissen, wie es wäre, zu ihm zu gehören. Von ihm beschützt zu werden. Er würde sich um eine Frau kümmern, dachte sie nachdenklich. Die Tatsache, dass er aufmerksam genug gewesen war, sie zuzudecken, sprach Bände.

Ja, er wäre sehr fürsorglich. Und gemeinsam mit seiner Libido war das ein ziemlich intensives Gesamtpaket.

»Was ist ein Tempelpriester?«, fragte sie.

Er nahm sich noch eine Mandarine und begann sie zu schälen.

»Genug von mir und meiner Welt. Was ist mit dir, Kat? Gibt es keinen Mann, der dein Bett wärmt?« Was kümmerte ihn das überhaupt, schalt er sich, als sich ihm der Magen zusammenzog.

»Nein«, sagte sie und starrte reglos auf ihre Hände.

»Lass mich raten«, sagte er leise. »Du bist zu seltsam, als dass dich ein Mann mögen würde.«

Es klang ärgerlich, wie er das sagte, so als fühlte er sich angegriffen. Sie nickte vorsichtig.

»Was zum Henker noch mal stimmt denn nicht mit dir?«, wollte er wissen und schlug mit der Hand auf den Tresen.

»Ich erwarte nicht, dass du das verstehst«, sagte sie abwehrend. »Du hast einfach keine Ahnung …«

»Dann erklär's mir. Was zum Teufel stimmt nicht mit dir?«

Er merkte, dass es ihr widerstrebte, darüber zu sprechen, doch er blickte sie grimmig an und machte damit deutlich, dass er sich nicht abwimmeln oder mit halben Antworten zufriedenstellen lassen würde.

»Ich habe eine Sonnenallergie«, sagte sie rasch und seufzte. »Sie heißt Xeroderma pigmentosum, kurz XP genannt. Ich vertrage überhaupt kein Sonnenlicht. Deshalb habe ich überall Fensterläden und automatische Rollos, die bei Tagesanbruch herunterfahren.«

Zum ersten Mal sah sich Ahnvil um und bemerkte in der Tat zum ersten Mal, obwohl die Fenster großflächig waren, an jedem ein heruntergelassenes Rollo, selbst vor dem großen Panoramafenster. Sogar die Schiebetür hatte ein geschlossenes

Rollo, doch anstatt zuzugeben, dass sie eine Krankheit hatte, die nicht zuließ, dass Sonnenlicht ins Haus drang, war sie hinausgegangen, um die Läden zu schließen, und hatte lieber etwas vorgetäuscht, als sich als der Freak zu outen, für den sie sich hielt.

»Der kleinste Kontakt mit der Sonne kann mir schreckliche Blasen auf der Haut verursachen, mindestens aber einen Ausschlag. Leute mit XP bekommen leicht Hautkrebs … viele von ihnen sterben, bevor sie überhaupt mein Alter erreichen. Ich habe wahrscheinlich Glück.«

»Es ist eine Krankheit. Und man kann nichts dagegen tun. Weshalb solltest du deshalb seltsam sein?«, fragte er mahnend.

»Ach, komm schon. Du weißt doch, wie die Welt funktioniert. Wir können politisch so korrekt sein, wie wir wollen, es ändert nichts an der Tatsache, dass Leute, die anders sind, schräg angeschaut und lieber gemieden werden. Was die Blasen und Ausschläge betrifft, unter denen ich leide, ist es noch schlimmer, weil die Leute glauben, dass man womöglich ansteckend ist. Sie wollen dich nicht einmal …«, sie schluckte geräuschvoll, »… berühren. Also«, sie hob trotzig das Kinn, »lebe ich nachts und vermeide Sonnenlicht um jeden Preis. Ich habe gewöhnlich Nachtschichten gemacht, aber die Leute haben trotzdem gemerkt, dass ich nicht in die Sonne gehen und selbst an meinen freien Tagen tagsüber nichts unternehmen wollte. Sie hielten mich für ungesellig, dabei habe ich nur versucht, mich zu schützen.«

»Verstehe«, sagte er. »Und anstatt ihnen die Wahrheit zu sagen, hast du sie lieber in dem Glauben gelassen, dass du seltsam bist.«

»Sie hätten mich so oder so für seltsam gehalten.«

»Deine Freunde arbeiten im Gesundheitsbereich, oder? Natürlich hätten sie das verstanden …«

»Vielleicht. Vielleicht auch nicht. Es hat sowieso niemanden gekümmert.«

Sie versteckte sich hinter ihrem herabfallenden Haar. *So, wie sie sich vor der Sonne versteckte,* dachte er, *so, wie sie sich vor den Leuten um sie herum versteckte.* Doch er konnte sich vorstellen, dass es für sie schwierig sein musste, so herangewachsen zu sein. Je länger er darüber nachdachte, desto besser konnte er sich vorstellen, wie schwer es für sie gewesen sein musste, sich durch die Schule zu kämpfen und jeden Unterricht oder jeden Sport zu meiden, die draußen stattfanden. Es zeigte ein Maß an Stärke und Tapferkeit, das bei Menschen eher selten war.

»Ich kann auch nicht in die Sonne gehen«, bemerkte er.

Sie bewegte das Messer langsamer und hielt dann inne. »Nun …«, sagte sie, »du hast nicht gesagt, warum?«

»Hab ich wohl nicht, was?«, sagte er amüsiert.

»Aber es gibt nicht mehr viel zu verbergen, also … beim Kontakt mit der Sonne verwandle ich mich ungewollt in Stein.«

Ihr Kiefer klappte vor Überraschung herunter.

»Tatsächlich«, fuhr er fort, »gibt es keinen Schattenwandler, der den Kontakt mit der Sonne ohne Schaden überstehen würde. Das macht dich in gewisser Weise zu einer Schattenwandlerin ehrenhalber, oder nicht?«

Nie hätte sie sich träumen lassen, dass es eine ganze Spezies auf der Welt gab, die genauso war wie sie. »Wie?«, fragte sie sichtlich neugierig. »Was passiert mit ihnen?«

»Die Dschinn verwandeln sich in Rauch. Die Körperwandler sind gelähmt. Geister, wurde mir gesagt, nehmen eine körperliche und damit verwundbare Gestalt an. Es ist dann leichter, sie zu töten. Und glaub mir, man möchte einen Geist töten können. Nachtengel erweisen sich als machtlos und verlieren ihre wunderschöne schwarze Haut, die zu einem leichenblassen, geisterhaften Weiß wird, wie du es an einem lebenden Wesen noch nicht gesehen hast. Das saugt die Farbe richtig aus ihnen heraus und lässt sie wie Albinos aussehen.«

»Oh. Wow.« Sie lächelte, als er seine dritte Mandarine nahm. »Das ist … ich hätte nie gedacht, dass es so viele Leute gibt, die sind wie ich.«

»Also brauchst du dir gar nicht mehr seltsam vorkommen«, sagte er ein wenig süffisant. Sie musste lachen.

»In Ordnung. Nicht mehr.« In diesem Moment stieß sie mit dem Ellbogen gegen die Tomate auf dem Tresen neben ihr, die daraufhin zur Kante rollte. Er schoss nach vorn und bewahrte sie davor, herunterzufallen, wobei er wegen der abrupten Bewegung vor Schmerz leise stöhnte. Er legte die Tomate neben sie und setzte sich vorsichtig wieder hin.

»Du solltest nicht hier sitzen. Im Bett wärst du besser aufgehoben.«

»Männern wie mir bekommt es nicht, im Bett zu liegen.« Dann schenkte er ihr ein schelmisches Grinsen und ließ einen gierigen Blick über sie gleiten. »So ganz entspricht das nicht der Wahrheit.«

Die Bedeutung seiner Worte war unmissverständlich, und seine Gedanken ebenfalls. Er sah sie an, als beabsichtigte er, sie auszuziehen. Ganz langsam. Seine Hände, die die Mandarine schälten, bewegten sich langsamer, wurden sanfter und drehten die sinnliche Frucht zwischen seinen Fingern, umschlossen sie mit der Hand, wie er vielleicht ihre Brust umfasst hätte.

Es war schwer vorstellbar, dass eine so große und so raue Hand zu solcher Anmut und sinnlicher Eleganz in der Lage war. Kat spürte, wie sie augenblicklich ziemlich feucht wurde und zu atmen vergaß, ganz zu schweigen davon, ein Messer mit Geschicklichkeit zu schwingen. Und dann, als wüsste er es, hob er abrupt den Kopf und richtete einen durchdringenden Blick auf sie. Er sog langsam die Luft durch die Nase ein und gab beim Ausatmen ein leises Grunzen von sich.

»Ah, Kat-Mädchen«, sagte er und schluckte hörbar, als seine Hand die Frucht zerdrückte, die er festhielt. »Das ist nicht fair, dass ich dich nicht als sexuelles Wesen sehen soll, wo du doch eindeutig eins bist. Du kannst nicht abstreiten, dass du daran denkst, wie es mit mir im Bett wäre.«

»Ich –«

»Und bevor du mich anlügst, Kat-Mädchen, denk daran, dass ich die Sinne eines Tieres habe, eines Bären, genauer gesagt, und ich kann dich *riechen*.« Die Art, wie er ›riechen‹ sagte, beschleunigte ihren Herzschlag wie wahnsinnig. Ihr Mund wurde trocken, und sie versuchte zu schlucken, versuchte, normal zu funktionieren. Weil sie wirklich daran dachte, mit ihm ins Bett zu gehen. Wenn sie ehrlich war, dachte sie daran, seit er ihr gegenüber zum ersten Mal ein wenig grob gewesen war. Auch in einem fiebrigen und unvernünftigen Zustand war da etwas Tiefsitzendes gewesen, das sie an dem Mann erregte. Er verströmte einfach männliche Sexualität. Von dem dunklen Schatten seines Dreitagebartes bis zu den Wölbungen seines Bizeps, bis zu der unübersehbaren Größe seines Schafts, egal ob unter Kleidung verborgen oder nicht, war er wahnsinnig männlich. Und das, obwohl er einfach dagestanden und nichts getan hatte. Doch er tat nie nichts. Nicht mit diesen lachenden Augen und diesem überheblichen Grinsen. Jede normal empfindende Frau hätte das bemerkt.

Zum ersten Mal in ihrem Leben hätte sie anomal sein sollen. Sie hatte so viele exzentrische Eigenschaften, warum gehörte nicht dazu, dass sie ihn *nicht* erregend fand? Dass sich ihr *nicht* die Brust zuschnürte, sodass sie kaum atmen konnte, dass sich ihr gesamter Körper *nicht* auf einmal so leicht anfühlte, als könnte sie fliegen, und erregt genug, um im Flammen aufzugehen. Und alles wegen eines Blicks und eines Lächelns.

Und warum war sie ihm gegenüber nicht sowieso immun? Sie war allen anderen männlichen Wesen gegenüber weitgehend immun. Nicht dass sie nie Liebhaber gehabt hätte. Und sie hatte auch ein- oder zweimal Spaß gehabt. Vielleicht. Doch es gab einen Unterschied zwischen dem Genuss, den sie verspürt hatte, und … und *dem hier*. Diesem Gefühl, dieser Wahrnehmung … dieser Reaktion, die mit dem rivalisierte, was sie empfunden hatte, wenn sie durch einen anderen Mann einen Orgasmus bekam. Hatte sie jemals wirklich richtige Lust erlebt? Falls ja, hätte sie jetzt nicht das Gefühl haben sollen, die ganze Zeit etwas verpasst zu haben.

»J-Ja, und?«, antwortete sie mit zittriger Stimme. »Nur weil … Ich meine, ich kann nicht immer etwas dagegen tun … Ich hab dir bereits gesagt, dass du nicht gerade hässlich anzusehen bist! Und du redest immer darüber, als würdest du Sex leben, essen und atmen.«

»Oh ja.« Wieder dieses reuelose Grinsen. »Und je länger ich in deiner Gesellschaft bin, desto mehr denke ich darüber nach.« Seine Stimme klang ein wenig tiefer. Nicht nur, um wollüstiger zu klingen, auch wenn das mitschwang, sondern auch, um ernster zu klingen. Als spielte er mit ihr nicht nur zum Spaß.

Sie schüttelte den Gedanken ab. Er gehörte eindeutig zu der Sorte Männer, die sich mit Frauen auskannten. Er wusste wahrscheinlich, wie man ihnen das Gefühl gab, dass sie etwas bedeutete, dass sie irgendwie etwas Besonderes waren.

Sie blickte zu seiner Hand und bemerkte, dass der Saft der Mandarine zwischen seinen Fingern und über seinen Handrücken hinablief. Er hatte unbewusst die empfindliche Frucht ein wenig zu fest gedrückt. Aus irgendeinem Grund ließ sie das ein wenig kräftiger schlucken.

Für einen kurzen, verzehrenden Augenblick fragte sie sich, wie es wohl wäre, wenn sie den süßen Saft direkt von seinen Fingern leckte.

»Ich möchte nicht länger darüber sprechen«, sagte sie krächzend.

Ahnvil verengte die Augen, während er sie anblickte, und sie konnte sehen, wie er nachdachte. Gott allein wusste, *was* er dachte. Nie wusste man, was bei ihm als Nächstes kommen würde. Seine goldenen Augen wanderten zwischen ihr und der Frucht hin und her. Dann hob er sie plötzlich zum Mund und nahm einen großen Bissen davon. Saft spritzte überallhin, und noch mehr lief zwischen seinen Fingern hindurch und aus seinen Mundwinkeln, und Tropfen hingen zitternd an seinem Kinn.

Im nächsten Moment war er auf den Füßen und kam eilig um den Tresen herum. Sie keuchte, bevor er sie gepackt hatte. Er riss sie an sich hoch und presste, während er ihr schnell und leidenschaftlich durchs Haar strich, seinen Mund ganz fest auf ihren. Der Geschmack von Mandarine explodierte auf ihren Geschmacksknospen. Mandarine und heiße, sexy Männlichkeit. Auf einmal wollte sie tatsächlich jedes Tröpfchen Zitrusfrucht von ihm ablecken, egal wo sie gelandet waren. Lippen. Gesicht. Finger. Selbst auf seine Brust waren ein paar getropft.

Bevor sie den Impuls kontrollieren konnte, tat sie genau das. Sie begann damit, seinen Kopf mit den Händen zu umfassen und ein Stück zurückzuweichen, wobei sie seinen Kopf festhielt, damit er nicht an sie herankam. Dann berührte sie seine Lippen mit der Zunge und leckte ihn dieses Mal, anstatt ihn zu küssen. Langsam und genüsslich fuhr sie ihm mit der Zunge über die Unterlippe, bis er ein gequältes Stöhnen von sich gab. Es entlockte ihr ein Lächeln, und sie genoss es, genoss diesen kurzen Moment ihrer Macht als Frau. Ihrer Macht über ihn.

Sie löste eine Hand von seinem Gesicht, ließ sie über seine Schulter gleiten, an seinem Arm hinunter, bis sie die Hand ergriff, in der er die süße Frucht gehalten hatte. Dann löste sie sich von seinem Mund und hob seine Finger zu ihren Lippen. Er blickte sie unverwandt an und atmete schwer, als liefe er einen Marathon, und als sie seinen Zeigefinger mit der Zunge berührte und anschließend in ihren Mund sog, stieß er eines dieser wilden Knurrgeräusche aus. Und je mehr Geräusche dieser Art er von sich gab, je stärker sich sein Geschmack auf ihrer Zunge entfaltete, desto mehr wollte sie ihn.

»Ah, Kat-Mädchen«, knurrte er erregt. »Schau mich nicht so an, als wolltest du es nicht mit mir da, wo du gerade stehst, tun.«

Was wäre auch so falsch daran?, fragte sie sich naiv, als er seine Finger aus ihrem Mund zog und sie für einen weiteren erregenden Kuss an sich riss. Was wäre falsch daran, einen männlichen Wasserspeier zu genießen und ihn sich auf ruchlose Weise zu Willen zu machen? Vielleicht wollte sie das ja. Vielleicht wollte sie gern so hemmungslos sein.

Oh ja. Ja, sie wollte mit ihm hemmungslos sein.

Ein Geräusch heftiger Frustration drang von seinem Mund in ihren, und plötzlich spürte sie seine Hände auf ihren Hüften, die sie vom Boden hochhoben, und mit einem Plumps saß sie auf ihrer Küchenarbeitsplatte. Grob schob er ihre Knie auseinander und drängte seinen großen Körper zwischen ihre Oberschenkel, zog sie dabei mit seinen Händen auf ihrem Hintern über den kalten Granit nach vorn, bis ihr Zentrum fest gegen seinen Unterleib gepresst wurde. Ein Unterleib, der dank des tiefsitzenden Handtuchs um seine Hüften nackt war. Sie musste nur nach dem Knoten greifen und würde dahinter den sinnlichen Streifen dunklen Haars erblicken, der von seinem Bauchnabel hinabführte. Oh, sie hatte ihn doch bereits nackt gesehen … nackt und erregt. Diesmal war es anders. Wie genau, konnte sie nicht sagen, doch es war so. Diesmal hatte sie das Gefühl, dass er bei sich war … kein Fieber oder seltsamer Umstand oder Missverständnis. Er war zu ihr gekommen, war um den Tresen herumgekommen, um lieber ihren Geschmack als den der perfekten, reifen Mandarine zu kosten. Er hatte irgendwie ihr innerstes Verlangen erkannt und reagierte darauf. Und, bei Gott, sie reagierte ebenfalls darauf. Ihn zu spüren, so lebendig und kraftvoll zwischen ihren Beinen, ließ sie tief in der Kehle leise stöhnen. Anscheinend gefiel ihm das Geräusch sehr, denn er umklammerte ihre Hüften fester.

»Ah, Teufel noch mal, Kat, ich kann deine Erregung durch die Jeans hindurch spüren.« Er ließ seine Hand über die Wölbung ihres Oberschenkels gleiten, bis seine Finger an der Mittelnaht der Jeans entlangfuhren, die seine Bemühungen, sie an ihrer intimsten Stelle zu berühren, zunichtemachten. Sie stöhnte bei seiner Berührung, seinen dreisten Fingern, die er an sie presste, als wollten sie nichts anderes, als zwischen den nassen Lippen ihres gierigen Geschlechts entlangzustreichen.

»Verdammt, du bist so heiß«, hauchte er in ihren Mund, als er sie wieder zu küssen begann. War sie jemals zuvor so erregt gewesen? Nein. Ihr wurde klar, dass sie die Bedeutung des Wortes nicht gekannt hatte. Er verschlang ihren Mund, und sie hatte das Gefühl, als würde sie puren Essig trinken, so lebendig war diese Empfindung in ihrem Mund. Es sickerte in ihren Körper und verbrannte sie und ließ sie von innen heraus schmelzen. Es war für sie schwer zu begreifen, dass sie ihn vor weniger als vierundzwanzig Stunden noch nicht gekannt hatte und dass er selbst jetzt noch immer ein völlig Fremder für sie war, und trotzdem wusste er etwas über sie, das sie selbst nicht gewusst hatte. Sie hatte nicht gewusst, dass sie so leidenschaftlich sein konnte, so gierig auf ein anderes Wesen. Ein Wesen, das sie kaum kannte. In der Vergangenheit war sie stets so vorsichtig gewesen, hatte gewartet, bis sie an der Schwelle zu wahrer Freundschaft gestanden hatte, bevor sie mutig genug war, dem anderen von sich und ihrer Krankheit zu erzählen. Ganz zu schweigen davon, intim mit jemandem zu werden, wie sie es mit diesem Mann hier war. Doch vielleicht lag es daran, dass er einfach so seltsam und geplagt war wie sie selbst.

Und jetzt presste er seine Hände auf so persönliche Weise an sie, und es fühlte sich irgendwie richtiger an als jede andere sexuelle Begegnung, die sie je gehabt hatte. Vielleicht weil sie zum ersten Mal nicht damit beschäftigt war, was mit ihr nicht stimmte, und stärker auf das konzentriert war, was sich gut anfühlte.

Genervt von ihrer Jeans, versuchte er, sich auf andere Weise Zugang zu verschaffen. Er packte den Saum ihres Pullovers und zerrte ihn ihr über den Kopf, bevor sie überhaupt an Protest denken konnte. Sie keuchte, als ihre warme Haut mit der kalten Luft in der Küche in Berührung kam. Richtig warm war es nur im Wohnzimmer und Schlafzimmer, die miteinander die angenehme Wärme des Kaminfeuers teilten. Ohne Heizung war es in der Küche in den letzten Stunden viel kälter geworden.

Er trat einen langen Augenblick von ihr zurück und ließ den Blick über die Sommersprossen auf ihrer Haut gleiten. »Ah, Kat-Mädchen, du bist ein hübscher Anblick für schmerzende Augen.«

Und aus irgendwelchen Gründen war sie von seinen Worten überaus entzückt. War sogar stolz darauf. War stolz auf sich selbst, weil sie ihm gefiel. Wie verrückt war das denn? Stolz, weil man einem völlig Fremden gefiel?

Dann streckte er die rechte Hand aus und strich ihr mit den Kuppen der gespreizten Finger über das Brustbein und die beginnende Wölbung ihrer Brüste. Er legte die Finger aneinander und fuhr an ihrem Schlüsselbein entlang bis zum Träger ihres engen BHs. Er war wirklich eng. Es fühlte sich an, als würde er sie beherrschen, sie davon abhalten, all das zu empfinden, was sie empfinden konnte. Er stand noch immer ein Stück von ihr entfernt, was das Gefühl, ihm ausgeliefert zu sein, noch verstärkte. Es wäre einfacher, wie sie wusste, wenn sie einfach von den erregenden Augenblicken seiner verlangenden Küsse mitgerissen würde. Dann war es beinahe so, als würde sie dabei zusehen, wie all das jemand anders widerfuhr. So war sie ganz auf sich selbst zurückgeworfen, darauf, wer sie war und wie das für sie alles von der Norm abwich. Doch wäre das nicht für jeden jenseits der Norm? Wie viele sexy Wasserspeier gab es denn auf der Welt?

Der Gedanke war ernüchternd, und sie merkte, wie sie zu ihrem Pullover rutschte, der links von ihr in einem Häuflein dalag.

»Ah, so denke ich nicht, Kat-Mädchen«, brummte er und schob den Pullover außerhalb ihrer Reichweite, als er wieder dicht an die Arbeitsfläche trat. »Der wird nicht wieder angezogen, solange ich nicht von deiner hübschen hellen Haut gekostet habe. Schau nur, wie bezaubernd blass du bist. Deine Haut war der Sonne überhaupt nie ausgesetzt. Das gefällt mir. Du bist blass wie ein irisches Mädchen und um einiges hübscher.«

Er senkte den Kopf zu ihrem Hals und rieb sich mit einem vibrierenden Summen, das aus seiner Kehle drang, an ihr. Seine Hände waren auf die Arbeitsfläche zu beiden Seiten ihrer Oberschenkel gewandert und umklammerten den Granit so fest, dass er, dessen war sie sich sicher, hätte brechen können. »Nur eine kleine Kostprobe.«

Sie wartete mit angehaltenem Atem auf die erste Berührung seiner Lippen auf ihrer Haut.

»Ich kann sehen, wie es in deinem Hals pocht. Ein hübsches Pulsieren. Ich sehe, wie schnell es ist. Sag, Kat, ist das wegen mir? Liegt das daran, dass du mich willst?«

Oh, warum küsste er sie nicht einfach und gab sich damit zufrieden? Warum musste er fortwährend mit ihr reden? Es war so viel einfacher, wenn er sie um den Verstand küsste und sie nicht über die Folgen nachdenken müsste. Also konnte sie nur den Kopf schütteln.

»Nein? Heißt das Nein, Kat? Du willst mich nicht?« Er wich zurück, und ihre Hände schnellten zu seinen Schultern vor, als sie rief: »Nein! Ich meine … ich meine, ja. Es ist wegen dir. E-Eine körperliche Reaktion i-ist in einer sexuellen Situation ganz normal.« Oh Gott! Hatte sie das gerade gesagt? Hatte sie gerade geklungen, als hätte sie aus einem idiotischen Lehrbuch vorgelesen?

»Verstehe. Es ist also die Situation und nicht der Mann selbst«, sagte er und verzog seine wie gemeißelten Lippen missbilligend.

»Nein! Es ist nicht nur die Situation«, fügte sie hastig hinzu. Aus Angst, zu gierig zu klingen, schwächte sie das ein wenig ab. »Weshalb willst du das wissen? Warum kannst du nicht einfach –«

»Dich küssen?«

»J-Ja«, gestand sie atemlos.

Er beugte sich vor, bis sich ihre Lippen beinahe berührten, und seine hellen Augen begegneten ihren intensiv.

»Weil das für dich zu einfach wäre, Kat-Mädchen. Und ich habe nicht vor, es dir leicht zu machen, egal wie sehr ich dich will.«

Damit wandte er sich von ihr ab und ging zur Spüle. Er wusch sich den restlichen Mandarinensaft vom Gesicht und von den Händen ab, doch erst als er zu seinem Hocker zurückkehrte, wurde ihr bewusst, dass er nicht zurückkam, um das zu beenden, was er begonnen hatte. Sie merkte, dass sie ihn völlig entgeistert anstarrte. Dann erst spürte sie, wie kalt es im Raum geworden war, und sie packte wütend ihren Pullover und zerrte ihn sich über den Kopf.

»Ich überprüfe mal den Generator«, sagte sie bissig und stürmte los, um ihren Mantel zu holen. Das Problem war, dass sie an ihm vorbeimusste, um zum Schlafzimmer zu kommen. *Ja und?!* Er wollte ja sowieso nichts von ihr.

»Uh-uh«, sagte er in dem Moment, als sie an ihm vorbeiwollte. Seine Hand schoss vor und packte sie am rechten Oberarm und riss sie zwischen seine Knie, als er den Barhocker drehte, um sie anzuschauen. Sie wollte sich losreißen, doch er hielt sie fest. Er packte sie am Kinn und hob ihr Gesicht zu seinem an. »Reg dich nicht so auf«, sagte er, und sie hätte ihm am liebsten sein süffisantes Grinsen aus dem Gesicht gekratzt. »Ich versuche, nicht gemein zu dir zu sein, Kat. Ich will dich aber auch nicht zurückweisen. Ich sage dir nur, dass ich anderen gegenüber ganz schön rücksichtslos sein kann, um meinen Willen zu bekommen, aber ich werde das nicht mit dir tun. Dass ich dich will, ist eine Sache. Dass du mich willst, ist etwas ganz anderes. Ich weiß es. Ich bin mir dessen bewusst. Ich will wissen, was du willst, und du musst es mir sagen.«

Was sollte sie sagen? Er war ein Fremder. Sollte sie etwa sagen, dass sie einen Fremden wollte? Wusste er nicht, wie grotesk das war? Wusste *sie* es?

»Ich sehe, dass du noch nicht bereit bist. Ich kann warten, Kleines. Keine Eile. Jetzt lass mich den Generator überprüfen, und du bereitest weiter das leckere Essen vor. Wo steht er, Kat?«

»Er ist draußen … du kannst nicht …« Sie ließ den Blick über seinen spärlich bekleideten Körper gleiten.

»Das ist kein Problem, Kleines.«

»Und ob!«, stieß sie hervor und schlug augenblicklich den strengen Tonfall einer Ärztin an. »Du setzt dich augenblicklich hin und lässt mich das machen. Deine Aufgabe ist es, zu heilen. Je schneller es dir besser geht, desto besser geht es uns beiden.« Die unausgesprochene Botschaft war, dass sie froh wäre, sich wieder in ihrer ruhigen, wohlgeordneten, kleinen Welt zu verstecken.

»Werd ich nicht. Komm mit, wenn du willst, aber ich gehe jetzt hinaus.«

»A-Aber –« Doch sie redete mit sich selbst, denn er schlüpfte an ihr vorbei und ging zur Tür. »Nach links!«, wollte sie rufen, als er die Tür aufriss. Er knallte die Tür hinter sich zu und ließ sie in der hereindringenden Kälte zitternd zurück.

Ahnvil trat mit nichts als dem Handtuch, das er umgewickelt hatte, hinaus in die Kälte. Idealerweise hätte er seine Steinhaut angelegt – sie hätte ihn vor der Kälte geschützt –, doch die Umstände waren nicht ideal. Es gab wenig, wovor er Angst hatte, doch ewiges Leben gehörte dazu … so wie anderen der Tod wahrscheinlich Angst machte.

Der Weg hinaus in den knirschenden Tiefschnee war genau das Richtige. Er brannte vor Verlangen nach seiner hübschen kleinen Kat.

Nein. Nicht seine. Sie konnte nicht seine Kat sein. Er wollte es gar nicht. Das bedeutete, sie in Gefahr zu bringen, und sie war bereits gesundheitlich und psychisch angreifbar genug. Als er das kalte Metall des Generators berührte, blieb seine warme Haut daran kleben, und er musste sich zwingen, an diese Dinge zu denken. Er war kein Hauptgewinn. Sie hätte nichts davon, wenn sie ihm hinterherkam. Sie zu bitten, den nächsten Schritt zu tun, würde nur dazu führen, dass sie eine Enttäuschung erlitt. Er musste das verhindern. Jetzt verhindern, bevor es zu weit führte.

Wenn es nicht bereits zu spät war. Es gab keine Erklärung dafür, was an ihr ihn dazu veranlasste, sie erobern zu wollen, wie ein Hund einen Fuchs zur Strecke bringen wollte. Und wie diese Hunde wäre er der Tod seiner Beute.

Katrina stellte die Pfanne auf die offene Gasflamme des Herds und begann zu kochen. Sie war beinahe damit fertig, als die Tür aufgestoßen wurde und Ahnvil mit einem Schwall voll Kälte und Schnee hereinkam. Als sie zu ihm eilte, schnappte sie die Häkeldecke, unter der sie vorhin gedöst hatte, und schlang sie rasch um seinen sich krümmenden Körper.

»Verdammt, ist das kalt!«, fluchte er grimmig. Kat eilte davon und kam mit einem Stapel frischer Handtücher zurück, die sie auf ihn presste.

»Du hättest mich gehen lassen sollen!«, sagte sie.

»Was man heute kann besorgen …«, sagte er lediglich. Als ihr klar wurde, dass sie das nicht weiterbrachte, kehrte sie in die Küche zurück und wandte sich wieder ihrer Pfanne zu. Nachdem sie sich umgedreht hatte, machte sie erneut eine Kehrtwende. Sie hatte lediglich einen Blick auf einen prächtigen Gluteus maximus erhascht, als er das nasse Handtuch weggezogen und durch ein warmes, trockenes ersetzt hatte. Von diesem Moment an konzentrierte sie sich eifrig auf das Pfannengericht, das sie für sie beide zubereitete.

»Also … wenn uns die Nachrichtensprecher nicht angelogen haben, wird sich dieser Sturm in zwölf Stunden legen.«

»Erstens, nur weil sich der Sturm legt, heißt das nicht, dass wir überall hinkönnen. Nicht für mehrere Tage, wenn man bedenkt, wie weit oben auf dem Berg wir sind und wie viel Schnee wir erwarten. Und zweitens, was meinst du mit ›wir‹? Ich gehe nirgendwohin!«

»Erstens, wenn du dieses blöde Halsband loswerden willst, wirst du mit mir kommen müssen. Zweitens, ich habe nicht tagelang Zeit! Zwei schlimmstenfalls. Höchstens drei. Wenn ich nicht rechtzeitig zurück bin …« Er verstummte und strich sich erregt durch sein dunkles Haar.

»Was? Was passiert, wenn du nicht rechtzeitig zurück bist?«

»Ich … das wäre schlecht. Mehr sage ich nicht dazu«, sagte er und beendete damit das Thema.

»Na schön!«, fauchte sie und stieß wütend das Fleisch in der Pfanne herum. Doch nach einer Weile beruhigte sie sich und betastete das kalte Metall des Amuletts. »Denkst du, sie bekommen es herunter? Die Leute, zu denen du mich bringen willst?«

»Ich kann es mir vorstellen. Es gibt da einen Mann, wenn man ihn Mann nennen kann, mit Namen Kamenwati. Er ist mit allen Arten von Magie bestens vertraut. Wenn jemand weiß, wie man das dumme Ding herunterbekommt, dann er.«

»Wenn man ihn Mann nennen kann?«

»Vollidiot wäre ein passenderes Wort.«

Sie brach in schallendes Gelächter aus. »Sag mir, was du wirklich denkst.«

Er schnitt eine Grimasse. »Wir haben eine gemeinsame Vergangenheit.«

»Welche Art von Vergangenheit?«

Er ging in die Küche und setzte sich wieder auf seinen Hocker.

»Er war mein Schöpfer.«

»Was bedeutet das?«

»Gargoyles werden geschmiedet, Kleine. Er ist der Mann, der mich geschmiedet hat.«

»Du meinst, er ist dein Erschaffer.«

»Nein. Gott ist mein Schöpfer. Kamenwati ist derjenige, der aus dieser Schöpfung eine Abscheulichkeit gemacht hat.«

Sie wirbelte herum, um ihn anzuschauen. »Du bist keine Abscheulichkeit!«

»Und du bist nicht seltsam!«, konterte er. Sie machten beide finstere Gesichter und mussten zugeben, dass sie ziemlich streng mit sich selbst waren.

»Wie genau wird denn ein Wasserspeier erschaffen?«

»Man nimmt irgendeine Person und ein Tier. Mit komplizierten Zauberformeln kann man die beiden kombinieren, doch es kann nicht lebende Materie mit lebender Materie sein. Man braucht – «

»Eine Steinstatue. Einen Wasserspeier.«

»Ja. Normalerweise einen Wasserspeier. Der Zauberspruch nimmt die Essenz von beiden und verbindet sie in dem steinernen Gefäß. Die Körper sterben, und nur die Seelen bleiben zurück. Dann wird der Wasserspeier von seinem Erschaffer gebrandmarkt und wird zum Sklaven seines Hauses.«

»Sklave!«

»Ja«, sagte er. »Kat-Mädchen, dein Essen brennt an.«

»Oh!« Sie zog die Pfanne vom Herd und servierte das Essen rasch auf zwei Teller. Sie stellte sich auf die eine Seite des Tresens, während er sich auf die andere setzte.

»Ein Sklave? Du warst ein Sklave?« Ihr Blick fiel auf das Brandzeichen auf seiner Brust, das zwei Schlangen zeigte, die sich wie bei dem von der Medizin verwendeten Hermesstab um einen Dolch wanden.

»Ja, war ich. Dreißig Jahre lang.«

»Dreißig Jahre! W-Wie alt bist du?«

»Dreihundertzweiundfünfzig.«

»Dreihundertund …« Sie schluckte schwer. »Wie ist es ihm gelungen, dich dreißig Jahre als Sklave zu halten? Ich meine, du bist so groß, und wenn du dich in Stein verwandeln kannst, bist du praktisch unverwundbar. Wie …?«

»Er hat einen Sicherheitsmechanismus geschaffen. Man nennt ihn Energiestein. Ein kleiner Stein, den man bei seiner

Schaffung aus dem Wasserspeier herausgelöst hat. Dieser Stein muss regelmäßig mit der Energie eines Körperwandlers aufgeladen und täglich an seine ursprüngliche Stelle zurückgelegt werden. Der Wasserspeier muss in Kontakt mit diesem Stein schlafen, um zu heilen und sich zu erholen. Wenn nicht … wenn nicht, riskiert er ewiges Leben. Sich für immer in Stein zu verwandeln. Eine der wenigen Möglichkeiten, uns zu töten.«

»Um dich zu befreien, musstest du also den Stein mitnehmen?«

»Ja. Und etwas, das so klein ist, ist leicht wegzuschließen oder zu verstecken. Und weil uns das Sonnenlicht in Stein verwandelt, sorgen sie dafür, dass wir in der Sonne sind, bevor wir ihn wegschaffen können. Wenn sie uns bestrafen wollen, setzen sie uns der Gefahr von ewiger Existenz aus, denn sie wissen, dass wir nichts mehr fürchten.«

»Also … wie bist du dann entkommen?«

»Mein Schöpfer hat seine Steine an diesem Tag nicht versteckt. Er hat selten einen solchen Fehler gemacht, glaub mir. Ich hatte Jahre darauf gewartet, dass ihm dieses Missgeschick unterlief. Doch obwohl mein Stein ganz offen dalag, war er noch immer mit einem Zauber geschützt. So eine Art Peitschenhiebe. Sich den Stein zu schnappen bedeutete, einen Schlag verpasst zu bekommen.«

»Oh mein Gott. Es hat dich beinahe umgebracht, nicht wahr?«

»Ja«, sagte er leise, bevor er seine Aufmerksamkeit der Mahlzeit zuwandte, die sie zubereitet hatte. Sie ließ ihn eine Weile essen, und trotz der Geschwindigkeit, in der er aß, war eine Weile bereits lang genug.

»Ich wollte sagen, ›du bist also entkommen‹, aber so einfach war das sicher nicht, oder? Du warst schwer verletzt, und diese Leute, diese Körperwandler, scheinen sehr mächtig zu sein.«

Er nickte und blickte sie dann an. »Die Einzelheiten sind nicht wichtig. Nur das Ergebnis. Seitdem bin ich ein freier Mann.«

Erst seit Kurzem, dachte er grimmig. Doch er hielt es nicht für nötig, ihr genau zu schildern, wie er auf ihr Grundstück gekommen war, wenn sie ihn nicht direkt danach fragte.

»Wie viele Tage ohne Energiestein braucht es denn, bevor man unsterblich wird?«, fragte sie mit vorsichtiger Neugier, als fürchtete sie, er könnte an der Frage Anstoß nehmen. Was er nicht tat. Doch verriet er ihr auch nicht, wie nah er diesem Zustand bereits war. Sie sollte sich keine Sorgen machen, bevor es nicht wirklich nötig war.

»Ein paar Tage. Vielleicht eine Woche. Es kann vom Gargoyle, von seinem Schöpfer oder der Kraft des Zauberspruchs abhängen. Auch von der Größe des Energiesteins. Größere Steine nehmen mehr Energie auf, ermöglichen es einem Wasserspeier, mehr Energie zu speichern, genug, um einen längeren Zeitraum damit auszukommen.«

»Und was ist mit dir?«, fragte sie, während sie nervös zu den Fenstern blickte, vor denen der Sturm tobte. »Hast du es deshalb so eilig?«

»Ich hab genug Zeit«, log er ihr ins Gesicht. »Mein Erschaffer war einer der beiden mächtigsten Templer unter den Körperwandlern weltweit. Seine Gargoyles gehören zu den Stärksten und Unbesiegbarsten unserer Spezies. Aber das bedeutete auch, dass wir am längsten in Gefangenschaft blieben, weil er nicht der Mann war, der Fehler machte oder mit den Energiesteinen nachlässig wurde. Ich muss gehen, weil ich meinem Anführer ein paar Informationen überbringen muss.« Das Amulett. Zusammen mit dem Mädchen, das es trägt.

»Aber wenn du die Energie eines Körperwandlers brauchst, um den Stein wieder aufzuladen, wie kannst du dann von deinem Erschaffer frei sein?«

Sie war wirklich ein schlaues, aufgewecktes Ding. Er staunte über sie. Die Welt der Körperwandler und Schattenwandler war generell ziemlich kompliziert, und manchmal war es eine Herausforderung, den Überblick zu behalten. An ihren Fragen merkte man, dass es ihr gelang.

»Lass mich dir zuerst einmal erklären, was ein Körperwandler ist.«

»Oh ja. Das könnte helfen«, sagte sie eifrig nickend.

»Nur wenn du versprichst, zu essen«, konterte er und blickte demonstrativ auf ihren unberührten Teller. »Oder du riskierst es, ihn an mich zu verlieren.«

Sie lächelte ihn an, griff nach ihrer Gabel und spießte ein Stück Fleisch und ein wenig Gemüse auf. Nachdem sie die Gabel brav zum Mund geführt hatte, machte sie ihm ungeduldig Zeichen, fortzufahren.

»Körperwandler wie ich waren einst Menschen. Vor langer Zeit in Ägypten, der Wiege der Zivilisation. Es heißt, dass ihre Mumifizierung und ihr egoistischer Wunsch, sämtliche weltliche Güter mit ins Land der Toten zu nehmen, die Götter erzürnt haben. Als Strafe erhielten sie die Erlaubnis, bis in alle Ewigkeit erhalten zu bleiben … als Geist. Im Äther, einem Ort, wie sich die Menschen ungefähr den Himmel vorstellen. Voller Wolken und körperloser Wesen. Dort waren sie einander bewusst, waren sich der Zeit bewusst, die wahnsinnig langsam verging. Waren sich des Lebens bewusst, das in zweidimensionaler Form weiterging. Eine Vorhölle, wenn man so will. Kein Himmel. Keine Hölle. Keine Belohnung … aber eine furchtbare Qual allein weil man bewusst wahrnimmt, wie die Zeit verstreicht, Sekunde für Sekunde, Jahr für Jahr, Jahrhundert für Jahrhundert, ohne etwas zu haben, womit man seinen Verstand beschäftigen könnte.

Eines Tages entdeckte eine der Seelen im Limbo, dass sie ins Leben zurückkehren konnten. Sie brauchten nur einem menschlichen Wesen im Augenblick seines Todes zu begegnen und es zu fragen, ob es bereit wäre, seinen Körper mit einer zweiten Seele zu teilen. Wenn es Ja sagt, wird es gemeinsam mit dem Körperwandler wiedergeboren. Die fremde Seele verfügt über bemerkenswerte Selbstheilungskräfte und eine ganz besondere Fähigkeit, die von Seele zu Seele variiert, außerdem über die Unsterblichkeit. Solange sie am Leben bleiben können, leben sie ewig. Es gibt zwei Fraktionen von Körperwandlern, die Politik und die Templer. Die Templer benutzen Zaubersprüche und unnatürliche Magie, um sich in der Welt zu behaupten. Sie unterwerfen ihren Körperwirt und auch dessen Seele und bringen den Körper vollständig unter ihre Kontrolle. Die Politik unterscheidet sich darin, dass sie nur ungern Magie gebraucht und mit der Wirtsseele vollkommen verschmilzt, so sehr, dass sie ein harmonisches Leben mit dem Wirt führt, dessen Gast sie ist. Und um deine Frage zu beantworten, Templer und Politik sind miteinander im Krieg, und wir Gargoyles waren der Auslöser dafür. Die Templer hatten bereits wegen der Kaperung ihres Wirtskörpers einen schlechten Ruf, und es gab noch andere Gründe für Unmut zwischen den beiden Gruppen, doch es war die Schöpfung der Wasserspeier als Sklaven, die das Fass zum Überlaufen brachte. Es gab einen großen Krieg, ähnlich eurem Bürgerkrieg, nur dass es noch immer keinen Sieger gibt und diejenigen, die dem ursprünglichen Stamm der Wasserspeier angehörten, auf einen Schlag zu Beginn der Kampfhandlungen dieses Krieges körperlich befreit wurden. Die Gargoyles wurden von einem großen Mann namens Herron in die Freiheit entlassen.«

Er schwieg einen Augenblick und spielte mit einem letzten Stück Paprika auf seinem Teller. »Du siehst, uns ist es nicht erlaubt, Namen zu tragen, sobald wir existieren. Sie nehmen ihn uns weg. Ich weiß nicht genau, warum. Eine Form der Demütigung und Unterwerfung, nehme ich an. Herron war der Name des großen Politik-Generals, der den Trupp anführte, der die erste Generation der Gargoyles befreite. Zu seiner Ehrung nahm jeder Wasserspeier dieses Stamms einen Namen mit dem ersten Buchstaben ›h‹ an. In der nächsten Generation hat jeder Gargoyle ein stummes ›h‹ als zweiten Buchstaben in seinen Namen eingefügt.«

»Und die dritte stellt das ›h‹ an die dritte Stelle«, fügte sie verstehend hinzu. »Damit gehörst du zur zweiten Generation der Gargoyles, weil das ›h‹ an zweiter Position ist.«

»Genau.«

»Welchen Zeitraum umfasst eine Generation?«

»Hundert Jahre. Wenn man in den ersten hundert Jahren erschaffen wurde, gehörte man zum ersten Stamm. In den zweiten hundert zum zweiten. Und so weiter.«

»Verstehe.« Sie runzelte die Stirn und reichte ihm dann ihren halb vollen Teller. Er nahm ihn und begann zu essen.

»Um also deine ursprüngliche Frage zu beantworten, jeder von uns sucht einen Politik-Körperwandler, dem wir Treue schwören. Wir versprechen, ihn und die Seinen zu beschützen, stehen Wache vor seinen Mauern, und er verspricht im Gegenzug, unseren Energiestein aufzuladen, uns einen Platz in seinem Zuhause und bei seiner Familie zu gewähren und uns zu beschützen, während wir uns in steinernem Zustand in der Sonne erneut aufladen. Man könnte es ein Arrangement zu beiderseitigem Nutzen nennen.«

»Verstehe«, sagte sie erneut. »Magst du deinen Politik-Körperwandler?«

»Oh ja«, sagte er begeistert. »Menes ist das Oberhaupt der Politik-Gemeinschaft. Einen besseren Pharao hat es nie gegeben. Und er hat auch eine entzückende Gemahlin. Ein temperamentvolles, rothaariges Mädchen. Ihr Name ist Hatshepsut. Oder Marissa. Wir sagen Marissa. Zwei Seelen haben auch zwei Namen, und sie entscheiden, welcher der Rufname wird. Menes benutzt ebenfalls den Namen seines Wirts. Jackson. Du wirst sie noch kennenlernen.«

»Werde ich das? Einen Pharao?« Sie schluckte schwer. »Ich weiß nicht, ob ich auf Mitglieder eines Königshauses vorbereitet bin.« Sie schluckte erneut und knetete ihre Hände. »Es ist nur eine Halskette. Eine hübsche. Ich kann auch hierbleiben und sie weiterhin tragen.«

»Nein! Kannst du nicht! Darin steckt Schwarze Magie«, sagte er und zeigte anklagend auf das Amulett. »Du kommst mit mir. Je schneller du das Ding los bist, desto glücklicher bin ich. Du kannst danach machen, was du willst, aber ich lasse dich nicht damit rumlaufen, wenn ich nicht weiß, was es womöglich mit dir anrichtet.«

»Versuch nicht, mich rumzukommandieren! Du kannst mich nicht zwingen, etwas zu tun, das ich nicht tun will!« Bevor er etwas erwidern konnte, schien sie ihre Worte zu überdenken. »Schwarze Magie?« Sie hob das hübsche Halsband hoch und betrachtete es, wobei sie hörbar schluckte. »Woher weißt du das?«

»Du kannst es doch nicht ablegen, oder?«, konterte er.

»Oh … Ja. Das stimmt. Aber es scheint harmlos zu sein.«

»So kommt es uns zumindest vor. Wer weiß, was im Hintergrund läuft? Das ist sehr gefährlich, Kat-Mädchen, täusch dich da mal nicht.«

»Ich nehme dich beim Wort.« Sie nahm seinen Teller und ging damit zur Spüle. Er konnte sehen, wie sie nachdachte, und hoffte, dass sie ihn nichts fragte, was er nicht beantworten konnte.

»Wie viele Tage ist es denn her, seit du das letzte Mal mit deinem Energiestein in Kontakt warst?«

Da war sie. Die eine Frage, die er wirklich nicht beantworten wollte. Teils, weil er sich ihr nicht stellen wollte, teils, weil er nicht wollte, dass sie sich noch mehr Sorgen machte. Vor allem weil die dringlichste Sache derzeit um ihren hübschen kleinen Hals hing.

Der Sklave, hervorgegangen aus den unsterblichen Schattenwandlern, wird die darinliegende Kraft freisetzen. Derjenige, der sich Adomas Amulett zunutze macht, wird Macht haben, einen Gott zum Weinen zu bringen.

Was zum Teufel bedeutete das genau? Und wenn er derjenige war, der sich die Macht dieses Dings zunutze machen sollte, warum konnte sie es dann nicht ablegen?

»Oh, keine Sorge«, log er erneut. »Mir bleibt genug Zeit, um zu meinem Energiestein zurückzukehren. Mach dir darüber keine Sorgen.«

»Aber natürlich mache ich mir Sorgen darüber. Ich will nicht, dass du dich dauerhaft in Stein verwandelst. Und es hat schon so ausgesehen, als hättest du Schwierigkeiten damit, es zu kontrollieren …«

Er *hatte* Schwierigkeiten damit, es zu kontrollieren. Es verlangte ihm eine bewusste Anstrengung ab, sich nicht in Stein zu verwandeln, während es zuvor mühelos gegangen war. Normalerweise war es wie Atmen … eine automatische Fähigkeit, der man nur wenig Aufmerksamkeit schenkte. Doch jetzt, wenn es noch schlimmer würde, hätte er Angst, zu schlafen, Angst, dass der unbewusste Zustand zuließ, dass er sich unabsichtlich verwandelte. Vielleicht übertrieb er mit dem Symptom, doch er war noch nie so lang von seinem Energiestein getrennt gewesen, und er hatte keine Ahnung, was passieren würde und wann. Es war ein unerträgliches Gefühl, zu wissen, dass man keine Kontrolle über sich oder sein Schicksal hatte. Natürlich hatte das in gewissem Maße niemand, doch das hier führte es einem überdeutlich vor Augen. Trotz seiner über dreihundert Jahre war er noch nicht zum Sterben bereit. Er wurde gebraucht. Jackson und Marissa brauchten ihn mehr als je zuvor. Es gab einen wahnsinnigen Gott dort draußen, wiedergeboren im Körper von Panahasis Herrin, der unbedingt darauf aus war, sie alle zu zerstören, und er musste da sein, um sich zwischen sie und ihn zu stellen. Auf diese Weise wollte er sterben. Mit weit gespreizten Flügeln und einer Waffe in der Hand. Einem Schwert, um genau zu sein. Es war sein bevorzugter Umgang mit solchen Templer-Bastarden wie Panahasi. Es war ziemlich unmöglich, sich davon zu erholen, wenn einem der Kopf abgeschlagen wurde.

Nein. Er würde nicht sterben, indem er sich langsam in Stein verwandelte. Das kam für ihn einfach nicht infrage.

»Ich werde ein Nickerchen machen«, sagte er, als ihm bewusst wurde, dass er wertvolle Energie verbrauchte, je mehr andere Dinge er tat. Doch hatte er festgestellt, dass es einfacher für ihn war, in fleischlichem Zustand zu bleiben, je mehr er aß.

»Ich denke, das ist eine gute Idee. Hast du genug gegessen?« Sie blickte ihn fragend an, weil sie begriffen hatte, dass er, was Essen betraf, ein Fass ohne Boden war. »Essen alle Gargoyles so viel?«

»Manche mehr, manche weniger«, sagte er mit einem Grinsen. »Wir haben einen starken Stoffwechsel. Je aktiver wir sind, desto mehr müssen wir unsere Reserven erneuern.«

»Ich sehe, woran das liegt.« Sie betrachtete seine mächtige Gestalt. »Ruh dich aus. Ich komme gleich, um deinen Verband zu überprüfen.«

Er nickte und kehrte ins Schlafzimmer zurück.

Für Katrina war es eine Menge, das es zu verdauen galt. Sie hatte das Gefühl, dass ihr vor lauter Informationen der Kopf brummte. Kaum zu glauben, dass es eine ganze Welt jenseits ihrer Wahrnehmung geben sollte, von der sie noch nie etwas gehört hatte. Eine Welt, die, wie sie selbst, den grausamen Launen der Sonne ausgesetzt war. Sie wusste nicht genau, was sie davon halten sollte. Von all dem. Bis auf die Tatsache, dass die Zeit für Ahnvil knapp wurde. Es würde Tage dauern, bis sie von hier wegkämen. Bis der Sturm sich gelegt hätte und die Straßen wieder befahrbar wären, würde fast eine Woche vergehen. Nur – wie lang war zu lang?

Sie wollte es gar nicht wissen.

Der große Kerl wuchs ihr langsam ans Herz.

Odjit, auch als der Koboldgott Apep bekannt, blickte bestürzt hinab auf Moribundis Leichnam.

»Ich frage mich, wie das wohl passiert ist. Das ist so unfair! Wenn jemand einen anderen tötet, dann bin das wohl ich! Eine perfekte Gelegenheit, die völlig vergeudet worden ist. Bestimmt hätte ich damit irgendwie ein Exempel statuieren können.« Sie/er seufzte schwer. »Nun, das ist wohl nicht mehr zu ändern. Hängt seinen Körper vor dem Tor auf und tut so, als hätte er Furchtbares getan, um mich zu beleidigen.« Apep starrte die beiden anderen Personen im Raum an. Panahasi und ein Mädchen, an deren Namen Apep sich nicht mehr erinnerte. »Euch ist klar, dass das den Tod bedeutet, falls sich andere Gerüchte verbreiten sollten.«

»Ja, Herrin«, beeilten sich die beiden zu sagen, und das junge Mädchen zitterte vor Angst. Es war genau die Art von Reaktion, die Apep bei seinen Lakaien gern sah. Apep tätschelte seinen leicht gewölbten Bauch – eine seltsame Reaktion auf eine Empfindung, die er nicht erwartet hatte. Seit er in diesem sonderbaren und entzückenden Frauenkörper wiedergeboren worden war, hatte er die Unterschiede zwischen Mann und Frau genossen. Und jetzt, jetzt, wo sein neuer Frauenkörper von dem armen, ahnungslosen Nachtengel schwanger war, war er noch sonderbarer und entzückender und bereitete ihm noch mehr Freude.

Der Nachtengel war mächtig und stark gewesen, und seine Nachkommenschaft war genauso stark. Doch nicht so stark, um Apep daran zu hindern, diese Nachkommenschaft gewaltsam an sich zu reißen. Er sollte dankbar sein, dass er ihn danach am Leben gelassen hatte. Schließlich konnte es Unglück bringen, den Vater seines Kindes zu töten. Er war ein Gott, also hütete er sich, das Schicksal herauszufordern.

»Ich werde tun, was meine Herrin befiehlt«, sagte Panahasi äußerst fügsam. Heute war einer dieser Tage, an dem ihm die Unterwürfigkeit seiner Lakaien besonders gut gefiel. Natürlich gab es Tage, an denen ihn nichts besänftigen konnte, und je mehr seine Schwangerschaft voranschritt, umso mehr schien es davon zu geben, doch dieser gehörte nicht dazu.

»Herrin?«, fragte Apep schelmisch.

»Meine glorreiche und gütige Herrin«, korrigierte sich Panahasi mit einer tiefen Verbeugung, bei der Nacken und Rücken sichtbar wurden. In der Tat äußerst ergötzlich.

»Nun. Und wenn du damit fertig bist, kannst du deiner glorreichen und gütigen Herrin ein paar Flusskrebse fangen.«

»Flusskrebse, Herrin?«, fragte er verlegen.

»Ja«, fauchte er leise, als er sich nach vorn beugte und seine Augen zu schmalen Schlitzen wurden. »Deine Herrin will

Flusskrebse. Cajun-Flusskrebse. Und zwar eine Menge. Je schärfer, desto besser. Stellt das ein Problem dar?«

»Nein, Mistress. Euer Diener will nur wissen, wie scharf Ihr sie bevorzugt.«

Welch ein Missbrauch seiner Fähigkeiten, schimpfte Panahasi in Gedanken, als er zu seinem Computer ging, um zu recherchieren, wo zum Teufel es in Washington Flusskrebse gab.

11

»Der Sturm hat sich gelegt«, bemerkte Jacob auf der anderen Seite des Raums.

»Hm? Was?« Bella setzte sich ruckartig auf, ihr lockiges schwarzes Haar fiel zerzaust auf ihre Schultern herab, und er musste bei ihrem Anblick lächeln. Sie brauchte beide Hände, um ihr Haar zurückzustreichen, und griff dann nach einem Laken. Sie glitt zum Bettrand und hüllte sich in das Laken. Als ihre Füße auf dem Boden auftrafen, rief sie: »Herrje, ist das kalt!«, und hüpfte von einem Fuß auf den anderen. Der Strom war schon vor einer Weile ausgefallen, und außer dem Feuer im Kamin hatten sie keine andere Wärmequelle als einander. Doch sie hatten sich gern gegenseitig warmgehalten und einiges mehr. Jacob erwies seiner Frau einen Gefallen und kam ihr auf halbem Weg entgegen, hob sie hoch und trug sie hinüber zum dunklen Fenster. Obwohl er nackt war, spürte er die Kälte nicht so sehr wie seine Gemahlin, die zur Hälfte ein Mensch war – und auch nicht in fünf Minuten aus einem Setzling eine ausgewachsene Eiche machen konnte. Doch dafür konnte er weder sämtliche Sprachen übersetzen noch in die Zukunft sehen, beides Fähigkeiten, die seine Frau perfekt beherrschte.

Er brachte sie zur Fensterbank der Hütte, setzte sich auf ein Kissen und nahm sie auf den Schoß. Das Fehlen von Strom machte ihnen nicht das Geringste aus. Sie waren daran gewöhnt, weil die Physiologie von Dämonen sowieso mit Technik nicht gut harmonierte. Sie nahmen Zuflucht zum offenen Feuer in Kaminen, wie sie es jahrelang in England getan hatten. Sie vermisste bereits ihr Zuhause. Besser gesagt, ihre Kinder. Sie war eine lange Zeit nicht von ihnen getrennt gewesen, und wenn es jetzt auch erst ein Tag war, wusste sie, dass es eine Weile dauern würde, bis sie sie wiedersähe. Es war vor allem dieses Gefühl, das ihr verriet, dass ihr Sinn für Vorahnungen sie zu dieser Reise getrieben hatte. Sie wollte sich dem nicht stellen. Sie genoss die Zeit zu zweit, und sie hatte Angst, Jacob zu enttäuschen.

Gerade eben hatte sie davon geträumt, durch frisch gefallenen Schnee zu stapfen. Sie hatte ein unverständliches Flüstern im Kopf gehört, als bekäme sie eine Art Nachricht übermittelt, die jedoch nur bruchstückhaft war. Weil sie keine Telepathin war, ergab das für sie überhaupt keinen Sinn.

»Ich habe gesagt, es hat aufgehört zu schneien«, sagte Jacob leise an ihrem Ohr und rieb seine Lippen an der Stelle, von der er wusste, dass sie sie zum Schmelzen brachte.

Sie seufzte zufrieden. Dann war sein Mund auf ihrem Hals, und Erregung durchfuhr sie, eine Erregung, die in den Jahren ihrer Ehe nie nachgelassen hatte, nicht einmal, wenn sie böse auf ihn war.

Der Dämonenkönig, Noah, hatte sie getraut, als sie mit dem ersten Kind schwanger gewesen war. Ihre vorlaute Schwester hatte sie damit aufgezogen, dass sie jetzt die mit dem »dicken Bauch« sei. Paradox und ein bisschen traurig daran war, dass Corrine jetzt selbst Kinder haben wollte, was bisher zu ihrer Enttäuschung nicht geklappt hatte. Doch Gideon, der Arzt und Heiler, hatte gesagt, dass alles in Ordnung und nur eine Frage der Zeit sei; sie befinde sich lediglich in einer Warteschleife. Was sie selbst betraf, war es an der Zeit, über Verhütung nachzudenken. Wie sich gezeigt hatte, war es genauso schwierig gewesen, mit dem zweiten Kind schwanger zu werden, wie beim ersten Kind gleich einen Volltreffer zu landen. Es hatte fünf

Jahre ungeschützten Sex gebraucht, bevor sie mit ihrem Sohn schwanger war. Und sie wollte auch irgendwann noch ein Kind haben, doch als Unsterbliche hatten sie alle Zeit der Welt dafür, und sie wollte zuerst sehen, wie diese beiden Kinder noch ein wenig heranwuchsen.

Denn bei der Geschwindigkeit, in der sich die Kräfte ihres älteren Kindes entwickelten, würde es bald von zu Hause weggehen und zu seinen Pflegeeltern wechseln. In der Dämonenkultur glaubte man, dass Pflegeeltern besser dafür gerüstet waren, heranwachsende Kinder zu stärken und zu trainieren, weil ihre Eltern womöglich zu nachgiebig und tolerant waren. Das gab den Eltern die Möglichkeit, ein liebevolles Verhältnis zu ihrem Kind zu unterhalten und die Disziplin und das Training einem vertrauten Freund der Familie zu überlassen. In Leahs Fall waren die Pflegeeltern Elijah, Noahs früherer Kriegskapitän, und Legna, die Schwester des Dämonenkönigs.

Die Förderung begann, sobald das Kind erste Anzeichen seiner besonderen Fähigkeiten zeigte, was normalerweise im späteren Teenageralter geschah. Doch Leah war ganz die Tochter ihres Vaters und hatte schon im Alter von zwei Jahren erste Anzeichen gezeigt. Natürlich war es viel zu früh, um das Kind von seinen Eltern zu trennen, weshalb Bella dafür gesorgt hatte, die Pflegezeit so lang wie möglich hinauszuzögern. Die Pflegeeltern lebten in Russland, und Bella konnte die Vorstellung nicht ertragen, dass ihre Tochter so weit wegging. Sie hatte ihren Mann bereits vorgewarnt, dass die Wahrscheinlichkeit, dass sie nach dem Beginn der Pflegezeit nach Russland ziehen würden, ziemlich hoch lag.

Doch Leah war jetzt beinahe zehn, und es war nur eine Frage der Zeit, bis Jacob die Entscheidung traf, ihre Tochter gehen zu lassen. Sie war das erste Kind mit dem zuvor unbekannten Zeitelement. Vor Leah hatte es lediglich sechs Dämonenelemente gegeben: Feuer, Wasser, Erde – wie ihr Vater –, Wind, Körper und Verstand. Jetzt hatte sie die Kontrolle über die Zeit mitgebracht, und einem anderen Kind, Seth, war vorhergesagt worden, Kontrolle über den Raum zu haben. Von daher musste Leah sehr sorgfältig großgezogen und kontrolliert werden. Es war nicht abzusehen, welches Chaos sie anrichten konnte. Auch wusste niemand genau, wozu sie in der Lage war. Sie würden es gemeinsam mit ihr erfahren.

»Hör auf, dich verrückt zu machen«, murmelte ihr Ehemann sanft an ihrem Hals. »Ich werde sie nicht gehen lassen, bevor sie nicht bereit ist.«

»Ich weiß. Es muss geschehen, wenn sie bereit dazu ist«, sagte sie leise. »Denn wenn es nach mir ginge, würde sie nie irgendwohin gehen. Ich möchte einen Spaziergang machen«, teilte sie dann ihrem Mann mit. Der Wunsch wurde sowohl von ihren düsteren Gedanken als auch ihren Vorahnungen genährt.

»Machst du Scherze?«, fragte er sie ungläubig. »Es ist eiskalt da draußen, und der Schnee liegt mindestens einen halben Meter hoch!«

»Es ist schön! Es ist frisch und sauber und knisternd kalt da draußen. Ich liebe es, wenn so viel frischer Schnee gefallen ist.«

Er blickte skeptisch, doch sagte er: »In Ordnung, wenn du unbedingt willst.«

Dafür liebte sie ihn so sehr. Denn für ihn ging es immer darum, was sie wollte. Und sie wusste genau, welches Glück sie mit ihm hatte.

Bis auf ein paar Mahlzeiten hatte Kat nach ihrer ersten gemeinsamen Mahlzeit ihren Gast beinahe nicht mehr zu Gesicht bekommen. Anscheinend forderten seine Verletzungen ihren Tribut, und er wollte nur schlafen. Womit sie völlig einverstanden war, weil sie glaubte, seine Gegenwart nicht viel länger ertragen zu können, so prachtvoll und sexy wie er war.

Sie fragte sich, ob er schon immer so ausgesehen hatte; auch bevor er mit einem Tier verschmolzen worden war. Oder hatte er sich gemeinsam mit seinem Sklavendasein an das Gesicht und den Körper eines Fremden im Spiegel gewöhnen müssen?

»Es hat aufgehört zu schneien.«

Kat hatte an der Spüle gestanden und Geschirr gespült, als er ihr dies plötzlich von hinten ins Ohr flüsterte. Sie ließ klappernd den Topf fallen und wirbelte herum, wobei sie unabsichtlich Wasser und Schaum auf seine Füße tropfen ließ. Er war so nah, dass sie die höllenartige Hitze, die sein Körper verströmte, auf ihrem spürte.

»Ich weiß. Ich habe vorhin mal rausgeschaut.« Sie hob die Hände und wollte ihn zurückschubsen, traute sich jedoch nicht. Als könnte sie vielleicht nicht mehr aufhören, wenn sie diesen männlichen Körper erst einmal berührt hätte. Und das durfte einfach nicht sein. Nicht, nachdem sie die letzten Stunden damit zugebracht hatte, sämtliche Gründe aufzuzählen, warum es eine wirklich schlechte Idee wäre, sich mit ihm noch weiter einzulassen, als sie es bereits getan hatte. Erstens: Er war ein Gargoyle. Zweitens: Er war offensichtlich gefährlich. Drittens: Es gab keine Fangvorrichtung, um lustvolle Schotten abzuwehren. Nicht, seit der Keuschheitsgürtel aus der Mode war.

Er schien ihr Dilemma zu bemerken, denn dieses betörende Lächeln tauchte wieder auf seinen Lippen auf. »Gibt es ein Problem, Kat-Mädchen?«, fragte er sie mit kehliger Stimme, als sie den Kopf zurücklegte, um zu ihm hochzublicken.

»Nein. Nichts«, sagte sie ein wenig heiser. In seine Augen trat ein Glanz, der ihr verriet, dass er ihr keine Sekunde glaubte.

»Also schön. Dann ziehen wir uns besser an. Wir brechen demnächst auf.«

»Aufbrechen! Wir können nicht aufbrechen! Falls du es nicht bemerkt hast, du hast nicht viel anzuziehen! Ich musste deine Jeans zerschneiden, um sie dir auszuziehen.«

»Ich dachte, du kennst vielleicht einen Laden in der Stadt, der meine Größe hat.«

»Der um elf Uhr abends offen hat?«, konterte sie. »Nach einem Schneesturm? Und die Stadt ist nicht nur einen Katzensprung entfernt. Es sind ein paar Meilen, und nicht einmal mit meinem Truck würden wir durch diesen Schnee kommen.«

»Ich hab nicht gesagt, dass du mir die Sachen kaufen sollst.«

»Willst du etwa einbrechen?« Sie stöhnte erschrocken. »Das ist gegen das Gesetz!«

»Kat-Mädchen …«

»Schluss damit! Wir brechen nirgendwo ein … und der nächste Laden, der vierundzwanzig Stunden geöffnet hat, ist vierzig Minuten von hier! Walmart. Aber –«

»Dann gehen wir dorthin.«

»Wie?«, wollte sie wissen. »Wir können nicht fahren! Die Straßen werden tagelang unpassierbar sein!«

»Ich habe gesehen, dass du ein paar passable Schneeschuhe im Flurschrank hast.«

»Der Flur … wann hattest du die Gelegenheit, in den Flurschrank zu schauen?«, wollte sie wissen.

»Als du vorhin geschlafen hast. Weißt du eigentlich«, fragte er und beugte sich mit einer Hand auf den Tresen gestützt noch weiter nach vorn, »dass du eine niedliche Art zu schnarchen hast?«

»Ich schnarche n…« Nun ja, vielleicht tat sie es doch. Es war eine Weile her, dass sie in Anwesenheit von jemand anders eingeschlafen war. Und selbst dann waren sie zumindest so höflich gewesen, es nicht zu erwähnen! »Ja, na ja, du schnarchst wie ein Güterzug.«

»Ja. Wahrscheinlich. Ich bin es nicht gewöhnt zu schlafen, um mich auszuruhen. Ich brate normalerweise meinen steinernen Körper in der Sonne, während mich mein Energiestein regeneriert.«

Es klang so wunderschön, und sie konnte die Sehnsucht in seiner Stimme hören.

»Aber das heißt, dass du nie mit jemandem …«

Sie errötete. Sie hatte kein Recht, über etwas so Persönliches zu urteilen.

»Nein, Kleines. Ich brauche nur ein paar Stunden am Tag, um mich zu erholen. Vier sind genug. Also kann ich da sein und den größten Teil des Tages zusammen mit dir schlafen und vier Stunden vor Einbruch der Dämmerung ins Tageslicht hinausgehen.«

»Zusammen mit mir? Das tue ich nicht«, versuchte sie empört zu erwidern, doch es verschlug ihr den Atem.

»Nun, das war nur ein Beispiel«, sagte er mit einem verschlagenen Grinsen.

»Oh. In Ordnung. Doch das löst nicht unser Problem. Du hast nichts zum Anziehen, und du kannst nicht meilenweit durch den kalten Schnee laufen! Wenn Walmart überhaupt offen hat. Es war eine große Sturmfront, und wir haben noch immer keinen Strom. Und ich habe einen Hund hier. Es ist niemand da, um sich um Karma zu kümmern.«

Beim Klang ihres Namens hob Karma vor dem Kamin, wo sie ein Nickerchen gehalten hatte, den Kopf. Doch ließ sie ihn gleich wieder sinken, nicht interessiert daran, sich von der Stelle zu rühren.

»Ihre Rasse ist für Schnee gemacht«, stellte er fest und schaute Karma an, die mit dem Schwanz auf den Boden schlug, als verstünde sie alles, was sie sagten. »Wir können sie überall mithinnehmen. Aber was wir brauchen, um hier rauszukommen, ist ein Flughafen, der nicht geschlossen ist. Wir können sie mitnehmen, wenn du willst …«

»Ich fliege nicht mit Karma auf die übliche Weise! Weißt du, was sie auf Flügen mit den Tieren tun? Sie stecken sie in Transportboxen, die nicht einmal klimatisiert sind!«

»Kleines –«

»Nein! Hör auf, mich Kleines zu nennen! Ich werde es nicht tun. Und ich begebe mich nicht mit dir auf diesen Todesmarsch durch den Schnee!«

»Sie wird nicht im Frachtraum fliegen, Kat-Mädchen. Sie wird in einem Privatjet bei uns in der Kabine sein.«

»Du …« Sie blinzelte. »Du hast einen Privatjet?«

»Nein. Aber mein Boss hat einen. Nicht dass ich mir keinen leisten könnte, aber wozu so viel Geld verschwenden?«

»D-Du kannst dir dein eigenes Flugzeug leisten?«

»Oh ja, eins oder zwei.«

»Eins oder …« Sie schloss die Augen und schluckte. Konzentration. Konzentrier dich. »Das ändert nichts an der Tatsache, dass du im Moment nichts zum Anziehen hast.«

»Ich habe ein Shirt. Ich hab dieses große T-Shirt unter deinen Sachen gefunden.« Er zeigte auf das Shirt, das er in der Hand hielt. Er schlüpfte hinein und zog es herunter, um es zu zeigen.

»Das ist ein Schlafshirt. Und was gehen dich meine Sachen an?«, wollte sie wissen.

»Ich hab nach einem Shirt gesucht«, sagte er mit einem Grinsen. »Keine Sorge, ich hab nur deine Unterwäsche ein wenig angefasst.«

»Du …« Sie wollte ihn schon anschreien, doch dann wurde ihr klar, dass er sie absichtlich ärgerte. Trotzdem versuchte sie, ein Lächeln zu unterdrücken. »Du hast nichts für untenherum.«

»Das genügt vorerst.« Er zeigte auf das Handtuch und das lange Shirt.

Sie schaute ihn zweifelnd an. »Vielleicht habe ich ein paar Jogginghosen ...« Sie verstummte ... Sie wussten beide, dass selbst ihre weiteste Jogginghose ihm nicht gepasst hätte. Sie war zu klein, und er war zu groß. Auch das Schlafshirt platzte beinahe aus den Nähten.

»Keine Sorge. Ich bin kein menschliches Wesen, Kat. Ich spüre die Kälte nicht so, wie es ein Mensch tun würde. Und wenn es zu viel wird, wechsle ich zu meiner Steinhaut.«

In Wahrheit war er nach einer bestimmten Zeit gegenüber der Kälte genauso empfindlich wie jeder andere. Und zu seiner Steinhaut zu wechseln kam nicht infrage. Er würde es nicht riskieren, es nicht mehr rückgängig machen zu können.

»Ich nehme an, es gibt ein oder zwei Häuser auf dem Weg«, fuhr er fort. »Gibt es dort niemanden, der eine ähnliche Statur hat wie ich?«

»Nein.« Niemand. Jeder, den sie kannte, war höchstens eins achtzig groß. Vor allem kannte sie kaum jemanden. Sie hatte nicht viel Kontakt mit den Leuten aus dem Ort. Ihre Einkäufe erledigte sie im vierzig Meilen entfernten Walmart, dem es egal war, dass sie nur nachts einkaufen konnte.

»Dann eben nicht. Je früher wir starten, desto besser. Brechen wir also auf.«

»Ich will nicht gehen«, jammerte sie, als er ihre Hand nahm und sie hinter sich herzog. »Es ist so kalt da draußen und so schön warm hier drin. Ich sag dir was, ich werde mit dir kuscheln, wenn wir beim Kamin bleiben.«

Er blieb wie angewurzelt stehen, und sie stieß gegen seinen breiten Rücken. Wie gut er roch! Er schien über ihren Vorschlag ernsthaft nachzudenken, doch mit einem Seufzer setzte er seinen Weg ins Schlafzimmer fort.

»Das verschieben wir auf ein andermal«, versprach er ihr.

Und wenn sie bislang nicht geglaubt hatte, in der Klemme zu stecken, hatte sie jetzt daran keine Zweifel mehr.

»Schneeschuhe«, grummelte sie und machte große Schritte. Karma war natürlich begeistert von der Wanderung und stürmte mit unerschöpflicher Energie voran, ihre Zunge zufrieden aus dem Maul hängen lassend. Irgendwann würde sie müde werden, und ihr schwerer Körper würde sie herabziehen, doch vorerst war sie glücklich. Sie kamen gerade an der Huntsmen's Lodge vorbei, einem kleinen Ski-Resort ein Stück unterhalb ihres Hauses am Berg. Die Pisten waren dunkel, nächtliches Skifahren kam nicht infrage, wenn kein Licht zur Verfügung stand. Sie konnte sich vorstellen, dass manche Besucher bereits mit den Hufen scharrten, während sie auf den Tagesanbruch warteten.

Genau in diesem Moment stieß sie frontal mit etwas zusammen. Der Aufprall warf sie um, und sie fiel benommen in den Schnee. Ahnvil war augenblicklich bei ihr und half ihr auf.

Bella stieß ungebremst mit etwas zusammen und fiel auf ihren Hintern in den Schnee. Sie sank so tief hinein, dass sie von Kopf bis Fuß davon bedeckt war. Sie spuckte Schnee aus, während Jacob ihr wieder auf die Füße half.

»Was war das denn?«, fragte er sie lachend.

»Das wüsste ich auch gern«, sagte sie. »Ich bin mit etwas zusammengestoßen.«

Jacob sah sich um und konnte außer unberührtem Schnee nichts entdecken. Er grinste und machte sich bereit, sie zu necken.

»Ich bin nicht gestolpert!«, sagte Kat entrüstet. »Ich bin mit etwas zusammengestoßen.« Sie sah sich um, nachdem Ahnvil ihr hochgeholfen hatte. Ihre Spuren waren im Schnee zu sehen, doch als sie näher hinsah, entdeckte sie Fußspuren, die dorthin führten, wo sie jetzt stand, und jede Menge aufgewühlten Schnee.

»Das ist … seltsam«, sagte sie erstaunt. »Sieht aus, als wäre ich mit jemandem zusammengestoßen, aber da ist niemand.«

»Kat-Mädchen, hier ist nichts als unberührter Schnee um uns herum. Niemand außer uns war hier.«

»Nein! Sieh doch! Siehst du die Fußspuren?«

»Ich sehe keine Fußspuren«, wiedersprach er ihr.

»Sie sind genau hier!« Sie zeigte darauf.

»Kat …«

»Warte.« Sie beruhigte sich und versuchte nachzudenken. Aus irgendeinem Grund, einem Grund, den sie nie erfahren würde, zog sie ihren Handschuh aus, beugte sich nach vorn und drückte ihre Hand auf eine Stelle unberührten Schnees. Sie hinterließ einen perfekten Abdruck.

Zu ihrem Entsetzen tauchte kurz darauf ein zweiter Handabdruck direkt neben ihrem auf, den eine scheinbar unsichtbare Hand dort hinterließ.

»Heilige Scheiße! Sag mir, dass du das nicht siehst!« Sie zeigte darauf. »Den Handabdruck.«

»Natürlich sehe ich ihn. Du hast ihn gerade gemacht.«

»Nein, ich meine den daneben!«

»Kat, da ist nur ein –« Er verstummte und blickte sie an, als hätte sie den Verstand verloren, doch sie ignorierte ihn und zeichnete ein Herz in den Schnee. Ein zweites Herz tauchte direkt neben ihrem auf und dann ein Name.

Bella.

»Hoppla. Es ist ein Geist«, hauchte sie. Niemals, nicht bevor sie einen Wasserspeier getroffen hatte, hätte sie so etwas geglaubt.

»Ich sehe noch immer nichts.«

»Nun, ich schon!«, sagte Bella streitlustig zu ihrem Mann. Dann stöhnte sie, als ein Name im Schnee erschien.

Kat.

»Schau, sie heißt Kat.«

»Bella –«

»Oh, sei still!«, sagte sie gereizt. »Lass mich nachdenken! Das bedeutet etwas. Es muss etwas bedeuten. Es bedeutet auch etwas, dass ich es sehen kann, du aber nicht! Okay, ihr Name also, ich nehme mal an, dass Kat eine Frau ist.« Dann machte sie mit dem weiter, was für ihn wie eine einseitige Konversation im Schnee aussah. Sie stellte Fragen wie: *Wer bist du? Bist du tot? Warum kann ich dich nicht sehen?*

»Sie weiß nicht, dass sie tot ist oder so etwas«, sagte Kat und nagte an einer ihrer spröden Lippen.

»Kat. Es ist kalt, und die Zeit vergeht«, sagte er sanft.

»Ich weiß. Es tut mir leid. Ich will nur noch etwas ausprobieren. Wohin gehen wir?«

»Als Nächstes? Zu Walmart«, sagte er spöttisch.

»Richtig. Okay. Das ist zu weit. Dafür brauchen wir eine Ewigkeit. Ich dachte, wenn die Schneepflüge durchkommen, schaffen wir es in die Stadt, organisieren uns einen Wagen und fahren den Rest der Strecke. Die Hauptstraßen sind vielleicht besser als die Nebenstraßen ... jedenfalls werden sie zuerst geräumt. Mal sehen, ob sie das Anwesen verlassen kann.«

Sie sah sich um. »Aha!« Dann schrieb sie: »Treffen wir uns bei der Weide.«

Die Weide befand sich in knapp fünfzig Metern Entfernung auf der anderen Straßenseite. Dann eilte sie davon und ihr Begleiter hinter ihr her. Im Gehen entdeckte sie ein zweites Paar Fußspuren neben sich, wenn auch in sorgsamer Distanz. Sie wollten schließlich nicht noch einmal zusammenstoßen. Es hatte schon beim ersten Mal weh genug getan.

Der Geist konnte das Anwesen jedenfalls problemlos verlassen. Wieder begannen sie einander eifrig zu schreiben.

»Bist du ein Geist?«

»Bist *du* ein Geist?«, antwortete sie.

»Hmm. Seltsam.«

»Kat, ich friere mir den Hintern ab.«

»Richtig! Tut mir leid. Treffen wir uns bei Walmart mit ihm. Wir brauchen ein paar Stunden, um in die Stadt zu kommen, und wenn die Straßen besser sind … Sagen wir, morgen Abend? So gegen neun?«

»Ja, aber wo? Und was, wenn wir uns verspäten?«

»Hast du ein Stück Papier? Mal sehen, ob sie davon etwas ablesen kann.«

Er blickte auf seinen fast nackten Körper und sah dann sie an, als hätte sie den Verstand verloren.

»Oh! Richtig. Okay, kein Papier. Aber sie haben Papier, wenn wir dorthin kommen.«

Wir hinterlassen eine Nachricht am Eingang des River Ridge Walmart. Rechte Seite.

»Diese Eingänge sind riesig. Innen oder außen?«, fragte Ahnvil.

»Stimmt!«

Drinnen. Neun Uhr morgen Abend.

Okay!, antwortete der Geist.

»Wow! Gehen wir! Ich will sehen, ob es ihr gelingt, die Nachricht zu finden. Das ist wirklich cool!«

Plötzlich war Kat, die sich die ganze Zeit dahingeschleppt hatte, begeistert und ganz erpicht darauf, weiterzugehen. Sie juchzte, und das Geräusch hallte in der Dunkelheit wider, während sie den Berg hinuntereilte. Auch gut, denn Ahnvil spürte von der Taille abwärts nichts mehr.

Es dämmerte beinahe schon, als sie den Ort erreichten. Kein Schneepflug weit und breit. Ihre Enttäuschung war riesig.

»Keine Sorge, Kat. Wir schaffen es rechtzeitig, ihr eine Nachricht zu hinterlassen. Lass uns ein Plätzchen suchen, wo wir uns aufwärmen können.«

»Es gibt ein Motel.« Sie schaute ihn von oben bis unten an. »Ich besorge den Zimmerschlüssel. Du wartest, und ich lass dich dann rein.«

Als er mit ihr im Zimmer war, dachte er, er wäre tot. Ihm war so kalt, dass er sich kaum bewegen konnte, und seine Füße waren zerschrammt und blutig, was er ihr in den engen Räumlichkeiten kaum verheimlichen konnte. Er konnte nur hoffen, dass ihm der fehlende Strom dabei zu Hilfe kam.

»Herrgott noch mal«, sagte er leise, sobald er sich entschuldigt hatte und ins Badezimmer gegangen war. Er lehnte an der Tür und krümmte sich zusammen. Es gab nur eine Möglichkeit, um so schnell warm zu werden, wie er musste. Und weil Sex ihrer Ansicht nach keine gute Idee war, würde er sich mit weniger begnügen. Er wusch seine Füße in kaltem Wasser – kaltes Wasser, das sich wärmer anfühlte, als seine Füße es in diesem Moment waren. Er tauschte sein dünnes Handtuch gegen ein sauberes, trockenes aus und verließ eilig das Bad.

»Oh gut!« Sie lief hinter ihm her. »Ich hab Karma reingeschmuggelt. Es hat ein paar Minuten gedauert, bis ich ihr die Schneeklumpen aus dem Fell entfernt hatte, doch jetzt ist sie okay. Ich nehme ein paar Handtücher, um sie abzutrocknen. Und ich muss ganz dringend pinkeln. Muss ich schon seit Stunden, doch meinen Hintern in der Kälte zu entblößen war einfach nicht drin. Ich war – he! Was ist das?«

Sie kam aus dem Bad und hielt dabei das blutige Handtuch hoch, das er benutzt hatte. »Blutet deine Wunde wieder?«, fragte sie und lief zu ihm, doch er packte ihre Hände und hielt sie davon ab, nachzuschauen.

»Es ist nichts. Und jetzt beeil dich und leg dich mit mir ins Bett. Wir müssen die Wärme, die uns geblieben ist, erhalten.«

»Ins Bett mit … oh.« So weit hatte sie nicht vorausgedacht. »Vielleicht sollten wir getrennt –«

»Nein«, sagte er bestimmt. »Keine Zeit, bange zu sein. Du schläfst bei mir.«

Und das war anscheinend das letzte Wort. Zum Glück genügte die Besorgnis darüber, mit ihm in einem Bett zu liegen, dass sie das Blut auf den Handtüchern vergaß. Um sein Glück nicht herauszufordern, sorgte er dafür, dass sämtliche Vorhänge so dicht wie möglich zugezogen waren, und ging dann zitternd zum kalten Bett. Als sie den Hund so gut wie möglich abgetrocknet hatte, zog sie ihre Hose aus und schlüpfte ebenfalls vorsichtig unter die Decken. Bevor er sie packen und an sich ziehen konnte, pfiff sie kurz nach Karma, und das große Tier sprang aufs Bett und legte sich, Gott sei Dank, genau zwischen sie.

»Och, Kleines, ein Neufundländer als Anstandsdame?«

»Jawohl«, sagte sie grinsend in der Dunkelheit. »Und sie wärmt uns auch noch.«

Dagegen war nichts einzuwenden. *Wahrscheinlich war es so das Beste*, dachte er. Er musste wirklich auf Distanz zu ihr bleiben. Er war nicht gut für sie. Trotz seines Sehnens wäre sie besser dran, je schneller er aus ihrem Leben wieder verschwunden wäre.

Doch Stunden später, während er mit unerträglichen Schmerzen neben ihr lag und ihrem Schnarchen lauschte, konnte er an dieser Tatsache nicht länger festhalten.

Er pfiff kurz und schnippte mit den Fingern neben dem Bett. Karma stellte die Ohren auf und sprang nach einer kurzen Weile gehorsam vom Bett. Kat musste daran gewöhnt sein, dass Karma vom Bett herunter- und hinaufkletterte, denn Kat rührte sich keinen Millimeter, als der riesige Hund verschwand. Nachdem er sie in die Mitte gerollt und an sich gezogen hatte, klopfte er leicht auf ihre Bettseite und rief Karma, die bereitwillig zurückkam. Jetzt wurde Kat von vorn und von hinten gewärmt, und die Tatsache, dass er sie neben sich spürte, fügte seinem bereits schmerzerfüllten Dasein nur noch mehr Schmerzen hinzu. Obwohl er sich ein wenig aufgewärmt hatte, war ihm noch immer kalt, und seine Seite und Füße brannten. Die Vorstellung, diese Schneeschuhe erneut anzuziehen, war unerträglich. Er musste sich bei Walmart unbedingt Stiefel besorgen, und er hatte keine Ahnung, wie sehr seine Füße bis dahin noch anschwellen würden. Doch es spielte keine Rolle. Solange er die nächste Etappe ihrer Reise bewältigte.

Wenig später übermannte ihn Erschöpfung, und er schlief ein.

Er bekam nicht mit, als sich seine Steinhaut in Wellen über seinen Körper auszubreiten begann.

12

Als Kat erwachte, hatte sie das Gefühl, von etwas Warmem und Rauem umgeben zu sein. Sie bewegte sich, und das Raue verschwand und verwandelte sich in warme, männliche Muskeln eines Arms, der um sie geschlungen war. Als er aufwachte, drehte sie sich zu ihm um.

»Warst du gerade Stein?«, fragte sie.

»Hmm? Nein, ich …« Dann verstummte er und schien darüber nachzudenken. Sein Gesicht nahm einen verschlossenen und düsteren Ausdruck an. Er rückte von ihr ab und stieg rückwärts aus dem Bett, bis er gegen die Wand stieß. »Wir sollten aufbrechen«, sagte er.

»Warte einen Moment«, sagte sie und kroch ihm hinterher. »Du hast es getan! Du hast dich in Stein verwandelt. Und du hast mich angelogen, stimmt's? Du hast gar nicht mehr so viel Zeit, wie du behauptet hast, oder?«

»Lass mich in Ruhe«, sagte er finster und wollte an ihr vorbeigehen.

»Das ist es!«, rief sie. »Ich habe recht! Du hast mich angelogen!«

»Ärgere dich nicht, Mädchen. Und jetzt lass mich in Ruhe … außer du hilfst mir mit dem heftigen Ständer, den ich davon bekommen habe, so dicht neben dir zu liegen. Vielleicht ist das der Stein, den du gespürt hast.«

»Oh!«, rief sie aus und schlug ihm auf die Schulter. Nicht dass es ihm wehgetan hätte. Das war ja das Problem. Nichts tat ihm weh. Weder seine Seite noch die Füße. Nichts. Und das konnte nur eins bedeuten. Er hatte sich in Stein verwandelt, während er geschlafen hatte. Sich vollständig in Stein zu verwandeln beschleunigte die Heilungsdauer exponentiell. »Du willst doch nicht Sex benutzen, um mir Angst einzujagen, oder? Hast du das etwa getan? Erst mit den Handtüchern und jetzt damit. Woher war überhaupt das Blut, wenn nicht von deiner Wunde?«

»Von meinen Füßen. Sie waren ziemlich zerschunden.«

»Waren?« Sie kniete sich augenblicklich hin und begann seine Füße zu inspizieren. Das unterdrückte Stöhnen bewies, dass nicht Sex das Mittel gewesen war, um sie einzuschüchtern. Kat auf den Knien vor ihm, während er eine stahlharte Erektion hatte, ließ das Verlangen heftig an ihm zerren. Er schüttelte den Kopf und versuchte, sich zu konzentrieren.

Sie ist verrückt. Denk daran, sie ist verrückt, dachte er bei sich.

»Mit deinen Füßen ist alles in O…«

In diesem Moment blickte sie auf, und ihr Stöhnen verriet, dass sein locker sitzendes Handtuch seinen körperlichen Zustand nicht verbergen konnte. Sie war seiner Erektion tatsächlich so nah, dass sie sich auf ihren Knien nur noch ein bisschen strecken musste, um ihn küssen zu können.

Nein! Kein Küssen! Nicht daran denken, einen großen, erregten, unglaublich harten Penis zu küssen, ermahnte sie sich streng.

Nee. Nicht sie. Nein, Sir.

»Ich hab dich gewarnt, Mädchen«, sagte er mit einem verdammt breiten Grinsen im Gesicht. »Du willst nicht, dass ich dich anlüge? Nun, ich möchte deinen Mund wahnsinnig gern auf mir haben, und das ist keine Lüge.«

Allein die Worte ließen seinen Schaft vor Verlangen doppelt so wehtun. Er hätte es natürlich nie zugelassen, denn sie verdiente eine Menge mehr Aufmerksamkeit, bevor er überhaupt daran denken konnte, sich von ihr auf diese Weise verwöhnen zu lassen, doch das flüchtige Bild, sie auf Knien vor sich zu sehen, machte ihm schwer zu schaffen. Er konnte sich gut vorstellen, wie sich die Wärme ihres feuchten Munds anfühlen würde. Das Streicheln ihrer Zunge. Die Berührung ihrer Hand.

»Herrgott, steht auf, Frau. Du machst mich fertig.«

Kat kam eilig auf die Füße und trat vorsichtshalber einen Schritt zurück.

»Deine Füße sind geheilt«, sagte sie. Sie schluckte und versuchte offensichtlich so zu tun, als hätte er nicht die größte Erektion seines langen Lebens.

»Wenn ich mich in Stein verwandle, beschleunigt sich die Heilung«, erklärte er ihr. Die Erinnerung daran, dass er die Kontrolle über sich verloren hatte, bewirkte Wunder, um seine Erregung zu dämpfen. Trotzdem war ein gewisses Lodern in ihrer Nähe ein Dauerzustand. »Meine Seite ist ebenfalls fast geheilt.«

Sie trat vor und vergaß, vorsichtig zu sein, als sie das Shirt hochzog und den Verband beiseiteschob. Er war blutig von den Anstrengungen des gestrigen Marschs, doch die Naht unter dem Verband war heil, und eine Narbe begann sich zu bilden.

»Wirst du eine Narbe zurückbehalten oder verschwindet die auch?«

»Wahrscheinlich wird es vernarben. Von den schweren Verletzungen bleibt ein Mal zurück. Alle anderen heilen vollständig.« Es war ihm nicht bewusst, doch als er von schweren Verletzungen sprach, rieb er sich mit der Hand über das Brandmal auf der Brust.

»Wie nennt man das?«, fragte sie und lenkte seine Aufmerksamkeit darauf.

»Uroboros. Wenn ein Körperwandler geschaffen wird, taucht ein Uroboros-Tattoo irgendwo auf seinem Körper auf. Mein Herr hat es als sein Zeichen gewählt, um mich damit als sein Eigentum zu markieren, damit niemand mich jemals infrage stellen oder mir das Leben schwer machen würde, wenn ich an andere Ansprüche stelle. Du siehst, niemandem gefällt es, von einem kleinen Wasserspeier Befehle zu empfangen.«

In seinen Augen lag Wut, als er das sagte, doch auch eine bestimmte Art von Stolz. Er würde sich nicht von seiner Vergangenheit herunterziehen lassen, was auch sein hochgerecktes Kinn verriet. Und er würde kein Mitleid akzeptieren, das sie vielleicht für das Leben empfand, das zu leben man ihn gezwungen hatte. Es war nun einmal so, wie es war. Nichts von dem, was sie taten oder empfanden, würde etwas daran ändern.

Sie wandte sich von ihm ab und ging zu den vollständig zugezogenen Vorhängen. Vorsichtig spähte sie an einem vorbei, um in den Himmel zu schauen. Es würde bald hell werden. Sie trat zurück.

»Wir haben noch ein bisschen Zeit. Ich schau mal, ob ich uns etwas zu essen besorgen – «

»Nein! Du kannst nicht raus ins Licht!«

»Ich kann mich fest einpacken, mit dem Schal mein Gesicht schützen. Es wäre kein – «

»Ich habe Nein gesagt!«, sagte er in einschüchterndem Befehlston. »Du wirst dich nicht meinetwegen in Gefahr bringen. Tausend Dinge könnten passieren, und du könntest verletzt werden. Du hast keine Sonnenbrille, um deine Augen zu schützen. Es wäre Wahnsinn, und ich will nichts mehr davon hören. Wir warten.«

In Wahrheit wollte sie gar nicht hinaus ins Licht. Aber sie musste den Zustand der Straße überprüfen und vielleicht einen Wagen mieten, wenn das überhaupt möglich war. Doch sie nickte und dachte, dass eine Stunde mehr oder weniger keinen Unterschied machen würde. Das Mietwagenbüro war sowieso noch nicht geöffnet. Sie blickte auf ihre Uhr. Sie war ganz begierig darauf, zu Walmart zu gehen. Sie wollte sehen, ob ihre Geisterfreundin dazu in der Lage wäre, ihre Nachricht zu finden. Damit das überhaupt geschehen konnte, mussten sie vor neun Uhr dort sein.

»In Ordnung, wir werden warten«, sagte sie.

Sie blieb einen Moment stehen, lang genug, um in der Kälte des Raums zu zittern. Es war so kalt, dass sie ihre Atemluft sehen konnte. Es gab noch immer keinen Strom, und aus irgendeinem Grund hatte Clemmons, der Hotelbesitzer, keinen Generator. Sie hoffte, dass er genauso fror wie sie. Es war ziemlich gedankenlos von ihm, vor allem, weil er wusste, wie das Wetter sein konnte, und weil Skisaison war und er deshalb ziemlich ausgebucht war.

Einen Moment später, als sie begonnen hatte, sich die Arme zu reiben, stieß Ahnvil einen Fluch aus und ging zu ihr. Er packte sie an der Hand und zog sie mit einem Ruck an sich. Er hüllte sie in seine Wärme, während er die Tagesdecke vom Bett zog und sie beide darin einwickelte.

»Du bist ein verdammt stures Frauenzimmer«, tadelte er sie, während er an ihrer Stelle ihren Arm rieb und sie sich dankbar an ihn schmiegte. Sie war so verfroren, dass sie auf jeden Protest gegen seine feste Umarmung verzichtete.

Es war seltsam genug, dass er dabei auch nicht an etwas Sexuelles dachte. Sie hatte etwas, etwas an ihr war so völlig anders als bei allen anderen Frauen, denen er nahe gewesen war. Vielleicht weil er an ungeheuer starke Frauen mit außergewöhnlichen Fähigkeiten gewöhnt war, und hier war sie nun mit dieser unglaublichen Verletzlichkeit und wollte hinaus in die Welt, um ihre gemeinsame Sache voranzubringen. Aus diesem Grund vielleicht hielt er sie für so viel tapferer als den Rest der Frauen. Es war eine Sache, stark zu sein und sich einer Herausforderung zu stellen, aber eine ganz andere, zu wissen, dass man dabei auf jeden Fall Schaden nehmen würde. Aus irgendeinem Grund beeindruckte ihn das am meisten an ihr. Er hatte den Verdacht, dass sie sich für schwach hielt, weil sie sich dort versteckte, wo es dunkel und sicher war, doch im Grunde hatte sie nur eine clevere Möglichkeit gefunden, mit ihrer Einschränkung zu leben, und zwar, dessen war er sich sicher, zu ihrem maximalen Vorteil. Natürlich hatte sie Angst davor, Schaden zu nehmen, sie wäre dumm gewesen, wenn nicht.

Während er sie im Arm hielt, atmete er die saubere Wärme ihres Haars ein, und als sie aufgehört hatte zu zittern, ließ er seine Nase an ihrem Ohr vorbei zu ihrem Hals gleiten. Etwas an dessen anmutiger Linie lockte ihn; so wie ein leckerer Köder die raffiniertesten Fische lockte, zog sie ihn an der Leine immer dichter heran. Wie zum Teufel war sie ihm nur so schnell unter die Haut gegangen? Obwohl er wusste, dass er für eine so zerbrechliche Frau nichts Gutes verhieß. Doch worin unterschied sich eigentlich ihre Empfindlichkeit gegenüber der Sonne von der der Schattenwandler? War sie deshalb wirklich zerbrechlicher? Bis auf die Tatsache, dass sie ein Mensch war und dass er sie, wenn er sich auf sie legte und sich plötzlich dabei in Stein verwandelte, zerquetschen würde. Doch sie roch so verdammt gut. Musste das sein?

»Warm genug jetzt?«, fragt er sie mit krächzender Stimme.

»Ja«, flüsterte sie. »Aber wir können nicht noch eine Stunde so hier stehen.«

»Willst du wieder ins Bett?«, fragte er.

»Nein! Nein, das ist keine gute Idee.«

Er sah sich um. In der gegenüberliegenden Zimmerecke stand ein Stuhl. Es war zu bezweifeln, dass er sie beide tragen würde, doch einen Versuch war es wert, weshalb er sie hochhob und hinübertrug. Als er sich zusammen mit ihr setzte und sie ihren Hintern gegen seinen Schoß schmiegte, versuchte er, nicht zu stöhnen.

Werd bloß nicht hart. Werd bloß nicht hart. Werd –

»He! Lass das!«

»Entschuldigung«, sagte er, ohne besonders reumütig zu klingen. »Ich kann nichts dagegen tun, wenn du auf meinem Schoß hin und her rutschst. Sitz still.«

Das tat sie. Zu still. Er spürte, wie sie steif dasaß, als hätte sie Angst, sich zu entspannen.

»Entspann dich, Kat«, beruhigte er sie. »Ich werde dich nicht belästigen. Ich schwör's. Ich will nur, dass du sicher und warm bist. Entspann dich.«

Nach einer Minute tat sie das und ließ sich in seine Arme sinken. Er begnügte sich mit ihrem Geruch und ihren gleichmäßigen Atemzügen.

»Wie ist das? Ein Gargoyle zu sein? Hasst man es? Siehst du noch so aus wie früher, oder hast du dich verändert?«

»Ich sehe noch immer so aus. Vielleicht ein wenig kräftiger. Mehr Muskeln.«

»Ja.«

»Jetzt wo ich kein Sklave und nicht mehr den Launen eines anderen ausgeliefert bin, gefällt es mir insgesamt gut. Ich kann fliegen.«

»Ich verstehe noch immer nicht, wie das möglich ist …«

»Frag nicht, ich weiß es nämlich selbst nicht. Ich weiß nur, dass es funktioniert. Ich kann wie jeder gefiederte Freund durch die nächtlichen Lüfte fliegen.«

»Toll, so würde ich auch gerne mal fliegen.«

»Ich kann dich mitnehmen.«

»Oh toll. Wirklich?« Sie klang gleichzeitig begierig und verängstigt. »Das würde mir gefallen. Ja, das würde mir gefallen«, wiederholte sie und klang ein wenig überzeugter. »Und wie lange dauert es, bis du dich in eine Statue verwandelst hast, sobald dich die Sonne berührt? Passiert das allmählich oder schlagartig?«

»Beinahe schlagartig.«

»Wie fühlt sich das an?«

»Ganz ehrlich? Es ist schrecklich. Egal wie viele Jahre man bereits ein Gargoyle ist, und andere haben mir das ebenfalls erzählt, die erste Reaktion ist Abwehr. Vor allem weil einem der Atem stockt, sobald sich der Stein bildet. Man denkt, man erstickt, und vielleicht würde das sogar passieren, wenn man sich nicht augenblicklich in Stein verwandeln würde und keinen Sauerstoff mehr bräuchte. Aber in dieser kurzen Zeitspanne ist es wie Ertrinken. Und für jemanden wie mich, der normalerweise vor nichts zurückschreckt, ist diese Wehrlosigkeit schwer zu ertragen.«

»Das kann ich mir vorstellen. Für mich wäre es wahrscheinlich das Gleiche. So ist es, wenn ich die Sonne spüre. Die Reaktion ist unmittelbar. Warte! Hast du das gehört?«

Es war ein durchdringendes Geräusch, wie ein lautes Kratzen.

»Schneepflug! Es ist ein Schneepflug!«

»Nein. Bleib hier«, befahl er ihr, als sie zum Fenster laufen und einen Blick hinaus werfen wollte. »In einer Stunde weißt du, ob du recht hattest. Ich lasse nicht zu, dass diese hübsche und kostbare Haut auch nur ein Fünkchen Sonne abbekommt.« Er griff nach ihrer Hand auf der Decke, hob sie an seine Lippen und küsste sie sanft auf die Finger. »Frag mich was anderes.«

»Nun … wie reich bist du? Einfach nur reich oder stinkreich?«

»Abgesehen von der Tatsache, dass ich dafür bezahlt werde, meine Körperwandler zu beschützen, und abgesehen von ein paar Zuschüssen, bin ich dreihundert Jahre alt und habe gelernt, langfristig zu investieren. Was meinst du?«

»Stinkreich. Ich wusste es.« Sie seufzte.

»Keine Sorge, Kat, ich erstatte dir alles, was du für mich ausgibst.« Es war nicht zu übersehen, dass er nicht gern von ihr abhängig war.

»Das ist keine große Sache«, versicherte sie ihm. »Ich habe ein kleines finanzielles Polster, und ich schreibe Arztberichte, um flüssig zu sein.« Sie hielt inne und rutschte ein wenig hin und her. »Das kann ich jederzeit zu Hause erledigen. Die Daten schicke ich einfach verschlüsselt per E-Mail, das war's! Ein Scheck, ohne mich der Sonne auszusetzen.« Sie saß wieder still und sagte: »Ich hasse mein Leben nicht. Ich will nicht, dass du das denkst.«

»Das tue ich nicht. Aber ich denke, dass du deine Arbeit mit den Patienten vermisst. Du hast einfach eine Gabe dafür.«

»Manchmal tue ich das. Aber nicht allzu sehr. Wie gesagt, ich bin glücklich. Ich vermisse es nicht, angeschrien oder vollgekotzt zu werden, ganz bestimmt nicht.«

»Das kann ich gar nicht verstehen.«

Sie lachte darüber. Nach einem Moment des Schweigens fragte sie: »Hast du versucht, deinen Schöpfer zu töten?«

Er seufzte. »Nein, Mädchen. Auch wenn ich es mir manchmal wünschen würde, ich kann es nicht tun. Trotz des Umstands, dass er greifbar ist, bleibt mir diese Genugtuung versagt. Er ist ein mächtiger Mann, und mein Pharao braucht ihn, um eine wirklich böse Macht zu bekämpfen. Ich will nicht so viel darüber erzählen, denn je weniger du weißt, desto besser für dich.«

»Unwissenheit soll ein Segen sein? Ich weiß nicht, ob ich damit einverstanden bin. Ich denke, ich wüsste es lieber. He, was hältst du von dem Geist-Mädchen Bella?«

»Ich weiß nicht, Mädchen. Für mich sah es so aus, als hättest du dir selbst geschrieben.«

»Wie seltsam. Ich bin also so etwas wie eine Hellseherin oder – he!« Sie schlug ihm auf die Hand, als er nach ihren Brüsten griff. Oder besser gesagt nach dem Anhänger zwischen ihren Brüsten. »Oh. Tut mir leid«, sagte sie, als sie merkte, dass sie sich geirrt hatte.

»Es ist der Anhänger«, stieß er hervor. »Ich wette, es hat etwas damit zu tun!«

»He, wie kommt es, dass du ihn jetzt berühren kannst und nichts passiert?«

Er dachte einen Moment darüber nach. »Weil ich nicht versucht habe, ihn dir abzunehmen.«

»Lass uns das lieber nicht probieren, ja?«

»Nein. Lieber nicht.« Langsam betastete er das kalte Metall. »Woher wissen wir, dass der Geist nicht böse ist?«

»Oh bitte«, schnaubte Kat. »Sie hat ein kleines Herz in den Schnee gezeichnet. Sie ist so böse wie Zuckerwatte.«

»Selbst Zuckerwatte kann schädlich sein. Man bekommt ein Loch im Zahn oder Bauchschmerzen. Eine Medaille hat immer zwei Seiten.«

»Nun, sie hat keinen schlechten Eindruck gemacht. Aber ich werde vorsichtig sein, okay?«

»Zu verraten, wo wir als Nächstes hingehen, ist nicht vorsichtig«, stellte er fest.

»Wahrscheinlich nicht. Aber ich habe so ein Gefühl.« Sie sah ihn an. »So, wie ich das Gefühl habe, dass du auch nicht schlecht bist. Zuerst hatte ich ein wenig Angst, aber … etwas hat mir gesagt, dass ich keine Angst vor dir zu haben brauche.«

»Oh ja, war das, bevor oder nachdem ich versucht habe, dich in deinem Bett zu erwürgen?«

»Beides«, sagte sie und hob trotzig das Kinn. »Ich weiß, dass du das nicht mit Absicht getan hast. Du warst verletzt, und du hattest einen Albtraum. Es war ziemlich dumm von dir. Und ich kann dir Geschichten über Gewalt von ansonsten völlig normalen Leuten erzählen. Leute, von denen ich wusste, dass sie harmlos sind, die verletzt eingeliefert wurden und sich benahmen, als wären sie vom Teufel besessen. Verletzungen lösen seltsame Dinge in Körpern aus. Vor allem wenn der Körper lange Zeit keine Hilfe bekommen hat. Erzählst du mir, wie viel Zeit dir noch bleibt, bevor du unsterblich wirst?«

»Ich weiß es nicht, ich schwör's. Es gab Zeiten, da habe ich mich schon nach zwei Tagen gefährdet gefühlt. Und dann Zeiten, in denen ich erst nach einer Woche die ersten Symptome verspürte.«

»Was sind das für Symptome? Abgesehen davon, sich unfreiwillig in Stein zu verwandeln. Das habe ich mitbekommen.«

»Wahnsinn«, sagte er grimmig. »Albträume. Eins führt zum anderen. Schwäche. Ich fange an zu verfallen. In der steinernen Hülle bin ich stärker, am stärksten in der Gestalt des Gargoyle. Je länger ich in fleischlicher Gestalt bin, desto mehr Energie verbrauche ich. Deshalb esse ich so viel. Da wir gerade davon sprechen, ich bin schrecklich hungrig. Und nein, du kannst nichts zu essen besorgen. Wir haben nur noch eine gute halbe Stunde.« Er hielt einen Moment inne. »Da ist noch eine Sache. Wir fangen an ... Gargolyes sind zum Teil Tiere. Werden wir schwächer, kommt das Tier immer mehr zum Vorschein. Und das Tier ist normalerweise ... brünstig. Wir werden wahnsinnig scharf. Gargoyles sind sowieso ziemlich scharf, aber ...«

Er verstummte, weil es nichts weiter dazu zu sagen gab. Was das zu bedeuten hatte, war klar.

»Das war nicht zu übersehen«, sagte sie, und eine leichte Röte stieg ihr trotz der Kälte ins Gesicht. Sie zog eine Hand unter der Decke hervor und legte sie ihm aufs Gesicht. »Fühlst du dich deshalb so fiebrig an? Ich dachte, es wäre eine Infektion.«

»Ja. Aber täusch dich nicht«, sagte er und vergrub sein Gesicht sanft in ihrem Haar. »Ich will dich auch, wenn ich bei Verstand bin.«

Wie hatte er gewusst, dass sie genau das in diesem Moment gedacht hatte? Dass sie ein banges Gefühl bekommen hatte bei dem Gedanken, sein Verlangen nach ihr wäre nur eine Frage geistiger Gesundheit und der Umstände. Seit wann war es ihr so wichtig zu wissen, dass er sie wollte? Und wie kam es, dass allein sein Gesicht zu spüren und seinen Atem an ihrem Hals zu fühlen ein angenehmes Prickeln in ihr auslöste, ähnlich dem, als er ihre Brust mit seiner Hand umfasst hatte.

»Wenn du nicht wärst, mein hübsches Kat-Mädchen, wäre ich nicht mehr bei Verstand. Die Verletzung hätte mir fortwährend Energie entzogen, und meine steinerne Hülle hätte versucht sich auszubreiten … und es wahrscheinlich auch geschafft. Auch wenn sie vielleicht dabei geholfen hat, die Heilung zu beschleunigen, wie du sehen kannst, riskiert man ewiges Leben.«

»Du kämpfst ständig dagegen an, nicht wahr?«

Er zögerte mit der Antwort, doch das sagte bereits genug. Er sagte noch immer nichts, und sie biss sich auf die Lippen. Sie war schrecklich besorgt um ihn und hatte Angst, dass sie es nicht rechtzeitig zu seinem Energiestein schafften.

»Was, wenn du dich im Flugzeug oder an einem öffentlichen Ort in Stein verwandelst? Wird man nicht alles über dich herausfinden?«

»Nein. Wir spüren es früh genug, um uns irgendwo zu verbergen. Wenn dann jemand über uns stolpert, denkt er, er hätte eine auf geheimnisvolle Weise aufgetauchte Statue gefunden. Wir sehen überhaupt nicht wie Menschen aus. Ich fürchte, es wird dir Angst machen, wenn du es siehst. Und was das Flugzeug betrifft, es wird von Körperwandlern oder Menschen, die wissen, wer wir sind, überwacht oder geflogen. Das spielt also keine Rolle.«

Sie blickte auf in seine warmen bernsteinfarbenen Augen und sagte: »Ich werde keine Angst vor dir haben. Ich werde wissen, wer du eigentlich bist, egal was äußerlich mit dir geschieht.«

»Woher willst du wissen, wer ich eigentlich bin?«, fragte er. »Ich bin noch immer ein Fremder für dich.«

»Nein. Du bist kein Fremder mehr. Und wenn du keinen guten Kern hättest, dann wäre es dir egal, ob du mir Angst einjagst oder mich beunruhigst. Und ich weiß, dass es nicht so ist.«

Er schwieg mehrere Minuten lang.

»Die Sonne ist untergegangen«, sagte er nach einer Weile. »Komm. Lass uns etwas zu Essen besorgen. Und dann ein Fahrzeug.«

»Inzwischen hat die einzige Autovermietung bestimmt geschlossen, wenn sie ohne Strom überhaupt geöffnet hat.«

»Mach dir deswegen keine Sorgen.« Er hielt einen Moment inne. »Gibt es jemanden im Ort, der dich mal schlecht behandelt hat?«

»Mal sehen …« Sie dachte darüber nach. Doch sie wusste die Antwort bereits. »Bill Morrow. Dieser Mistkerl. Ich war zweimal mit Karma in der Stadt, und beide Male hat er damit gedroht, sie mit seinem Truck über den Haufen zu fahren. Er hasst sie aus irgendeinem Grund, obwohl sie ihm nie etwas getan hat. Er hat mich außerdem als Verrückte bezeichnet. Der Mistkerl«, wiederholte sie.

»Und wo wohnt er?« Ahnvils Stimme klang ruhig … beinahe gefährlich.

»Über dem alten Billigwarenhaus. Ihm gehört die ganze Reihe mit Läden. Er besitzt sowieso eine Menge Gebäude im Ort, und er glaubt, das gibt ihm das Recht, zu tun, was er will.«

»Und dieser Truck, mit dem er dich über den Haufen fahren wollte. Weißt du, wie er aussieht?«

Sie schnaubte. »Das ist der größte knallrote Penisersatz, den man sich nur vorstellen kann, und beweist nur, dass er so gut bestückt ist wie ein Neugeborener in arktischer Kälte.«

Darüber musste er laut lachen, und sie grinste ihn an. »Ich habe ihm gesagt, dass Karma ihn in den Hintern beißen würde, wenn er sich nicht zusammenreißt. Kapiert? Karma? Hintern?«

Er lachte leise und nickte. »Sehr gut. Du besorgst uns was zu essen. Und ich besorge uns einen fahrbaren Untersatz.«

»Wie denn? Um sechs Uhr abends? Und wie willst du …« Sie kniff die Augen zusammen. »Hast du etwa das vor, was ich gerade denke?«

»Aber ja. Ich habe gewisse Fähigkeiten«, vertraute er ihr an, während er aufstand und sie ebenfalls auf die Füße stellte.

»Aber das ist …« Sie hielt inne, dachte kurz darüber nach und sagte dann: »Nun, weißt du was, ich denke, ich bin damit einverstanden!«

»Keine Sorge. Sei einfach startbereit, sobald ich wieder auftauche.«

»Okay. Irgendwelche Essenswünsche?«

»Was immer du auftreiben kannst, mir soll es recht sein.«

13

Sie trennten sich, und sie war die ganze Zeit unruhig, während sie etwas Essbares zu ergattern versuchte, was sich als schwieriger erwies, als sie gedacht hatte. Wegen des Stromausfalls waren sämtliche Restaurants geschlossen, und der kleine Markt am Ende der Straße ebenfalls. Sie versuchte dringend etwas zu bekommen, wusste sie doch, was es für ihn bedeutete, wenn er nicht regelmäßig aß. Der Stromausfall war schließlich ihre Rettung. Sobald die Straße leer war, fand sie einen Zementstein aus einer Wand ganz in der Nähe und warf damit eins der Seitenfenster des Marktes ein. Stille folgte. Kein Alarm, keine Kameras. Sie bedauerte, was sie tun würde, doch das hielt sie nicht davon ab, Sachen aus den Regalen zu nehmen. Sie packte alles ein und ging. Sie dachte daran, Geld oder eine Nachricht zu hinterlassen, doch sie fürchtete sich vor den Repressalien, wenn sie es tat. Sie kannte Bill Mackinzie gut, und sie würde es irgendwie wiedergutmachen. Sie wusste nicht wie, doch sie würde es tun.

Sie schaffte es unbemerkt zum Motel zurück und wollte gerade die Tür zu ihrem Zimmer öffnen, als das vertraute laute Brummen von Morrows Truck zu hören war.

»Schnapp dir Karma, und los geht's. Wir sind nicht gerade unauffällig.«

»Kann man wohl sagen!« Sie pfiff nach Karma und sprang mit ihr in den Truck. Zum Glück war es eins dieser übergroßen Führerhäuser, sodass für Karma genug Platz war. »Ein Teil von mir würde gern an dem Billigkaufhaus vorbeifahren und auf die Hupe drücken. Dieser Mistkerl hat die Hupe von ›Ein Duke kommt selten allein‹ installiert. Das macht den Wagen unverkennbar.«

»Du hast einen boshaften Zug an dir, weißt du das? Das sagt mir, dass ich dich nicht ärgern sollte.«

»Ich werde dich daran erinnern.«

Ahnvil legte den Gang ein, und sie rollten über die halbwegs geräumten Straßen. Sofort begann sie in ihrem Diebesgut zu wühlen und reichte ihm nacheinander mehrere Donuts. Dann ging sie zu Dosenchili über. Sie hatte Plastikbesteck und einen Dosenöffner mitgehen lassen und war bald damit beschäftigt, ihn mit dem Löffel zu füttern, während er sich darauf konzentrierte, den Truck auf der vereisten, bergigen Straße zu halten.

»Tut mir leid, dass ich kein richtiges Fleisch für dich habe. Alles war entweder gefroren oder roh oder man hätte eine Schneidemaschine gebraucht. Ich wollte nicht so viel Zeit darauf verwenden, es herauszufinden. Aber ich habe eine Menge Junkfood. Ich mag manchmal solche Sachen!«

Sie wickelte eine Zuckerstange aus und biss hinein.

»Ah, jetzt sehe ich deine wahre Schwäche. Du bist eine Naschkatze.«

»Das stimmt, und ich bin stolz darauf.« Sie sank ein wenig in sich zusammen. »Außer dass mein Hintern ein bisschen zu rund davon wird. Doch darüber mache ich mir im Moment keine Sorgen.«

»Oh nein, das brauchst du auch nicht. Ich mag deinen Hintern so, wie er ist.«

Ihre Wangen wurden knallrot, doch insgeheim gefiel es ihr. Sie fand ihre Reaktion kindisch, doch sie konnte nichts dagegen tun. Es war einfach schön, jemanden zu haben, der sie anschaute und so viele positive Dinge an ihr sah, anstatt sich auf ihre Schwächen und Unzulänglichkeiten zu konzentrieren.

Und natürlich fand er sie nicht seltsam. Er musste die Sonne schließlich genauso meiden wie sie.

»Die Straße scheint ganz in Ordnung zu sein. Wenn es so weitergeht, sollten wir es frühzeitig zu Walmart schaffen, um einzukaufen, bevor ich meinen Geist zu kontaktieren versuche.«

»Ich verstehe gar nicht, warum du willst, dass sie uns folgt«, sagte er mit einem Stirnrunzeln. »Das gefällt mir nicht.«

»Ich nehme es zur Kenntnis. Ich weiß auch nicht, warum ich das will. Ich will es … einfach. Da ist noch etwas. Ich habe keine Erfahrung mit solchen Dingen, aber du hast gesagt, dass du Leute kennst, die mächtig sind und wissen, wie man mir zum Beispiel dieses Amulett abnimmt. Vielleicht verstehen sie auch, warum ich den Geist wahrnehmen kann, du aber nicht. Vielleicht können sie mir verraten, ob es sich wirklich um einen Geist handelt oder ob es etwas anderes ist. Ich weiß es nicht, und ich werde es nicht wissen, bis sie uns nach … He, wohin genau fliegen wir eigentlich?«

»New Mexico. In eine Kleinstadt namens Portales. Wir haben dort ein großes Anwesen. Eine Menge Land und Grundbesitz. Ein großes Haus voll mit Leuten. Körperwandler. Gargoyles. Wir haben sogar einen Dschinn bei uns wohnen. Ich weiß nicht, ob ich ihm trauen soll. Und wenn wir dort sind und du ihm begegnest, wünsch dir bloß nichts von ihm. Niemals. Man weiß nie, ob man ein ehrliches Resultat bekommt oder irgendeine Trickserei am Werk ist. Grey scheint ehrlich zu sein, aber er verfolgt auch seine eigenen Ziele, und keiner von uns weiß, welche das wirklich sind. Und … ich will nicht, dass du lange bleibst. Ich will dich von dem Amulett befreien und dich umgehend wieder nach Hause schicken. Es ist gefährlich dort, wo wir sind, und … du weißt nicht, womit wir es zu tun haben, aber es ist ziemlich schlimm, und ich will nicht, dass dir etwas zustößt.«

Sie konnte das verstehen, war sogar dankbar, dass er um sie besorgt war. Warum war ein Teil von ihr trotzdem enttäuscht, ja, beinahe gekränkt bei der Vorstellung, dass er sie so schnell wie möglich loswerden wollte. *Was für ein dummer Gedanke!*

Kat versuchte das Gefühl abzuschütteln und sagte sich, dass sie genauso wenig von zu Hause weg sein wollte wie er wahrscheinlich. Zu Hause war es sicher, und selbst unter seinem Schutz war die Welt ein Furcht einflößender Ort. Jede Morgendämmerung brachte schreckliche Gefahren mit sich und zwang sie, sich ihrer Angst zu stellen. Einer Angst, die vollkommen berechtigt war.

Als sie Walmart erreichten, war sie erschöpft davon, sich über so viele Dinge Sorgen zu machen und dabei noch auf die glatte Straße achten zu müssen. Es hatte Stellen gegeben, die nicht richtig geräumt worden waren, und nur der Allradantrieb des Trucks hatte ein Passieren ermöglicht. Doch schließlich kamen sie heil an, und der Laden hatte Strom! Ob nun von einem Generator oder weil ihn der Sturm nicht so stark in Mitleidenschaft gezogen hatte wie Stone Gorge, spielte keine Rolle. Er würde sich etwas zum Anziehen besorgen, und sie konnte mehr Lebensmittel einkaufen. Etwas Besseres und Nahrhafteres. Sie wollte sich gern um ihn kümmern, wie sie feststellte. Es war ihr sehr wichtig, dass er rechtzeitig wieder zu seinem Energiestein kam. Er war viel zu schön, um für die Welt verloren zu sein. Um als hässlicher Wasserspeier zu enden. Sie hatte ihn als solchen bisher nicht gesehen, doch sie konnte sich leicht vorstellen, was das bedeutete. Sie hatte im Laufe der Zeit genug Wasserspeier gesehen, und sie waren alles andere als attraktiv gewesen.

»Komm mit, Mädchen«, sagte er, nachdem er aus dem Wagen gesprungen und auf ihre Seite gegangen war. Er reichte ihr die Hand und half ihr auf den matschigen Boden herunter. »Du bleibst hier, Karma«, sagte er und kraulte den Hund kurz hinter den Ohren. »Wir wollen nicht, dass einem so braven Mädchen irgendwas passiert.«

Für sie war es das Netteste, was er überhaupt hätte tun können. Er begriff, wie viel Karma ihr bedeutete. Er hätte nicht nett sein müssen, und trotzdem war er es.

Falls sich irgendjemand über einen Mann wunderte, der mitten im Winter nur mit einem Handtuch um die Hüften durch den Laden lief, dann sagte er nichts. Obwohl sie vermutete, dass mehr als nur ein heimliches Handyfoto geschossen wurde. Ahnvil ging schnurstracks in die Herrenabteilung und beugte sich nach kurzer Suche in einem Stapel Cargohosen hinunter, um die Hose direkt dort anzuziehen. Sobald er angezogen war, riss er das Etikett ab und ließ das Handtuch auf den Boden fallen. Dann griff er sich ein Paar Socken und schlüpfte hinein. Als er sie anhatte, eilte er zu den Schuhen. Auf dem Weg vorbei an den Auslagen mit Hemden schnappte sie eins, das ihm zu passen schien, ein hübsches Buttondown-Hemd in Blassrosa, so blass, dass es beinahe weiß war. Während er Stiefel anprobierte, drängte sie ihm das Hemd auf.

»Deins hat Blutflecken. Wenn du weniger Aufmerksamkeit erregen willst, wird dir das so nicht gelingen.«

»Nein. Ich trage kein Rosa«, schnaubte er und lief in den Stiefeln kurz auf und ab. »Besorg mir was, was nicht rosa ist. Am liebsten ein T-Shirt.«

Während sie etwas von Männern, die sich ihrer Männlichkeit nicht sicher sind, grummelte, kehrte sie in die Herrenabteilung zurück und fand ein T-Shirt für ihn, auf dem stand I'LL STOP BEING DISRESPECTFUL WHEN YOU STOP BEING STUPID. Misstrauisch beäugte er es. Es war knallrot mit weißen Buchstaben.

»Es ist nicht rosa«, sagte sie selbstzufrieden.

»Oh nein«, stimmte er trocken zu.

Auf dem Weg zur Kasse machte sie kurz Halt, um einen Stift und Notizblock zu besorgen. Das Papier des Blocks war knallrosa. Kaum zu übersehen.

»Das hier«, sagte sie erneut mit einem selbstzufriedenen Ausdruck, »ist rosa.«

Nachdem sie bezahlt hatten, ging sie mit ihm zum Ladeneingang und musste feststellen, dass es zwei gab. Bestürzt hinterließ sie bei beiden eine Nachricht. Sie schrieb:

Hi! Mein Name ist Katrina Haynes. Ich bin kein Geist. Wir fahren nach Portales, New Mexico. Wenn ihr uns dorthin folgen könnt, finden wir vielleicht heraus, was los ist. Ginge das?

Dann warteten sie im Truck bis neun Uhr. Kurz nach neun wurde er immer unruhiger. »Lass mich noch mal dein Telefon ausprobieren«, sagte er. Es war inzwischen ein vertrauter Satz. Seit sie das Haus verlassen hatten, hatte er sie mindestens zehnmal darum gebeten. »Wo ist der nächste Flughafen?«

»Aber –«

»Probieren kann man's ja«, sagte er, bevor sie ihn darauf aufmerksam machen konnte, dass die Funkverbindung vielleicht noch immer gestört sei.

Sie reichte ihm das Telefon, und sobald er gewählt hatte und es sich ans Ohr hielt, sah sie eine tiefe Erleichterung über seine Züge huschen.

»Jackson«, sagte er seufzend.

»Ahnvil?«, fragte Jackson überrascht. »Was zum Teufel ist los mit dir?«

»Ist eine lange Geschichte. Es genügt vorerst, dass ich in Schwierigkeiten stecke.«

»Du bist seit über einer Woche ohne deinen Stein, mein Freund«, sagte er, obwohl er wusste, dass es nicht nötig war.

»Ja.«

»Wir hatten Angst …«

»Nein. Bisher noch nicht. Ich brauche allerdings den Jet. Ich weiß nicht, wie viel Zeit mir noch bleibt.« Es war klar, dass er es nicht aussprechen wollte, keinem von beiden in Erinnerung bringen wollte, wie gefährlich die Situation war.

»Wo bist du?«

»Im Staat Washington.«

»Wash…, du meinst den Staat Washington, in dem gerade der Schneesturm des Jahrhunderts stattfindet?«

»Ja«, bestätigte er grimmig.

»Ahnvil, natürlich schicke ich dir den Jet, aber ich bin nicht sicher, ob man euch überhaupt Starterlaubnis gibt.«

»Das wird man müssen«, sagte Ahnvil. Sie hatten keine andere Möglichkeit. Es *musste* klappen.

»Richtig. Er ist schon unterwegs. Ich werde vor Sonnenaufgang da sein, aber ich bin mir nicht sicher, ob wir schon wieder zurück sind, bevor die Sonne aufgeht.«

»Wir müssen. Wenn nicht, schließen wir den Blendschutz und bleiben auf der Rollbahn, bis du mir meinen Stein bringen kannst.«

»In Ordnung. Keine Sorge. Wir organisieren das und bringen dich rechtzeitig hierher zurück. Willst du mir erzählen, was passiert ist?«

»Nicht jetzt. Ich bin nicht allein, und ich werde einen Gast mitbringen.«

»Wir werden auf dich warten.«

»Ich geh nachschauen.« Kat sprang aus dem Wagen und lief zum Eingang von Walmart. Die eine Nachricht hing noch immer unberührt an ihrem Platz. Dann sah sie nach der anderen, wo sie unter ihrem Text geschrieben fand:

Wo ist Portales? Wir kommen, so schnell wir können. Ich bin Isabella, und ich bin ebenfalls kein Geist.

Kat notierte die genaue Adresse und schrieb:

Wenn keiner von uns beiden ein Geist ist, was ist dann hier los?

Sie sah, wie die Notiz auf einmal in der Luft schwebte und aufgeklappt wurde. Das Blatt wurde flach an einen der riesigen Spielautomaten gelegt, und eine schöne Schrift begann es zu füllen.

Ich habe keine Ahnung. Vielleicht finden wir es in Portales heraus. Warum dorthin?

Kat schrieb:

Ich habe dort neue Freunde. Freunde, die uns vielleicht bei der Lösung helfen können.

Die Antwort kam umgehend. Bella schrieb:

In Ordnung, wir sehen dich dort!

Im letzten Moment hatte sie einen brillanten Einfall. Sie packten einen Mann am Arm, der auf dem Weg in das Geschäft war.

»Entschuldigung, Sir, steht da jemand?«

Sie zeigte auf die Stelle, wo das Blatt Papier noch immer flach an dem Automaten lag.

»Soll das ein Witz sein?«, fragte er. »Junge Dame, es ist zu kalt, um –«

»Bitte, sagen Sie mir einfach, was Sie sehen.«

Er seufzte. »Ich sehe eine hübsche, kleine Frau mit dunklen Locken … und violetten Augen. Hübsche Figur. Und ihren männlichen Begleiter, der mich böse anschaut, weil ich seine Frau anglotze.«

»Oh. Können Sie mit ihr sprechen?«

»Ja, und Sie ebenfalls«, fauchte er. Dann riss er sich los und ging in das Geschäft.

Kat nahm die Notiz mit und zeigte sie Ahnvil. Wieder sagte Ahnvil, dass er lediglich ihre Antworten lesen konnte. Sie erzählte ihm, wie die Buchstaben wie von selbst auf das Papier gekommen waren und dass der Mann Bella gesehen hatte, sie selbst jedoch nicht.

»Ich hab überlegt, ihr zu erzählen, dass du ein Schattenwandler bist. Ich meine, was könnte es schaden, oder? Sie ist nicht einmal in der gleichen Dimension wie wir. Zumindest glaube ich das nicht. Aber der Mann hat sie gesehen. Ich weiß gar nicht mehr, was ich denken soll.«

»Gut, dass du ihr nichts von den Schattenwandlern erzählt hast. Nicht, bevor wir nicht mehr wissen. Und jetzt machen wir uns auf den Weg.«

Sie nickte zustimmend. Die Dämmerung brach herein, und sie wusste, dass die Zeit für ihn knapp wurde. Seine Unruhe wuchs, je länger sie unterwegs waren. Als sie den Flughafen erreichten, war er in Schweiß gebadet. Als sie es wagte, seine Brust zu berühren, war sein T-Shirt feucht.

Sie war noch nie mit einem Privatjet geflogen. Als sie am Hangar standen und ein paar Stunden später dabei zusahen, wie das Flugzeug landete, war sie genauso ängstlich wie er.

»Was, wenn die Sonne …«, fragte sie heiser, ohne verstehen zu können, was passieren würde.

»Wir schließen den Blendschutz und warten, bis es wieder dunkel wird.«

»Du hast nicht mehr so viel Zeit.« Sie sah ihn forschend an. »Oder?«

»Ich weiß nicht«, sagte er angespannt.

»Du hast gesagt, du belügst mich nicht.«

»Ich weiß nicht einmal, ob ich den Flug überstehe«, stieß er knurrend hervor und beugte sich einen Moment lang drohend über sie. Das Geräusch, das aus seiner Kehle kam, war beängstigend, wie auch der Griff seiner Hände, mit denen er ihre Oberarme umfasste, als er sie mit fiebrigen Bernsteinaugen ansah. »Wenn ich's nicht schaffe, darfst du dir deswegen keine Sorgen machen. Meine Freunde kümmern sich um dich. Sie finden heraus, wie man das Amulett – «

»Das Amulett ist mir so etwas von egal!«, rief sie aus und wünschte sich, sie wäre stark genug, um ihn ordentlich zu schütteln. »Und jetzt halt den Mund und steig in das Flugzeug. Du schaffst das.«

»Ich spüre, wie der Wahnsinn langsam in mir hochkommt. Ich kann nur versuchen, mich zu konzentrieren.« Und in dem Moment, als er das sagte, verwandelten sich seine Hände, mit denen er sie an den Oberarmen festhielt, in Stein.

»Nein!«, rief sie, packte ihn am T-Shirt und schlug mit der Hand gegen seine Brust. »Du lässt das nicht zu! Du wirst diesen Flug überstehen! Hast du verstanden? I-Ich schaff das nicht allein.«

»Doch.«

»Tu ich nicht. Kann ich nicht, also musst du bei mir bleiben. In Ordnung? Du musst bei mir bleiben.« Sie wusste, dass es nicht so sehr um ihre Angst ging als darum, ihm einen Grund zu geben, bei ihr zu bleiben. Vielleicht half ihm das dabei, die Unvermeidlichkeit seiner Verwandlung abzuwehren. Sie würden noch Stunden bis New Mexico brauchen, und sie konnte nur darum beten, dass er so lange durchhielt. Darum beten, dass sie der Sonne entwischten. Um alles beten.

Der Gargoyle war ihm irgendwie entkommen, hatte es geschafft, die Region zu verlassen, wie Panahasi feststellte. Und jede Sekunde, die er außer Reichweite war, brachte ihn seinem eigenen Ende näher. Wenn Odjit das mit dem Amulett herausfand, war er erledigt. Wenn sie herausfand, dass der Gargoyle jetzt ihre geheime Enklave kannte, wäre die Hölle los, und er wäre nicht der Einzige, der sein Leben verlieren würde. Je weiter ihre Schwangerschaft fortschritt, desto schlimmer wurden ihre Wutanfälle. Sie hatten Angst vor dem, was sie womöglich tun würde, selbst wenn sie nachvollziehbare Gründe dafür hätte. Eine grausame Verrückte war eine Sache, eine schwangere eine andere.

Es gab nur noch eins, was er tun konnte, und das war, Wachen zu der Körperwandlerenklave nach Portales in New Mexico zu schicken. Vielleicht … vielleicht konnte er dort den Gargoyle wieder gefangen nehmen und davon abhalten, zu Kamenwati zurückzukehren … der eine Mann auf Erden, der wirklich wusste, welche Kräfte Adomas Amulett wirklich barg.

Rasch machte er sich daran, seinen Plan in die Tat umzusetzen.

14

Sie stiegen in das Flugzeug, und Kat blieb vor Überraschung wie angewurzelt stehen. Doch dann ignorierte sie die üppige Ausstattung des Jets und ging in die Kabine hinein, damit Ahnvil Platz hatte, Karma an Bord zu bringen. Kurz darauf waren sie festgeschnallt und hoben ab. Frustriert, weil sie getrennt voneinander saßen, blickte sie während des Starts die ganze Zeit zu Ahnvil. Sie konnte sehen, wie er sich zusammenkauerte, sich mehrmals mit den Händen durchs Haar strich und Schweiß auf seiner Haut schimmerte. Als er leise Selbstgespräche zu führen begann, erreichten ihre Angst und Besorgnis einen neuen Grad. Beim Klang des Anschnallzeichens löste sie den Gurt und ging zu ihm, kniete sich zwischen seine Füße und strich ihm über die Oberschenkel.

»Alles gut«, sagte sie beruhigend. »Es wird alles gut.«

»Das weißt du nicht!«, fauchte er.

»Und ob ich das weiß!«

»Wenn du weißt, was gut für dich ist, wirst du auf Abstand bleiben«, knurrte er sie an und schnaubte animalisch.

»Ich weiß, was gut für dich ist, und ich gehe nirgendwohin. Ich will, dass du mit mir redest. Erzähl mir mehr davon, wer du früher warst.«

»Ein Sklave! Ein Mörder! Die Sorte Mann, die Frauen tötet!«

»Was soll das heißen?« fragte sie vorsichtig und ängstlich.

»Es gab eine Templerin. Jan Li. Sie hat mir geholfen zu entkommen … nur … dass sie mit dem Leben dafür bezahlt hat.

Sie hat darauf vertraut, dass ich ihr helfe, diesen Schweinen zu entkommen, und ich habe sie im Stich gelassen. So wie ich dich im Stich lassen werde. Nur dass es diesmal schlimmer wird. Viel schlimmer. Weil du nie um irgendetwas gebeten hast. Du hast nicht gewusst, dass du dein Leben riskierst. Ich bin daran schuld, dass du überhaupt hier bist. Diese verfluchte Halskette. Ich würde sie dir vom Hals reißen, wenn das möglich wäre, ohne dich dabei zu verletzen.«

»Es war mein Fehler, dass ich sie überhaupt angelegt habe«, sagte sie leise.

»Wie zum Teufel soll eine Sterbliche wie du überhaupt auf die Idee kommen, dass etwas wie ein Amulett mit einem Fluch belegt ist und über bestimmte Kräfte verfügt? In deiner Welt sollten solche Dinge nur Fantasien sein.«

»Ich bin froh, dass ich nicht mehr in dieser Welt bin«, sagte sie grimmig. »Ich weiß jetzt, dass alles nur Illusion ist. Ich bin mir zum Glück jetzt der Dinge in der Welt um mich herum bewusst.«

»Du hättest den Rest deines Lebens so verbringen können, geschützt und zufrieden, ohne etwas davon zu wissen.«

»Aber so ist es nun einmal nicht, und das ist in Ordnung so«, betonte sie.

»Für mich ist es nicht in Ordnung«, sagte er, und sein Tonfall wurde sanfter, als er ihr mit der Hand über den Kopf und durchs Haar strich, in dessen Strähnen er mit seinen schwieligen Fingern hängen blieb. »Herrje, du bist so wunderschön«, sagte er kurz darauf. Sie musste lächeln.

»Du sagst das nur, weil du verrückt wirst.«

Er lachte. »Beleidige meine Frau nicht. Du willst doch keinen wütenden Wasserspeier neben dir haben.«

»Ich habe keine Angst vor dir«, flüsterte sie erbittert.

»Ja, aber das solltest du«, sagte er leise und berührte ihre

Stirn mit seiner. Er atmete langsam ein, und seine Lider schlossen sich flatternd, bevor er stöhnte. »Du solltest nicht so nah bei mir sein. Du riechst unsagbar gut.« Er öffnete die Augen, und sie konnte sein heftiges Verlangen darin sehen. Ihr stockte der Atem, und ihr Herz begann wie wild zu klopfen.

Sie wusste, er würde sie an seinen hungrigen Mund ziehen, noch bevor er es tat, und sie tat nichts, um ihn daran zu hindern. Sein Kuss war ansteckend, eine wundervolle Krankheit, die sich immer weiter ausbreitete und auch noch ihre letzte Abwehr besiegte. Sie spürte, wie sie in seinen Händen dahinschmolz, als er sie fest an sich zog und sie in ihrer knienden Position nach hinten bog.

Mit der Hand glitt er an ihrer Seite hinauf, über die geschwungene Taille und den Brustkorb und schloss dann, so sanft wie möglich, seine Hand um ihre Brust. Sie sog Luft direkt aus seiner Lunge ein, und ihre Zunge stürzte sich auf einmal ins Gefecht, spielte so entschlossen mit seiner, dass es war, als würde man einen Stein entflammen. Etwas, das Stein entflammen konnte, besaß große Energie, und für ihn war sie buchstäblich eine Feuersbrunst. Sein Verstand wurde von der Leidenschaft, die ihn zu überwältigen drohte, ganz vernebelt, doch er kämpfte dagegen an. Er würde sich ihr gegenüber nicht wie ein Tier benehmen.

»Nein! Lass mich!« Er stieß sie fort, öffnete den Anschnallgurt und stolperte von ihr weg. »Ich will dir das nicht antun! Verstehst du? Ich werde wie ein Tier sein mit dir. Ich werde dir *wehtun*. Du musst dich von mir fernhalten. Bitte«, sagte er, während sich Tonfall und Körper beruhigten. »Lass bitte nicht zu, dass ich dir wehtue.«

»Das werde ich nicht«, versprach sie ihm einfach leise. »Und du wirst es auch nicht. Du könntest eine Frau nicht einmal verletzen, wenn du es versuchen würdest.«

»Aber das habe ich! Jan Li – «

»Es klingt, als hätte sie genau gewusst, worauf sie sich einlässt. Und du warst nicht derjenige, der ihr wehgetan hat. Du musst aufhören, dir die Schuld dafür zu geben.«

Er blickte auf und in ihre Augen.

»Es gibt sonst niemanden, dem ich die Schuld geben könnte.«

»Natürlich. Du gibst die Schuld denen, die dich angegriffen haben. Denen, die ihr wehgetan haben. Du hast sie nicht – «

»Ich habe sie im Stich gelassen!«

»Du hast es nicht absichtlich getan!«

»Ich werde auch dir nicht absichtlich wehtun, aber es wird trotzdem geschehen! Und jetzt halt dich verdammt noch mal fern, Frau!«

»Na schön. Na schön, ich halte mich fern. Ich lasse nicht zu, dass du mich anfasst.« Kat versuchte, sein Verhalten nicht als Zurückweisung aufzufassen. Sie verstand seine Logik, und ja, wahrscheinlich hatte er recht, und trotzdem gab es ihr das Gefühl, dass der Fehler bei ihr lag. Weil sie eine verwundbare Sterbliche war. Sogar noch verwundbarer als die meisten anderen. Das wusste sie schon ihr ganzes Leben, doch erst jetzt spielte es eine Rolle für sie. Es hieß, dass sie tatsächlich etwas nicht haben konnte, das sie wollte. Auf alles andere hatte sie verzichten können. Sonne. Die Welt tagsüber. Freunde. Normalität. Doch nichts davon hatte so geschmerzt. Noch nie hatte sie sich so unzulänglich gefühlt. Sie wusste, dass er sich nicht zurückgehalten hätte, wenn sie eine Wasserspeierin gewesen wäre. Dann hätte er sie wahrscheinlich auf der Stelle genommen. So verrückt wie er war. Es machte sie wütend, dass sie ihm das nicht geben konnte. Er brauchte es, und sie konnte es ihm nicht bieten.

Den restlichen Flug über herrschte gespanntes Schweigen.

Er ging so rastlos in der Kabine auf und ab, dass sie dachte, *sie* würde noch verrückt werden.

Doch sie wusste, dass er sich womöglich nie wieder bewegen könnte, wenn er das nicht tat. Sie konnte seine Hände sehen, wie sie sich immer wieder in Stein verwandelten. Manchmal reichte die Verwandlung bis zu seinen Schultern hinauf. Dann biss er die Zähne zusammen und kämpfte dagegen an.

Sie hatte sich wieder hingesetzt, doch schließlich ging sie zu ihm hinüber. Als sie die Hand ausstreckte, um ihn zu berühren, wich er zurück.

»Aufhören«, sagte sie sanft. »Hör einfach auf damit.« Sie trat dicht vor ihn hin und schlang trotz seiner anfänglichen Abwehr ihre Arme um ihn.

»Du hast versprochen, auf Distanz zu bleiben«, knurrte er.

»Und du verbrauchst mit jedem Schritt, den du machst, Energie. Beruhige dich. Halt still. Schsch…« Sie besänftigte ihn, indem sie ihn in der Körpermitte umschlang. Nach einer Weile entspannte er sich in ihren Armen und legte die Hände zögernd auf ihren Rücken und die Schultern. So standen sie mindestens eine halbe Stunde da, und auf einmal verwandelten sich seine Hände in Stein. Er beruhigte sich so weit, dass er sich gemeinsam mit ihr hinsetzte und sie auf seinen Schoß zog. Anfangs war er vorsichtig, hatte unübersehbar Angst davor, dass etwas mehr als ein Wohlgefühl entstehen könnte, doch schließlich war er dazu in der Lage, ruhig dazusitzen, während sie sich gegenseitig im Arm hielten.

Den restlichen Flug verbrachten sie genau so.

Es war kurz vor Tagesanbruch, als sie landeten.

»Jemand müsste da sein und auf uns warten. Einer unserer menschlichen Kameraden. Wahrscheinlich Max. Ich erwarte keinen Körperwandler, weil …«

»… die Sonne ihn außer Gefecht setzen könnte«, schloss sie. »Ich erinnere mich.«

Wie sich herausstellte, hatte er recht. Als der Jet in Parkposition ging, standen in der Nähe zwei Männer neben einem großen SUV. Einer lehnte entspannt an der Frontstoßstange und Motorhaube des Wagens, Schienbeine gekreuzt und Arme vor seiner athletischen Brust verschränkt. Sein schwarzes Haar war wie bei einem Soldaten kurz geschnitten, und er trug eine Sonnenbrille. Der andere Mann war groß und stämmig, kaum kleiner als Ahnvil, er stand mit gespreizten Beinen und den Armen vor der Brust da. Er war blond und trug ebenfalls eine Sonnenbrille, obwohl es noch immer dunkel war. Doch die Sonne erhellte den Himmel bereits.

»Wie weit ist es?«, fragte sie nervös, als sie das Flugzeug verließ und langsam die Treppe hinunterstieg. Karma und Ahnvil folgten ihr dicht auf den Fersen.

»Allenfalls eine Viertelstunde«, sagte Ahnvil. Er blickte ebenfalls besorgt zum Himmel. »Wir sorgen dafür, dass du geschützt bist, Kat. Ich lass nicht zu, dass dir irgendwas passiert.«

Sie lachte ungläubig. »Ich mache mir keine Sorgen um mich!«

»Lasst uns gehen. Die Nacht ist bald vorüber«, sagte der dunkelhaarige Mann. Er und Ahnvil schüttelten sich die Hand.

»Du hättest nicht selbst kommen müssen, Jackson«, sagte Ahnvil vorwurfsvoll.

»Aber natürlich«, sagte er und blickte Ahnvil an, als wäre alles andere undenkbar. »Und wer ist das?«

»Das ist Katrina Hayes. Kat, das ist Jackson, der Pharao der Körperwandler, und Ram, sein erster Lieutenant.«

»Schön, dich kennenzulernen, Kat«, wurde sie von Ram begrüßt.

»Sie braucht genau wie wir Schutz vor der Sonne. Sie hat eine Krankheit. Die Sonne verursacht bei ihr Brandblasen und Verbrennungen.«

»Okay. Die Fenster sind polarisiert, also vollständig abgedunkelt. Es kommt keine Sonne durch. Wir fahren direkt in die Garage.« Jackson drehte sich um und begegnete ihrem Blick durch seine getönten Brillengläser. »Darf ich dir Max vorstellen? Er ist ein Mensch, also wird er fahren, falls uns die Sonne doch erwischt.«

»Wir müssen los«, sagte Ahnvil. »Ich kann es nicht riskieren, mich ohne meinen Energiestein zu verwandeln. Ich bin zu nah dran.«

»Ich seh schon«, sagte Ram, als sich Ahnvils Hände kurzzeitig in Stein verwandelten. »Dann los.«

Doch kaum hatte er die Worte ausgesprochen, als ein sengendes rotes Licht zwischen ihnen explodierte und sie zu Boden schleuderte. Dann ein weiterer Schlag, der Jackson frontal an der Brust traf. Kat konnte einen Schrei nicht unterdrücken, als Ahnvil aufsprang, sie packte und hinter sich stieß.

Gerade noch rechtzeitig, um einen der Lichtblitze abzufangen. Er schrie auf vor Schmerz, und Kat hätte schwören können, dass sie hörte, wie sein Fleisch verbrannte. Doch er hielt sich auf den Beinen und taumelte nur ein, zwei Schritte zurück. Sie blickte hoch, und zu ihrem Schrecken konnte sie zwei Männer und eine Frau sehen, die buchstäblich in der Luft schwebten. Die Lichtstrahlen wurden von ihren Händen abgesondert.

Das Licht wurde der Fluch von Ra genannt, und Ahnvil wusste Bescheid. Es war eine starke, sengende Energie, die sogar einem Schattenwandler Schaden zufügen konnte, wie der quälende Schmerz in Ahnvils Brust zeigte. Jackson lag am Boden, und Ram wurde von zwei Templern angegriffen. Wolken brauten sich über ihnen zusammen, und Donner hallte, als

Ram seine Macht über das Wetter zum Einsatz brachte, um ein heftiges Blitzgewitter zu generieren. Ein Blitz traf den ersten Templer, sprang zum zweiten über, ließ beide taumeln und holte sie auf den Boden zurück. Blieb damit noch die Frau, die auf Ahnvil konzentriert war. Besser gesagt, auf die Frau hinter Ahnvil, die als Einzige unverletzt geblieben war. Abgesehen von Max, der noch immer im Wagen saß und klug genug war, dort zu bleiben. Er war sterblich, und es gab nichts, was er hätte tun können. Ihre Angreifer versperrten ihnen den Weg zum Wagen, und Ahnvil konnte es nicht riskieren, Kat in diese Richtung zu schicken. Vor allem deshalb nicht, weil er sicher war, dass die Templerin Kat für eine Schattenwandlerin hielt. Ein Treffer durch den Fluch von Ra würde einen Sterblichen auf der Stelle töten. Es war Ahnvils schlimmster Albtraum, und wenn er in seiner fleischlichen Gestalt blieb, konnte er nichts tun, um sie zu schützen.

»Nein, tu das nicht!«, rief sie, als sie ahnte, was er vorhatte.

»Ich habe keine Wahl«, sagte er düster, bevor er die Augen schloss und seine steinerne Hülle annahm. In Lichtgeschwindigkeit breitete sie sich auf ihm aus, als wäre sie höchst erfreut darüber, aus ihrem Käfig gelassen zu werden. Ihre Hände lagen auf seinem Rücken, und sie spürte, wie er sich in rauen Stein verwandelte. Mit einer Bewegung riss sich Ahnvil das T-Shirt herunter, und sein gesamter Körper schien an Umfang zuzunehmen. Er bekam noch einen Lichtstrahl ab, diesmal ins Gesicht. Die Templer am Boden formierten sich neu, doch Jackson rappelte sich ebenfalls hoch. Er nutzte seine enorme telekinetische Kraft, um die beiden Männer hochzuheben und gegen den Flugzeugrumpf zu schleudern. Das dumpfe Dröhnen des Metalls hallte in der Dämmerung wider. Die Frau in der Luft war völlig auf Ahnvil konzentriert und brachte ihn Strahl um Strahl dazu zurückzuweichen. Schließlich brüllte er wütend auf, krümmte den Rücken, und plötzlich … plötzlich wuchsen Flügel aus seinen Schulterblättern. Sein gesamter Körper begann sich zu verformen, wurde noch größer und mehr und mehr missgestaltet. Als er sich zu ihr umdrehte, hatte er nach hinten geschwungene Hörner auf seinem Schädel, und sein Gesicht war verzerrt und grotesk, mit einem großen Mund, gefährlichen Fangzähnen und tiefliegenden Augen … doch die Augen waren noch immer in dem wunderschönen Bernsteinton und ermöglichten es ihr, den Mann und die Seele hinter der flachen Nase, den geblähten Nüstern und den spitzen Wangenknochen zu erkennen.

»Geh! Lauf zum Wagen!«, knarzte er mit seinem Mund voller Fangzähne.

Sie war wie erstarrt, doch nicht aus Angst vor den Angreifern. Sie war erschrocken, weil er gezwungen war, sich in dieses Ding zu verwandeln, und womöglich konnte er sich nicht mehr zurückverwandeln. Und nur, weil er *sie* hatte beschützen wollen. Wieder einmal war sie zu verwundbar und schwach. Nun, sie würde ihn nicht im Stich lassen. Diesmal nicht. Sie begann zu rennen, während sie die Angreifer aus allen Richtungen kommen und einen Blitz nach dem anderen aussenden sah. Der zweite schlug so dicht neben ihr ein, dass sie ihr verbranntes Haar riechen konnte. Warum nur versuchten sie *sie* anzugreifen? Sie war ein Niemand!

Als sie den Wagen umrundete, sprang Max heraus und schirmte sie mit seinem Körper ab, während er sie hinten hineinstieß. Karma folgte dicht hinter ihr. Dann kletterte Max zurück hinters Lenkrad, während er seinen Blick hin und her schnellen ließ. Doch jetzt, wo er Flügel hatte, war Ahnvil eine enorme Macht, und es sah so aus, als wäre er der Einzige, der fliegen und das Miststück im Flug frontal angreifen konnte. Mit heftig schlagenden Flügeln stürzte er sich wie eine riesige

Rakete aus Granit auf sie. Er stieß mit ihr zusammen, attackierte sie wie ein American-Football-Spieler und rammte sie dann in den Boden, wobei Asphalt und Erde auf einer Länge von drei Metern aufgerissen wurden.

Währenddessen rappelten sich die beiden Männer wieder hoch, doch jetzt, wo der Überraschungseffekt vorbei war, konnte Kat genau sehen, weshalb Jackson der Anführer seines Volkes war. Seine Kräfte waren phänomenal. Er schleuderte die Männer wie Stoffpuppen umher und schlug gleichzeitig mit Gegenständen vom Boden auf sie ein. Ram wartete, bis Jackson sie festhielt, und schoss dann einen weiteren Blitz direkt auf ihren Kopf ab. Danach war für die beiden Angreifer das Spiel aus.

Doch Kat nahm kaum Kenntnis davon. Sie war so darauf fixiert, Ahnvil beim Fliegen zuzuschauen. Und dann die ungeheure Kraft, die es ihn gekostet haben musste, den Asphalt des Rollfelds aufzureißen. Als er wieder aufgestanden war, packte er die Frau an ihrer Bluse, holte mit der Faust aus …

… und zögerte …

»Verpass dem Miststück eine!«, schrie sie, weil sie wusste, warum er zögerte. Die letzte Templerin, mit der er zusammen gewesen war, hatte seine Hilfe gebraucht und sie nicht bekommen. Und während ihn sein Bedürfnis, Kat zu beschützen, so weit gebracht hatte, war es ihm fast unmöglich, der benommenen Frau seine Faust ins Gesicht zu schlagen.

Er schien ihren Ruf zu hören und blickte sie über die Schulter hinweg an, doch er konnte sie durch das reflektierende Glas nicht sehen.

Er stieß die Frau auf den Boden zurück und stand auf. Ram und Jackson gingen zu ihm und zogen ihn hoch.

»Nehmen wir sie mit und verhören sie?«, fragte Ram Jackson.

»Nein. Dafür ist keine Zeit, und im Wagen ist kein Platz. Lass sie einfach hier. Bestimmt haben wir inzwischen die Aufmerksamkeit der Menschen geweckt. Wir müssen verschwinden, bevor irgendjemand Nachforschungen anstellen kann. Wer immer das geplant hat, war ziemlich dumm und unüberlegt.«

»Das trägt nicht Apeps Handschrift«, sagte Ram grimmig. »Es ist zu dilettantisch.«

»Ich glaube, ich kenne den Grund«, sagte Ahnvil schwer atmend, während sein steinerner Körper erbebte. »Doch die Sonne kommt heraus. Wenn sie mich in diesem Zustand berührt, gibt es kein Zurück mehr.

»Verwandle dich wieder in Fleisch, Ahnvil«, befahl ihm Jackson. »Die Bedrohung ist ausgeschaltet. Du musst nicht so bleiben.«

»Erzähl mir nicht, was ich zu tun habe! Ich lass nicht zu, dass sie sie holen.«

»Sie?«, wiederholte Ram. »Du meinst das Mädchen.«

»Ja, ich meine das Mädchen!«, knurrte er wild mit drohender Pose. »Ich werde nicht …«

Dann taumelte er und fiel beinahe auf die Knie. Beide Männer wollten nach ihm greifen, doch er wehrte sie ab.

»Ahnvil.«

Der Klang ihrer Stimme ließ ihn innehalten. Sie kam näher, und beide Männer streckten die Hände aus, als wollten sie sie aufhalten. Sie ignorierte sie und drängte sich an ihnen vorbei. Sie kniete sich hin und schmiegte ihren gesamten Körper in Ahnvils Arme. Sie presste sich an seine steinerne Brust, schlang die Arme um ihn und presste ihm die Hände auf den Rücken. Nur einen Augenblick später erschien seine Hand auf ihrem Rücken, und er hielt sie verzweifelt, wenn auch vorsichtig an sich gedrückt.

Die Männer sahen ziemlich ehrfürchtig dabei zu, wie diese winzige Sterbliche den riesigen Gargoyle beruhigte. Seine Atmung beruhigte sich, die Rauheit unter ihr wurde geschmeidig, und schon bald presste sie ihr Gesicht an warmes, männliches Fleisch. Sein T-Shirt hatte er ausgezogen. Die Hose jedoch hatte er trotz seines Körpervolumens noch immer an, doch es war offensichtlich, dass ihre Nähte ziemlich beansprucht wurden. Jetzt hing sie lose um seine Hüften.

Doch noch immer breitete sich der Stein in dichten Wellen auf ihm aus. Sie konnte es im Licht der Dämmerung erkennen.

Ihnen wurde gleichzeitig bewusst, was das bedeutete.

»Steigt in den Wagen. Deckt sie zu. Los! Sofort!«

»Wir schaffen es vor Sonnenaufgang«, versprach Max, nachdem er sie alle hineingescheucht hatte. Gleich darauf trat er das Gaspedal durch und fuhr schleudernd von der Rollbahn.

Sie legten die gesamte Strecke in einem Affenzahn zurück. Ahnvil wusste, dass er sich augenblicklich in eine Statue verwandeln würde, wenn die Sonne herauskam und helles Licht ihn berührte. Die Fenster waren rundherum abgedichtet, um das Sonnenlicht abzuhalten, und trotzdem hatte er Angst. Alles Mögliche konnte passieren, bevor sie das Anwesen erreichten. Nicht zuletzt ein weiterer Angriff von Apeps Truppen. Sofern Apep tatsächlich verantwortlich war. Ahnvil hatte den Verdacht, dass es hier viel mehr um Panahasi ging als um Apep. Trotzdem durfte man es deswegen nicht auf die leichte Schulter nehmen.

Ahnvil entspannte sich nicht einmal, als sie die Grenze zu ihrem Anwesen erreichten. Das würde er erst tun, wenn sie sich im Gebäude befänden und er endlich mit seinem Stein in Kontakt wäre. Schmerz breitete sich in ihm aus, als würde sein Körper spüren, dass die Sonne am Horizont stand und ihn aufforderte, sich auszuruhen … doch er musste dem widerstehen. Wenn er sich ohne seinen Stein wieder verwandelte, könnte ihn nichts mehr zurückholen. Nicht einmal die Frau, die ihn noch immer fest umklammert hielt. Er hatte wirklich keine Ahnung, wie ihr das gelungen war. Es war wie Magie gewesen, die beruhigende Wirkung, die sie auf ihn gehabt hatte. So wie alles, was sie in ihm an Empfindungen auslöste, wie Magie war. Denn er hatte noch nie ein so überwältigendes Verlangen nach jemandem verspürt wie nach ihr. Vielleicht lag es an der Bedrohung, unsterblich zu werden, und dem Wahnsinn, den das mit sich brachte. Vielleicht würde er nicht mehr so für sie empfinden, nachdem er sich mithilfe seines Energiesteins wieder aufgeladen hätte.

Doch als er ihr mit den Händen sanft über den Rücken strich, konnte er sich das nur schwer vorstellen. Verdammt, er kannte sie kaum! Was sonst konnte es sein? Vielleicht wollte er nicht, dass sich das änderte. Wollte das Verlangen nicht verlieren, das er jedes Mal verspürte, wenn er den Geruch nach warmer Schokolade wahrnahm, der, egal wohin sie ging, an ihr zu haften schien. Wie machte sie das nur? Wie gelang es einer Frau nur, wie warme Schokolade zu riechen? Es war nur eines ihrer vielen Geheimnisse. Geheimnisse, die er nacheinander ergründen wollte.

Als sie in die Garage fuhren, war er in kalten Schweiß gebadet. Eilig brachte er sie ins Haus, wobei er jeden und alles um sich herum ignorierte, einschließlich Marissa und Jacksons Schwester, Docia, als diese ihn herzlich begrüßen wollten und erleichtert sahen, dass es ihm gut ging. Das Haus hatte ebenfalls polarisierte Fenster, sodass kein Schimmer Tageslicht hereinfiel, doch er war noch immer besorgt. Glas war zerbrechlich, selbst verstärktes Glas, es bedurfte nur eines kleinen Risses.

Er hätte direkt zu seinem Stein gehen sollen. Er wurde im Zentrum des Hauses aufbewahrt. Jacksons Umgebungsenergie lud den Stein täglich auf, sodass der Stein stets im Zentrum bleiben musste, um die größte Energie von Jackson zu ziehen. Es brauchte nur eine kleine Menge, doch, wie bei vielen Dingen, war mehr besser.

Ahnvil brachte Kat und Karma direkt in seine Gemächer.

»Das ist meine Suite«, sagte er beiläufig. »Keine Sorge, hier bei meinen Freunden seid ihr sicher. Die Fenster sind ein Schutz für alle im Haus. Die Truppen, die gegen uns kämpfen, können bei Tageslicht genauso wenig angreifen, wie wir hinausgehen können, also müssten wir eigentlich sicher sein … außer es gibt einen Angriff durch Menschen. Aber ich glaube nicht, dass sie sich das trauen. Solange wir hinter den Fenstern sind, sind wir viel stärker als sie. Das hier sind meine Privaträume, und ich will, dass du heute hier schläfst. Bei Einbruch der Dunkelheit werde ich mich erholt haben und ganz der Alte sein, und dann werde ich dich persönlich beschützen können.«

»Du hast gesagt, dass deine Freunde hier sind. Ich bin also mehr als sicher. Sie sind unglaublich stark.«

»Ja, aber unsere Feinde auch.« Er strich ihr besorgt durchs Haar und berührte mit seinen Fingerspitzen sanft ihr Gesicht. Doch sie spürte, dass er stark zitterte. Er mobilisierte all seine Kräfte, um in fleischlichem Zustand zu bleiben.

»Geh schon«, hauchte sie leise. »Mir geht es gut. Bitte.«

Das tat er auch, wenn auch zögerlich. Sobald er sich im Erdgeschoss befand, war Jackson da. Er hielt Ahnvils Energiestein in der Hand. Ahnvil nahm ihn, und die Entspannung, die er augenblicklich empfand, ließ ihn beinahe in die Knie gehen. Doch er wäre erst sicher, wenn er sich über mehrere Stunden an seinem Energiestein regeneriert hätte. Er öffnete die

Eingangstür und ging hinaus in die aufgehende Sonne. Sein Podest, wie sie den Ort nannten, wo sie sich niederließen, um sich in Statuen zu verwandeln und zu regenerieren, und wo ihre Gestalt eine gewisse Normalität annahm, weil sie einfach wie eine Statue aussahen, war eine betonverstärkte Schieferplatte. Es herrschte noch immer die nächtliche Kälte, doch er spürte sie kaum. Er spürte nur den durchdringenden Schmerz, als er sich wieder in Stein verwandelte. Er ging auf Hände und Knie, und als sich seine Flügel entfalteten und sein Energiestein im Fleisch seiner Hand verschwand, nahm er eine Pose ein, als wolle er sich auf etwas stürzen, sodass er in seiner Steingestalt wie ein Wasserspeier aussah, der sich jeden Moment losreißen würde.

Kat beobachtete alles und starrte auch danach noch minutenlang hinunter. Sie wusste, dass sie sich erst entspannen konnte, wenn er mehrere Stunden dort draußen gewesen war. Sie würde erst sehen müssen, wie er sich wieder bewegte. Bis sie sicher sein konnte, dass er sich nicht dauerhaft in Stein verwandelt hatte.

Jackson traf sie so an, die Hände ans Fenster gepresst, wie sie besorgt zu dem Wasserspeier hinunterstarrte.

»Keine Sorge«, sagte er sanft. »Er hat jetzt seinen Energiestein. Sobald die Sonne untergeht, ist er wieder vollkommen hergestellt. Komm mit mir. Bevor wir schlafen gehen, würde ich dich gern meiner Frau und den anderen Bewohnern vorstellen. Ich weiß nicht, wie viel Ahnvil dir erzählt hat …«, sagte er ein wenig verlegen.

»Alles«, sagte sie. »Ich weiß, dass du ein Pharao der Körperwandler bist. Ich weiß, dass ein Dschinn hier lebt und er oder sie sich in der Sonne in Rauch auflösen würde. Ich weiß, dass ihr alle Schattenwandler genannt werdet und genauso wenig wie ich in der Sonne leben könnt.«

»Das stimmt«, sagte er mit einem amüsierten Lächeln. »Er hat dir alles erzählt. Aber wir wissen nichts über dich, willst du uns helfen, dich kennenzulernen?«

»Natürlich. Und dann … ich bin ziemlich müde …«

»Wir lassen dich schlafen. Du kannst Ahnvils Bett benutzen, bis wir dir ein paar Räume hergerichtet haben. Morgen bei Tagesanbruch sind sie bereit. Lass uns zu den anderen gehen.«

15

Bella kaute besorgt auf einem Fingernagel, während sie darauf wartete, dass ihr Mann sie in einem Hotel in Albuquerque, New Mexico, eincheckte. Portales war anscheinend noch dreieinhalb Stunden Autofahrt entfernt. Zum Glück brauchten sie keinen Wagen. Jacob konnte sie einfach in Staub verwandeln, und so konnten sie mit den Windströmungen fliegen. Doch jetzt war Tag, und das Tageslicht schwächte ihn erheblich. Also hatten sie beschlossen, bis zur Dämmerung zu warten, bevor sie ihre Reise fortsetzten.

»Ich verstehe es nicht«, sagte sie zum tausendsten Mal. »Ich weiß, was sie getan hat. Sie hat diesen Mann beiseitegenommen und ihn gebeten, mich zu beschreiben. Was bedeutet, dass er sie ebenfalls sehen konnte. Das heißt also …«

»Nur *wir* können sie nicht sehen«, sagte Jacob. »Ich kann nicht einmal die Antworten sehen, die sie dir geschrieben hat. Wie ist es nur möglich, dass du mit ihr kommunizierst? Und warum können wir sie eigentlich nicht sehen?«

»Ich weiß es nicht«, sagte sie aufgebracht. Sie waren es wieder und wieder durchgegangen, und noch immer hatten sie keine Erklärung dafür.

»Ich kann es kaum glauben, dass wir den ganzen langen Weg zurückgelegt haben«, sagte Jacob. Bella wusste, dass es keine Beschwerde war. Er war vor allem verwirrt. Er fragte sich, was es damit auf sich hatte, dass sie hierherkommen sollten. Wer waren diese Leute, die die geheimnisvolle Frau angeblich kannte? Wie sollten sie ihr helfen?

Der einzige Weg, das herauszufinden, war, die Sache zu verfolgen. Jacob wusste nicht, was er davon halten sollte. Eigentlich sollte ihm dabei nicht ganz wohl sein, doch aus irgendeinem Grund war es nicht so. Wenn sie nicht das Gefühl hatte, dass es irgendwelche Probleme gab, dann gab es wahrscheinlich auch keinen Grund, sich Sorgen zu machen.

Hier waren sie also, nah an ihrem Ziel, nur vom Tageslicht behindert.

Ferien waren das nicht gerade. Das Gute daran war, dass er noch nie im Südwesten gewesen war. Er fand die Gegend ziemlich schön mit ihrer kargen Vegetation, den großen, dunklen Bergen in der Ferne, die den Abschluss der Rocky Mountains bildeten, den langen Straßen und Überführungen, die in zartes Rosa getaucht waren, und den Lehmhäusern. Außerhalb von Albuquerque gab es nichts außer wilder Landschaft.

»Na los. Ruhen wir uns ein wenig aus«, sagte er und zog seine Frau unter seinen Arm. Sie zog eine Braue hoch.

»Nur ein wenig?«

Er musste grinsen. »Nun, du musst mir helfen, irgendwie diese Ferien zu retten.«

»Oh. Verstehe«, sagte sie lachend. »Ich soll also meinen Körper dazu benutzen, wiedergutzumachen, dass ich in der Weltgeschichte herumreise, während du viel lieber mit mir Liebe machen würdest.«

»Das kommt ungefähr hin«, sagte er mit einem verschmitzten Lächeln.

»Du weißt, dass ich damit einverstanden bin«, sagte sie und lächelte selbst.

Sie eilten hinauf in ihr Zimmer.

Das Hotelpersonal konnte nicht herausfinden, warum auf einmal Lichter, Heizung und Aufzüge scheinbar zur gleichen

Zeit ausfielen. Sie hatten keine Ahnung, dass Dämonenphysiologie dafür verantwortlich war.

Panahasi erfuhr erst am nächsten Abend vom Scheitern seines Unternehmens. Er tobte vor Zorn, als die einzige Überlebende, die ergebene Körperwandlerin, die er ausgesandt hatte, ihm erzählte, was passiert war. Zu spät erkannte er, dass er mehr Truppen hätte schicken müssen, doch er hatte nicht damit gerechnet, dass außer dem Gargoyle noch jemand anders da wäre. Er heulte auf wie ein trotziges Kind. Er hätte die Überbringerin der Nachricht geschlagen, hätte sie nicht ausgesehen, als wäre sie dem Tod bereits nahe. Das Letzte, was er brauchte, war, dass Apep noch einen Toten in seinem Umfeld fand.

»Du wirst von der Bildfläche verschwinden, bis du geheilt bist«, befahl ihr Panahasi.

»Ja, mein Herr«, murmelte sie und rang mit ihren gequetschten Lungen und gebrochenen Rippen mühsam nach Luft. Sie hatte sich den ganzen Tag in einem alten, leer stehenden Hangar vor der Sonne versteckt, was nicht einfach gewesen war, als die Flughafenpolizei das Gelände durchkämmt hatte, um herauszufinden, was den Asphalt aufgerissen und die beiden Personen, die sie scheinbar für Menschen hielten, getötet hatte.

Sie waren schließlich zu dem Ergebnis gekommen, dass es irgendein heftiger Blitzschlag gewesen sein musste, nachdem die Autopsie nichts weiter gefunden hatte als menschliche Überreste, die von einem Blitz getroffen worden waren.

Panahasi ging auf und ab, während er über seinen nächsten Schritt nachdachte. Er hatte nicht die Mittel, um den Stützpunkt der Politik anzugreifen. Und selbst wenn er diese gehabt hätte, hätte er es nicht tun können, weil er wusste, dass Odjit einen Angriff zu einem späteren Zeitpunkt plante. Er vermutete, dass sie die Geburt ihres Kindes abwartete, um ihn selbst anführen zu können.

Über das Kind gab es zahlreiche Spekulationen.

Odjit sagte fortwährend, dass ihr Nachkomme das mächtigste Kind aller Zeiten sein würde … was keinen Sinn ergab, weil die Kinder von Körperwandlern sterblich waren und nicht die Kräfte ihrer Körperwandlereltern besaßen. Das warf die Frage nach dem Vater des Kindes auf. Wetten wurden auf Kamen abgeschlossen. Kamenwati war ihr erster Lieutenant gewesen. Seit vielen Reinkarnationen vermuteten ihre Anhänger, dass sie Liebende waren, doch hatte es nie einen Beweis dafür gegeben. Und wenn Kamen der Vater war, stellte sich dieselbe Frage. Das Kind wäre sterblich. Es gab viele, die glaubten, dass es ebenfalls ein Schattenwandler war. Die Frage war, welche Spezies, doch wahrscheinlich wusste das bis zur Geburt niemand, und im Moment hatte Panahasi andere Sorgen, als sich zu fragen, mit wem seine Herrin schlief und wer sie geschwängert hatte.

Das würde einige Zeit des Nachdenkens in Anspruch nehmen.

»Mein Herr«, sagte die nichtsnutzige Untergebene.

»Sprich mich nicht an. Dein Versagen ist wirklich ärgerlich! Jetzt geh mir aus den Augen.«

»Aber, mein Herr, der Anhänger, nach dem Ihr gefragt habt … den ich wiederbeschaffen sollte …«

Panahasi drehte sich mit finsterem Blick zu ihr um, ungehalten über die Erinnerung an sein verfehltes Ziel. »Rede und geh mir dann aus den Augen«, knurrte er sie an.

»Er wird von einem sterblichen Mädchen getragen.«

Das gab ihm zu denken. »Einer Sterblichen? Bist du sicher?«

»Ganz sicher. Der Gargoyle hat sich vor sie gestellt, als wäre sie in Gefahr … hat den Fluch von Ra voll abgefangen und dabei sein Leben riskiert, nur um sie zu beschützen.«

»Das ist sein Job«, warf er ihr an den Kopf. »Die Gargoyles beschützen uns.«

»Das war aber anders. Und sie hat keinerlei Kräfte gegen uns zum Einsatz gebracht. Sie ist zu einem Auto gerannt und hat sich darin versteckt.«

Das war eine interessante Neuigkeit, fand Panahasi. Wenn das Mädchen sterblich war, dann bedeutete das, dass sie leicht getötet oder gefangen genommen werden konnte. Das Problem wäre, sie von den anderen Schattenwandlern und Gargoyles im Gebäude zu trennen. Doch bestimmt würde sie irgendwann hinausgehen wollen. Irgendwann, wenn sie unbegleitet wäre? Ja. Das war durchaus möglich. Er musste nur warten.

»Erzähl mir alles, was du über diese Sterbliche weißt. Dann geh und hol Morris, Havamati und Skylar. Ich habe einen Auftrag für sie. Vielleicht gelingt ihnen ja, was du nicht geschafft hast.«

»Ja, mein Herr.«

Katrina erwachte kurz vor Einbruch der Dunkelheit. Sie hatte eins von Ahnvils T-Shirts aus dem Schrank genommen, um darin zu schlafen, hatte jedoch keine anderen Sachen zum Wechseln dabei. Sie nahm eine Dusche, berührte seinen Rasierer und roch an seinem Shampoo. Alles schien zu ihm zu passen, bis zu dem T-Shirt, in dem sie versank, das aber bestimmt straff auf seiner muskulösen Brust lag. Sie zog ein frisches T-Shirt an, und in der Absicht, eine der anderen Frauen um etwas zum Anziehen zu bitten, verließ sie das Schlafzimmer und ging hinunter in den Haupttrakt des Gebäudes. Sie traf lediglich Ihron an, ebenfalls ein Gargoyle aus der Truppe, die das Haus beschützte. Anscheinend hatte er seine Erholungsphase unterbrochen, um das Gebäudeinnere zu bewachen, während die anderen schliefen. Wenn sie das richtig verstand, nahmen sie häufig einen der Gargyoles dafür. Er wäre an vorderster Front, um die anderen zu warnen und zu verteidigen, falls irgendetwas innerhalb des Hauses vorfallen sollte.

Danach würde er sich entweder für mehrere Stunden erholen oder bis zum Einbruch der Dunkelheit am nächsten Tag darauf verzichten.

Der Einzige, um den sie sich Sorgen machte, war Ahnvil. Sie würde sich nicht entspannen, bis sie ihn bei Einbruch der Dunkelheit gesehen hatte. Sie hatte nur geschlafen, weil sie nach der langen Reise und der Anspannung und Anstrengung, Ahnvil daran zu hindern, sich in Stein zu verwandeln, erschöpft gewesen war. Doch das war es wert gewesen. Wert, ihn zu retten. Sie wünschte sich, sie könnte dort hinausgehen und ihn berühren. Wünschte sich, sie könnte ihn in den Armen halten, bis er sich wieder in menschliches Fleisch und Blut verwandelte. Wie er es auch beim letzten Mal getan hatte, als sie zusammen gewesen waren.

»Schlafen die anderen noch?«, fragte sie Ihron und blickte dabei auf die Uhr. Das polarisierte Glas machte es unmöglich, den Sonnenstand zu erraten. Für sie sah es aus, als wäre es draußen dunkel.

»Sie werden sich bestimmt bald rühren«, sagte er beruhigend, während er ihr eine Tasse Kaffee machte. Sie bemerkte, dass er den gleichen Akzent wie Ahnvil hatte, was ihre Neugier weckte. »Zucker?«

»Ja. Und Milch.« Er reichte ihr die Tasse, und sie setzte sich unruhig auf den Barhocker vor dem Tresen und pustete in das heiße Getränk. Karma war zu ihr gekommen und drängte sich mit dem Kopf gegen ihre Hand, den sie abwesend zu tätscheln begann. Wieder blickte sie auf die Uhr.

Ihron lachte leise. »Bald«, sagte er. »Es geht ihm gut. Mach dir keine Sorgen.«

Sie lachte verlegen. »Merkt man das? Wahrscheinlich fühle ich mich erst besser, wenn ich ihn lebend wiedersehe.«

»Er hat es rechtzeitig geschafft«, versicherte er ihr. »Er hat seinen Energiestein zurück.«

»Bestimmt hast du recht.« Trotzdem schaute sie schon wieder auf die Uhr. »Du wüsstest es, nicht wahr?«

»Ja.«

Er kam um den Tresen herum und legte ihr eine Hand auf die Schulter. »Vertrau mir, er wird zuallererst zu dir kommen. So wie ich ihn kenne, meint er, dich beschützen zu müssen. Dafür wurden wir gezüchtet.«

»Gezüchtet?«

»Unsere einzige Aufgabe war es, die Körperwandler zu beschützen, die uns erschaffen haben. Mit jeder Generation wurde uns dieser Instinkt tiefer eingepflanzt, damit wir unseren Erschaffern gegenüber loyal blieben. Ich bin froh darüber, dass es nicht immer funktioniert. Aber es liegt in unserer Natur, mit ganzer Seele das zu beschützen, was in unseren Augen schützenswert ist. Das tun die Gargoyles hier. Den Pharao und die Gesellschaft der Politik beschützen.«

»Wie viele von euch sind hier?«

»Fünf im Moment. Diahmond, Ahnvil, Hector, Stohn und ich.«

»Wo ist das ›h‹ in deinem Namen?«

»Er hat dir davon erzählt?«, fragte er und sah überrascht aus. »An zweiter Stelle.«

»Dann gehörst du zur gleichen Generation wie Ahnvil? Hattet ihr den gleichen Schöpfer?«

»Mehr als das, wir gehörten dem gleichen Clan an, bevor man uns verwandelt hat. Wir wurden gemeinsam gefangen genommen und versklavt. Wir sind sogar gemeinsam entkommen und nicht wie die jüngeren Gargoyles befreit worden. Es gibt inzwischen eine Art Untergrundbewegung für Gargoyles. Gargoyles, die bereits befreit wurden, helfen dabei, diejenigen zu befreien, die noch immer gefangen sind oder neu erschaffen wurden. Es wird allerdings mit jeder Generation schwieriger, weil sich das ›Design‹ der Gargoyles verbessert und ihre Loyalität noch tiefer verwurzelt ist. Sie wenden sich nur mit Mühe von ihren Erschaffern ab, obwohl sie Sklaven sind.«

»War es schwer für dich?«

»Sehr. Vor allem, wenn man die Fähigkeiten meines Erschaffers bedenkt. Das war so: Ahnvil hatte gerade seinen Energiestein gestohlen. Ich kam in dem Moment den Gang entlang, als Ahnvil vom Ort des Verbrechens davonrannte. Ich sah ihn mit seinem Energiestein in der Hand und wollte mich ihm in den Weg stellen und ihn daran hindern, abzuhauen.«

»Und du hast es nicht getan?«

»Nein. Hab ich nicht.« Er lächelte bei der Erinnerung. »Er packte mich, knallte mich gegen die Wand und sagte: ›Dein blöder Stein liegt griffbereit dort in dem Zimmer. Du kannst entweder Alarm schlagen oder mit mir kommen, Bruder.‹« Er grinste. »Rate, wofür ich mich entschieden habe?«

»Wow. Ich meine … toll.«

»Ja. Glaub mir, wenn ich sage, dass er mich hätte erledigen können … auf der Stelle töten können. Wir haben unterschiedliche Tiere in uns, trotz unserer Ähnlichkeit. Meins ist für Eleganz und Schnelligkeit bekannt, und seins für rohe Kraft.«

»Welches ist deins?«, fragte sie fasziniert.

»Ein Jaguar. Täusch dich nicht, ich habe ziemlich viel Kraft, aber im Zweikampf ist er der Stärkere von uns beiden.«

Sie betrachtete seine kraftvolle Erscheinung, konnte jedoch die schlanken Linien seines Körpers erkennen. »Das glaube ich gern. Unbesehen.«

»Ich schulde dem Mann mein Leben, meine Freiheit und mehr. Ich mag der Anführer unseres Stammes sein, doch er ist der Stärkste von uns allen. Er hat nur keine Geduld für … Führungsaufgaben. Jedenfalls behauptet er das. Und vielleicht hat er recht. Doch er hat stets die Initiative bei allem ergriffen, und sein Rat ist sehr wichtig für mich.«

»Er scheint sehr klug zu sein«, sagte sie. Und aus unerklärlichen Gründen füllten sich ihre Augen mit Tränen.

»He. Nicht doch. Du bist ein liebes Mädchen«, beruhigte er sie, zog sie an sich und tätschelte ihr den Kopf. »Was hast du?«

»Ich will nur, dass es ihm gut geht. Du hast keine Ahnung, was er durchgemacht hat, um hierherzukommen.«

»Ich kann es mir vorstellen. Er ist –«

Plötzlich erfüllte ein wildes Knurren die Luft und ließ Ihron verstummen. Er spannte sich so schnell an, dass es sich anfühlte, als würde sie von Eisen umklammert. Sie drehten die Köpfe und entdeckten Ahnvil, der schnaubend die Luft ausstieß.

»Finger weg!«, knurrte er Ihron an. »Lass sie augenblicklich los oder du riskierst deine Hand. Nein, deinen ganzen Arm«, drohte er ihm mit einer so dunklen und harten Stimme, wie Kat sie noch nie bei ihm gehört hatte.

»Mach dich nicht lächerlich, Ahnvil!«, fauchte sie und lief vor Verlegenheit rot an, während Ihron sie losließ. Karma wich mit einem Satz zurück, weil sie die plötzliche Gefahr im Raum spürte. »Wir unterhalten uns nur!«

»Für mich sieht das wie Anfassen aus«, brummte er mit einer Stimme wie ein Reibeisen. Sein Akzent verstärkte sich, wie jedes Mal, wenn er die eine oder andere starke Empfindung hatte. Oder wenn er ihr gegenüber anzügliche Bemerkungen machte.

Er trat noch einen Schritt vor und packte Ihron am Handgelenk, und als sie sah, wie der Gargoyle trotz seiner Größe und

Kraft und seiner Fähigkeit, sich genau wie Ahnvil in Stein zu verwandeln, zuckte, musste Katrina schwer schlucken.

»Ich tu ihr nichts«, sagte Ihron besänftigend und sprach mit Ahnvil, als könnte er das Tier in ihm allein mit seiner Stimmlage gefügig machen.

»Ich habe nie gesagt, dass du ihr etwas tun würdest«, knurrte er warnend.

Ihron ließ Kat los.

Kat atmete schwer, überwältigt von so vielen Gefühlen und so viel Angst, dass sie kaum Luft bekam. Doch ihr Selbsterhaltungstrieb brachte sie dazu, sich zu bewegen. Hastig wich sie vor den beiden zurück, wobei sie keine Sekunde den Blick von ihnen abwandte, als sie an der Tür herumfingerte, um zu fliehen. Ahnvil hatte Ihron mit Blicken durchbohrt, doch beim Klappern des Türknaufs musste er zwinkern und blickte in ihre Richtung. Seine Bestürzung hätte nicht größer sein können, als er die Angst in ihrem Gesicht sah. Er wollte auf sie zueilen, doch als sie aufschrie, blieb er wie angewurzelt stehen.

»Nein, Mädchen, hab keine Angst vor mir. Ich tu dir nichts.«

»Erzähl mir nicht, dass ich keine Angst haben soll! Ich habe Angst, okay? Du kommst total feindselig hier herein, und von mir aus mag es schwach oder lächerlich sein, doch anders als du bin ich ein Mensch, und anders als du bin ich sterblich, und anders als du habe ich wirklich wahnsinnige Angst, wenn zwei riesige Kerle, die zur Hälfte Tiere sind, anfangen, sich gegenseitig anzuknurren!«

»Ich habe nicht gesagt, dass du in dieser Situation keinen Grund hast, Angst zu haben, aber du musst vor mir keine haben. Weil ich dir nichts tun werde. Ich beschütze dich sogar. Ich beschütze dich vor all dem, was dich bedroht.« Er vergewisserte sich, dass sie seine Scham bemerkte. »Meinetwegen bedroht.«

Sie zögerte, doch er konnte noch immer die weiß hervortretenden Fingerknöchel auf dem Türknauf sehen. Sie blickte zu Ihron, der die Hände hob und sich aus der Situation zurückzog. Eine gute Entscheidung, weil Ahnvil sich nicht sicher war, ob er ihn nicht doch dafür umbringen würde, dass er sie angefasst hatte. Er stellte nicht die Intensität seiner Empfindungen infrage. Er war hier, um sie zu beschützen, und er würde sie nicht im Stich lassen. Nicht sie. Nicht dieses Mal.

»Ich schwöre dir«, versprach er eindringlich, »ich lasse nicht zu, dass dir irgendetwas zustößt.«

»A-Aber … *du* stößt mir zu«, sagte sie zitternd. »Du stößt mir *die ganze Zeit* zu! Jedes Mal, wenn ich mich umdrehe, bist du da und tust etwas, was mich in Bedrängnis bringt! Ich hatte noch nicht mal eine Sekunde Zeit, um mal Luft zu holen, und schon bist du wieder da! Ihron hat nichts getan!«

»Hat er wohl!«

»Hat er nicht!«, schrie sie ihn an und vergaß auf einmal die Tür, vergaß ihre Angst und starrte ihm ins Gesicht. »Wir haben uns *unterhalten*! Ich war aufgewühlt. Er hat mich berührt, um mich zu beruhigen, was eine Menge mehr ist, als man von dir behaupten kann!«

Zu seiner Überraschung stieß sie ihm mit dem Finger gegen die Brust, um ihren Vorwurf zu unterstreichen … bevor sie ihn schüttelte und leise »Au« sagte. Anscheinend hatte sie sich selbst wehgetan, als sie ihn gepikt hatte, auch wenn er kaum etwas gespürt hatte. Das machte ihm nur noch bewusster, wie zerbrechlich sie war.

»Ich habe dich hierhergebracht, um dich zu beschützen!«

»Ich brauche keinen Schutz! Ich will deinen Schutz nicht!«

»Du bist ein ziemlicher Dummkopf, wenn du das glaubst!«, schrie er zurück. »Glaubst du, ich nehme den ganzen Ärger zum Spaß auf mich?«

»Oh, jetzt bin ich also der Dummkopf, richtig? Ich bedeute Ärger. Und woher soll ich wissen, was in deinem Dickschädel vor sich geht?« Sie schnaubte. »Dummkopf. Weißt du was, ich bin der Dummkopf«, stimmte sie auf einmal zu. »Ich bin vor allem ein Dummkopf, weil ich dir überhaupt geholfen habe! In dem Moment, als ich dich zum ersten Mal gesehen habe, wusste ich, dass du Ärger bedeutest, aber neiiiiin … ich musste ja den guten Samariter spielen. Und jetzt schau mich an!«

»Du befindest dich geschützt hinter Mauern mit einem halben Dutzend Unsterblicher, die dir behilflich sein können.«

»Ich …« Sie unterbrach sich und blickte ihn einen Moment lang seltsam an, wobei sie ganz offensichtlich die Situation aus seiner Perspektive betrachtete.

»Ja, das ist es, Kleine. Denk einen Augenblick darüber nach. Ich kann nichts dafür, dass du diejenige warst, die mich auf deiner Auffahrt gefunden hat, und ich kann auch nichts dafür, dass du in einen Krieg hineingeraten bist, indem du mir geholfen hast. Aber ich hätte dich niemals zurückgelassen, damit meine Verfolger dich finden und foltern und Antworten über meinen Aufenthaltsort aus dir herauspressen. Denk, was du willst, aber damit wollte ich mein Gewissen nicht belasten. Ich habe einen verdammten Anteil daran, dass es so ist. Genug Blut ist bereits zu meinem Schutz geflossen, und ich habe die Nase voll davon.« Er wandte sich von ihr ab und blickte Ihron an. »Lass die Finger von ihr, wenn du weißt, was für dich gut ist. Wir sind Freunde, du und ich, und ich möchte gern, dass das so bleibt. Aber rühr sie nicht an, solange du nicht ihr Leben retten musst. Hab ich mich klar ausgedrückt?«

»Kristallklar«, sagte Ihron. Dann wandte er beiden den Rücken zu und verließ den Raum durch die andere Tür, die er hinter sich schloss. Jetzt waren sie allein.

Sie hatte die Arme vor der Brust verschränkt. Die Augen

in ihrem zarten Gesicht wirkten riesig, und er war wütend auf sich, dass er ihr solche Angst eingejagt hatte.

»Ich gehe auch«, sagte er leise und wandte sich um.

Seine Haltung und die sonstige Vitalität seiner unübersehbaren Präsenz im Raum wirkten irgendwie geschwächt. Es war, als wäre ihm etwas Wichtiges abhandengekommen. Sie brauchte ihre Intuition gar nicht besonders anzustrengen, um es zu spüren.

»Warte«, sagte sie, rollte mit den Augen und fragte sich, warum sie eine so masochistische Ader hatte. Sie sollte ihn einfach gehen lassen. Sie sollte ihn zurückweisen und auf Distanz halten, bis sie einen Weg aus diesem Chaos, das ihr Leben auf einmal war, fand. »Ich werde gehen. Das hier ist dein Haus …«

»Unser Haus«, korrigierte er sie schroffer, als er beabsichtigt hatte. »Verdammt!« Er strich sich mit einer Hand durch die dicken schwarzen Locken und knurrte frustriert. »Du begreifst einfach nicht! Ich kann nicht … Ich kann einfach nicht …«, stammelte er und sah so hilflos aus, dass erneut Sympathie in ihr aufwallte. Dann schaute er sie streng an und bannte sie mit seinen Bernsteinaugen. »Es geht nicht nur darum, dich zu beschützen«, sagte er eindringlich. »Ich … du weißt, ich … ich begehre dich wahnsinnig, Mädchen. Auf eine Weise, auf die ich kein Recht habe. Wenn ich nur einen Funken Verstand oder Ehrgefühl hätte, würde ich dich in Ruhe lassen, und das wäre dann das Ende, aber ich kann mich anscheinend nicht dazu durchringen! Ich brauche nur einen Blick auf dein hübsches Gesicht oder diesen anziehenden Körper zu werfen, den du die ganze Zeit vor mir verstecken willst, und … du begreifst es einfach nicht. Es müsste eine Kleiderordnung geben, damit deine Schönheit verborgen bleibt. Es gibt nichts, was meine Sinne vor deinem sinnlichen Duft bewahren könnte. Es gibt keine Möglichkeit, die Erinnerung daran, wie du dich in meinen Armen angefühlt hast, auszulöschen, und das in dem Wissen, dass dich allein ein Kuss wie ein Zündholz entflammen kann. Wie soll ich das alles erlebt und empfunden haben, und dann wird von mir erwartet, dass ich mich umdrehe und gehe? So erhaben bin ich nicht, und das habe ich auch nie behauptet. Ich bin egoistisch, Kat. Egoistisch genug, dich zu wollen. Dich allein und niemanden sonst.«

Er streckte die Hand aus, als wollte er die Haarlocke zurückstreichen, die stets seine Aufmerksamkeit zu erregen schien, doch er hielt inne und zog sie wieder zurück. Als er sich umdrehte, stürzte sie vor und packte die Hand, mit der er sie gerade hatte berühren wollen.

»Nein, warte! Bitte!« Sie zerrte an ihm, doch er ging immer weiter.

»Lass mich einfach gehen.«

»Ahnvil, halt!«

»Herrgott, Frau! Ich gebe dir deine Freiheit! Willst du sie nun oder nicht?«

»Nein!« *Was?*

»Was?!«, wiederholte er und klang laut genauso erschrocken wie sie in ihren eigenen Ohren.

»Ich meine …« Was sagte sie da? »Ich meine … Ich habe noch nie … Ich meine …« Als er seinen Weg fortsetzen wollte, sagte sie hastig: »Ich meine, es hat noch nie jemanden gegeben, der so von mir gedacht hat!«

Nun, das stimmte. Ihr Leben lang war sie »die kleine Kat« gewesen. Die winzige, zwergenhafte, seltsame kleine Kat. Sonderbar. Manchmal frech. Manchmal brillant, in einem guten Moment. Aber … begehrenswert? Niemals. Unwiderstehlich? Auf keinen Fall. Aber zu hören, wie er sagte, dass er sie für die begehrenswerteste, unwiderstehlichste Frau auf Erden hielt. Und sosehr er ihr auch manchmal Angst machte, war das doch nichts im Vergleich zu dem, was für ein Gefühl ihr diese Worte gaben. Dass sie ihm das Gefühl gab, stark zu sein, dass er wegen ihr unüberlegte Entscheidungen traf und sich irrational verhielt. Er machte ihr vor allem deshalb Angst, weil sie nicht wusste, was sie zum Teufel damit anfangen sollte! Was sie mit *ihm* anfangen sollte.

Als er sich zu ihr umdrehte, war sein Gesichtsausdruck völlig ungläubig. Ihr Herz machte einen Satz in ihrer Brust und begann allein bei diesem Anblick zu tanzen. Seine Worte waren ehrlich gemeint! Er sagte das nicht nur so, um sich bei ihr einzuschmeicheln. Es stand ihm in sein attraktives Gesicht geschrieben, glänzte in seinen schimmernden Augen, als er erneut den Abstand zwischen ihnen verringerte und die Arme nach ihr ausstreckte, ihren Nacken mit einer kräftigen Hand umfasste und sie leicht in seine Richtung zog … doch nicht weit genug, um sie zu berühren. Nur so weit, dass sie ihm in die Augen schauen musste.

»Ich kann nicht glauben, dass das wahr ist«, sagte er und rollte vor Bestürzung das ›r‹ von ›wahr‹ ziemlich stark. »Dass die Welt so blind sein kann. Man muss dich doch nur anschauen, um zu sehen, wie hübsch du bist. Jeder Mann mit Blut in den Adern kann die sinnliche Fülle deiner Brüste und die heiße Rundung deines Hinterns sehen und spüren, wie ihm vor Verlangen das Blut in den Adern pulsiert. Ja, du bist rundherum ein winziges Ding, aber eins, das es in sich hat.«

Zum ersten Mal in ihrem Leben spürte sie, wie die Aufrichtigkeit seiner Worte ihre Wirkung entfaltete und ihren Körper dazu veranlasste, sich ihm in einer neu entdeckten Sinnlichkeit entgegenzustrecken, ihn auf die von ihm genannte Weise in Versuchung führen zu wollen, diese Macht über ihn auszuüben.

»Was magst du sonst noch an mir?«, fragte sie und bemerkte selbst den rauen Klang ihrer Stimme. Er gefiel ihr. Sie klang auf einmal sexy in ihren Ohren, und sie hoffte, dass es das in seinen ebenfalls täte.

»Gütiger Gott, sprich nicht so mit mir. Du hast mir das Versprechen abgenommen, dich nicht … anzufassen. Ich mag ja alle möglichen schlechten Eigenschaften haben, aber ich stehe zu meinem Wort, und ich werde es ohne deine Erlaubnis nicht noch einmal tun.«

»Ja, wie du schon gesagt hast«, hauchte sie. »Und bevor ich wollte, dass du der Mann bist. Doch jetzt … jetzt will ich gar nicht mehr, dass du dein Wort hältst.«

Es war das Provozierendste und Gefährlichste, was sie je gesagt hatte. Sie wusste, wer er war, wusste von der Welt, der er entstammte, und trotzdem lud sie ihn ein. Lud ihn ein, das Schlimmste und Beste zu tun. Sie begann schwer zu atmen, als sie sich an die Wärme seines Körpers erinnerte und die ungezügelten Berührungen, bevor sie ihm Grenzen gesetzt hatte. Es war großartig und schockierend festzustellen, dass sie es mehr als alles andere wollte, dass er sie mit seinem Verlangen überwältigte.

»Ach, Mädchen. Du darfst so etwas nicht zu mir sagen! Du weißt ja nicht, was du tust!« Er zog sie in die feste Umarmung seines mächtigen Körpers, überragte sie und hüllte sie ein, dass sie sich tatsächlich klein und sehr zerbrechlich fühlte. Er atmete schwer, und sie spürte es, weil er sein Gesicht erneut an ihrem Hals vergraben hatte und sein Atem in raschen, warmen Wellen kam. »Herrgott, du riechst so gut«, brummte er. »Siehst du das nicht? Allein wegen deines Geruchs bin ich ganz verrückt nach dir.« Um das zu unterstreichen, ließ er eine Hand über ihren Arm gleiten, nahm ihre Hand in seine und legte sie vorn auf seine Jeans, auf die heftige Erektion, die sich unter dem Jeansstoff befand. Er benutzte ihre Hand und rieb damit über diese Wölbung, presste die Hand gegen sein hartes Glied.

Es gab nichts an ihm, was man auch nur im Entferntesten als klein hätte bezeichnen können, und sie musste sich eingestehen, dass ihr das Angst machte, aber nicht halb so sehr, wie es sie erregte. Sie spreizte ihre Finger, legte sie um ihn und drückte ihre Handfläche unaufgefordert gegen ihn. Sie konnte spüren, wie seine Wärme an ihrer Handfläche brannte, und jetzt war sie diejenige, die schwer atmete, und er schnappte stöhnend nach Luft.

»Ah verdammt«, stöhnte er in diesem kehligen Ton, den er wieder bekommen hatte. »Wenn das ein Spiel ist, Mädchen, wirst du es in ein, zwei Minuten heftig bereuen.« Er wich weit genug zurück, um ihren Blick zu erhaschen. Das Feuer in ihren Augen verschlug ihm den Atem.

»Ich … ich sage nicht, dass ich will … will … Noch nicht, meine ich. Aber ich will … ich will, dass du …«

»Du willst, dass ich dich will«, knurrte er. »Du machst mich an, oder? Das ist ein gefährlicher Zeitvertreib, Katrina Haynes. Und ich kann dir nicht versprechen, dass ich mich im Griff habe. Ich bin ein Tier, Kat. Ich war einmal ein Mensch, aber jetzt … bin ich ein Tier und betrachte dich so langsam an als Weibchen … Verdammt, das tue ich schon eine ganze Weile. Warum sollte ich mich sonst so sehr darum bemühen, deine Wünsche zu respektieren und dir das zu geben, was du von mir willst?«

»Ich versuche nicht …« Kat wurde so rot im Gesicht, dass sie Angst hatte, sie würde in Flammen aufgehen. »Ich versuche nicht … dich anzumachen. Ich wollte nicht …«

»Ich will ganz offen sein. Vielleicht nicht auf so direkte Weise, wie es der Begriff suggeriert, ich weiß, dass du nicht so bist. Aber du hast trotzdem Angst vor mir. Du hast Angst und bist neugierig. Du hast Angst und bist doch scharf auf das, was ich dir geben kann.« Er drängte erneut gegen ihre Hand, und seine

Augen klappten einen Moment lang zu, als ein tiefes Stöhnen aus seiner Kehle aufstieg. »Na schön. Ich nehme, was immer du mir geben kannst, und gebe dir, was immer du von mir nehmen kannst. Aber ich warne dich. Ich werde dich bedrängen. Ich werde dich die ganze Zeit bedrängen, um das zu bekommen, was ich möchte. Wenn dir das Angst macht, dann springst du jetzt besser ab, obwohl ich mir nicht sicher bin, ob ich dich dann gehen lasse.«

Sie schluckte geräuschvoll. »Ich will nicht abspringen. Und ich denke, ich kann mich behaupten. Ich hab es bisher auch geschafft.«

»Ah, tust du das jetzt?« Seine Lippen verzogen sich zu einem düsteren, unaufrichtigen Lächeln, bevor er sie hochriss und ins Nachbarzimmer trug, dann die Treppen hinauf … den ganzen Weg zurück in sein Schlafzimmer. Ihr Herz pochte mit jedem Schritt lauter, doch nicht so laut wie in dem Moment, als er sie so hart aufs Bett warf, dass ihr die Luft wegblieb und sein Körper gleich darauf dicht über ihr war. Auch das Gewicht seines Körpers nahm ihr die Luft, sodass er sich mit einem Arm abstützte. Er spreizte eins ihrer Beine ab, zog mit einer kräftigen Hand ihren Oberschenkel an die Wölbung seiner Jeans und rieb sich an ihr. »Ich mach dir einen Vorschlag, Kat-Mädchen. Du machst damit weiter, beschäftigst mich, um es so auszudrücken, und ich mache was anderes, um *dich* zu beschäftigen.«

»A-Ansonsten?«, stammelte sie nervös.

»Nichts, wovor du Angst haben müsstest, Kat-Mädchen. Überhaupt nichts.« Mit zwei Fingern berührte er sie an ihrer Halskuhle. Es war eine so empfindsame und verwundbare Stelle, und er berührte sie mit größter Ehrfurcht. Dann ließ er die beiden Finger zu ihrem Brustbein gleiten und weiter hinab, bis er den Saum ihres T-Shirts erreichte. Sie sah ihm atemlos dabei zu, erwartungsvoll und abwartend. Seine großen Finger öffneten den Knopf mit einem leisen Geräusch und einer unglaublich zarten Berührung. Man erwartete vielleicht, dass ein so großer Mann wie er tollpatschig und grob war, doch jedes Mal, wenn sie damit rechnete, belehrten sie seine Anmut und Sanftheit eines Besseren.

»Ich werde dich anfassen, Kat-Mädchen. Ganz langsam und so lange, wie du willst. Sag mir, dass es das ist, was du willst.«

»Das tue ich«, flüsterte sie hastig und fand, dass sie ein wenig zu gierig klang. Wahrscheinlich war das der Grund, weshalb er leise lachte. Doch es war ihr nicht peinlich. Sie war längst darüber hinweg. Wahrscheinlich war sie das, seit sie ihn in ihrem Haus nackt gesehen hatte. Nackt und männlich und erregt und dominierend und … »Du meine Güte«, flüsterte sie.

Er lachte erneut leise, mit einem tiefen, vollen Klang, doch ohne jeden Spott. Sie musste gegen ihren Willen lächeln.

Und dann spürte sie, wie er seine Hand unter ihr T-Shirt gleiten ließ, wie er ihre Brüste mit seine Fingern und seiner Handfläche umfasste. Und plötzlich fühlte sie sich so klein im Vergleich zu ihm. Klein in seinen Händen. Klein und unzulänglich. Was sollte das? Sie *war* klein. Winzig. Klitzeklein. All die Jahre, die sie darum gekämpft hatte, dass Leute hinter ihre Größe und ihren Körperbau blickten, und plötzlich erkannte sie die Wahrheit. Wahrscheinlich weil er das Gegenteil von ihr war. *Gütiger Gott, was sieht er nur in mir?* Ein Mann wie er brauchte eine kräftige Frau mit breiten Hüften und dickem Hintern. Sie hatte einen kleinen Hintern. Praktisch gar keinen. Sie war hinternlos.

»Ah, Kat-Mädchen, schau nur, wie hübsch und wohlgeformt du bist«, sagte er mit angestrengter Stimme, als würde er sich irgendwie zurückhalten. »Ich könnte dich fressen, Mädchen.« Seine Finger schoben sich unter den dünnen Träger ihres BHs und zogen ihn herunter, wobei Brust und Nippel entblößt wurden. »Ich werde dich jetzt kosten. Ich will dich auf meiner Zunge und zwischen meinen Zähnen haben.«

Sie schluckte schwer. Da war es wieder. Dieses Gefühl, das er in ihr auslöste. Dieses Gefühl, dass sie die Kontrolle über das hatte, was zwischen ihnen geschah. Aber die hatte sie nicht, oder?

Ihr blieb keine Zeit, weiter darüber nachzudenken. Im nächsten Augenblick war ihr Nippel zwischen seinen Zähnen, und das Gefühl war so außerordentlich, dass sie aufschrie. Sein Mund war forsch und nass, erregt und stark, saugte an ihr, spielte mit raschen, kleinen Bewegungen an ihr, ließ sie sich in der kühlen Luft im Raum abkühlen. Ihre Wirbelsäule schmolz wie Butter, schmolz unter ihr dahin, während sie sich vor Lust wand. Dann steigerte er das Gefühl noch, indem er ihre andere Brust entblößte und seinen Mund mit einem gierigen Geräusch darum schloss.

»Kat-Mädchen«, sagte er, und sein Atem strömte warm über ihre feuchte Haut, »du bist so wahnsinnig hübsch. Spürst du nicht, wie wahnsinnig ich mich nach dir sehne?« Er presste die gesamte Länge seiner Erektion an ihren Oberschenkel, um sicherzugehen, dass sie ihn auch richtig verstanden hatte. »Herrje. Herrje«, stöhnte er, vergrub seinen Kopf an ihrem Hals und atmete schwer. »Ich kann das nicht tun. Ich kann dir nicht so nah sein, kann dich nicht spüren, ohne in dir sein zu wollen. Aber du bist ein so zartes, kleines Ding.«

»Sag das noch mal, und ich ramme dir das Knie in die Eier«, sagte sie atemlos.

Das brachte ihn zum Lachen, und das Geräusch traf sie wie eine Bö. Er erhob sich und blickte hinab in ihre whiskeyfarbenen Augen – braun mit einem Rotstich. Sie waren so schön wie der Rest von ihr.

»Ich möchte mit dir schlafen, Kat. Wenn nicht ganz, dann möchte ich dir doch die Lust verschaffen, die du verdienst. Ich möchte dich auf meiner Zunge schmecken, dein Inneres auf meinen Fingerspitzen spüren. Ich will hören, wie du an meinem Ohr aufschreist. Vielleicht sagst du rau oder leise meinen Namen. Vielleicht schmeckst du so nach Schokolade, wie du nach ihr riechst.«

»Sch-Schokolade?«, fragte sie, ganz benommen von seinen Worten. Noch nie hatte sie erlebt, dass jemand so leidenschaftlich etwas von ihr wollte. Allein beim Hören seiner anzüglichen Wünsche war sie ganz feucht geworden.

»Ja. Warm, süß … köstlich.« Mit seinen Lippen fuhr er ganz leicht über ihre. Seine Zunge kam zum Vorschein und strich über ihre volle Unterlippe. Ihr stockte der Atem, und tausend Empfindungen schnürten ihr die Kehle zu. Wie sollte er je erfahren, was ihr sein Verlangen nach ihr bedeutete. Wie sollte er je verstehen, dass sie sich in ihrem ganzen Leben in den Augen eines anderen nie wie eine richtige, normale Frau gefühlt hatte. Es hatte gedauert, diesen Mann und diese kleine, dunkle Welt zu finden, um zu begreifen, dass »normal« eine völlig subjektive Angelegenheit war.

»Tu's«, sagte sie mit sanfter Wildheit. »Tu es ganz. Ich will es ganz. Ich will es dir ebenfalls geben. Ich will wissen, wie du schmeckst, Ahnvil. Wie du dich anfühlst.« Sie griff zwischen ihre Körper und ließ ihre Handfläche fest über seinen Hosenschlitz gleiten. Er drängte gegen ihre Berührung, indem er ihr seine Hüften fest entgegenstemmte.

Dann reckte er sich und zerrte sich das saubere T-Shirt herunter, das er angezogen hatte, und zeigte seine bloße, breite Brust. Sie griff nach seiner Gürtelschnalle und öffnete sie rasch mit geschickten Fingern. Sie zog den Gürtel heraus, und sein lockerer Hosenbund rutschte auf seine Hüften hinab. Sie konnte seine straffen Hüftmuskeln sehen, die aufreizend in seiner Jeans verschwanden. Genauso aufreizend war der pelzige Streifen, der von seinem Bauchnabel hinabführte. Seltsamerweise hatte er nicht ein Haar auf der Brust. Sie bestand allein aus straffen, wohlgeformten Muskeln und einem Paar flacher, brauner Nippel.

Er gewährte ihr nur eine kurze Zeitspanne, um ihn anzuschauen, bevor er neben ihrem Kopf eine Hand auf das Bett stützte und sich über sie beugte. Die Finger seiner anderen Hand waren an den Knöpfen ihrer Bluse, die er rasch nacheinander öffnete. Innerhalb von Sekunden teilte er den Stoff und entblößte ihren Oberkörper, ihren BH und ihren Slip. Als Nächstes machte er sich am Vorderverschluss ihres BHs zu schaffen und öffnete ihn. Dann hob er ihren biegsamen Körper an und zog ihr alles herunter. Sie lag nackt und verletzlich da, mit nichts als ihrem Slip zum Schutz.

»Sieh an. Eine winzige Schleife«, sagte er amüsiert und berührte sie. »Gott, ich kann gar nicht sagen, ob du wahnsinnig anbetungswürdig oder wahnsinnig sexy bist. Ich bin hin und her gerissen und nicht unglücklich darüber.«

Das entlockte ihr ein Lächeln.

»Mir gefällt die Vorstellung, zur Abwechslung beides zu sein.«

»Zur Abwechslung? Du warst schon immer so«, behauptete er. »Nichts hat sich geändert gegenüber der Zeit, bevor ich dir begegnet bin. Du bist, was du schon immer warst. Schön, erstaunlich, sinnlich. Das alles und noch viel mehr, wofür ein Grobian wie ich keine Worte findet.«

»Du bist kein Grobian. Nicht mehr als sonst. Nicht mir gegenüber.«

Mit einer Hand knöpfte er seine Jeans auf. »Ich will dich nicht erschrecken«, sagte er nach kurzem Zögern.

»Ich hab ihn schon gesehen«, brachte sie ihm in Erinnerung.

»Ja. Nur weißt du diesmal, dass ich vorhabe, mich mit dir zu vereinigen, und das ist mehr als genug, um ein Mädchen zu erschrecken.«

»Ich bin nicht irgendein Mädchen«, hauchte sie.

»Oh ja«, stimmte er zu, öffnete dann den Reißverschluss seiner Jeans, zog sie herunter und schlüpfte heraus. Seine Erektion war von verblüffender Schönheit. Stark und voll und hart. Sie konnte nicht anders, als sie zu berühren, und in dem Moment, als sie es tat, spürte sie, wie er erschauerte. Er murmelte etwas Unverständliches, und obwohl sie es nicht richtig hörte, kannte sie die Empfindung, die dahintersteckte.

Langsam umfasste sie ihn mit der Hand, zuerst ganz leicht nur, glitt dabei an seiner gesamten Länge entlang und erkundete jede hervortretende Ader und Erhebung. Dann streichelte sie die Spitze und wurde augenblicklich mit einem Tropfen Flüssigkeit an ihren Fingerspitzen belohnt. Sie rieb ihn damit ein, und er fluchte.

»Nicht! Du bringst mich noch dazu, dass ich komme, so scharf bin ich auf dich«, sagte er, nachdem er ihre Hand weggezogen hatte. Er griff nach ihrem Slip und zog ihn ihr mit einem Ruck aus. Jetzt fühlte sie sich tatsächlich verwundbar und ausgeliefert. Sie war nicht perfekt, hatte keine Supermodelfigur. Sie hatte ein paar hübsche Kurven an ein paar Stellen, und ein paar nicht so hübsche an anderen. Doch als sie in seine Augen blickte, hätte sie schwören können, dass er nicht eine von ihnen sah, was ihre Selbstzweifel augenblicklich in Luft auflöste. Dann waren seine Hände auf ihrem Körper, glitten vom Knie bis zur Schulter und berührten alles, was sich dazwischen befand. Es erweckte ihre Haut zum Leben, ihre Nippel zogen sich zusammen, richteten sich auf ihn und baten begierig um Aufmerksamkeit. Die gab er ihnen gern. Zuerst mit einer Berührung der Finger. Einem Streicheln. Einem Ziehen. Einem Kneifen. Dann umfasste er ihren Brustkorb mit einer Hand und zog ihren Oberkörper ruckartig ein Stück hoch, bis ihre Brust direkt vor seinen Mund war. Seine Zähne. Seine Lippen. Seine Zunge. Erst nacheinander und dann zusammen. Das Gefühl ließ sie vor Verlangen außer sich geraten. Wie war ihm das nur so mühelos gelungen? Wie konnte es sein, dass es mit ihm so mühelos erschien, wo es doch vorher, mit den anderen, immer so angestrengt gewirkt hatte?

Er wechselte von einem Nippel zum anderen und streichelte und umfasste nacheinander beide Brüste. Sie wölbte den Rücken und zog ihre Schultern zurück. Er kostete sie, bis sie vor Verlangen zügellos war und ihm beinahe die Haare ausriss.

»Ahnvil, bitte …«, stöhnte sie leise.

»Noch nicht, Liebling. Noch nicht.«

Und dann wanderte seine Berührung über ihren Bauch nach unten, der sich dabei zusammenzog. Er gelangte zu den weichen Nerzlocken, die den Schatz verbargen, den er eigentlich suchte, und grub seine Finger hinein. Er stellte sich vor, dasselbe mit den Klauen zu tun, die ihm wuchsen, wenn er sich verwandelte; auf diese Weise versuchte er, sich so weit unter Kontrolle zu bekommen, dass es nicht tatsächlich geschah. Er wollte ihr keine Angst einjagen. Nicht, wenn er so kurz davor war, sie zu bekommen. Außerdem spürte er nicht alles so intensiv, wenn er sich in Stein verwandelte. Es war einer der Gründe, weshalb er Schlag um Schlag einstecken und noch immer kommen konnte.

Doch jetzt wollte er nicht so derb und unempfindlich sein. Er hatte Angst davor. Angst davor, ihr wehzutun. Gott, sie war so klein! Doch so gierig wie er war, konnte er nicht einfach verschwinden. Er würde alles in seiner Macht Stehende tun, um sie zum Jubilieren zu bringen. Alles, was zu tun war, damit sie nur die höchste Lust verspürte, welche ihr die Welt zu bieten hatte. Also berührte er sie sanft und spürte, wie feucht sie bereits war, und er stöhnte, als das geschwollen Fleisch unter seinen Fingerspitzen nachgab.

Er streichelte sie augenblicklich in kurzen, langsamen Kreisbewegungen. Sie öffnete instinktiv die Knie, bis eins seitlich ganz herabsank und sie sich für ihn öffnete. Er konnte sie sehen, so rosa und hübsch. Er wartete nicht lange und steckte einen Finger in sie hinein. Doch selbst seine Finger waren angesichts ihrer Kleinheit groß, weshalb er es sanft tat. Sie gab ein Geräusch von sich und stieß ihn mit einer Hüftbewegung schneller in sich hinein, als er vorgehabt hatte.

»Du folterst mich«, beschuldigte sie ihn mit einem sanften Aufschrei.

»Nein. Ich will dir nur nicht wehtun.«

»Das wirst du nicht. Ich weiß, dass du das nicht tust. Nur … bitte …«

Also stieß er seinen Finger in sie hinein und spürte, wie sie nachgab. Ihre Hüften hoben sich erneut, gemeinsam mit ihrem sinnlichen Duft. Das gab ihm nur eine Möglichkeit. Sie zu schmecken, während er sie berührte. Es gab wirklich nichts, was er sonst hätte tun können. Nichts, was er hätte tun wollen.

Als seine Zunge zielsicher ihre Klitoris berührte, stöhnte Kat laut auf. Für sie klang es wie ein Echo. Sie wiegte die Hüften, schnappte nach seinem Mund und rieb ihre Zunge an seiner. Es dauerte nicht lange, bis sie den höchsten Punkt der Lust erreichte, an dessen Schwelle zitterte und unbedingt abheben wollte. Und dann geschah es. Sie erhob sich über ihn, über den Raum, über alles, das sie zu sein geglaubt hatte. Mit ihm gab es keine Grenzen.

Es war überhaupt nichts seltsam daran.

»Ah, Kat, du bist der hübscheste Anblick, den ein Mann je zu Gesicht bekommen hat«, sagte er, während er sie mit sanft streichelnden Fingern zur Erde zurückholte. Zwei Finger, wie sie feststellte. Wann war das passiert? Spielte es eine Rolle?

Nein. Überhaupt nicht.

Dann zog er die Finger aus ihr heraus, und dass sie nass waren, war für beide nicht zu übersehen. Er nahm die beiden Finger, berührte damit die Spitze seines Schafts und rieb ihn mit ihrer Feuchtigkeit ein. Es war das Erotischste, was sie in ihrem Leben gesehen hatte. Und es gab nichts, was sie sich mehr wünschte, als ihn in sich zu spüren, dachte sie, als er sich über sie beugte, den schweren Schaft in seiner Hand, und sich ihr vorsichtig näherte.

In dem Moment, als er mit ihr in Berührung kam, stöhnten beide laut auf. Er beugte sich über ihren Mund, küsste sie leidenschaftlich, während er sich mit ihrer Nässe befeuchtete. Er stöhnte, als er gegen sie, doch nicht in sie hineinstieß. Wieder und wieder rieb er sich an ihr, bis er sicher war, dass sie und er beide so nass waren, wie sie nur sein konnten. Es war das Schwierigste, was er in seinem ganzen Leben getan hatte. Nicht einmal die Flucht aus der Gefangenschaft war so schwierig gewesen wie nicht zu kommen, bevor sie beide bereit waren. Er fühlte sich unreif und gierig, als wäre sie seine erste Frau, und in gewisser Weise war sie das wohl auch. Sie war die erste Sterbliche, mit der er seit seiner Erschaffung zusammen war. Ihron hatte da nicht so einen Unterschied gemacht, doch war er auch nicht so groß wie Ahnvil. Für ihn … er hatte stets Angst gehabt, mit seiner Wildheit könnte er ihnen wehtun.

Doch da war die Wildheit und ging perfekt einher mit Sanftheit. Er bezähmte Erstere und ließ Letzterer freien Lauf, dann drang er in sie ein. Zentimeter um liebevoll quälenden Zentimeter.

»Ja!«, rief sie, als sie ihm erneut ihre beweglichen Hüften entgegenhob. So drang er nur noch tiefer in sie ein. Und mit einem weiteren Schwung noch tiefer. Und so arbeitete sie sich an seinem Schaft vorwärts. Sinnlich und voller Verlangen. Er wollte immer mehr, bis ihn die Lust beinahe zerriss.

Und dann, mit einem Stoß, den er nicht kontrollieren konnte, drang er ganz in sie ein. Sie sog scharf die Luft ein, als hätte er sie verletzt, und er zuckte augenblicklich zurück, doch sie packte ihn an den Schultern und grub ihre Fingernägel hinein.

»Nein«, sagte sie stöhnend. »Beweg dich jetzt nicht. Genieße das erste Mal, dass du in mir bist.«

»Oh, Mädchen. Mein Kat-Mädchen«, sagte er mit einem erleichterten Seufzer. »Aber nicht zu lange, weil ich nicht ohne einen weiteren Stoß kommen möchte. Und ich bin nur einen Millimeter davon entfernt. Gott, oh Gott, du fühlst dich völlig … völlig … völlig unglaublich an. Darf ich mich jetzt bewegen? Bitte«, bat er sie.

»Ja. Bitte tu es«, sagte sie mit einem Lachen. »Du kannst so schön bitten.«

»Oh ja. Und bald wirst du das Gleiche tun«, sagte er mit einem Grinsen.

»Versprechungen, Versprechungen«, sang sie.

»Da hast du recht. Und ich bin ein Mann, der sein Wort hält.«

Und er hielt es mit einem langen, tiefen Stoß, der ihr den Atem nahm. Und dann noch einem. Und noch einem. Eine Reihe, die so überwältigend und höchst erregend war. Innerhalb von Sekunden wusste sie, dass sie noch einmal kommen würde. Es gab nichts, womit sie sich hätte darauf vorbereiten können, keine Chance, es aufzuhalten … wenn sie so etwas überhaupt hätte stoppen wollen.

Sie tat es nicht.

Ahnvil spürte, wie sie sich um ihn herum zusammenzog, als ihr ein Lustschrei entfuhr. Wieder schob sie ihm ihre Hüften entgegen, benutzte ihn so gut es ging, um den größtmöglichen Genuss aus ihm herauszuholen. Es trieb ihn beinahe in den Wahnsinn. Da stieß er in sie hinein, und es war ein Gefühl, als befreite er sich von Ketten und startete in die Freiheit.

Jetzt stieß er richtig zu. Er brauchte es, konnte nicht damit aufhören, bohrte sich wie ein Verrückter in sie hinein. Er vergaß, sanft mit ihr umzugehen, vergaß, wie zart sie war, vergaß alles außer der Lust, die ihr Körper ihm gab. Seine Hände umklammerten das Bett neben ihr im gleichen Moment, in dem etwas in seinem Innersten nachgab. Er musste ganz in sie eintauchen. In sämtliche Winkel von ihr, sowohl körperlich als auch mental. Das war es, was ihm im Grunde die größte Lust verschaffte. Er tauchte in sie ein und kam, schleuderte mit jedem Stoß mehr von seinem Samen in sie hinein. Sie hatte es geschafft. Sie hatte alles genommen, was er war, und das auf spektakuläre Weise.

Und als er schließlich innehielt, als er nach Luft schnappte, betete er, dass er sie nicht zu etwas gedrängt hatte, das sie womöglich bereuen würde. Als sie hierhergekommen waren, hatte sie gesagt, sie wollte einen so großen Sprung nicht machen, und er hatte ihr gedroht, sie bis an ihr Limit zu bringen. Bereute sie es jetzt vielleicht? Würde sie zurückrudern wollen?

Diese Bedenken füllten seine Gedanken, als er sich von ihrem kleinen Körper löste und auf den Rücken rollte, wobei er mühsam Luft holte. Er hatte ihr Lust verschafft, und das musste ihm vorerst genügen.

»Oh mein Gott«, stöhnte sie. »Oh mein Gott. Ich kann es gar nicht erwarten, es noch einmal zu tun!«

Verwundert blickte er sie an, und sein ungläubiger Ausdruck brachte sie zum Lachen. »Ich weiß. Hol erst einmal Luft!«

»Du klingst wie … Du bereust also nicht, was wir getan haben?«

»Bereuen?«, fragte sie ungläubig. »Ich liege hier befriedigt und bitte um ein zweites Mal, und du hast Angst, ich bereue es?« Sie lachte erneut über ihn.

»Aber vor Kurzem hast du noch gesagt, dass du das nicht willst. Du wolltest … jedenfalls nicht den ganzen Weg gehen.«

»Ich bin eine Frau. Ich habe meine Meinung geändert.« Sie lächelte ihn selig an. »Und es war verdammt gut!«

»Ja«, stimmte er zu. »Es war echt verdammt gut.«

16

Ahnvil fuhr mit einem Finger an der geflochtenen Kette des Amuletts entlang, bis er den schimmernden Anhänger erreichte. Er hob ihn vorsichtig von ihren nackten Brüsten und betrachtete ihn genauer. Er wollte nicht den Eindruck erwecken, als würde er versuchen, ihr die Kette abzunehmen. Er wollte nicht, dass es sie wie beim letzten Mal wegriss und sie möglicherweise verletzte.

»Komm«, sagte er kurz darauf. »Lass uns jemanden wegen diesem blöden Ding hier konsultieren. Je schneller wir dich davon befreien, desto besser.«

Sie zögerte, bevor sie zustimmte. Sie richtete sich auf und griff nach der Bluse, die sie zuvor getragen hatte und die sie jetzt an der Ecke des Betts wiederfand.

»Was ist?«, wollte er wissen, als er nach seinen Jeans griff und sie dabei die ganze Zeit anschaute.

»Nichts«, sagte sie. Was gelogen war. Sie machte sich plötzlich Sorgen. Wenn sie den Anhänger entfernten, gab es für sie keinen Grund mehr, zu bleiben. Sie meinte zu wissen, was Ahnvils erste Reaktion sein würde. Sie zu beschützen … selbst wenn es bedeutete, sie fortzuschicken. Und wenn etwas auf der Hand lag, dann, dass dieser Ort hier für eine sterbliche Frau gefährlich war.

Doch befand sie sich jedes verdammte Mal, wenn die Sonne herauskam, in Gefahr. Sie hatte ihr gesamtes Leben damit zugebracht, Gefahren zu vermeiden, doch Leben hatte man das eigentlich nicht nennen können. Sie hatte sich irgendwie durchgeschlagen, vorsichtig, mit Bedacht. Sie wollte so nicht mehr leben. Als sie ihren Job in der Notaufnahme hatte, hatte sie zumindest etwas Aufregendes und Sinnvolles mit ihrem Leben getan. Doch dann hatte sie sich von den Ansichten anderer wieder in die Dunkelheit, in die sie zu gehören glaubte, zurücktreiben lassen. Zum ersten Mal fühlte sie sich, als wäre sie draußen in der Sonne.

»Ich sehe doch, dass das nicht stimmt«, sagte er ernst. »Bist du verletzt? Habe ich etwas gesagt …?«

»Nein. Stopp«, beruhigte sie ihn und legte ihm bei diesen Worten eine Hand auf seine Brust. »Du hast nichts falsch gemacht.« Sie blickte hinunter auf ihre Knie. »Ich bin nur besorgt.«

»Sei nicht besorgt. Wir bekommen es irgendwie herunter.«

»Nein. Ich meine … ich bin besorgt, dass … du mich wegschickst, wenn ich sie ausgezogen habe.«

Er runzelte die Stirn. »Nun, natürlich werde ich dich zurückschicken. Das hier ist kein Ort für ein sterbliches Mädchen.«

»Max ist sterblich«, bemerkte sie verärgert.

»Ich entscheide nicht, was Max mit seinem Leben tut.«

»Oh. Du entscheidest nur, was ich mit meinem tue?«, konterte sie.

»Das habe ich nicht gemeint.«

»Was hast du dann gemeint?«, wollte sie wissen.

»Ich habe nur gemeint, dass du sehr zerbrechlich bist. Und Max ist … Max ist …«

»Ein Mann?«

»Ja.«

»Oh mein Gott, du bist auch noch ein sexistisches Schwein!«

»Auch noch?«, fragte er. »Was stimmt denn nicht mit mir? Vor ein paar Minuten hast du noch nicht gedacht, dass etwas mit mir nicht stimmt!«

»Vor ein paar Minuten waren wir noch gleich. Jetzt sind wir noch nur gleich darin, dass wir aufeinander sauer sind. Nur dass meine Gründe einen Sinn ergeben!«

»Und meine nicht? Hältst du es etwa nicht für gefährlich, hierzubleiben?«

»Darum geht es nicht! Zum ersten Mal bin ich irgendwo, wo mich meine Krankheit nicht zur Außenseiterin macht. Zum ersten Mal habe ich einen Ort gefunden wo ich als ›normal‹ gelte. Glaubst du wirklich, ich will das aufgeben?«

»Wenn du bei Verstand bist, dann tust du das! Es ist gefährlich hier!«

»Es ist überall gefährlich, wo die verdammte *Sonne* ist!«, stieß sie hervor.

»Ach! Ich kann nicht glauben, dass du redest, als hättest du den Verstand verloren. Und ich dachte, du wärst ein kluges Mädchen!«

»Ich bin kein Mädchen. Und auch nicht verrückt. Du bist einfach nur eine Nervensäge, die glaubt, allein zu wissen, was richtig ist, und auf die Meinung der anderen keinen Cent gibt!« Sie stand auf und hob ihren Slip vom Boden auf. »Und jetzt suche ich mir eine Dusche und ein paar anständige Klamotten. Gott bewahre, dass mich jemand auch nur komisch anschaut, sonst kugelst du ihm noch beide Arme aus. Dann rufe ich meine Mutter an. Wenigstens hört sie sich gerne an, was ich zu sagen habe.«

»Aber … ich will nicht, dass du gehst«, sagte er plötzlich in ruhigem und leisem Tonfall. »Glaubst du das etwa? Dass ich das *will*?«

Sie runzelte die Stirn und blickte auf ihre Zehen. »Nun, was soll ich davon halten? In der einen Minute hast du Sex mit mir, und in der nächsten kannst du es gar nicht erwarten, mich an einen ›sicheren‹ Ort zu verbannen.« Sie blickte zu ihm hoch. »Ich will nicht sicher sein. Nicht mehr. Sicher ist … sicher ist … irgendwie langweilig. Weißt du? Ich bin mein Leben lang auf Nummer sicher gegangen, doch die letzten Tage waren wie … wie aus einer Abenteuergeschichte. Und das ist mir passiert.« Sie zeigte auf sich. »Mir. Der Königin des sich Versteckens und auf Nummer-sicher-Gehens.« Sie blickte wieder ernst. »Und wenn ich an dem Morgen vor meinem Haus auf Nummer sicher gegangen wäre, hätte ich die Cops gerufen und dich dort draußen in der Kälte gelassen, bis sie gekommen wären. Ich hätte mich in meinem Haus versteckt, bis alles vorbei gewesen wäre. Aber das habe ich nicht getan, und ich bin froh darüber.« Sie knetete ihre Hände. »Also bitte mich nicht darum, alles wegzuwerfen. Ich will es nicht rückgängig machen. Ich will nicht zurück. Können wir bitte … können wir das bitte langsam angehen? Wenn ich das Gefühl habe, in zu großer Gefahr zu sein, glaub mir, dann werde ich die Erste sein, die sich für besiegt erklärt und die Verantwortung dafür übernimmt.«

Er blickte ebenfalls ernst, und er kämpfte eindeutig mit der Vorstellung, sie irgendwo zu lassen, wo sie nicht sicher war.

»Ich weiß«, sagte sie leise, kletterte zurück aufs Bett und setzte sich rittlings auf seine Oberschenkel. Sie nahm sein Gesicht in ihre Hände und blickte tief in seine goldenen Augen. »Ich weiß, dass es tief in dir verwurzelt ist, mich beschützen zu wollen. Ich verstehe, dass du so geschaffen wurdest. Ihron hat mir erzählt, dass dich dein Schöpfer so gemacht hat, um deine Loyalität zu erzwingen.«

»Ja. Das hat er, der Mistkerl.« Er seufzte. »Und jetzt bringe ich dich zu ihm.«

»Du willst mich …?«

»Hoch!« Er stand auf und hob sie dabei hoch. Instinktiv schlang sie ihm die Arme um die Schultern und die Beine um die Taille.

»Aber warum tust du das?« Sie schnaubte frustriert. »Ich verstehe nicht!«

»Erinnerst du dich daran, wie ich gesagt habe, dass es hier jemanden gibt, der weiß, wie wir dieses blöde Ding von dir loskriegen?«

»Ja, aber …«

»Sein Name ist Kamenwati.«

»Kamenwati. Dein Schöpfer ist hier?«

»Ja. Und nach dem, was ich gehört habe, weiß er, was das ist, und wahrscheinlich auch, wie man es dir abnimmt. Darf ich dich zu ihm bringen?« Er blieb stehen und wartete auf ihre Antwort. Wobei er sein Bestes gab, um sie nicht seinem Willen zu unterwerfen. Als ihr das bewusst wurde, lächelte sie ihn zärtlich an und berührte mit warmen Fingern seinen ernsten Mund.

»Ich vertraue darauf, dass du weißt, was am besten ist … in diesem besonderen Moment.«

Er musste grinsen. »Na schön. Aber zuerst musst du dir etwas Anständiges anziehen. Wir haben einen ganzen Schrank voll hier, nur für den Fall, dass ein neuer Körperwandler in die Stadt kommt und etwas zum Anziehen braucht. Das ist eine Macke von uns«, sagte er, als er ihren fragenden Blick sah. »Körperwandler sind gern auf alles vorbereitet.«

»Oh, verstehe. Ja. Etwas zum Anziehen wäre schön.« Als er mit ihr auf den Flur trat, fragte sie: »Wie kommt es, dass dein Schöpfer unter dem gleichen Dach wohnt? Ich meine, wie gelingt es dir überhaupt, ihn nicht auf der Stelle umzubringen? Das würde doch naheliegen.«

»Ja. Durchaus. Doch er ist ein mächtiger Mann und ein Abtrünniger der Templer. Ein Mann mit seiner Macht könnte dem Krieg eine andere Richtung geben. Doch es gibt noch andere Gründe – und auch gefährlichere –, warum wir ihn auf unserer Seite brauchen. Es gibt einen bösen Gott, der –«

»Hast du Gott gesagt?«, unterbrach sie ihn ungläubig.

»Ja. Hab ich. Kamenwati hat einen Zauber angewandt und aus Versehen einen Dämonengott namens Apep im Körper der Anführerin der Templer auferstehen lassen. Ihr Name ist Odjit. Dieser Gott hat mehr Kräfte, als man ihm wahrscheinlich zutraut. Kamen sagt, dass es dauern wird, bis es Früchte trägt, und wenn das passiert, werden wir die Ersten auf seiner Todesliste sein. Verstehst du jetzt? Verstehst du, warum du nicht hierbleiben kannst? Du kannst dich schon gegen einen normalen Templer nicht wehren, ganz zu schweigen von einem Dämonengott.«

»Verstehe«, sagte sie und schluckte schwer. »Aber ich will trotzdem nicht gehen.«

»Gott, bist du stur, Frau.«

»Ja«, sagte sie süffisant.

Nachdem er sie zu dem Schrank gebracht hatte, der ein Traum jeder Frau gewesen wäre, und sie eine passende Jeans – meistens waren sie zu lang – und eine hübsche rostbraune Bluse gefunden hatte, die ihren Augen schmeichelte, bauschte sie vor einem in der Nähe hängenden Spiegel ihr Haar … strich es dann glatt … und bauschte es erneut.

»Meine Güte, Frau, du hast kein Date!«, sagte Ahnvil entnervt. Und sie entdeckte eine Spur Eifersucht in seinen Worten. Aus irgendwelchen Gründen ließ sie das erröten.

»Stimmt. Ich wollte nur sichergehen, dass ich gut aussehe, falls ich ihm in den Hintern treten soll. Wegen dem, was er dir angetan hat, hat er es wirklich verdient.«

»Ja«, sagte Ahnvil nachdenklich. »Aber wenn er das nicht getan hätte, wäre ich dir nicht begegnet.«

So hatte sie das noch nicht gesehen, und wieder gefiel ihr, dass er es tat.

Sie wollte den Raum verlassen, doch er hielt sie auf, ging vor sie und ließ sie einen Schritt hinter sich die Stufen hinuntergehen. Während der gesamten Zeit, als sie sich durchs Haus und die Treppe hinunterbewegten, sorgte er für ihren Schutz, indem er ihren Körper mit seinem deckte.

Sie überlegte, etwas zu sagen, ihre Verärgerung zu zeigen, doch im Grunde war es beruhigend, sich so gut beschützt zu fühlen. Etwas daran war ausgesprochen angenehm. Es schien, als würde er ihr die meiste Zeit ein angenehmes Gefühl verschaffen. Auf die eine oder andere Art. Und bei dem Gedanken an ganz bestimmte angenehme Gefühle wurde sie glühend rot im Gesicht, während sie ihm folgte.

Sie gingen in den zweiten Stock hinunter, wo sich weitere Suiten befanden, wie sie feststellte. Das Haupthaus selbst war riesig, und sie hatte noch ein paar andere Häuser bemerkt, die nicht allzu weit entfernt dahinterlagen. Alles in allem war es ein weitläufiges Anwesen. Die Auffahrt zum Haus war sehr lang. Das sicherte ihnen, wie ihr klar wurde, Abschirmung gegen jede Art von paranormalen Aktivitäten zu.

»Warte. Ich habe Bella vergessen! Ich muss ihr eine Nachricht hinterlassen. Sie könnte jeden Moment hier sein.«

»Später«, sagte er. »Dann können wir deine Nachricht schreiben und an die Tür hängen. Mir ist noch immer nicht wohl dabei, dass du mit einem Geist sprichst.«

»Sie ist kein Geist«, korrigierte sie ihn.

»Was auch immer, es gefällt mir nicht.«

»Nun, vielleicht bekommen wir von deinem Schöpfer etwas über sie heraus.«

»Ja. Das ist eine Möglichkeit. Wir sind da.« Sie blieben vor einer geschlossenen Tür stehen, und er klopfte.

»Woher weißt du, dass er hier drin ist?«

»Er wird ziemlich häufig in seinen Räumen eingesperrt. Wir

sind noch immer misstrauisch, was seine Absichten betrifft, weshalb er nur begrenzte Bewegungsfreiheit im Haus hat. Doch wir sind mit der Zeit etwas nachlässig geworden. Ich bin nicht damit einverstanden, aber ich stelle meinen Pharao nicht so sehr infrage. Er ist weiser als ich und hat es in seinen zahlreichen Inkarnationen unter Beweis gestellt.«

»Doch jeder darf infrage gestellt werden«, sagte sie mit ernster Miene.

»Ja, aber wie gesagt, er hat meistens recht.«

Die Tür ging auf, und ein großer, athletisch gebauter Mann mit dunklen Haaren, hellblauen Augen und einem ziemlich attraktiven Äußeren stand vor ihnen.

»Herrje, müsst ihr alle aussehen, als wärt ihr gerade dem Cover eines Liebesromans entstiegen?«, flüsterte sie vor sich hin.

»Kamenwati«, sagte Ahnvil und ignorierte ihre Bemerkung. »Du musst … du musst mir einen Gefallen tun«, stieß er zwischen zusammengebissenen Zähnen hervor. Sie wusste, wie schwer es ihm fiel, so etwas zu sagen. Selbst Kamen hob überrascht die Brauen.

»Kommt herein«, sage Kamen höflich, machte die Tür weit auf und trat zurück, um sie hereinzulassen. Nachdem sie eingetreten waren, schob Ahnvil sie erneut ein Stück weit hinter sich, hob jedoch den Anhänger und legte ihn auf seine Hand, um ihn Kamenwati zu zeigen. »Dies hier heißt Adomas Amulett«, sagte er. »Und sie kann es nicht ablegen.«

»Ich weiß, wie es heißt«, sagte Kamen mit einem kultivierten, beinahe britischen Akzent. Vielleicht eher ein bisschen … südafrikanisch? Er näherte sich langsam, wahrscheinlich um den riesigen Gargoyle, der zwischen ihr und ihm stand, nicht zu provozieren, und nahm das Amulett in die Hand. »Es birgt eine Art Fluch. Wenn das Kind der Finsternis das Amulett von Adoma anlegt, bringt es dem Träger für alle Zeiten Erkenntnis und

Schutz, kann jedoch nicht mehr abgelegt werden. Wie kommt es, dass sie ein Kind der Dunkelheit ist? Ist sie eine Schattenwandlerin? Ich jedenfalls habe gedacht, dass es das bedeutet?«

»Nein, das ist sie nicht. Aber sie verträgt kein Sonnenlicht. Es ist eine Krankheit.« Er blickte Kat Hilfe suchend an.

»Xeroderma pigmentosum«, sagte sie brav.

»Verstehe. Man nennt euch Nachtkinder.«

»Hast du davon gehört?«, fragte sie überrascht.

»Ich habe medizinisches Wissen aus Jahrhunderten.«

»Oh. Okay.«

»Ich habe eigentlich geglaubt, dass mit Nachtkind ein Schattenwandler gemeint ist. Ich habe mir das Amulett selbst erst nach sorgfältiger Recherche einmal umgehängt. Ich wollte nicht leichtsinnig sein.« Das war unmissverständlich.

»He! Woher sollte ich denn wissen, dass ein Fluch darauf liegt?«, grummelte sie.

»Ich bin mir nicht sicher, ob ich dir das abnehmen kann«, sagte Kamen. »Aber vielleicht finde ich mithilfe neuer Zaubersprüche, Beschwörungen und Recherchematerial etwas, das mir zuvor entgangen ist.«

»Unsere historischen Aufzeichnungen«, erklärte Ahnvil Kat, »oder besser gesagt, die der Körperwandler, wurden getrennt, als der Krieg begann. Jede Gruppe verwaltete verschiedene Teile des Archivs und schaffte sie an einen anderen Ort. Die historischen Quellen bestehen also aus zwei Teilen. Sie haben nur zu einem Teil Zugang, wie wir auch.«

»Meine Recherche war bisher unbefriedigend, aber … wie bist du überhaupt in seinen Besitz gekommen? Das letzte Mal, als ich es gesehen habe, war es noch in meinen Gemächern in der Templerfestung.«

»Ein Templer namens Panahasi hat es dir entwendet«, erklärte Ahnvil mit wachsender Verbitterung in der Stimme. »Er war es, der mich gefangen genommen hat. Er dachte wohl, dass ich der Sklave bin, geboren von den unsterblichen Schattenwandlern. Ich dachte, es heißt: ›Der Sklave, hervorgegangen aus den unsterblichen Schattenwandlern, wird die Kraft darin freisetzen. Derjenige, der Adomas Amulett anlegt, wird mit seiner Macht einen Gott zum Weinen bringen.‹ Du sagst etwas anderes.«

»Es ist noch mehr damit verbunden. Und vielleicht bist du der Sklave. Ich dachte es jedenfalls. Oder eher noch ein Gargoyle allgemein. Ich verstehe es nicht wirklich, und diese Dinge sind wirklich subjektiv, wenn es um Interpretation geht. Was den Bann des Fluches und das Abnehmen des Amuletts betrifft, bin ich mir nicht sicher, ob ich das kann. Doch wie gesagt, ich brauche Zugang zu euren Archiven.«

Ein höchst misstrauischer Blick huschte über Ahnvils Gesicht.

»Ich glaube nicht, dass das genehmigt wird.«

»Dann kann ich dir nicht helfen«, sagte Kamen mit aufrichtigem Bedauern. Doch sie wusste, dass Ahnvil ihm nie ganz trauen würde.

»Vielleicht ist das etwas, das du mit deinem Pharao besprechen solltest«, schlug sie vor. »Weil ich dieses Ding wirklich loswerden will … oh warte. Aber nicht sofort. Da ist dieses Mädchen … die Frau. Ich stehe in Kontakt zu einer Frau, die ich nicht sehen kann, die Ahnvil nicht sehen kann, aber andere Leute schon. Es ist kompliziert«, sagte sie entschuldigend, als ihr klar wurde, wie das klingen musste. »Was, wenn das Amulett der Grund dafür ist?«

»Das ist wirklich interessant«, sagte Kamen und sah fasziniert aus. »Du sagst, ihr steht in Kontakt. Wie?«

»Durch schriftliche Nachrichten. Oh, und ich kann sehen, wie das Blatt Papier in der Luft schwebt, als würde es jemand an sich nehmen. Es ist, als wäre sie die Unsichtbare Frau oder so etwas.«

»Faszinierend«, murmelte Kamen.

»Und sie kommt hierher. Nach Portales.«

»Das würde ich ja gern sehen«, sagte Kamen. »Ich bin neugierig, ob irgendeiner von uns dazu in der Lage sein wird, sie zu sehen, und ob sie nur für euch beide unsichtbar ist.«

»Vorausgesetzt, sie schafft es bis hierher. Ich muss ihr eine Nachricht schreiben. Ich dachte, ich hänge sie an die Tür.«

»Du willst also dieses unbekannte Wesen direkt zu unserer Schwelle locken?«, fragte Kamen schelmisch.

»Mir gefällt das genauso wenig wie dir«, sagte Ahnvil zu Kamen. »Aber ich sehe keine andere Möglichkeit.«

»Verstehe. Nun, im Moment ist sowieso nichts daran zu ändern. Lass mich wissen, was Jackson zu dem Archivmaterial sagt, und wenn er zustimmt, mache ich mich sofort an die Arbeit. Und sag mir Bescheid, wenn diese Frau dir zurückschreibt. Ich habe ein paar Zaubersprüche, mit denen man jede Art von Verschleierung –«

»Nein! Keine Zaubersprüche!«, unterbrach ihn Ahnvil. Kamen zog eine Braue hoch, ohne sich von dem vor Kraft strotzenden Riesen aus der Ruhe bringen zu lassen.

»Und wie, denkst du, werde ich das Amulett abnehmen? Ich bezweifle, dass es mit dem Schreiben von Sonetten funktioniert. Zaubern ist das, was ich kann, was ich tue. Und du weißt das, sonst hättest du sie nicht zu mir gebracht. Dieses Amulett ist etwas Übernatürliches. Und es braucht etwas Übernatürliches, um es abzunehmen.«

Daraufhin blickte Ahnvil finster drein, und sein Zorn war nicht zu übersehen. »Wir reden mit Jackson«, sagte Kat und versuchte, den brodelnden Gargoyle auf den Flur zu zerren. Gleich darauf gab er nach und folgte ihr.

Aber nur kurz.

Dann schob er sie wieder hinter sich und ging voraus.

»Du solltest mich lieber beschützen, weißt du?«, murmelte sie, »denn wenn das so etwas Mittelalterliches ist wie Die-Frau-hat-zehn-Schritte-hinter-dem-Mann-zu-gehen, dann bin ich wirklich sauer.«

»Das mach ich nicht zum Spaß«, sagte er. »Ich will nicht, dass dir etwas passiert, also bleibst du besser da, wo ich dich beschützen kann.«

»So habe ich mir das vorgestellt«, sagte sie leise seufzend. »Aber du kannst mich nicht rund um die Uhr beschützen.«

Er blieb stehen und drehte sich zu ihr um. »Doch. Das kann ich. Dafür bin ich erschaffen worden. Und ich werde mich daran halten, bis zu dem Tag, an dem ich sterbe. Hast du das verstanden?«

»Ich …« Sie schluckte. Seine Worte waren so eindringlich und emotional. Zu behaupten, dass sie ihr das Gefühl gaben, etwas Besonderes zu sein … und begehrt … war eine Untertreibung. »In Ordnung«, sagte sie. Dann legte sie ihm eine Hand auf den Rücken und drängte ihn weiter.

Sie fanden Jackson und erzählten ihm von den Ereignissen und Kamens Bitte.

»Ich zögere, ihm auch noch Zugang zu unserem Archivmaterial zu verschaffen«, gestand er ihnen. »Aber wenn wir dieses Ding von deinem Hals herunterbekommen wollen, sehe ich keine andere Möglichkeit.« Jackson machte ein ernstes Gesicht, obwohl die hübsche rothaarige Marissa den Raum betrat und sich augenblicklich an ihn schmiegte. Die beiden zu beobachten war, als erwache ein romantischer Film zum Leben. Er ging liebevoll mit ihr um, berührte sie mit den Fingerspitzen und nahm dann ihre Hand, strich mit den Lippen über ihren Wangenknochen, während er über das Problem nachdachte.

»Tatsache ist, wenn wir irgendeine Möglichkeit suchen, Apep zu besiegen, falls er beschließen sollte, uns anzugreifen, wird Kamenwati Zugang zu sämtlichen Materialien brauchen, die wir ihm zur Verfügung stellen können. Doch ich traue ihm noch immer nicht ganz. Er sagt, er sei hier, um das wiedergutzumachen, was er angerichtet hat, doch es besteht die Möglichkeit, dass er seine eigenen Pläne im Interesse der Templer verfolgt.«

»Warte … Apep? Der Dämonengott? Und die Templer sind böse. Der Krieg, in den ihr verwickelt seid. Habe ich das richtig verstanden?«

»Ja«, sagte Jackson.

»Warum will Kamen etwas wiedergutmachen? Was hat er getan?«

»Er hat den Gott Apep wiederauferstehen lassen, als er versucht hat, seine Herrin, Odjit, zum Leben zu erwecken«, erklärte Jackson. »Er sagt, er bereut es und kollaboriert mit uns, um ihn zu besiegen. Wir sammeln Kräfte, und Kamenwati ist ein Teil davon … vorausgesetzt, er ist ehrlich.« Er hielt nachdenklich inne. »Doch vielleicht gibt es außer Kamen noch eine andere Quelle, die wir nutzen können. Grey. Nur dass er im Moment nicht hier ist.«

»Grey?«, wiederholte sie fragend.

»Ein Dschinn. Wahrscheinlich der mächtigste Dschinn auf dem amerikanischen Kontinent. Er ist der Herrscher über alle Dschinn hier. Es gibt andere, die auf ihren Kontinenten genauso mächtig sind, doch wir haben ihn erst kürzlich kennengelernt, und seither besucht er uns hin und wieder. Er weiß, dass Apep eine Macht ist, die man nicht unterschätzen darf, und vielleicht hilft er uns, wenn wir ihn brauchen.«

»Vielleicht?«, fragte sie Jackson.

»Dschinn sind bekannt für ihre Launen. Sie verfolgen stets ihre eigenen Ziele.«

»Soll man sich deshalb nichts wünschen?«

»Ja, genau«, sagte Ahnvil ernst.

»Dann bin ich mir gar nicht sicher, ob ich je einen Dschinn treffen möchte«, stellte sie besorgt fest.

»Keine Sorge. Ich lasse nicht zu, dass er dir was tut.«

»Es klingt, als wäre er viel stärker als du«, sagte sie vorsichtig, weil sie ihn nicht kränken wollte, jedoch nicht wusste, wie sie ihre Meinung sonst äußern sollte.

»Ich bin stärker, als es scheint«, sagt er und schnipste mit dem gekrümmten Finger gegen ihr Kinn.

»Das besagt sehr viel«, sagte sie lachend.

»Ja.« Er wandte sich Jackson zu. »Wie treten wir mit Grey in Kontakt?«

»Gar nicht. Wir müssen einfach warten. Er hat nicht gesagt, wann er zurückkommt, doch ich hatte den Eindruck, dass es nicht lange dauern würde.«

»Das hoffe ich. Je früher sie uns verlässt, desto beruhigter werde ich sein.«

Das brachte ihm einen Klaps auf den Arm ein. »Ich habe dir gesagt, ich gehe nicht!«, rief Kat.

»Wir werden sehen«, sagte Ahnvil.

»Das bedeutet: ›Wir machen das auf meine Weise, Frau!‹«, fauchte sie. »Ich lasse nicht zu, dass du mich herumkommandierst. Gott! Du kannst einen wirklich auf die Palme bringen!« Sie ließ sie stehen, als sie Block und Stift entdeckte, die sie sich schnappte und zum Hauseingang ging.

»Wo willst du denn hin?«, fragte er sie.

»Spazieren! Und du kommst nicht mit! Ich gehe nur ein Stück die Straße entlang und brauche dich nicht. Ich muss darüber nachdenken, was ich Bella in meinem Brief schreiben soll, und ich brauche außerdem eine Auszeit von einem ungehobelten, sturen Gargoyle!«

»Ungehobelt?«, wiederholte er. Dann zuckte er mit den Achseln. »Nein. Ich verbiete es dir. Du wirst das Haus nicht ohne mich verlassen.«

»Du *verbietest* es mir?«, sagte sie und ließ dabei ihre Stimme um so viele Oktaven ansteigen, dass er zusammenzuckte. »Niemand verbietet mir irgendetwas! Und selbst wenn ich jemanden mitnehmen würde, wäre es sicher nicht so ein Trottel wie du!« Sie drehte ihm den Rücken zu und marschierte hinaus, wobei sie das Wort *verbieten* schnaubend vor sich hin murmelte.

Ahnvil blickte Rat suchend zu Jackson und Marissa. »Sagt ihr, dass das nicht sicher für sie ist! Sie will nicht auf mich hören!«

»Sie hat gesagt, sie würde das Grundstück nicht verlassen, also dürfte eigentlich nichts passieren«, sagte Jackson.

»Du musst ihr ein bisschen Freiraum lassen«, empfahl ihm Marissa. »Sonst geht sie dir aus dem Weg.«

»Aber es ist nicht sicher. Das wisst ihr doch!«

»Überall auf dem Grundstück sind Gargoyles«, sagte Marissa. »Und sie hat nichts, was jemand von ihr wollen würde.«

»Was ist mit dem Amulett?«, fragte er, als die Eingangstür zuschlug. Er blickte besorgt in die Richtung, hin und her gerissen zwischen Bleiben und Gehen. »Ich glaube nicht, dass der Angriff gestern von Apep kam. Ich denke, es war Panahasi, der sich das Amulett zu beschaffen versucht.«

»Es stimmt, dass Apep eine stärkere Truppe geschickt hätte«, sagte Jackson mit einem weisen Nicken. »Und wahrscheinlich hätte er sich selbst ins Getümmel gestürzt. Trotzdem hätte ich genauso das Ziel sein können. Man kann es wirklich nicht sagen. Doch sie ist sterblich und zerbrechlich, Ahnvil. Dort draußen kann ihr alles Mögliche zustoßen. Du kannst sie nicht vor allem beschützen.«

»Sie könnte mit dem Kopf gegen eine Tür knallen, eine Hirnblutung bekommen und sterben«, stellte Marissa fest. »Es gibt keine Möglichkeit, sie vor so etwas zu beschützen. Und wenn du sie fortwährend bemutterst, wirst du sie damit erst recht umbringen. Du musst sie ihre eigenen Entscheidungen treffen und das Risiko eingehen lassen. Ihre Krankheit ist gefährlich und tödlich. Sie weiß, was es bedeutet, mit Einschränkungen zu leben. Sie wird es nicht grundlos riskieren, Lass ihr ein wenig Zeit. Sie wird in ein paar Minuten wieder zurück sein.«

Ahnvil sah bei der Vorstellung nicht glücklich aus. In dem Moment, als die Tür hinter ihr ins Schloss gefallen war, war er unruhig geworden. Es lag ihm eben im Blut, alle zu beschützen, denen er sich verbunden fühlte. Es war beinahe unmöglich, den Impuls zu unterdrücken.

Es führte ihn zu der Frage, wann er eigentlich begonnen hatte, ihr gegenüber eine so starke Loyalität zu empfinden. Es war nach und nach geschehen. Er hatte überhaupt nicht darauf geachtet. Den einen Tag war er noch ein Fremder für sie gewesen, und schon am nächsten konnte er keine drei Schritte tun, weil er sie aus tiefster Seele beschützen wollte. Ein Gefühl, das sich seit dem Angriff auf dem Flughafen noch verstärkt hatte … und seitdem sie miteinander geschlafen hatten.

Herrgott, allein bei dem Gedanken hätte er sie am liebsten gleich noch einmal genommen. Es brachte ihm in Erinnerung, wie sie sich angefühlt und gerochen hatte. Er liebte ihren Geschmack auf seiner Zunge. Sie um sich herum zu spüren, wenn er tief in ihr war. Er wurde auf der Stelle hart, und errötend wandte er sich von seinen Pharaonen ab.

Jetzt wollte er ihr noch viel dringender folgen. Doch er konnte nicht, wie er feststellen musste. Er konnte nicht, weil sie sonst nur noch wütender auf ihn wäre. Und das wollte er nicht. Er wollte, dass sie ihm sein ungehobeltes Verhalten verzieh und sich vielleicht wieder anfassen ließ.

Er konnte ihr nicht folgen, doch vielleicht fand er jemanden, der es für ihn tat.

Er machte sich auf die Suche.

Kat setzte sich auf die Hollywoodschaukel, Karma zu ihren Füßen, um Bella eine Nachricht zu schreiben. Sie war kurz und bündig. Ein simples »Wir sind hier, du auch?«. Es schien ein guter Ort für einen Anfang zu sein. Sie würde die Nachricht in einer Viertelstunde überprüfen, und dann jede weitere Viertelstunde.

Die ersten fünfzehn Minuten wollte sie dazu nutzen, einen Spaziergang zu machen. Sie steckte die Nachricht an die Eingangstür, ließ die Schreibutensilien auf der Schaukel liegen und ging, Karma dicht neben ihr, die Veranda herunter.

Die Auffahrt war sehr lang, darum herum war alles gepflegt und schön. Jemand hatte einen grünen Daumen und einen Blick für die Umgebung des Hauses, das ordentlich und gepflegt aussah und trotzdem beinahe unmerklich mit der Landschaft verschmolz, die sich um sie herum erstreckte.

Sie hatte tatsächlich das Gefühl, den Kopf frei zu bekommen, als sie beinahe das Ende der Auffahrt erreicht hatte. Zur gleichen Zeit vernahm sie Schritte hinter sich.

Sie drehte sich um und sah einen Mann, den sie nicht kannte, auf sie zukommen. Er war knapp eins achtzig groß und hatte schwarzes, leicht gelocktes, schulterlanges Haar. Er hatte schokoladenbraune Augen und eine schlanke, athletische Gestalt.

Sie seufzte.

»Er hat Sie geschickt, damit Sie mir folgen, stimmt's?«

»Mmmh, ja«, sagte der Mann mit einem jungenhaften Grinsen. »Ich bin Leo. Leo Alvarez.«

»Hallo, Leo«, sagte sie und reichte ihm die Hand. Sie verengte ein wenig die Augen. »Warum sind wir uns noch nicht begegnet?«

»Ich war nicht da. Bin erst vor ein paar Stunden wiedergekommen.«

»Oh.« Sie hielt inne. »Sie sind anders. Sie sind ein Mensch … ich meine sterblich …, oder?«

»Ja. Woran erkennen Sie den Unterschied?«

»Ich weiß es nicht. Ich erkenne es einfach.«

»Sehe ich so aus, als könnte ich jeden Augenblick sterben?«, fragte er sie mit einem Grinsen.

»Nein«, sagte sie und lachte. »Wie gesagt, ich weiß nicht, woher ich es weiß. Wenn Sie sterblich sind, was könnten Sie dann ausrichten, wenn ich in Schwierigkeiten bin?«

»Sie wären überrascht«, sagte er geheimnisvoll. Sie kam auf den Gedanken, dass er wahrscheinlich immerhin dazu in der Lage wäre, sich selbst zu schützen. Das war es, was er ausstrahlte. »Sie sind also das Mädchen, das unseren Jungen in Verwirrung gestürzt hat. Mir kommen Sie ziemlich harmlos vor.«

»Ich bin harmlos, glauben Sie mir.« Sie hielt inne. »Er ist verwirrt?«

»Ich habe ihn noch nie so erlebt. Allerdings habe ich ihn erst vor ein paar Monaten kennengelernt, doch er hat immer einen ziemlich gelassenen Eindruck gemacht. Aufmerksam, aber gelassen. Definitiv jemand, von dem man sich im Kampf gern den Rücken stärken lässt. Das einzige Mal, dass ich ihn wütend erlebt habe, war, als Kamen hier ankam, und das Gefühl kenne ich.« Er hielt inne und rieb sich eine Stelle auf seiner Brust. Ihrer Meinung nach tat er das unbewusst, doch aus irgendeinem Grund wusste sie, dass es mit dem zu tun hatte, was sie zu ihm gesagt hatte.

»Ich schätze mal, Sie sind ebenfalls Opfer von Kamens Pfad

der Verwüstung geworden. Ich muss gestehen, ich erkenne es nicht … Er kommt einem nicht wie gerade wie das personifizierte Böse vor.«

Leo hielt sich einen Moment zurück, doch nur einen Moment. »Ich traue ihm nicht, wenn Sie das meinen. Ich denke, er verdient kein Vertrauen. Doch er scheint ehrlich zu bereuen, was er getan hat. Ich denke, er will seine Fehler wiedergutmachen. Allerdings habe ich das Gefühl, sobald er das getan hat … wird er entweder wieder so sein wie zuvor oder einfach vom Erdboden verschwinden.«

»Was hat er vorher gemacht?«

»Er war einer der wichtigsten Anführer der Templerfraktion. Einer der Gründe dafür, dass sie sich schon so lange im Krieg befinden. Er verfügt über außergewöhnliche Kräfte, um sich gegen die Politik zur Wehr zu setzen, wenn ich das richtig verstanden habe.«

»Wie ist das für Sie?«, fragte sie. »Ein Mensch unter all diesen Unsterblichen zu sein.«

»Ich behaupte mich«, versicherte er ihr. »Und ich kann Dinge für sie tun, die sie nicht selbst tun können. Meine Freundin ist ebenfalls eine Schattenwandlerin.«

»Wirklich?«, sie blickte zum Haus zurück, als könnte sie das Mädchen sehen. »Wo ist sie?«

»Auf Besuch bei ihrem Bruder«, sagte er. »Sie ist ein Nachtengel.«

»Schwarze Haut, gelbe Augen«, sagte sie leise.

»Ja. Hat Ahnvil Ihnen das erzählt?«

»Er hat mir eine Menge erzählt. Aber es gibt vieles, das ich noch nicht weiß.« Sie griff nach dem Amulett und fuhr damit an der Kette auf und ab. Währenddessen machte sie sich auf den Rückweg und ging neben Leo her. »Und wie ist das, der Geliebte einer Schattenwandlerin zu sein?«

»Heißt das etwa, Sie wissen es nicht?«, fragte er mit einem amüsierten Blitzen in den Augen.

»Nun …« Sie errötete. »Ist er ein Schattenwandler? Ich dachte, er wäre einfach nur eine Waffe, die ein Schattenwandler ersonnen hat.«

Das stimmte ihn nachdenklich. »So habe ich das noch gar nicht gesehen. Wahrscheinlich haben Sie recht. Es gibt sie erst ein paar Hundert Jahre. Ich dachte, es gäbe sieben Schattenwandlerspezies, aber so gesehen wären es nur sechs.«

»Sechs? Ich habe vergessen, wer sie alle sind. Dschinn, Körperwandler, Nachtengel …«

»Geister.«

»Oh ja! Die.«

»Glauben Sie mir, Sie wollen sie nicht kennenlernen. Mysticals ist noch eine, obwohl ich nicht sicher bin, was sie sind. Und Phönixe. Denen bin ich auch noch nicht begegnet.«

»Phönixe! Ich würde gern einen kennenlernen.«

»Ich habe gehört, das kommt nur selten vor. Sie leben ziemlich zurückgezogen. Aber das müssen sie aufgeben, denn wenn Apep so mächtig wird, wie ich denke, brauchen wir jede Hilfe, die wir kriegen können.«

»Verstehe.« Sie erschauerte. »Es ist so fantastisch. Götter und Monster und so etwas. Jetzt, wo ich weiß, dass es sie wirklich gibt, möchte ich sie gern kennenlernen. Es gibt bereits eine Art Phantom, das mir überallhin folgt.«

»Abgesehen von dem Hund, meinen Sie«?, fragte er und warf Karma einen vielsagenden Blick zu.

»Ja, abgesehen von dem Hund«, sagte sie lachend.

»Ich habe davon gehört. Ich bin wirklich neugierig …« Er verstummte in dem Moment, als sie die Veranda erklommen hatten. »Kann ich Ihnen behilflich sein?«, fragte er und klang ein wenig überrascht.

Kat blickte in die Richtung, in die er schaute, und sah nichts. Dann vernahm sie das Geräusch einer Pistole, die aus ihrem Holster gezogen wurde, und zum ersten Mal bemerkte sie, dass er bewaffnet war.

»Was ist?«, fragte sie angespannt.

»Ein Mann und eine Frau. Sie sind gerade wie aus dem Nichts um das Haus herum auf die Veranda gekommen. Vor ein paar Sekunden war da noch nichts.« Dann sagte er zu den unsichtbaren Leuten: »Vielleicht sollten Sie lieber vom Haus wegbleiben, Mister.« Er hob die Waffe und zielte auf sie.

In dem Moment wurde ihr klar, was vor sich ging.

»Nein! Nicht!«, rief sie. »Es ist sie! Das Phantom. Frag sie, wie sie heißt.«

»Wie heißen Sie?«, fragte er folgsam.

»Bella«, sagte Bella hinter ihrem Mann, der sich vor sie gestellt hatte, um sie vor der Waffe zu beschützen. »Ich bin auf der Suche nach Kat.«

»Sie steht direkt neben mir«, sagte Leo und nickte in ihre Richtung.

»Sie kann mich nicht sehen, und ich kann sie nicht sehen«, sagte Kat. »Sie sagen, sie ist in Begleitung eines Mannes?«

»Ja. Sieht irgendwie aus wie ich. Gleiche Statur, gleiche Hautfarbe ... ein bisschen größer«, sagte Leo.

»Fragen Sie sie, wer sie ist. Sagen Sie ihr ... sagen Sie ihr ...« Sie zögerte einen Moment und dachte angestrengt nach. »Sagen Sie ihr, dass hier Leute mit übersinnlichen Fähigkeiten leben. Schattenwandler.«

»Das werde ich ihr nicht sagen!«, sagte Leo entschlossen zu etwas, das aus Bellas und Jacobs Perspektive nicht existierte.

»Doch!«

»Hier leben Leute mit übersinnlichen Fähigkeiten«, brummte er. »Schattenwandler.«

Bellas Kinnlade klappte herunter, und Jacob sah genauso verblüfft aus. Er trat vor und kniff die Augen zusammen, als er den Latino ansah. »Welche Art von Schattenwandlern?«

»Wir sind Schattenwandler«, sagte seine Frau von hinten. Ihr Mann drehte sich zu ihr um und starrte sie an. Sie zuckte mit den Schultern, hob die Hände und sagte: »Was ist? Ist hier vielleicht irgendetwas normal? Haben wir es hier etwa mit normalen Sterblichen zu tun? Das ist ein Vertrauensvorschuss.«

»Er ist sterblich. Ich weiß es«, sagte Jacob, dessen übernatürliche Sinne es ihm verrieten.

»Verschiedene«, sagte Leo schließlich. »Sie haben recht. Ich bin sterblich.« Er runzelte die Stirn und schaute zu Kat. »Aber Sie auch. Warum können Sie sie nicht sehen?«

Sie zuckte mit den Achseln.

»Wir können sie auch nicht sehen. Aber Bella und Kat können einander schreiben.«

»Ich weiß. Ich habe davon gehört«, sagte Leo und ließ langsam seine Waffe sinken. »Und was jetzt?«

»Welche Art von Schattenwandler?«, wiederholte Bella und machte einen Schritt, als wollte sie hinter ihrem Mann hervorkommen, der sie jedoch erneut zurückhielt.

»Welcher Spezies gehören Sie an?«, konterte Leo.

»Er ist ein Dämon, und ich bin Druidin.«

»Ein Dämon?« Die Waffe ging wieder hoch.

»Bella ...«, warnte Jacob.

»Aber einer von den Guten«, fügte sie hastig hinzu.

»Es gibt Gute?«, fragte Leo und klang, als würde er ihr keine Sekunde glauben.

»Ja«, sagte Jacob. »Jetzt seid ihr dran.«

»Körperwandler. Nicht ich, aber im Haus.«

»Wir haben noch nie von Körperwandlern gehört«, sagte Jacob mit skeptischem Blick.

»Und wir noch nie von Dämonen oder Druiden. Jedenfalls nicht als Schattenwandler.«

»Gibt es denn … verschiedene Schattenwandler?«

»Oh ja. Dschinn, Nachtengel und andere«, sagte Leo vorsichtig.

»Vampire? Lykanthropen?«, schlug Jacob vor.

»Genau«, schnaubte Leo. »Als wären sie real.« Dann war es einen Moment lang still. Leo dachte daran, dass noch vor ein paar Monaten nichts davon für ihn real gewesen war. »Wie viele kennt ihr?«, fragte er.

»Sechs Arten«, sagte Jacob.

»Wir haben sieben … warte … vielleicht nur sechs. Ist eine lange Geschichte«, sagte er auf Jacobs fragenden Blick hin.

»Die Prophezeiung«, rief Bella auf einmal.

»Was?«, fragten Jacob und Leo gleichzeitig. »Welche Prophezeiung?«, fragte Leo.

»›… und so wird es in künftigen Zeiten geschehen, dass die Nationen der Schattenwandler auseinandergerissen und einander fremd werden‹«, begann Bella zu zitieren. »›Durch Ungemach und Vorsatz wird es zwischen diesen zwölf Nationen zu Missverständnissen kommen, und sie werden mit der Zeit füreinander in Vergessenheit geraten. In der Zukunft werden diese Nationen Mühen und Kämpfe zu bestehen haben wie noch niemals zuvor, und nur wenn sie wieder zusammenfinden, können sie darauf hoffen, dem Bösen entgegenzutreten, das sie heimgesucht hatte. Doch sie sind füreinander verloren und werden das auch bleiben, bis ein großer Feind besiegt wird … und ein neuer wiederaufersteht …‹ Es stammt aus der Verlorenen Schriftrolle der Völker. Ich habe sie vor nicht allzu langer Zeit entdeckt. Ich glaube … ich glaube, etwas verhindert, dass wir einander sehen.«

»Aber Kat ist keine Schattenwandlerin«, sagte Leo. »Damit

ist die Theorie hinfällig. Außer …« Er blickte Kat an, und sein Blick fiel auf das Amulett. »Außer es ist das Amulett, das du trägst.« Langsam steckte Leo seine Waffe zurück in das Holster und hob seine leeren Hände. »Vielleicht solltet ihr ins Haus kommen und ein paar von den anderen kennenlernen. Vielleicht können sie euch sehen.«

Nachdem sie einander bekannt gemacht hatten, stellte sich heraus, dass Max, der andere Sterbliche der Gruppe, als Einziger die beiden Neuankömmlinge sehen konnte. Alle, einschließlich Kamen, Max und Leo, saßen im Hauptsalon, wo Max und Leo abwechselnd zwischen den einander fremden Schattenwandlern vermittelten.

»Die Schriftrolle besagt, dass unsere sechs Spezies der Schattenwandler eure sechs … aus irgendeinem Grund nicht sehen können«, sagte Bella. »Nach dem, was ihr erzählt habt, sind hier allerdings nur Körperwandler und Gargoyles. Und wenn Gargoyles eurer Meinung nach keine eigene Spezies sind, warum können sie uns dann auch nicht sehen?«

»Weil sie aus der Energie des Körperwandlergeistes ihrer Erschaffer gemacht sind«, sagte Kamen. »Wenn wir sie nicht sehen können, dann leuchtet es ein, dass sie uns auch nicht sehen können. Für mich sieht das ganz nach einem Fluch aus, so unnatürlich wirkt das alles.«

Kat befingerte ihren Anhänger. »Wie das hier auch«, sagte sie.

Ahnvil stand neben Kats Stuhl und legte ihr beruhigend die Hand in den Nacken.

»Wenn es ein Fluch ist, dann kann er auch aufgehoben werden«, sagte Kamen. »So, wie es auch einen Weg geben muss, den Fluch auf dem Amulett aufzuheben. Es braucht nur Zeit und Recherche, um herauszufinden, um welchen es sich handelt.«

»Wir können ihn nicht aufheben, solange wir seine Natur nicht kennen«, sagte Ahnvil.

»Ja.«

»Insgesamt gibt es also zwölf Schattenwandlernationen. Sechs davon hatten keine Ahnung, dass die anderen sechs existieren … bis jetzt. Bis Kat aufgetaucht ist«, sagte Bella.

»Ja. Bis Kat aufgetaucht ist«, sagte Kamen nachdenklich. »Docia, ich möchte herausfinden, ob für die anderen Spezies dieses Paar ebenfalls unsichtbar ist. Kannst du SingSing holen? SingSing ist eine Dschinn, die wir kennen«, sagte er zur Erklärung.

»Sicher. Sie hat gesagt, ich müsste mir nur ihren Schal umbinden, dann weiß sie, dass ich sie brauche.« Docia stand auf und eilte in ihr Schlafzimmer. Ein paar Minuten später kehrte sie zurück und trug einen hübschen, farbenfrohen, silbrig schimmernden Schal. Sie war ein wenig außer Atem. »Ich weiß nicht, wie lang es dauert …«

»Wir warten einfach, bis sie auftaucht«, sagte Leo.

»Mal sehen, ob ich das richtig verstanden habe«, sagte Bella. »Mistrale, Lykanthropen, Vampire, Dämonen, Druiden und Schattenwandler können Körperwandler, Dschinn, Mysticals, Phönixe, Nachtengel und Geister nicht sehen oder hören.«

»Theoretisch. Wir erfahren mehr, wenn SingSing hier ist.«

»Habt ihrrrr geklingelt?«, fragte eine forsche Stimme mit rollendem »R«. Sekunden später tauchte eine winzige junge Frau mit roten Korkenzieherlocken in der Mitte des Raums auf. »Ta-daa!« Sie kicherte. »Das macht immer Eindruck.« Sie blickte sich im Raum um. »Herrje. Warum so ernst?«

»SingSing«, meldete sich Ram zu Wort, »wie viele Personen siehst du hier in diesem Raum?«

»Ist das eine Fangfrage?«, fragte sie, kletterte auf die Armlehne eines Stuhls und hockte sich wie ein Vogel darauf. Kat betrachtete sie verblüfft, als ein kleiner Drachenkopf aus ihrem Wuschelkopf hervorspähte. »Ich sehe elf.«

Alle schauten einander an.

»Nenn ihre Namen.«

»Was? Warum?«

»Tu's einfach«, bat Ram ungeduldig.

»Na schön. Nervensäge Ram. Die hübsche Docia. Jackson, Marissa, Max, Leo. Ihron. He, Hübscher.« Sie blickte ihn an und klimperte übertrieben mit den Wimpern. »Ein Mädchen, das ich nicht kenne. Ahnvil. Übrigens, ich bin echt sauer auf dich. Ich dachte, ich wäre dein Mädchen. Dabei betrügst du mich mit einer anderen Dschinn. Kamen und Stohn. Ist das ein Spiel? Ich mag Spiele. Wollt ihr euch jetzt alle verstecken? Wer ist das?«

»Du siehst also kein dunkelhaariges Paar außer …? Warte«, sagte Ahnvil. »Welche andere Dschinn? Meinst du Grey?«

»Nein, Grey ist nicht hier. Und solange du nicht schwul bist, mache ich mir keine Sorgen seinetwegen. Ich meine die Dschinn dort, der du so auf die Pelle rückst.« Sie zeigte auf Kat.

Dschinn?

»Aber ich bin keine …« Kats Verblüffung übertraf die der anderen. »Ich bin ein Mensch.«

»Mmm, größtenteils. Aber du bist definitiv eine Dschinn. Allerdings nur zur Hälfte. Ohhhh … irgendein unanständiger Dschinn hat es wohl mit deiner Mutter getrieben. Ist nicht böse gemeint gegenüber deiner Mutter. Bestimmt war sie ganz gut im Bett.«

»Meine … aber … meine Mutter? Mom?«, sagte Kat völlig ungläubig.

»Oh, wahrscheinlich hat sie keine Ahnung. Es verstößt gegen die Regeln, es mit Menschen … du weißt schon.« Sie machte eine pumpende Bewegung mit ihrer Faust. »Doch es soll schon vorgekommen sein.«

»Deshalb kann ich sie nicht sehen!«, rief Kat aus. »Ich bin eine verdammte Schattenwandlerin!«

»Die Sonne! Deshalb bist du gegen die Sonne allergisch und bekommst Blasen!«, sagte Ahnvil verdattert.

»Na klar«, sagte SingSing. »Das würde wahrscheinlich passieren.«

»Aber wie konnte ich mich dann mit Bella verständigen?«, fragte Kat. »Ich bin doch ein Mischling.«

»Mit wem dich verständigen?«, fragte SingSing.

»Bella«, sagte Ahnvil und erklärte die Situation.

»Vielleicht wegen des Amuletts«, warf Kamen ein. »Es unterstützt dich dabei, teilweise den Fluch zu umgehen.«

»Wow. Flüche. Zaubersprüche. Amulette. Löwen, Tiger und Bären, du meine Güte!«, sagte SingSing. Sie stupste den Drachenkopf, bis er wieder in ihrem Haar verschwand.

»Ich habe Kopfschmerzen«, knurrte Ahnvil. »Sie verursacht mir Kopfschmerzen.«

»Hmpf, ich weiß, wann ich nicht erwünscht bin«, sagte SingSing und zog eine Schnute. Sie hob die Hand, und mit einem Fingerschnipsen war sie verschwunden. Ein »Ta-daaa!« hallte nach.

»Na großartig, jetzt hast du sie vergrätzt«, stellte Leo spöttisch fest. »Wir haben in der letzten Minute mehr von ihr erfahren als in der gesamten letzten Stunde.«

»Sorry«, seufzte Ahnvil.

»Dschinn. Ich bin nicht seltsam, ich bin nur eine Dschinn«, staunte Kat.

»Teilweise. Ich frage mich, ob das bedeutet, dass du über Zauberkräfte verfügst«, sagte Kamen nachdenklich.

»Zauberkräfte!«, stöhnte Kat.

»Dschinn ziehen ihre Kraft aus Gegenständen, die einen Zauber bergen. Wie das Amulett«, sagte Kamen. »Es ist mit einem Zauber belegt. Du solltest es vielleicht dazu benutzen, um einen Trick vorzuführen … wie SingSing ihr Verschwinden.«

»Oh. Nein. Nicht verschwinden«, sagte sie hastig. »Vielleicht gelingt es mir ja nicht, zurückzukommen.«

»Ich kann es dir beibringen –«, begann Kamen.

»Nein!«, schnitt ihm Ahnvil das Wort ab und stellte sich zwischen Kamen und Kat. »Du bringst ihr gar nichts bei!«

»Immer noch besser, als etwas aus Versehen zu tun, über das sie keine Kontrolle hat«, sagte Kamen finster. »Wie sich ein Amulett umzuhängen, ohne dessen Kräfte zu erkennen. Sie hat es aus einem bestimmten Grund getan. Es hat sie gerufen, und sie hat es sich umgehängt. Und jetzt wird sie es nicht mehr los.«

»Ist mir egal. Wenn sie etwas lernen soll, dann von SingSing oder Grey oder wem auch immer, aber nicht von dir.«

»Hoppla! Warum so feindselig?«, fragte Bella, als Max seinen Kommentar übermittelt hatte. »Ich will mich da nicht einmischen, aber sie konnte uns eindeutig auch nicht sehen. Was tun wir jetzt? Ich meine, vielleicht liegt es daran, dass ich halb Mensch, halb Druide bin, so wie sie halb Mensch und halb Dschinn ist, dass wir nicht miteinander kommunizieren können. Doch das ändert nichts an der Tatsache, dass niemand aus unserer Welt etwas von eurer weiß und dass irgendetwas uns daran hindert. Und die Einzigen, die mit uns kommunizieren können, sind menschliche Sterbliche … Also vielleicht kann einer von euch Jungs …«, sie zeigte auf Leo und Max, »uns helfen. Wir müssen den Dämonenkönig, den Vampirprinzen und die Lykanthropenkönigin kontaktieren. Es gibt eine Menge Leute da draußen, die das erfahren müssen.«

»Auf unserer Seite ebenfalls«, sagte Jackson. »Wir müssen Grey und die Nachtengel kontaktieren. Auch die Phönixe … obwohl ich keine Ahnung habe, wie das gehen soll. Das Gleiche gilt für die Mysticals. Haben sie überhaupt einen Anführer?«

»Ja, haben sie.«

Alle drehten sich zu dem Mann um, der gerade den Raum betreten hatte, obwohl Kat nicht begreifen konnte, wie er hereingekommen war.

»Grey«, sagte Ahnvil, womit die Frage beantwortet war. Noch ein Dschinn! Jemand, von dem sie bestimmt eine Menge lernen konnte, dachte Kat mit ziemlichem Eifer. Jemand, von dem sie lernen konnte, ohne dass Ahnvil etwas dagegen einzuwenden hätte. Jemand, der wahrscheinlich über besondere Fähigkeiten verfügte, wenn er der Anführer der Dschinn von Nordamerika war.

Nachdem man Grey auf den neuesten Stand gebracht hatte, war er ziemlich beeindruckt. »Etwas jenseits meiner Fähigkeiten. Faszinierend«, sagte er und bestätigte damit nur Kats Eindruck, dass sie eine Menge von ihm darüber lernen könnte, was es bedeutete, eine Dschinn zu sein. »SingSing hat mir gesagt, dass ich herkommen soll, doch sie hat nicht gesagt, warum. Ich bin wirklich froh, dass sie das getan hat. Sie ist ein gutes Mädchen. Sie verrät einem immer, wenn sie überfordert ist.« Nachdenklich betrachtete er Kat. »Ich habe von Adomas Amulett gehört«, sagte er, während er zu ihr trat und den Anhänger in die Hand nahm. »Ja, es ist ziemlich mächtig. Warum solltest du es abnehmen wollen?«

»Weil ich es *nicht* tun kann«, sagte sie trocken.

»Menschen. Immer wollen sie, was sie nicht haben können, nur um dann festzustellen, dass sie es im Grunde doch nicht wollen.«

»Nun, zum Glück kann ich es immer wieder anlegen, sobald ich herausgefunden habe, wie man es abnimmt«, sagte Kat.

»Bist du dir da sicher?«, fragte er schelmisch.

Für Kat war nichts mehr sicher. Sie war in einer surrealen, neuen Welt, in der sie sich, was sie selbst betraf, auf nichts mehr verlassen konnte … wo sie sogar noch normaler war, als sie die ganze Zeit gedacht hatte.

»Schau mich an«, bat Grey, packte sie unterm Kinn und hob es an. Er begutachtete sie von beiden Seiten. »Sonnenempfindlich?«, fragte er.

»Sehr«, sagte Kat.

»Ein reiner Dschinn löst sich im Sonnenlicht in Rauch auf. Du bekommst Blasen und Verbrennungen, weil du erst lernen musst, wie man sich gewollt in Rauch auflöst. Du hast genug Energie dafür, glaube ich, aber das finden wir erst mit der Zeit heraus. Es ist das Erste, was du lernen musst. Um dich zu schützen.«

Kat glotzte ihn an. »Cool.« Das war alles, was ihr dazu einfiel.

»Was die Mysticals betrifft, so habe ich deren Herrscherin in meiner Obhut. Leo und sein Nachtengel haben geholfen, sie vor ihren Entführern zu retten.«

»Du meinst, das geflügelte Pferd?«, fragte Leo und sah ihn ungläubig an. »Sie ist eine Herrscherin?«

»Ja. Das ist sie. Sie braucht eine Weile, bis sie sich von dem Gift erholt, das sie ihr gegeben haben … die Hühnereier. Mysticals vertragen keine Eier. Sie erstarren davon entweder in ihrer mystischen oder in ihrer Menschengestalt, je nachdem, welche Gestalt sie gerade haben. Der Zar der Phönixe wird das ebenfalls erfahren wollen. Ich empfehle, alle Schattenwandler über den Fluch zu informieren, und vielleicht finden wir dann eine Möglichkeit, ihn aufzuheben. Wenn die Prophezeiung stimmt, befindet sich eine dunkle Macht unter uns, und wir müssen gemeinsam handeln, um sie abzuwehren.«

»Auch die Geister?«, fragte Jackson zweifelnd. Geister waren seiner Ansicht nach das reine Böse.

»Kommt Zeit, kommt Rat«, sagte Grey.

»Denkst du, es ist Apep? Die dunkle Macht?«, fragte Grey.

»Vielleicht. Das Problem mit Prophezeiungen ist, dass man oft nicht weiß, wie man sie interpretieren soll, bis es zu spät ist … und das Schicksal seinen Lauf genommen hat.«

»Einverstanden«, sagte Kamen. »Wie es scheint, sollte ich bei der Suche nach dem Zauber und den Prophezeiungen dabei sein.«

»Da haben wir's schon wieder«, sagte Ahnvil barsch. »Dauernd willst du an unsere Wissensquellen. Du drängst dich ganz schön auf, meinst du nicht?«

»Das kann ich nun einmal am besten. Wenn ihr nicht wollt, dass ich meiner Zauberei nachgehe, welchen Nutzen habe ich dann für euch?«

»Überhaupt keinen«, sagte Ahnvil finster.

Kamen blickte zu Jackson und zog fragend eine Braue hoch.

»Na schön«, lenkte Jackson ein. »Du kannst wohl kaum mehr Schaden anrichten als Apep.«

»Wie ich gesagt habe«, antwortete Kamen leise. »Ich habe dieses Übel in die Welt gebracht, und ich werde nicht ruhen, bis ich es ausgelöscht habe. Ich kenne meine Pflicht. Ich weiß auch, dass ihr kaum einen Grund habt, mir zu trauen.« Er blickte vielsagend zu Ahnvil. »Aber es ist lange her, dass du in meiner Obhut warst. Die Dinge haben sich geändert.«

»Deiner Obhut? Deiner verdammten Obhut?«

Kat sprang auf und stellte sich zwischen Ahnvil und Kamenwati, was wahrscheinlich der einzige Grund dafür war, warum Ahnvils Hände nicht um Kamenwatis Hals lagen.

»Du. Komm mit«, befahl sie und griff nach seiner Hand. »Ihr da«, sie zeigte in den Raum. »Ihr unterhaltet euch und findet was heraus.«

Dann zerrte sie Ahnvil aus dem Zimmer und ging in Richtung Treppe. Als sie ihn schließlich in ihr Zimmer gelotst hatte, knallte sie die Tür hinter ihnen zu. Dann blickte sie ihn, die Hände auf den Hüften, finster an.

»Na schön, ich habe kapiert, dass er dich nervt. Ich habe kapiert, dass du ihn hasst. Aus gutem Grund. Aber du musst das große Ganze betrachten.«

»Nein, muss ich nicht! Ich –«

»Psst! Ich rede jetzt! Du hörst mir jetzt zu oder … oder … oder es wird in der Zukunft keinen spektakulären Blowjob geben. Kapiert?«

Oh, und ob er das kapierte. Die Kinnlade klappte ihm herunter, und anschließend verdunkelten sich seine Augen mit etwas, das man als reine, brennende Lust beschreiben konnte.

»Spektakulär?«

»Überwältigend, und wie«, versprach sie und hob dabei das Kinn an. »Aber nur, wenn du aufhörst, diese sturköpfige Nervensäge zu sein. Ich habe gerade mal vor zehn Minuten erfahren, dass ich eine Schattenwandlerin bin. Und dann habe ich erfahren, wie man lernen kann, sich in Staub zu verwandeln! Hast du eine Vorstellung davon, wie sich das anfühlt? Anstatt also wütend und mürrisch zu sein, könntest du mir bitte dabei helfen?«

Ahnvil hatte mit geballten Fäusten und stocksteif dagestanden, doch bei dem flehenden und verzweifelten Klang in ihrer Stimme seufzte er und entspannte sich.

»Natürlich kann ich das. Aber eins muss ich dir sagen, ich traue Grey auch nicht besonders. Ich habe stets das Gefühl, dass er mehr weiß, als er vorgibt. Mir hat nicht gefallen, wie er dich angeschaut hat.«

»Wie auch immer, ich brauche ihn. Ich brauche ihn oder SingSing oder jemanden, der mir beibringt, wie man … ein Dschinn ist. Gott. Ich kann selbst kaum glauben, was ich da sage. Ich glaube eher, dass ich zu Hause in meinem Bett liege und den coolsten Traum überhaupt habe.«

»Ich habe dich lieber hier«, sagte er mit voller, tiefer Stimme. »In *meinem* Bett.«

Bei der Bemerkung wurden ihre Augen ein wenig größer, doch dann spürte sie, wie sie zu lächeln begann. Unartig. »Oh, wirklich?«, fragte sie.

»Ja, wirklich.«

Sie trat vor und ließ ihren Körper gegen seine intensive Wärme sinken, während sie den Blick langsam nach oben richtete, um seinen Bernsteinaugen zu begegnen. »Ich frage mich … Wie würdest du mit einer Dschinn schlafen?«

Er lachte leise. »Das ist ein bisschen so, als würdest du fragen, ob ich den spektakulären Blowjob möchte. Das dürfte sich von selbst verstehen.«

»So sehe ich das auch«, sage sie, und ihre Augen strahlten verschmitzt. »Was soll es also sein? Tür Nummer eins …« Sie glitt mit ihren Fingerspitzen über seinen Hosenschlitz, hinauf über seinen Bauch und seinen Brustkorb und ließ dann das Gewicht ihrer Brust in seine Handfläche sinken.

»Himmel«, murmelte er, und in seinen Augen brannte ein loderndes Feuer. »Muss ich wählen? Warum kann ich nicht beides haben?«

»So gierig«, sagte sie mit übertriebener Schnute. Dann lächelte sie. »Okay, überredet.« Sie griff nach seiner Gürtelschnalle und öffnete sie mit geschickten Fingern. Die Hand auf ihrer Brust spannte sich kurz an, als könnte er nicht anders, doch dann drehte er sie um und fuhr ihr mit den Fingerknöcheln über das Brustbein. Er glitt weiter an ihrem Hals hinauf, während er den Gürtel herauszog, und berührte mit sanften Fingern ihre Lippen, als sie den Knopf seiner Jeans aufmachte.

»Ich weiß nicht, ob ich überhaupt die Vorstellung davon ertrage. Ich denke an deinen Mund auf mir und …« Er packte ihre Hand und drehte sie um. Mit ihrem Handballen fuhr er fest über die gesamte Länge seiner Erektion. »Allein die Vorstellung macht mich so scharf, dass ich wie der größte Grünschnabel der Stadt in meine Hosen kommen könnte. Du bist mir viel zu nah, als dass ich überhaupt noch die Kontrolle behalten könnte. Ich habe Angst … ich will dir nicht wehtun.«

»Du wirst mir nicht wehtun. Lass mich das tun, und ich verschaffe dir all die Lust, die ich geben kann, und dann wirst du den Gefallen erwidern. Und wir werden jede. Einzelne. Minute. Genießen.« Sie beugte sich vor und küsste seinen Mund nach jedem der letzten drei Worte.

»Oh, daran habe ich keinen Zweifel, Kat-Mädchen. Keine Sekunde. Ich …« Ahnvil hielt inne, bevor er ihr sagte, dass er alles an ihr liebte. Liebe war ein starkes Wort, und ein Mann sollte es nicht leichtfertig gebrauchen. Er wollte keine falschen Versprechungen machen für eine Zukunft, die vielleicht nicht möglich war. Die Zukunft war ein dunkler, undurchdringlicher Ort. Er wusste nicht, was er ihr dort bieten könnte. Er wusste ja kaum, wie er den nächsten Tag überstehen sollte. So viel in seinem Leben hatte mit der Vergangenheit zu tun. Mit seinen Fehlern und seinen Schicksalsschlägen. Mit seinem Hass und seiner Wut. Er war sich nicht einmal sicher, ob er einem Mädchen Dinge wie Liebe und Zufriedenheit geben konnte. Musste man nicht selbst zufrieden sein, um jemand anders dieses Gefühl geben zu können?

Oh, doch sie lockte ihn mit viel besseren Dingen als Zufriedenheit, dachte er, als sie den Reißverschluss seiner Jeans herunterzog. Mit ihren kleinen, kräftigen Händen schob sie ihm die Hose über die Hüften. Er spürte ihre Fingernägel sanft über seine Haut gleiten, als sie seinen Hintern und seine Oberschenkel entblößte. Sein Schaft stand befreit hoch, als sie ihm die Jeans herunterzog und dabei immer wieder gegen seinen Körper stieß. Sie ging auf die Knie und zog die Hose über seine Füße. Er musste den großartigen Anblick von ihr in dieser unterwürfigen Position aushalten. Dann blickte sie zu ihm hoch. Zuerst in seine Augen und dann auf seine Erektion. Sie streckte die Hand aus und berührte sie mit den Fingerspitzen sanft in der Mitte, fuhr langsam mit ihnen daran entlang und wieder zurück. Es war nichts als eine flüchtige Berührung, und trotzdem spannte er sich an und wurde noch härter. Er musste seinen Schaft selbst umfassen, um die Intensität seiner Reaktion unter Kontrolle zu bringen. Wenn ihn schon die kleinste Berührung so ins Schleudern brachte, was würde dann ihr Kuss mit ihm machen?

»Nein. Lass mich«, tadelte sie ihn sanft, als sie seine Hand wegzog. Dann machte sie es ihm nach und drückte ihn an der Wurzel seines Schafts.

»Oh mein Gott«, stöhnte er, mit erhobenen Händen, bis er ihr schließlich eine Hand auf den Kopf legte und seine Finger in ihrem dunklen Haar vergrub. *Sei sanft*, mahnte er sich, *tu ihr nicht weh*.

Er fand, sie war das Hübscheste, was er je gesehen hatte. Nicht nur wegen dem, was sie mit ihm anstellte, sondern weil sie eine natürliche Schönheit besaß, mit ihren Whiskeyaugen und ihrem nerzfarbenen Haar, ihren himbeerroten Lippen und der leicht sommersprossigen blassen Haut. Er war froh, dass sie keine Sonne vertrug. Er würde ihren Porzellanteint gegen nichts in der Welt eintauschen wollen.

Sie schlang ihre Hand ganz um ihn und richtete sich auf Knien zu ihrer vollen Größe auf. Doch sie waren so unterschiedlich groß, dass sie nicht an ihn heranreichte. Alles, was er spürte, war ihr Atem, der über ihn strich. Langsam, ohne ihn loszulassen, kniete er sich mit gespreizten Knien vor sie hin. Sie lächelte ihn an, und er hatte den Eindruck, sterben zu müssen bei dem Gefühl, das es in ihm auslöste. Plötzlich fühlte er sich unbesiegbar. Oh, als Gargoyle kannte er das Gefühl von Unverwundbarkeit bereits, doch schon die kleinste Berührung durch sie gab ihm das Gefühl, Welten erobern zu können. Sie beugte sich nach vorn und zog ihn an ihre Lippen. Im letzten Moment streckte sie die Zunge heraus und berührte ihn damit, anstatt ihn mit den Lippen zu küssen. Er sah Blitze und war überzeugt, dass nur in ihr drin zu sein besser sein konnte als das hier.

Sie leckte ihn langsam, als wäre er ein Lutschbonbon, und alles an seinem Körper spannte sich an, als Lust ihn durchströmte. Seine Hand umklammerte ihren Schädel und zog an ihrem Haar. Er wollte damit verhindern, ihn ihr tiefer hineinzustoßen, um seine Lust zu steigern. Er wollte nicht, dass sie etwas tat, wozu sie noch nicht bereit war. Nicht, wenn alles so neu war und er ihre Grenzen als Liebhaberin noch nicht kannte. Doch er lernte jede Sekunde etwas dazu.

Sie leckte ihn ein paarmal bis zur Wurzel seines Schafts und wieder zurück, wobei jedes Mal mehr Nerven zum Leben erwachten, als er für möglich gehalten hätte. Sie spielte mit ihrer Zunge an seiner Spitze und leckte die hervorquellende Flüssigkeit ab.

»Götter im Himmel, du bringst mich um, Kat-Mädchen.«

Das entlockte ihr ein schamloses Lächeln, das ihn nur noch mehr erregte. Er hätte sie am liebsten gepackt und zu Boden geworfen, als sie plötzlich den Mund öffnete und ihn mit einem Zungenschlag aufnahm.

Hatte sie spektakulär gesagt? Es war kometenhaft. Vollkommenes Nirwana. Jetzt war er sich sicher, dass er noch nie etwas Derartiges empfunden hatte. Was war so anders daran? Was brachte ihn dazu – bereits auf Knien –, noch einmal in die Knie zu gehen?

Kat. Es war allein Kat. Sie war mehr, als eine Frau zu sein brauchte. Mutig hatte sie sich trotz einer entstellenden Krankheit in einer Welt, die sie mit grausamen, vorurteilsbeladenen Augen betrachtete, durchgebissen. Sie hatte sich zurückgezogen, um sich zu schützen, und trotzdem war es auch eine Form von Widerstand. Ihre Art zu sagen, dass sie ihr Leben nach eigenen Vorstellungen lebte und sich nicht darum kümmerte, was die anderen dachten.

Er wusste, dass sie sich trotzdem für schwach hielt. Dass die anderen gewonnen hatten, weil sie sich hatte vertreiben lassen. Er sah das anders. Völlig anders. Ihr Mut und Scharfsinn waren genauso bravourös wie die Art, ihn in den Mund zu nehmen.

»Kat … oh, meine allerliebste Kat, du musst aufhören«, stöhnte er, als sie ihn wieder und wieder in den Mund nahm. »Du bringst mich dazu, gleich loszugehen, und ich will in dir drin sein, wenn ich das tue.«

Daraufhin bewegte sie sich schneller, ließ ihn noch tiefer hineingleiten und saugte kräftig an ihm. Da packte er sie mit beiden Händen an den Haaren, und gegen seinen Willen stieß er mit jeder Sekunde fester gegen ihren Gaumen.

»Kat, ich werde gleich –« Er würde gleich kommen. Er spürte es erst kurz bevor sie ihn dazu brachte. Er brüllte vor Lust auf und ließ sie los, damit sie sich zurückziehen konnte, falls sie das wollte. Doch das tat sie nicht. Sie nahm alles von ihm. Seinen Samen. Seine Lust. Seinen Verstand. Er kam sich klein und leer vor. Er schnappte nach Luft und konnte sich kaum auf den Knien halten, als sie sich schließlich von ihm löste. Beim Anblick der strahlenden Zufriedenheit in ihren Augen fiel er beinahe vornüber. Sie war höchst zufrieden mit sich selbst, und das zu Recht.

Er packte sie und legte sie auf den Rücken, schwang ein Bein über sie und berührte ihre Nase beinahe mit seiner.

»Du bist dran«, knurrte er wild.

Dann küsste er sie und war von seinem Geschmack auf ihrer Zunge wie elektrisiert, so sinnlich und salzig und köstlich. Als er den Kopf hob, um nach Luft zu schnappen, war sie errötet und hübsch und unwiderstehlich. »Komm und gib uns diese Zunge noch einmal«, sagte er, bevor er ihre Lippen mit seinen berührte und sie noch einmal tief küsste und es sich trotzdem anfühlte, als wäre es das erste Mal. So war es jedes Mal, wenn er sie küsste.

In diesem Moment spürte er, wie er fiel. Schnell. Viel zu schnell.

Panik befiel ihn. Er konnte das nicht tun. Verglichen mit ihrer Freundlichkeit, Großzügigkeit und ihrem grenzenlosen Mut hatte er wenig zu bieten. Gefahr? Bedrohung? Ein Leben, das er täglich riskieren würde, um andere ohne Rücksicht auf sich selbst und die Frau, die auf seine Heimkehr wartete, zu beschützen.

Er machte sich los von ihr. Von ihrem Mund, ihrem gesamten Körper.

»Was ist los?«, fragte sie, setzte sich auf und blickte ihn fragend an.

»Ich muss … Es gibt etwas … Ich habe vergessen …«, stammelte er, während er seine Hose vom Boden aufhob und so schnell wie möglich hineinschlüpfte. »Ich bin bald wieder zurück«, sagte er, als er vollständig angezogen war. Doch es war eine Lüge. Er konnte nicht zurückkommen. Er durfte die Gefühle nicht zulassen, die in ihm wuchsen. Es durfte sie nicht geben. Sein Leben, seine Verpflichtung galten Menes, dem Mann, den zu beschützen er im Tausch gegen die Energie seines Steins geschworen hatte.

Nein. Er hatte ihr nichts zu geben, außer vielleicht Sex und Vergnügen, doch es war bereits viel mehr geworden. Er musste ehrlich zu sich sein und es sich eingestehen. Er konnte nur beten, dass es sich bei Kat nicht ebenfalls so verhielt. Sie war nicht der sorglose Typ. Sie nahm die Dinge sehr ernst. Sie würde sich einem Mann nicht so ohne Weiteres hingeben. Wenn er etwas über sie gelernt hatte, dann, dass sie die Dinge nicht leichtnahm.

Als er zur Tür hinausging, unfähig, ihr in die Augen oder ins Gesicht zu blicken, wusste er, dass er ihr wehtat. Es war ihr noch nicht bewusst, doch er tat ihr weh. Allerdings gab es nichts, was er dagegen hätte tun können.

Überhaupt nichts.

17

Erst zwanzig Minuten später dämmerte es Kat, dass Ahnvil nicht zurückkommen würde. Nun, dachte sie, vielleicht wird er von etwas Wichtigem aufgehalten. Oder vielleicht spürt er irgendeine Bedrohung. Hatte ihr nicht jemand erzählt, dass Gargoyles ein eingebautes Alarmsystem haben, das sie Gefahren spüren ließ, bevor sie konkret da waren?

Sie stand vom Boden auf und trat ans Fenster. Es zeigte zur Vorderseite des Hauses. Als sie hinausblickte, sah sie lediglich eine Frau, die sie noch nicht kannte, mit einem Hund spielen. Sie war apart und groß und, wie alle hier, wirklich attraktiv. Ihr wurde klar, dass der Vorteil eines Körperwandlers war, dass man sich denjenigen aussuchen konnte, als der man zurückkehrte. Das schloss auch das Äußere mit ein. Doch das war nur verständlich, denn gutes Aussehen brachte einen in dieser oberflächlichen Welt weiter. Das war eine Tatsache.

Doch die spielende Frau sagte ihr, dass keine sichtbare Bedrohung bestand. Weil sie nicht wusste, was sie tun sollte, ging sie wieder hinunter, um nach ihm zu sehen, während sie zu verstehen versuchte, was geschehen war. Als sie das Wohnzimmer durchquerte, hatte sich die Versammlung, die sie zurückgelassen hatten, aufgelöst. Jetzt war sie doppelt neugierig. Sie dachte, das eine wäre wichtiger als das andere, doch aus irgendeinem Grund war sie auf Ahnvil fixiert.

Doch nach zwanzigminütiger Suche hatte sie ihn noch nicht gefunden. Stattdessen stieß sie in der Küche mit Kamen zusammen. Sie war so in Gedanken, dass sie wie ein Crashtest-

Dummy in ihn hineinrannte. Er streckte die Hand aus, um sie zu stützen.

»Oh. Hallo«, sagte sie abwesend.

»Hallo, kleine Dschinn.«

»Es tut mir leid … hast du Ahnvil gesehen? Du weißt schon, den großen Gargoyle. Der dich nicht ausstehen kann.«

»Ja«, sagte er amüsiert. »Ich weiß, wen du meinst. Nein, ich habe ihn nicht gesehen.« Er betrachtete sie. »Du bist früher gegangen. Bist du nicht neugierig, was danach passiert ist?«

Sie nickte.

»Leo Alvarez hat das neue Schattenwandlerpärchen beim Verlassen des Anwesens begleitet. Sie kehren zu ihrem Dämonenkönig zurück … Noah heißt er, glaube ich … Sie wollen ihm von ihrer Begegnung mit uns und von dem Fluch berichten, der uns voneinander zu trennen scheint. Ich glaube, wir müssen einen Weg finden, um diesen Fluch aufzuheben. Es wird nicht einfach sein. Vielleicht dauert es Jahre, bis wir die Lösung finden. Allerdings glaube ich nicht, dass wir jahrelang Zeit haben. Zum Glück hat Menes mir erlaubt, auf eigene Faust Nachforschungen anzustellen. Ihm ist irgendwann klargeworden, dass ich die große Hoffnung bin, der Sache ein Ende zu machen.«

»Das bezweifle ich nicht.« Kat sammelte sich und konzentrierte sich auf den Mann, den sie vor sich hatte. »Hast du das ernst gemeint? Dass du mir dabei helfen kannst, mehr über mich zu erfahren?«

»Was das betrifft, wäre dir mehr gedient, wenn du Grey um Hilfe bitten würdest. Er weiß, was es heißt, ein Dschinn zu sein. Viel besser als ich. Obwohl ich zugeben muss, dass er ziemlich launisch ist. Die meisten Dschinn sind das. Mit ihm und vielleicht SingSing …«

»Ich habe das Gefühl, dass ich mit SingSing nicht viel weiterkomme. Sie ist nicht der Typ, der anderen etwas zeigen kann.

Ich bin mir nicht ganz sicher, ob sie ganz richtig im Kopf ist.« Sie machte eine Drehbewegung mit dem Finger um ihr Ohr.

»Kann sein«, sagte er mit einem kleinen Lächeln. Sie fragte sich, ob der Mann je gelacht hatte. Er schien unglaublich ernst zu sein. Doch sie wäre auch ernst, wenn sie unter Hausarrest stünde und ihr sämtliche Mitglieder der Hausgemeinschaft misstrauen würden. Sie konnte sich nicht vorstellen, wie das wäre. Sie war völlig fremd hier, und trotzdem hatte man ihr eine Menge Informationen anvertraut. Noch bevor sie etwas über sie erfahren hatten. Sie hatten sich allein auf das Wort ihres Gargoyle verlassen.

»Darf ich dich etwas fragen?«

»Warum solltest du jetzt damit aufhören?«, fragte er.

»Oh. Richtig.« Sie lachte verhalten. »Nun, ich habe mich etwas gefragt. Bereust du, was du getan hast … ich meine abgesehen von dieser Erweckung eines Dämonengottes.«

Er zog eine Braue hob. »Genügt das nicht?«, fragte er.

»Schon möglich.«

»Ich vermute mal, du willst fragen, ob ich es bereue, Gargoyles erschaffen und besessen zu haben.« Auf ihr Nicken hin sagte er: »Ich habe seit Stohn keinen Gargoyle mehr erschaffen, und ich wollte auch nicht mehr. Nach so vielen entlaufenen Gargoyles war mir klar, dass ich nichts tun konnte, um wahre Loyalität zu erzwingen. Meine Landsleute sind vom Gegenteil überzeugt, aber ich musste mir nicht zuerst den Kopf einschlagen lassen, um es zu begreifen. Ein Gargoyle, der auf der Flucht erwischt wird, wird natürlich hingerichtet. Und ein Gargoyle, der flieht, ist nicht mehr loyal und zeigt einem auch, dass der Verschmelzungsprozess eine Schwachstelle hat. Zumindest war das die allgemeine Überzeugung. Ich hätte andere Möglichkeiten gehabt, einen Entflohenen zurückzuholen.«

»Aber du wolltest nicht?«

»Er soll lieber fliehen, als mir im Schlaf in den Rücken zu stechen. Sobald er einen Fluchtversuch unternommen hat, ist ganz klar, dass er es immer wieder versuchen wird, womit er nicht mehr zu gebrauchen ist.«

»Du wirkst so gleichgültig«, sagte sie mit einem Stirnrunzeln.

»Ich sage, wie es ist. Es bedeutet nicht, dass ich meine Taten rückblickend gutheiße.«

»Oh. Dann bereust du sie also?«

»Reue verlangt Gefühle. Ich habe so oder so keine besonders starken Gefühle dahingehend. Aber ich verstehe die Schwächen meiner Denkweise.«

»Und ich verstehe, warum Ahnvil dich abgrundtief hasst«, sagte sie mit einem weiteren Stirnrunzeln.

»Wär's dir lieber, ich spiele ein Gefühl vor, das nicht existiert? Ich bin lieber ehrlich zu dir.«

»Es wäre mir lieber, du würdest etwas empfinden. Irgendetwas.«

»Ich empfinde etwas, das versichere ich dir. Ziemlich viel sogar. Ich bringe das nur nicht zum Ausdruck. Ich gehe nicht gern mit meinen Gefühlen hausieren. Gefühle sollte man für sich behalten und prüfen. Ich habe meinem Gefühl leichtfertig nachgegeben, und das Resultat ist, dass wir jetzt einem mächtigen Bösen gegenüberstehen. Und ich habe zu spät gemerkt, dass ich die Sache falsch angepackt habe. Gefühle haben mein Urteilsvermögen getrübt. Ein Fehler, den ich nicht wiederholen werde.«

»Du hast sehr viel für diese Odjit empfunden, nicht wahr?«

Das Thema behagte ihm nicht, und zum ersten Mal zeigte er ihr einen Funken von dem Gefühl, das er unter Kontrolle zu halten versuchte. »Ich habe für das Wunschbild etwas empfunden. Sie war jedoch nicht … das, wofür ich sie gehalten habe. Hätte ich …« Er verstummte und schüttelte den Kopf. »Was ich empfunden habe, fällt nicht ins Gewicht. Es ist nicht real. Das ist entscheidend.«

»In Ordnung. Das akzeptiere ich. Reue ist Reue, ob man das Gefühl nun zeigt oder nicht. Du wünschst, du hättest dich anders verhalten. Ob nun in der Rückschau oder nicht, das spielt keine Rolle. So ist Reue nun mal. Zurückschauen und erkennen, dass man einen Fehler gemacht hat. Kommen wir noch mal auf die Sache mit dem Zauber zurück.« Sie hob das Amulett hoch und hielt es ihm vor die Nase. »Erzähl mir hiervon.«

»Es gehört zu einem prophetischen Vers. Ich versuche, mich an den genauen Wortlaut zu erinnern. ›Der Sklave, der aus den unsterblichen Schattenwandlern hervorgeht, wird die Kräfte darin freisetzen. Derjenige, der Adomas Amulett nutzbar macht, wird über solche Kräfte verfügen, dass er selbst einen Gott zum Weinen bringt.‹«

»Aha. So richtig habe ich das nicht begriffen.«

»Gewiss. Willst du wissen, wie ich das interpretiere?«

Sie nickte begierig.

»Ich glaube, dass sich die Prophezeiung bereits erfüllt hat. Der Sklave hat das Amulett befreit. Der Gargoyle hat es diesen Idioten weggenommen, die es zu ihrem eigenen Nutzen verwenden wollten. Und derjenige, der das Amulett nutzbar machen wird, bist du.«

»Ich?« Sie wusste, dass sie genauso ungläubig schaute, wie sie sich anhörte.

»Ja, du«, bestätigte er ihr. »Das Amulett hat seinen Besitzer bereits gewählt. Ich habe das Amulett selbst schon angelegt, und es hat nichts für mich getan, egal, was ich damit angestellt habe.«

»Aber du hast gesagt …«

»Ich hatte vergessen, dass ich das versucht habe. Etwas später erst. Und zu erfahren, dass du zur Hälfte eine Dschinn bist, hat meine Wahrnehmung verändert. Das heißt, du bist in gewisser Hinsicht besonders. Wahrscheinlich hat es damit zu tun, dass du eine Dschinn bist. Was das Amulett allerdings bewirkt … das kann ich nicht sagen. Das musst du herausfinden. Wenn du erst einmal gelernt hast, die Kräfte deiner Niks zu benutzen, wirst du auch lernen, die Kräfte in deinem Interesse zu nutzen.«

»Warte. Nik?«

»Ein Nik ist ein Gegenstand mit magischen Kräften, entweder lebendig oder tot. Leblose Niks werden Niknaks genannt. Lebende Nikkis. Da ist ein Nik.« Er zeigte auf den Anhänger. »Was ist passiert, als du ihn abnehmen wolltest?«

»Nun … als ich es versucht habe … ich habe es einfach nicht geschafft. Als Ahnvil es versucht hat, hat es mich durchs Zimmer geschleudert, damit ich von ihm wegkomme.«

»Aha. Und trotzdem bist du nicht verletzt worden?«

»Nein. Es hat mir nur die Luft aus den Lungen gepresst.«

»Es hat dich vor einer Verletzung geschützt und sich selbst davor, abgenommen zu werden. Wie es scheint, handelt es ganz in deinem Interesse. Versuch nicht, es abzunehmen. Solange du es trägst, ist es von unschätzbarem Wert für dich.«

»Ich habe dir gesagt, ich kann es gar nicht abnehmen.«

»Noch nicht. Aber es wird eine Zeit kommen, zu der du lernen wirst, wie das geht. Und dann werden andere versuchen, es dir wegzunehmen. Es wird immer andere geben, die versuchen werden, dir deine Niks wegzunehmen. Vor allem andere Dschinn. Weißt du, sobald ein Dschinn einen Nik berührt, gehört er ihm … bis wieder ein Dschinn ihn berührt. Doch sie können ihn berühren, wie sie wollen, während du ihn trägst, und es wird nichts passieren. Er lässt sie vielleicht nicht einmal nah genug herankommen, um ihn zu berühren.«

»Ist es denn überhaupt möglich, gleichzeitig so ungerührt und so Angst einflößend zu sein?«

»Natürlich. Aber du bist nicht so ängstlich, wie du vorgibst.«

»Nein, bin ich nicht«, sagte sie, als ihr klar wurde, dass er das richtig erkannt hatte. »Es liegt wohl daran, dass mir mein Leben lang die menschliche Welt ein wenig fremd war. Ich wusste damals nicht, was es war, doch rückblickend meine ich es zu wissen. Ich war gar nicht für die Menschenwelt vorgesehen.« Sie lachte. »Weißt du, es gibt kein Kind, das sich nicht irgendwann wünschen würde, Superkräfte zu haben. Ich bin mir allerdings nicht sicher, ob das wirklich so toll ist. Doch mein Leben lang habe ich mich fehl am Platz gefühlt. Vielleicht wenn ich ein bisschen stärker werde … besser dazu in der Lage, zu kontrollieren, was ich tue … vielleicht würde ich mich dann wieder normal fühlen.«

»Aber du bist ein Mischling«, wandte er ein. »Selbst Grey weiß, dass es nicht so einfach sein wird, wie es klingt. Genpools zu mischen ist eine beängstigende Variable, was Schattenwandler und Menschen betrifft. Deshalb tun wir das nicht so oft. Unsere Welten divergieren eigentlich zu sehr, als dass wir uns von Menschen angezogen fühlen, aber Ausnahmen gibt es immer. Ist dir klar, dass du das deiner Mutter nicht erzählen darfst?«

»I-Ich habe noch nicht darüber nachgedacht.« Sie biss sich auf die Lippen.

»Je weniger von uns wissen, desto besser für unsere Welt. Nicht viele Menschen kommen damit klar.«

Sie dachte an ihre Mutter, eine Frau, die es nicht einmal dulden wollte, dass auf ihrem Berg ein neuer Funkmast errichtet worden war, und sie musste ihm recht geben. Sie würde es nie verstehen. Wahrscheinlich würde sie ihr gar nicht glauben und würde versuchen, sie einweisen zu lassen. Bei Gott, Mom war stark. Sie hatte angeblich ein Mondkind großgezogen, wie man

Kinder mit ihrer Krankheit nannte. Sie hatte sich für sie eingesetzt und wahrscheinlich öfter für sie gekämpft, als es Kat bewusst gewesen war. Da noch eins draufzusetzen war womöglich zu viel.

Oder vielleicht würde sie die gleiche Erleichterung verspüren wie Kat. Das gleiche Gefühl, endlich zu begreifen, wohin sie in dieser Welt gehörte.

Sie schüttelte den Kopf über ihre eigenen Gedanken. Nein. Kamen hatte recht. Es blieb besser unausgesprochen.

»Weißt du, ich wollte dich hassen«, erzählte sie ihm. »Weil Ahnvil es tut. Weil er gute Gründe dafür hat.«

»Und trotzdem tust du's nicht?«

»Nein. Du tust mir leid. Du hast schreckliche Fehler gemacht und bist trotzdem nicht einmal sicher, ob du weißt, wie du sie wiedergutmachen sollst. Du willst es. Das weiß ich. Aber du weißt nicht, wie. Deshalb drängst du so wegen der Nachforschungen. Du denkst, dass das die Erlösung bringt.«

»Vielleicht. Vielleicht stelle ich auch fest, dass es keine Erlösung gibt. Dass nichts, was ich sage oder tue, jemals ein Leben voller Sünden wiedergutmachen kann. Frag deinen Gargoyle. In seinen Augen gibt es nichts, was das, was ich ihm angetan habe, wiedergutmachen könnte.«

»Nein. Wahrscheinlich nicht. Also …« Sie blickte um sich, um zu prüfen, ob Ahnvil in Hörweite war, bevor sie sich zu ihm vorbeugte. »Bring mir irgendetwas bei, damit ich es anwenden kann. Irgendeine Kleinigkeit, die mir beweist, dass ich tatsächlich tun kann, was alle behaupten. Ich will nur … ich meine, es ist bestimmt wahr … aber …«

»Du willst es mit eigenen Augen sehen. Damit es wahr wird.«

»Ja. Damit es wahr wird.«

»Na schön. Heb das Amulett hoch und halt es mit der Hand fest.«

Sie tat es bereitwillig und umschloss es fest mit ihrer Hand.

»Nicht so verkrampft«, sagte er und legte seine Hand auf ihre, damit sie sich entspannte. »Also, im Zentrum dieses Amuletts befindet sich Energie. Das ist wie Zaubern. Ich muss tief in mich hineinhorchen und gleichzeitig in den Zauber eintauchen und beides irgendwie miteinander verbinden. Je mehr Erfahrung du hast, desto schneller kannst du diese Brücke bauen. Jede Sache braucht ihre eigene Brücke, und jede Brücke ist einzigartig und auf eigene Weise konstruiert. Konzentrier dich vorläufig darauf. Stell dir vor, Verbindungslinien von deinem Herzen zur Mitte des Amuletts zu ziehen.«

Aus Angst davor zu sprechen, nickte sie. Etwas am Klang seiner Stimme, etwas Andächtiges, machte sie sowohl nervös als auch ruhig. Sie spürte, wie sie die Verbindungslinien zog, doch es brauchte eine hohe Konzentration, weshalb sie die Augen schloss.

»Sobald du spürst, dass die Linien existieren, leg Planken darüber. Wie bei einer Brücke. Mit jeder Planke kommst du dem Herzen der Amulett-Energie ein Stück näher.«

Sie nickte, während sie langsam zu tun versuchte, worum er sie bat. Manchmal war es einfach, die Planke zu legen. Andere Male machte sie einen Schritt, fühlte sich unsicher und musste wieder zurück oder … oder es fühlte sich an, als würde sie stürzen, und sie musste wieder von vorn anfangen. Doch nach nicht allzu langer Zeit sah sie sich ihrem Ziel immer näherkommen.

»Fast geschafft«, flüsterte sie.

»Sobald du dein Ziel erreicht hast, will ich, dass du die Augen öffnest.«

»Ich kann nicht. Ich werde es verlieren«, sagte sie noch immer flüsternd, so als würde lautes Sprechen alles ruinieren, was sie erreicht hatte. Das würde es wahrscheinlich auch. Sie wollte nicht wieder von vorn anfangen.

»Nein. Wirst du nicht. Du hast einen starken Willen. Ich kann es spüren. Wie du dein Leben trotz des Sonnenlichts gelebt hast, hat dich gezwungen, stark zu sein. Deshalb wirst du lernen, es ganz leicht zu kontrollieren. Mach langsam die Augen auf, während du deine Brücke stabilisierst.«

Kat konnte den Unterschied fast spüren, als sie die Mitte des Amuletts berührte. Es fühlte sich wie ein Energieschub an, ein plötzlicher Windstoß, der ihr durchs Haar fuhr. Sie bemerkte nicht, dass genau das passierte und ihr Haar für einen kurzen Moment vom Wind heftig zerzaust wurde.

»Sehr gut. Jetzt mach«, drängte er sie.

Sie öffnete langsam die Augen, und er griff über den Tresen nach einem Keramikbecher. Als er ihn in die Mitte des Tresens stellte, sagte er: »Versuch den Becher hochzuheben. Levitation ist wie das Sich-Auflösen in Rauch, ein simpler Trick für einen Dschinn. Das sollte dir also nicht schwerfallen. Schieb die Energie aus der Mitte langsam in Richtung Becher, leg sie um ihn herum, als würdest du ihn mit einem Lasso einfangen, und heb ihn dann damit hoch. Kümmere dich nicht um Anmut oder darum, ihn aufrecht zu halten, heb ihn einfach nur hoch.«

Als sie spürte, dass sie Kontakt zu dem Becher hatte, bemerkte sie, wie erschöpft sie war. Ihr gesamter Körper stand unter Anspannung, während sie versuchte, ihre Konzentration aufrechtzuerhalten.

»Atme und entspann dich«, drängte er sie.

Und ganz langsam, wenn auch nur ein paar Millimeter, hob sich der Becher von der Arbeitsplatte.

»Was zum Teufel geht hier vor?!«

Der schneidende Tonfall in Ahnvils Stimme wurde unterstrichen von der plötzlichen Explosion des Kaffeebechers. Er zerbrach in tausend Stücke, aus denen auf einmal Geschosse wurden. Kamen zuckte zusammen und riss eine Hand hoch, die augenblicklich von scharfkantigen Scherben getroffen wurde. Was Kat betraf, sah es so aus, als wichen sie ihr aus.

»Ich habe dir gesagt, du sollst sie in Ruhe lassen!« Ahnvil packte Kamen am Hemd. »Sie braucht deinen Unterricht in Schwarzer Magie nicht!«

»Hör auf!«, rief sie und drängte sich zwischen die beiden Männer.

Kamen schlug Ahnvil fest gegen die Brust und stieß beide von sich weg. Sie konnte hellrote Blutspuren auf Ahnvils Hemd sehen.

»Ich habe genug davon, dass du mich wie einen ungezogenen jungen Hund behandelst!«, knurrte Kamen. »Wenn du mich herausfordern willst, nehme ich gerne an! Aber du bist nicht ihr Aufpasser, und sie kann tun, was sie will. Und sie will lernen, ihre Kräfte zu kontrollieren!«

»Du redest dich doch nur heraus!«, rief Ahnvil und stürzte sich erneut auf Kamens Kehle. »Ich bring dich auf der Stelle um, wenn du sie nur anschaust!«

»Genug!«, schrie sie ihm ins Gesicht, so gut sie es mit ihrer Größe und in dem Sturm seiner Wut eben konnte.

»Du weißt nicht, mit wem du es zu tun hast, Kat! Mach nicht den Fehler zu glauben, dass du ihm vertrauen kannst. Er ist schlicht und einfach böse, und ich werde –«

»Was? Ihn töten?«, fragte sie ihn. »Du kannst es aus den gleichen Gründen nicht tun, aus denen du es schon zuvor nicht konntest! Egal was du über ihn denkst, du brauchst ihn. Er muss gegen Apep vorgehen und das mit dem Fluch herausfinden! Und es sollte nicht vergebens sein«, sagte sie mit leiser werdender Stimme, als er damit aufhörte, sich gegen sie zu drängen, als wollte er Kamen an die Gurgel gehen, »dass er überhaupt hier ist. Er hätte auch einfach spurlos verschwinden und euch ohne Vorwarnung Apep überlassen können.« Sie stieß ihn noch weiter zurück. »Und Kamen hat recht. Ich gehöre dir nicht, und du kannst mir nicht sagen, was ich tun oder wen ich mir aussuchen soll, um zu lernen, wie man das macht.« Sie zeigte auf den Becher. »Das war das Beste, was ich als Dschinn je zustande gebracht habe! Und es lief super, bis du hier reingeplatzt und ausgerastet bist!«

Kat drehte ihm den Rücken zu und griff nach Kamens Arm, der wie sein Gesicht mit Keramiksplittern übersät war, die stark bluteten.

»Ist nicht schlimm«, versicherte Kamen ihr. »Ich entferne die Splitter, und es heilt in kürzester Zeit.« Zur Beruhigung legte er seine Hand auf ihre.

»Fass sie nicht an«, fauchte Ahnvil, »wenn du diese Hand behalten willst. Du brauchst nicht beide, um uns aus diesem Schlamassel herauszuhelfen.«

»Das ist es!« Kat wirbelte zu ihm herum und funkelte ihn wütend an. »Ich bin geliefert! Du willst nicht zulassen, dass andere mir helfen, du lässt sie mich nicht einmal anfassen, und du hast kein Recht dazu! Schon gar nicht, nachdem du mich mir selbst überlassen hast aus Gründen, die vielleicht gar nicht so wichtig waren!« Sie schlug ihm mit voller Kraft auf die Schulter. Dann noch einmal. Sie wusste, dass das so wirkungsvoll war, als wäre sie eine Fliege, doch sie konnte nicht anders. Als sie ihn das vierte Mal schlug, fing sie an zu weinen und wusste nicht einmal, warum. Schließlich schubste sie ihn, schubste ihn mit ihrer kleinen Gestalt aus dem Weg, so gut sie konnte, und plötzlich bewegte er sich, als wäre sie so groß wie er und als hätte sie ihn wie ein Footballspieler getackelt. Zu seiner großen Überraschung knallte er hart gegen die nächste Wand. Weit genug von ihr entfernt, um an ihm vorbeizukommen und aus dem Haus zu laufen.

Ahnvil blickte Kamen mit seinen Bernsteinaugen erschrocken an. Den Stoß hatte er am ganzen Körper gespürt, nicht nur dort, wo sie ihn tatsächlich getroffen hatte. Das war Energie. Reine Energie.

»Was hast du mit ihr gemacht?«, fragte er Kamen mit tiefer, Furcht einflößender Stimme.

»Es ist schon an dem Tag geschehen, als sie geboren wurde. Die Energie war schon immer da. Nur hat sie erst jetzt ein Mittel gefunden, um ranzukommen. Und ich wäre vorsichtig«, warnte Kamen. »Sie hat den Becher zerbrochen, weil sie unerfahren ist. Mischling oder nicht, sie wird eine mächtige Dschinn, sobald sie weitere Niks erwirbt.«

»Dein Unterricht hört auf. Sie lernt entweder von Grey oder – «

»SingSing? Was hältst du davon?«, sagte Kamen trocken. »Wenn sie mich bittet, sie zu unterweisen, dann tue ich das. Droh mir, so viel du willst, es ist ihre Entscheidung, nicht deine. Deine Probleme mit mir haben nichts damit zu tun. Willst du deswegen kämpfen? Ich bin bereit.«

Ahnvil ballte die Hände zu Fäusten, während sein Kiefer mahlte. Es war nicht zu übersehen, dass er Kamens Angebot nur zu gern angenommen hätte, doch egal wie waghalsig er war, er war auch ein Gargoyle. Er war darauf abgerichtet, den Mann zu beschützen, der seinen Energiestein in seiner Obhut hatte. Dieser Mann war Jackson. Ihr Herrscher. Und wenn Jackson Kamen brauchte, um ihre kleine Enklave zu beschützen, dann musste dieser ebenfalls beschützt werden. Es schmerzte ihn, schmerzte ihn sehr zu wissen, dass er erneut in der Situation war, Kamenwati beschützen zu müssen wie damals, als er sein Sklave gewesen war.

Kamen machte einen Schritt auf ihn zu und beugte sich vor. »Ich bin nicht mehr dein Feind. Lass die Vergangenheit ruhen.

Nur dann kommst du persönlich weiter und findest, was du brauchst.«

Damit ging Kamen an ihm vorbei und ließ Ahnvil mit seinen Worten allein.

Kat hasste es zu weinen. Sie tat es fast nie. Sie hatte vor langer Zeit gelernt, dass Tränen nichts änderten und Energieverschwendung waren. Aber aus irgendwelchen Gründen war ihr das alles ziemlich unter die Haut gegangen. Während sie verärgert die lange Auffahrt entlangmarschierte, um Dampf abzulassen, versuchte sie, aus ihren Gefühlen schlau zu werden. Sie war so wütend auf Ahnvil wegen seines widersprüchlichen Verhaltens! Er hatte ihren ersten Versuch, diejenige zu sein, als die sie geboren worden war, ruiniert. Anstatt den Becher hochzuheben, hatte sie ihn in tausend Stücke zerschmettert, und es war seine Schuld. Wie kam er nur darauf, ihr zu sagen, was sie tun und lassen sollte? Ja, sie verstand, dass er eine schlimme Vergangenheit mit Kamen hatte, aber genau das war es: Vergangenheit. Und es war nicht *ihre* Vergangenheit.

Vielleicht hatte er ja recht, und sie sollte in Kamens Gegenwart vorsichtig sein, das wäre sie auch, aber sich von ihm ein paar Grundlagen beibringen zu lassen konnte wohl nicht schaden. Oder? Dann war da noch die Sache mit seinem Verschwinden. Wohin war er gegangen? Warum? Er hatte so getan, als bräuchte man ihn für irgendeine Sache, doch seit das neue Schattenwandlerpärchen abgereist war, war nichts mehr passiert.

Neu. Alt. Teufel, für sie waren sie alle neu. Aber sie hatte alle zusammengebracht, und darauf konnte sie stolz sein. Ohne sie wären sie niemals so weit gekommen. Hätten nie erfahren, dass ein Fluch existierte. Was auch immer danach passieren würde, sie hatte zumindest dafür gesorgt.

Nichts davon hatte irgendetwas mit ihr und Ahnvil zu tun.

Was ist mit mir und Ahnvil?, fragte sie sich einen Moment später und verlangsamte ihren energischen Schritt. Was erwartete sie eigentlich? Er hatte nie irgendwelche Gefühlsbekundungen ihr gegenüber gemacht, und sie hatte ihn nie darum gebeten. Er war so besitzergreifend ihr gegenüber, dass sie sich vorstellen könnte, wie es wäre, wenn er tatsächlich Gefühle für sie hatte. War es nicht so aufzufassen, dass das zwischen ihnen eine rein körperliche Beziehung war? Wenn das der Fall war, hatte es sich vorhin ein wenig einseitig angefühlt.

Das war nicht fair. Bislang war er als Liebhaber ziemlich aufmerksam gewesen. Und er hatte zumindest so getan, als wäre das gegenseitig … doch etwas war schiefgegangen.

Bevor es ihr bewusst war, hatte sie das Ende der Auffahrt und damit die Grundstücksgrenze erreicht. Das Haus wirkte aus der Entfernung ziemlich klein, und sie war erstaunt, wie weit sie, gereizt wie sie war, gekommen war. Sie trat hinaus auf die Straße. Straße war allerdings übertrieben, wie sie feststellte. Es war ein schmutziger Feldweg, der weit aufs Grundstück führte. Sie fragte sich, ob das gesamte Land ihnen gehörte. Vielleicht war es notwendig, wenn Angriffe wie der auf dem Flughafen häufiger vorkamen. Sie würden keine Aufmerksamkeit auf sich ziehen wollen.

Sie war erst ein paar Schritte auf dem Feldweg gegangen, als sie diese Überlegung anstellte. Plötzlich fühlte sie sich verletzlich, als hätte sie mehr abgebissen, als sie kauen konnte. Sie verlangsamte ihren Schritt, machte kehrt und ging zu der Auffahrt zurück.

Genau in diesem Moment tauchte ein Mann vor ihr auf, so als hätte ein Zauberer ein Tuch weggezogen, unter dem sich eine schwebende Frau verbarg. Sie holte Luft, um zu schreien, doch im nächsten Augenblick hatte er sie an der Kehle gepackt und ihr eine Hand auf den Mund gepresst. Er warf sie zu Boden und rammte ihr mit voller Wucht ein Knie unterhalb des Brustkorbs in den Bauch. Die Luft wurde mit einem Schlag aus ihr herausgepresst, und sie konnte nur durch die Nase wieder einatmen. Als Nächstes bekam sie mit, wie er den Anhänger packte und ihr vom Hals reißen wollte.

Der Energieschub, der von ihrem Körper ausging, war heftig. Er schleuderte den Mann mit einem überraschten Schrei hoch in die Luft. Die Halskette fiel auf ihre Brust zurück. Als sie gerade Luft holen wollte, um zu schreien, tauchte ein zweiter Mann auf.

»Aaahhhnvil!!«, schrie sie so laut sie konnte. Sie wurde erneut angegriffen, und als ein dritter Angreifer auftauchte, war der erste bereits wieder am Boden.

»Es ist irgendwie verhext!«, verkündete der. »Nehmt das Mädchen. Panahasi soll selbst damit klarkommen.«

»Abgemacht!« Sie wurde von dem zweiten und dritten Mann an den Armen gepackt und hatte das Gefühl, die beiden wollten sie auseinanderreißen. Es war so schmerzhaft, dass sie Angst hatte, sich zu bewegen und dabei die Arme aus den Gelenkpfannen zu reißen. Verzweifelt versuchte sie sich auf das zu konzentrieren, was sie gelernt hatte.

Bau eine Brücke. Zum Zentrum der Energie im Anhänger, hörte sie Kamens Stimme in ihrem Kopf.

Doch bevor sie das tun konnte, verschwand die Welt um sie herum einfach. Die weite Wüstenlandschaft war auf einmal weg, und alles wurde kohlrabenschwarz. Sie hatte das Gefühl, nicht mehr atmen zu können. Sie konnte den kräftigen Wind spüren, als würde sie in Höchstgeschwindigkeit an einen anderen Ort gebracht werden. Unterwegs begann die Temperatur ein gutes Stück zu sinken, bis sie das Gefühl hatte, im rauen Klima vom Staat Washington oder einem ähnlichen Ort zu sein.

Dieser Verdacht verstärkte sich, als sie plötzlich stoppten und sie knietief im Schnee versank, während um sie herum leichtes Schneegestöber herrschte. Sie hatte kaum die Sterne am Himmel ausgemacht, als ihr Körper von der schlimmsten Übelkeit befallen wurde, die sie je verspürt hatte. Sie erbrach sich in den Schnee, und wieder wurden ihr die Arme verdreht, während sie sich die Seele aus dem Leib kotzte.

»Das ist der Flug, Fräulein«, sagte der eine mit einem kehligen Cockney-Akzent. »Das passiert immer beim ersten Mal.«

Sie wurde in Richtung eines Gebäudes gezerrt, das wie ein altes Gefängnis oder eine Nervenheilanstalt aussah, doch anstatt zum Haupteingang wurde sie zu einem Flügel auf der Rückseite gebracht. Auf dem Weg dorthin entdeckte sie etwas, das vom Dach des Gebäudes hing. Sie spürte, wie erneut Übelkeit in ihr aufstieg, als sie feststellte, dass es eine Leiche war. Sie blickte sich verzweifelt um, doch wie das Haus in New Mexico befand sich auch das hier am Ende einer langen Auffahrt und war umgeben von Wald. Sie konnten Leichen öffentlich zur Schau stellen, weil sie außer denen, die dort lebten, niemand zu Gesicht bekäme. Sie wurde hineingeschleift und dann eine Treppe hinuntergezerrt. Sie begann sich zur Wehr zu setzen, trotz der schmerzhaft verdrehten Arme, doch es war nichts zu machen. Bevor sie es richtig mitbekam, wurde sie in eine Zelle geworfen. Man legte ihr schwere Handfesseln aus Metall an, verbunden mit Ketten, die in der Wand verschwanden. Die vergitterte Front der Zelle war die einzige Öffnung. Es gab keine Fenster, keine andere Lichtquelle als die grelle Deckenbeleuchtung vor der Zelle. Auf der anderen Seite befand sich außerdem etwas, das wie eine Werkstatt aussah. Tische waren mit allem Möglichen vollgestellt. Von einem halb sezierten Tier auf der einen Seite bis zu einem Bücherstapel auf der anderen und Flaschen und Gegenständen und Pulvern auf der dritten. Es war ein riesiger Raum, doch war er mit allem Möglichen vollgestopft. Und die Person, die hier hauste, musste ziemlich chaotisch sein. Auf einem der Tische stand eine nur zur Hälfte verzehrte Mahlzeit, und ein Hemd hing über einem Schreibtischstuhl. Es gab einen Schreibtisch, doch man konnte ihn unter Bergen von Papieren, Briefumschlägen und anderem Krimskrams kaum sehen. An der Wand hingen Setzkästen mit Schmetterlingen und anderen Insekten.

»Oh mein Gott«, flüsterte sie bei diesem Anblick. »Ich bin in *Das Schweigen der Lämmer*!«

Sie wurde ziemlich lang allein gelassen. Das einzige Geräusch neben ihrer Atmung war das Tropfen von Wasser. Es war kalt, so kalt, dass sie auf und ab ging, um sich ein bisschen aufzuwärmen. Es gab weder eine Pritsche noch eine Decke. Nur den Fußboden und eine fragwürdige sanitäre Einrichtung, die zugleich als Waschbecken und Toilette diente. Gerade als sie sich fragte, was sie wohl als Toilettenpapier benutzen sollte, betrat ein kleiner Mann den Raum. Oder vielleicht wirkte er auch nur klein, weil sie sich so sehr an Ahnvil gewöhnt hatte, der über ihr aufragte. *Oh Gott,* dachte sie verzweifelt. *Was würde ich dafür geben, wenn er jetzt hier wäre!* Er wüsste, was zu tun wäre. Er hätte die Energie und Stärke, sie aus dieser schrecklichen Situation zu befreien.

»Nun, was haben wir denn da?«

»Jemanden, der ganz schön sauer ist«, schimpfte sie, weil sie irgendwie das Gefühl hatte, es wäre besser, keine Angst zu zeigen. Doch sie *hatte* Angst. Ohne Ahnvil hatte sie keine Ahnung, wie sie sich in dieser paranormalen Welt zurechtfinden sollte. Er hatte recht gehabt. Es war gefährlich, sich auf diese Welt einzulassen. Doch wenn es das Amulett war, hinter dem sie her waren, hatte das Haus nichts damit zu tun. Sie würde in Schwierigkeiten geraten, egal wohin sie ging.

»Charmant«, sagte er munter. »Nun, wir können einen einfachen Handel abschließen. Du gibst mir mein Amulett, und ich gebe dir deine Freiheit.«

»Ja, na klar. Du lässt mich hier einfach rausspazieren und meiner Wege gehen?«, bemerkte sie. *Halt doch den Mund, Katrina! Was ist los mit dir?*

»Wie schlau von dir. Aber ich verspreche dir«, sagte er, wobei er eine Hand hob und das künstlichste Lächeln aufsetzte, das sie je gesehen hatte, »dass du unverletzt bleibst und freigelassen wirst, wenn du mir den Anhänger aushändigst.«

»Ich kann nicht«, sagte sie und kämpfte mit den Tränen. »Er lässt sich nicht abnehmen. Es ist verflucht oder so etwas.«

»Dürfte ich es versuchen?«, fragte er.

Sie wusste, was geschehen würde. Der niederträchtige Teil in ihr trat einladend zurück und lächelte. »Nur zu«, sagte sie.

Er wirkte vorsichtig, als er die Zelle betrat. »Wie kommt es, dass eine Menschenfrau wie du den Anhänger hat?«

»Ich habe ihn von einem Gargoyle.«

»Oh. Dem. Ich habe mir so etwas schon gedacht. Jetzt lass mal sehen.«

Er griff nach dem Amulett und hob es hoch. Er betrachtete es einen Moment lang und hatte eindeutig vor, es ihr über den Kopf zu ziehen. In dem Moment, als seine Absicht klar war, setzte das Amulett seine Abstoßkraft frei, und sie wurden in entgegengesetzte Richtungen gestoßen. Sie schlug gegen die Wand und er gegen das Gitter. Stöhnend rappelten sie sich hoch.

»Siehst du. Ich hab es dir gesagt«, sagte sie.

»Hmm. Da muss etwas geschehen. Die nächstliegende Lösung scheint mir die beste zu sein. Ich werde mir etwas überlegen.«

Panahasi schickte sich an, ihre Zelle zu verlassen.

»Warte! Ich brauche etwas.«

»Was?«, fragte er misstrauisch.

»Toilettenpapier. Eine Decke und eine Liege oder so etwas. Wenn ich es mir ein bisschen bequemer machen kann, finde ich vielleicht heraus, wie es sich abnehmen lässt.«

Er rollte die Augen. Er glaubte ihr nicht mehr als sie sich selbst. »Na schön. Es schadet ja nicht, jemandem ein paar letzte Wünsche zu erfüllen.«

In diesem Moment wurde ihr klar, was er mit »nächstliegende Lösung« gemeint hatte.

Er würde sie töten und die Kette ihrem Leichnam abnehmen.

Ahnvil hatte die Gefahr nur Sekunden, bevor er sie schreien hörte, gespürt. Irgendwie hatten sie sich vor seinen Sinnen abgeschirmt und waren so an die Grundstücksgrenze gelangt. Er war zu ihr gerannt, Stein hatte seine Haut überzogen, und die Flügel auf seinem Rücken hatten sich entfaltet. Er hatte gesehen, wie sie angegriffen wurde, doch bevor er sie erreichen konnte, waren sie allesamt verschwunden. Als er das Ende der Zufahrt erreichte, war niemand mehr da.

Er stand auf dem Feldweg und brüllte vor Wut.

Er hätte nie zulassen dürfen, dass sie das Haus verließ. Hätte sie nie allein gehen lassen dürfen! Jetzt war sie weg, und er war wie gelähmt. Als Ihron und Jackson das Ende der Auffahrt erreicht hatten, lag er schwer atmend auf den Knien und bekam kaum Luft. Tränen verschleierten seinen Blick, Tränen, die er nicht begreifen konnte, weil er sich nicht daran erinnern konnte, wann er zum letzten Mal welche vergossen hatte. Nicht einmal, als Jan Li gestorben war, in seinen Armen verbrannt war, nachdem der Fluch von Ra aus drei verschiedenen Richtungen auf sie geschleudert worden war. Einen oder zwei Treffer hätte sie vielleicht noch überlebt, aber nicht drei. Für drei war sie nicht stark genug gewesen.

Und Kat war nicht annähernd so stark wie Jan Li. Er wusste nicht einmal, ob sie unsterblich war oder Eigenschaften von Unsterblichen hatte. Sie war ein Mischling. Das konnte alle möglichen Variablen bedeuten. Alle möglichen Schwachstellen.

»Bitte«, krächzte er heiser. »Oh Gott, bitte … sie ist ein so zartes Pflänzchen. Sie weiß nicht, wie man sie abwehrt. Das ist mein Fehler.«

»Ahnvil«, sagte Jackson und legte dem Gargoyle eine Hand auf die Schulter. Er schrie auf vor Schmerz und Ohnmacht. Er war für sie verantwortlich und hatte sie im Stich gelassen. Er stieß Jacksons Hand weg.

Denk nach! Du musst nachdenken!

»Panahasi! Es muss Panahasi gewesen sein!«

»Der Templer?«, fragte Jackson.

»Ja.« Alle drei blickten auf und entdeckten Kamen.

Ahnvil sprang auf, weil er von seinem Erzfeind nicht auf Knien gesehen werden wollte.

»Was weißt du über ihn?«, fragte Ahnvil scharf.

»Er ist ein Betrüger«, sagte Kamen einfach. »Schwach. Ein kleines Licht in der Hierarchie.«

»Auch ein kleines Licht kann ihr wehtun«, knurrte Ahnvil. »Er war es, der das Amulett aus deinen Gemächern entwendet hat. Der mich gefangen genommen hat. Ich kann kaum glauben, dass es ihm gelungen ist, und jetzt muss ich dafür geradestehen. Ich habe einen Fehler nach dem anderen gemacht, und sie zahlt den Preis dafür.«

»Wie hat er dich eigentlich geschnappt?«, fragte Kamen. Es lag kaum Heuchelei in dieser Frage, doch Ahnvil hörte Selbstgefälligkeit heraus.

»Sie haben mir Drogen verabreicht. Bevor ich das Gift verarbeiten konnte, war ich bewusstlos. Bin in einer Zelle aufgewacht. Keine Ahnung, was dazwischen passiert ist. Aber …« Er blickte zur Seite, während er nachdachte. »Aber mit ein bisschen Glück könnte ich den Ort wiederfinden. Ich war verletzt … fiebrig und schwach, aber … egal … wenn ich Kats Haus als Ausgangspunkt nehme und mich von oben orientiere, könnte ich ihn bestimmt finden.«

»Ein guter Anhaltspunkt«, sagte Jackson. »Ich lasse den Jet startbereit machen.«

»Es würde Stunden dauern, um dorthinzukommen. Wenn sie die Methode benutzen, die ich für wahrscheinlich halte, brauchen sie nur Minuten. Wenn es der ist, den du unter Verdacht hast, und wenn er unbemerkt vorgeht, wird er nicht lange mit ihr fackeln. Er wird das Amulett auf die schnellstmögliche Weise an sich bringen.« Kamen suchte Ahnvils Blick. »Die einzige Möglichkeit ist, ihr den Kopf abzuschneiden.«

»Um Himmels willen.« Ahnvil zitterte, und ein kaltes Gewicht drückte auf seine Magengrube. Er war gelähmt vor Angst. Konnte sich nicht bewegen. Er gehörte eigentlich zu der Sorte, die etwas unternahm, und er sollte sich in Bewegung setzen, doch er konnte nur starr in die strahlend blauen Augen des Mannes blicken, der ihn erschaffen hatte.

»Ich kann mich so schnell fortbewegen wie sie. Aber nur an einen Ort, den ich kenne. Und so, wie es klingt, haben sie das Templerhauptquartier von seinem letzten Standwort weit weg verlegt. Wir waren zuvor im Südwesten. Jetzt scheinen sie sich im Nordwesten zu befinden.

»Das hilft uns nicht!«, knurrte Ahnvil.

»Was ist mit einem Satellitenfoto?«, fragte Jackson rasch.

»Das dürfte genügen. Glaubst du, du kannst Kats Haus finden?«, fragte Kamen.

»Sie hat ihre Brieftasche im Haus gelassen. Sicher ist ihre Adresse drin.«

»Noch etwas … Ich kann nur eine bereitwillige Person mitnehmen. Bei ihr hat es drei Männer gebraucht, während sie um sich geschlagen hat. Jemand, der mit mir nicht klarkommt, wird nichts ausrichten können.«

»Ich komme mit«, sagte Ahnvil. »Und gib dich keiner Täuschung hin.«

»Ich habe mir schon gedacht, dass du das gern tun würdest. Aber damit wäre es dir und mir überlassen, sie zurückzubringen«, betonte Kamen. Das Unausgesprochene stand im Raum. Ahnvil hatte keine Bereitschaft gezeigt, Kamen zu vertrauen. »Ich habe die Mittel, uns in die Festung hinein- und wieder herauszuschleusen … vielleicht ohne dass es jemand mitbekommt. Vorausgesetzt, du lässt mich machen.«

»Magie«, schnaubte Ahnvil verächtlich. »Zaubersprüche, Gebete und Beschwörungen.«

»Ja. Zaubersprüche, die einem helfen, sich zu verstecken. Gebete, die einem Glück bringen. Beschwörungen, die uns von dort wieder wegbringen, ohne dass es jemand merkt. Sind wir uns einig?«

Ahnvil kniff einen Moment lang die Augen zusammen, nickte jedoch kurz mit zusammengebissenen Zähnen.

»In Ordnung. So machen wir's.«

18

Mit Liege und Decke im Schlepptau tauchte der Körperwandler mit dem Cockney-Akzent eine Stunde später wieder auf. Er hatte auch Toilettenpapier mitgebracht, gab es ihr jedoch nicht.

»Was bekomme ich dafür?«, wollte er wissen. »Ich hab dir diese hübschen Sachen gebracht. Tu etwas für mich, ja?«

»Zum Beispiel?«, fragte sie mit misstrauisch zusammengekniffenen Augen.

»Nun, du bist ein bisschen klein für meinen Geschmack, aber Brüste hast du trotzdem. Komm schon. Zeig sie mir.«

»Nur über meine Leiche«, fauchte sie.

»Na schön, dann geh ich.« Er verließ die Zelle und nahm das Papier mit. Als die Tür ins Schloss fiel, kicherte er. »Weißt du was? Meine Herrin wird dich für die Christbaumkugel, die du da trägst, umbringen. Danach kann ich mir deine Brüste noch immer anschauen.« Mit einem anzüglichen Grinsen beugte er sich nach vorn. »Und anfassen werde ich sie auch.«

Er lachte laut und rau und ließ das Papier außerhalb ihrer Reichweite auf den Arbeitstisch fallen.

Doch das war ihre geringste Sorge. Sie kroch zu der Liege und hüllte sich in die muffige Decke. Es war ekelhaft, doch sie fror. Es dauerte zwanzig Minuten, bevor sich ihr Zittern zu einem leichten Beben reduzierte. Dann fixierte sie die Rolle Toilettenpapier auf dem Tisch. Nachdem sie sorgsam die Tür geprüft hatte, hob sie langsam das Amulett hoch und umschloss es mit der Hand.

»Bau eine Brücke. Bau eine Brücke«, flüsterte sie eindringlich. Sie fror noch immer, weshalb es nicht einfach war, sich zu konzentrieren, doch sie war gewillt, es zu schaffen. Nicht an das Papier heranzukommen, sondern zu sehen, ob sie diese Energie nutzbar machen und etwas damit bewirken konnte. Egal was. Vielleicht könnte sie sich ja selbst irgendwie aus diesem Schlamassel befreien.

»Bau eine Brücke …«

Plötzlich schien etwas Helles und Heißes in ihrem Geist aufzuleuchten. Es war überhaupt nicht wie beim ersten Mal, als sie es versucht hatte. Das hier war zehnmal stärker. Sie blickte auf das Amulett hinab, erstaunt darüber, wie so viel Energie in etwas so kleinem Platz hatte. Dann blickte sie auf und zu der Klopapierrolle hinüber. Wenn sie sie vielleicht anheben könnte … vielleicht sogar in ihre Richtung lenken … vielleicht konnte sie dann versuchen, die Energie auf etwas anderes zu richten. Doch anstatt sich auf das Papier zu konzentrieren, bemerkte sie, dass etwas auf der Werkbank in einem hellen, fluoreszierenden Rosa leuchtete. Es pulsierte mal heller, mal dunkler, wie ein Herzschlag, nur viel langsamer. Sie kniff die Augen zusammen und versuchte festzustellen, was es war … und auf einmal erhob es sich vom Tisch.

»Heilige Scheiße!«, flüsterte sie leise. Sie wollte es nicht ruinieren. Sobald es in der Luft war, konzentrierte sie sich darauf, es in ihre Richtung zu lenken, doch egal, wie sehr sie es versuchte, konnte sie es nicht dazu bringen, sich in irgendeine Richtung zu bewegen. Wieder versuchte sie zu erkennen, was es war. Nach kurzer Zeit begann es sich taumelnd in ihre Richtung zu bewegen. Da konnte sie sehen, dass es ein Armreif war.

Ach du Scheiße. Ein weiteres Schmuckstück? Was würde passieren, wenn sie es am Arm trüge?

Bei diesem Gedanken schoss das Armband durch die Luft

und stülpte sich von selbst über ihre Hand. Sobald es sich an ihrem Handgelenk befand, verschwand das Pulsieren.

»So ein Mist«, sagte sie leise und seufzte. Ohne es überhaupt zu probieren, wusste sie, dass sie es nicht abnehmen könnte. Dafür sprach … es war sehr hübsch. Und es war mit Diamanten besetzt. Welches Mädchen mochte keine Diamanten? Sie hatte in ihrem ganzen Leben noch keinen Diamanten besessen, weil Diamanten angeblich im Sonnenlicht am hübschesten waren, und die Vorstellung war einfach deprimierend gewesen. Doch jetzt dachte sie, dass etwas, das im Neonlicht zu gut aussah, es wert war, es zu besitzen. Doch jetzt hatte sie zwei Schmuckstücke an sich festsitzen und wusste nicht, was sie damit anfangen sollte. Allerdings hatte sich die Energie, die sie benutzt hatte, ganz anders angefühlt, und sie vermutete, dass sie von dem Armband und nicht von der Halskette ausging. Sie fragte sich, ob dieser Panahasi überhaupt wusste, was es mit dem Armreif auf sich hatte. War ihm wohl bewusst, wie energiegeladen er war?

Denn das war er. Ihr Arm pochte regelrecht vor Energie.

»Ein Nik«, flüsterte sie leise und drehte ihn langsam an ihrem Handgelenk, während sie die perfekten Reihen mit Diamanten betrachtete. Es sah ziemlich modern aus, anders als Adomas Amulett, dessen Metall ein wenig stumpf und dessen Onyx-Steine nicht so glatt poliert waren. War es möglich, dass neue Gegenstände mit Energie aufgeladen wurden? *Klar, natürlich*, dachte sie und rollte die Augen über ihren unzuverlässigen Verstand. Ob neu oder alt, es war die Energie ihres Erzeugers, die ihnen innewohnte, und bei einem starken Körperwandler war das durchaus möglich.

Doch wer hatte das hier hergestellt?

»Wie heißt du, hübsches kleines Ding?«, murmelte sie. Auf einmal war ein Geräusch an der Tür zu hören. Hastig zog sie die Handfessel über den Armreif und anschließend die Manschette ihrer Bluse. Sie kehrte zur Liege zurück, hüllte sich in die Decke und begann unschuldig zu pfeifen.

»Nun, wie ich sehe, hast du es dir gemütlich gemacht«, sagte Panahasi und trat an seinen Schreibtisch. Das Herz klopfte ihr bis zum Hals bei der Vorstellung, dass er entdecken würde, dass sie ihm den Armreif stibitzt hatte, doch als er sich setzte, um sich in seine Bücher zu vertiefen, kehrte er der Stelle, wo sich der Armreif befunden hatte, die ganze Zeit den Rücken zu. Er begann die Seiten eines sehr alt aussehenden Buchs umzublättern, welches wohl das größte und dickste Buch war, das sie je gesehen hatte.

»Sind das Zaubersprüche?«, fragte sie und versuchte, nicht zu interessiert zu klingen. Sie rollte innerlich die Augen über sich selbst. Wie soll man eine Frage stellen, ohne interessiert zu klingen?

»Ja, und sie sind ziemlich alt und kompliziert, deshalb würde ich es begrüßen, wenn du mich nicht stören würdest.«

»Entschuldigung.« Sie schwieg einen Moment. »Kann man das Zaubern lernen?«

Er seufzte. »Jemand wie du könnte es versuchen. Doch jemanden mit einem schwachen Geist verdirbt es. Es vergiftet einen. Du lässt besser die Finger davon.«

»Und dich verdirbt es nicht?«

»Schon möglich, wenn es der richtige Zauber für die falsche Sache wäre. Doch die meisten Zauberformeln, die ich verwende, sind …«

»Zu schwach?«, schlug sie vor.

»Nein. Eher harmlos.«

»Oh, bist du den starken Dingern nicht gewachsen?«

»Nein! Halt den Mund!«

»Sorry.«

»Wenn du schlau bist …«, warnte er sie.

»Jaja, sonst musst du mich umbringen … als hättest du das nicht sowieso vor. Was ist los? Weißt du nicht, was du mit meinem Körper machen sollst? Ich hab gehört, dass Lauge ganz brauchbar sein soll.«

»Genug!« Er knallte Stift und Block auf den Tisch und eilte zu ihrem Zellengitter. »Ich bin dich im Handumdrehen los, mein Fräulein, und die Leiche würde mich nicht kümmern. Oder hast du nicht die Überreste der letzten Person gesehen, die von den Dachbalken hängt?«

Ihr Herz setzte eine Sekunde aus. Doch nüchtern betrachtet hatte sie schon Angst vor viel schlimmeren Dingen als vor dem Sterben gehabt, und das ihr Leben lang. Der Sonne. Ein glühender Ball, der Schmerzen und Tod brachte und Stunde um Stunde am Himmel stand und sie zwang, in ihren vier Wänden zu bleiben. Für sie war dieser Mann ein Niemand. Er war klein. Und bei dem Gedanken verschwand ihre restliche Furcht einfach. Sie war nicht klein. Sie war mächtig. Sie hatte zwei energiegeladene Gegenstände direkt an ihrem Körper, bisher ungenutzte Energien, und wenn sie die Kontrolle über sie erlangte, konnten sie sie vielleicht aus ihrer Lage befreien. Doch sie würde umsichtig sein und keine schlafenden Hunde wecken.

Sie spielte die Furcht vor, nach der er Ausschau hielt. Die Furcht, die dafür sorgte, dass sich der kleine Mann groß fühlte. Sie kauerte sich unter ihre Decke und verbrachte die nächste Stunde damit, ihm stumm beim anstrengenden Studieren seiner Bücher zuzuschauen. Mit der Zeit kapierte sie, dass viel von dem, was er las, seinem Verständnis entging. Er zupfte sich die ganze Zeit an den Haaren und wischte diejenigen weg, die auf sein Arbeitsmaterial fielen. Es erklärte, warum sein Haar an manchen Stellen ausgedünnt war. Welcher Körperwandler würde einen glatzköpfigen Mann wählen, wenn einer mit hübschem vollen Haar zu haben war? Das wurde nur noch unterstützt von den roten Stellen an seinen Fingerspitzen, die den Stift hielten. Er hatte sich die Fingernägel bis zur Nagelhaut abgekaut. Anscheinend tat er das so häufig, dass selbst sein Körperwandlerkörper nicht genug Zeit hatte zu heilen. In der nächsten Stunde sah sie ihn häufiger kauen und spucken, als sie zählen konnte.

»Du musst ja ziemlich einflussreich sein, wenn du all diese Bücher hast«, köderte sie ihn vorsichtig, indem sie ehrliches Interesse vortäuschte, als sie sich auf der Liege nach vorn beugte. »Und dieses Arbeitszimmer. Du hast wohl regelmäßig Gefangene hier. Ist dein Boss sehr auf dich angewiesen?«

»Das ist sie«, sagte er und straffte die Schultern, als er einen vorsichtigen Blick in ihre Richtung warf. »Sie ist sehr mächtig und vertraut ihre Angelegenheiten und Aufgaben nur ausgewählten Personen an. Vor allem jetzt, in ihrem Zustand.«

»Ihrem … Zustand?«

»Ja. Sie erwartet ein Kind.«

Die Körperwandler hatten ihr gegenüber nicht erwähnt, dass der Gott Apep ein Kind erwartete. *Wussten sie es überhaupt?*, fragte sie sich. Es musste dramatische Konsequenzen nach sich ziehen. Ein Gott, der einen Nachkommen empfängt? Das konnte nichts Gutes bedeuten. Was, wenn er so mächtig wie sein Erzeuger war? Dann würden sie es mit der Bedrohung durch zwei Götter zu tun bekommen.

Jetzt wusste sie, dass sie sich unbedingt befreien musste. Sie musste ihnen diese Information so schnell wie möglich zukommen lassen. Sie mussten es unbedingt wissen, oder sie wären alle in Gefahr. Und Ahnvil war ihr Beschützer, also würde er als Erster mit der Gefahr konfrontiert. Das durfte nicht geschehen. Man würde ihn töten, und wenn das geschah …

Oh Gott. *Oh Gott, oh Gott, oh Gott*. Das durfte nicht geschehen, dachte sie verzweifelt. Sie musste etwas unternehmen!

»Bist du der Vater?«, fragte sie.

»Oh nein«, wehrte er ab. »Ich weiß nicht, wer es ist. Aber ich weiß, dass sie mich als Erzeuger in Betracht gezogen hat.«

»Oh? Woher weißt du das?«

»Weil sie … nun, sie hat häufig mit mir geflirtet. Sogar ziemlich heftig. Du weißt schon … mit Streicheln und so«, antwortete er.

Wie ekelhaft.

»Nun. Was für eine Ehre.«

»Ja, ich denke schon«, sagte er und war lächerlich stolz.

»Nun, du bist echt fair. Ich meine, ich werde dir das Halsband geben, wenn ich kann. Kannst du mir dann helfen, einen Weg zu finden, es mir abzunehmen, ohne mir den Kopf abzuschlagen?« *Das gibt mir Zeit genug, herauszufinden, wie ich möglichst schnell die Fliege mache!*, dachte sie.

»Ich weiß nicht …«, wich er aus.

»Ach, komm schon. So klug und fähig wie du bist … kannst du es dann nicht herausfinden?«

»Natürlich kann ich!«

»Natürlich kannst du«, stimmte sie ihm zu.

»Ich habe bereits Adomas Amulett recherchiert und nicht herausfinden können, ob es verhext ist, ganz zu schweigen davon, wie man es abnimmt oder den Zauber aufhebt.«

»Siehst du? Alle lieben Rätsel.«

Er runzelte die Stirn und starrte sie an. »Glaub nicht, dass ich dich nicht durchschaue. Ich bin kein Idiot!«

»Das habe ich auch nie behauptet«, sagte sie. *Du bist ein verdammter Vollidiot*, dachte sie. »Ich ebenfalls nicht. Natürlich versuche ich das aus einer anderen Perspektive anzugehen. Aber weil es keinem von uns beiden schadet, es noch ein, zwei

Tage zu probieren, können wir so lange einfach warten. Ehrlich gesagt wäre ich ziemlich beeindruckt, wenn du es in der kurzen Zeit herausfinden würdest. Ich mache mir wirklich keine Hoffnungen.«

»Das solltest du aber. Wenn es jemand herausfinden kann, dann bin ich es«, sagte er und versuchte dabei gelassen und sicher zu wirken, während er klein und verzweifelt aussah. Er war von seinen Fähigkeiten nicht mehr überzeugt als sie. Was sie irgendwie wütend machte. Gefangen genommen zu werden ist eine Sache. Von einem Schwachkopf gefangen genommen zu werden war einfach nur peinlich.

Sie würde irgendwie aus der Sache herauskommen. Und es musste bald geschehen. Wenn sie recht hatte, befand sie sich in der gleichen Festung, wo Apep festgehalten wurde, und *das* war ein Wesen von ungeheurer Macht und mörderischem Wahnsinn, dem sie nicht begegnen wollte. Wenn sie einfach unbemerkt fliehen könnte. Die Tatsache, dass sie nicht zu Apep gebracht worden war, verriet ihr bereits, dass sie nicht die Einzige mit diesem Wunsch war. Sie war sich ziemlich sicher, dass diese ganze Entführungsgeschichte ein Nebenprojekt von Panahasi war. Genau wie der Diebstahl des Amuletts aus Kamens Besitz heimlich geschehen war. Panahasis Gier und Betrug waren zwei Dinge, die zu ihren Gunsten arbeiteten. Die beiden anderen funkelten hübsch an verschiedenen Stellen ihres Körpers.

Vielleicht lagen die Schlüssel für die Handfesseln irgendwo auf dem Tisch. Sie wünschte, er würde den Raum verlassen, dann würde sie noch ein bisschen Levitation üben.

»Ich werde dich jetzt allein lassen. Ich habe ein paar Dinge zu erledigen«, sagte Panahasi.

Hoppla! Großartig! Ich wünschte, ich hätte ein Erdnussbuttersandwich, dachte sie mit einem stummen Kichern.

»Ich lasse dir etwas zum Mittagessen bringen«, sagte er daraufhin.

Oh. Mein. Gott.

»Was steht auf der Karte?«, wagte sie zu fragen.

»Nichts Besonderes«, sagte er knapp. »Du bist eine Gefangene, vergiss das nicht. Du kannst dich glücklich schätzen, wenn ich dir ein Erdnussbuttersandwich bringen lasse.«

Na schön … was geht hier eigentlich vor? Laut sagte sie: »Ist schon okay. Ich verstehe.« Ich wünschte, du würdest mich hier rauslassen, dachte sie ein wenig verzweifelt. Und eine Minute lang spielte er mit den Schlüsseln an seinem Gürtel, rieb sich dann den Nacken und verließ leise murmelnd den Raum.

»Was zum Teufel war das?«, fragte sie laut, als sie die Manschette von ihren Handfesseln zog und den Armreif betrachtete. Was hat Ahnvil gesagt? *Bitte einen Dschinn nie darum, dir einen Wunsch zu erfüllen*. Doch sie war eine Dschinn. Hieß das, sie konnte Wünsche erfüllen? Anderen und sich selbst? Oh, warum hatte sie nicht mehr Zeit gehabt, ihre neuen Fähigkeiten zu üben? Sie musste wissen, was zu tun war! Konnte sie einen Körperwandler wie Panahasi dazu bringen, ihren Käfig zu öffnen und sie freizulassen? Ihr kam dabei zugute, dass er keine Ahnung davon hatte, dass sie eine Schattenwandlerin war. Eine Dschinn. Wenn er sie für mehr als eine einfache Sterbliche hielte, wäre er mehr auf der Hut vor ihr. Vielleicht hätte er sie sogar auf der Stelle umgebracht, um sich zu schützen.

Also fragte sie sich, ob die Praxis oder mächtigere Niks das Entscheidende waren.

»Verdammt, wenn ich nur wüsste, was ich tun soll!«, sagte sie grimmig zu sich selbst. Sie wartete fünfzehn Minuten, nachdem er gegangen war, bevor sie sich wieder nach brauchbaren Gegenständen auf dem Arbeitstisch umsah. Vielleicht weitere Niks oder sogar ein Bund mit Ersatzschlüsseln. Von Ersatzschlüsseln hätte sie viel mehr. Aber da war nichts. Neben den zahlreichen Gefäßen, in denen seltsame Sachen steckten, war es beinahe unmöglich festzustellen, was auf dem chaotischen Arbeitstisch lag.

Dann begann sie sich Gedanken über die Bücher zu machen. Stünde da vielleicht etwas Nützliches für sie drin? Sie verwarf die Idee ebenfalls. Selbst aus der Entfernung hatte sie sehen können, dass er versucht hatte, sie aus einer anderen Sprache zu übersetzen. Und wenn er trotz seines jahrhundertelangen Lebens Probleme damit hatte, hätte sie keine Chance.

Also beschloss sie, mit dem zu üben, was ihr zur Verfügung stand. Sie wählte etwas auf dem Tisch aus, einen schweren Mörser mit Stößel, und versuchte dann, eine Brücke zu der gebündelten Energie in ihrem Armreif-Nik herzustellen. Als es ihr schließlich gelang, war der Energieschub so stark, dass er sie wie ein unerwarteter Schlag traf, ihr wirres Haar zurückblies, ihr Schmerzen in der Brust verursachte, und dass ihre Hände abwechselnd taub waren und kribbelten. Die Empfindungen verursachten ihr Beklemmungen, und nervös hörte sie damit auf. Beinahe umgehend kehrte alles zu seinem ursprünglichen Zustand zurück.

Los, komm schon! Reiß dich zusammen, wenn du hier rauswillst, sagte sie auf grimmig aufmunternde Weise zu sich selbst. Als sie wieder den Mut hatte, es noch einmal zu versuchen, ging jemand draußen den Flur entlang und kam mit einem Tablett herein. Es war der derbe Kerl mit dem Cockney-Akzent. Und tatsächlich befanden sich auf dem Tablett ein Erdnussbuttersandwich und ein Glas Milch.

Nicht vergessen: sich kein rosafarbenes Haar wünschen.

Überraschenderweise schikanierte er sie nicht einmal. Doch bevor er wieder ging, sagte sie: »Ich wünsche mir, dass du mir die Rolle Klopapier gibst.«

Dann, ohne großes Trara, griff er nach dem Papier und reichte es ihr. Einfach so. Keine Diskussion, keine Gegenleistung. Sie war versucht, sich zu wünschen, dass die Tür aufging, aber sie hatte keinen Plan, was sie danach tun würde. Sie musste Levitation üben. Wenn sie Dinge heranholen konnte, dann konnte sie vielleicht auch lernen, wie man andere loswurde. Vielleicht konnte sie jemanden, der sie verfolgte, abwehren, sobald sie frei wäre.

Sie war sich inzwischen ziemlich sicher, dass sie sie dazu bringen konnte, ihr die Tür zu öffnen. Sie schienen leicht beeinflussbar zu sein. Vor allem der hier. Bestimmt war er ein Diener Panahasis, also war anzunehmen, dass er schwächer war als er. Wenn sie Panahasi so leicht manipulieren konnte, dann konnte sie den hier bestimmt dazu bringen, sie freizulassen, wenn die Zeit gekommen war.

Der Grobian ging, und sie begann ihr Sandwich zu verschlingen, und dabei merkte sie, wie hungrig sie war. Sie hätte wahrscheinlich Angst davor haben sollen, dass man sie vergiften wollte, doch Mr Cockney war einfach zu scharf darauf, ihr Blut zu vergießen. Er würde seine Herrin dazu bringen, die Dinge auf viel gewalttätigere Weise zu lösen. Zumindest hoffte sie das. Und sie hatte recht, das Essen war nicht vergiftet. Und das war ziemlich beunruhigend.

Sie war müde, doch sie gönnte sich keine Minute Schlaf. Nicht einmal, nachdem sie so viel Energie darauf verwendet hatte, die beiden Schmuckstücke, die sie an ihrem Körper trug, abwechselnd anzuzapfen, um die verschiedenen Levels und Arten von Energie zu spüren. Doch sie war knauserig damit, weil sie das Gefühl bekam, dass die Energie endlich war. Dass sie vielleicht alles aufbrauchen würde. Ob sie sich mit der Zeit wieder auflud, war völlig ungewiss, doch sie würde ihre Ressourcen nicht verschwenden für den Fall, dass es eine einmalige Sache war. Die Energie des Armbands war jedes Mal überwältigend, wenn sie mit dessen Zentrum in Verbindung zu treten versuchte, und sie bekam langsam Übung darin.

Doch sie wusste, dass es eine Sache war, das in aller Ruhe in einer Zelle zu tun, und eine ganz andere, es inmitten einer gefährlichen Flucht zu versuchen. Und selbst wenn sie es schaffte, das Gebäude zu verlassen, war es furchtbar kalt draußen, und der Schnee war so tief wie nach dem Sturm bei ihr zu Hause. Sie vermutete, dass sie ganz in der Nähe war. Aus diesem Grund war Ahnvil nach der Flucht auf ihrer Schwelle gelandet. Es war gut möglich, dass er in genau der gleichen Zelle gesessen hatte. Es machte sie traurig, an ihn zu denken. Sie wusste, wie er reagieren würde, sobald sie festgestellt hätten, dass sie verschwunden war. Er würde sich dafür die Schuld geben. Und obwohl er sie wütend gemacht und aus dem Haus getrieben hatte, war sie so dumm gewesen, das schützende Grundstück zu verlassen. Wie gedankenlos! Man hatte sie auf die drohende Gefahr aufmerksam gemacht, und sie hatte vergessen, vorsichtig zu sein. Sie. Die Königin der Vorsicht.

Doch sie wusste, er würde sich die Schuld geben. Er war unglaublich streng mit sich und übernahm stets die Verantwortung. Und sie war mit ihm genauso streng gewesen. Er konnte nichts gegen den Instinkt tun, den man ihm eingepflanzt hatte. Sein Revierverhalten war etwas, womit er zu kämpfen hatte, und sie sollte Verständnis dafür haben. Sie sollte geduldiger sein. Vor allem, wenn es Kamen betraf. Sie war völlig unsensibel gegenüber seinen Empfindungen gewesen, als sie Kamen direkt vor seiner Nase um Hilfe gebeten hatte. Es musste ihn ziemlich getroffen haben. Doch es stimmte auch, dass Kamen dafür gesorgt hatte, dass sie all die Dinge tun konnte, die sie jetzt tat. Dinge, die vielleicht ihr Leben retten würden. Wenn sie sich je aus dieser misslichen Lage befreien würde, könnte das womöglich seinen Hass auf Kamen mildern.

Sie hoffte es zwar, zweifelte jedoch daran. Ihr Gargoyle war nicht bekannt dafür, leicht vergeben zu können. Jedenfalls nicht ihrer Einschätzung nach.

Sie vermisste ihn, wie sie ziemlich überrascht feststellte. Und nicht nur wegen des außergewöhnlichen Schutzes, den er ihr bot. Sie hatte ihn während ihrer gemeinsamen Zeit mehr beschützt als er sie. Sie vermisste den tiefen Klang seiner Stimme. Die überwältigende Präsenz seines Körpers. Wie sie feststellte, hatte sie sich bereits daran gewöhnt, im Schatten seines Körpers zu gehen, sich von ihm beschützt und begehrt zu fühlen.

Ja, er wollte sie wirklich. Und diese erregende Körperlichkeit war unfassbar. Sie hatten sich nur ein paarmal geliebt, doch jedes Mal war es explosiv und wie eine Droge gewesen. Selbst jetzt sehnte sie sich nach seinem Geruch und danach, wie er sich anfühlte und schmeckte. Sie sehnte sich nach dem Gefühl, seine Hände und Lippen auf ihrem Körper zu spüren.

Auf einmal kam Panahasi herein, und sie wurde rot. Sie kehrte zu ihrer Liege zurück, während sie ihre Empfindungen zu verdrängen und vor seiner unangenehmen Anwesenheit zu schützen versuchte. Es war obszön, ihn um sich zu haben, während sie darüber nachdachte, wie viel ihr Ahnvil …

Bedeutete, dachte sie hastig, um das undenkbare Wort, das an seine Stelle treten wollte, zu verbergen. Sie wollte einfach nicht an etwas denken, das nie passieren würde. Ahnvil war allein an dem körperlichen Aspekt interessiert. Sie wäre nicht eine dieser törichten Frauen, die sich Hals über Kopf in einen unerreichbaren Mann verliebten.

Nicht dass das gerade wichtig gewesen wäre, dachte sie, als sie Panahasi dabei beobachtete, wie er sich wieder an die Arbeit machte. Vielleicht war sie in ein paar Stunden bereits tot. Was spielte es also für eine Rolle, was sie empfand oder nicht?

Oh verdammt, dachte sie. Sie empfand etwas. Sie empfand sogar viel. Sie musste sich einfach nur sein hübsches Gesicht und seine warmen, lebendigen Bernsteinaugen vorstellen, und sie spürte, wie ihr gesamter Körper vor Verlangen und Gefühl dahinschmolz. Nein, es ging nicht nur um Sex. Es war mehr. Sie nahm Anteil. Spürte seinen Schmerz, wenn er mit seiner schweren Vergangenheit und der Verantwortung, die auf seinen Schultern lastete, kämpfte. Sie liebte es, dass er ein so starker Ehrenmann war, dass er lieber sterben als seine Pflichten vernachlässigen würde. Er würde sein Leben riskieren, um sie und Jackson und alle anderen auf dem Anwesen zu beschützen. Ohne Vorbehalt. Das schloss auch Kamen ein. Weil Jackson wollte, dass er geschützt war, würde Ahnvil dafür sorgen, auch wenn er ihn abgrundtief hasste.

Wenn das kein Ehrgefühl war, dann wusste sie auch nicht.

Ahnvil fiel auf die Knie und übergab sich, sobald sie Kamens Strahl verließen.

»Das passiert die ersten Male«, sagte Kamen. Er versuchte nicht, dem Gargoyle irgendwie zu helfen, weil er wusste, dass jede freundliche Geste sofort zurückgewiesen würde.

Ahnvil stand mühsam auf und taumelte ein wenig, weil sich alles um ihn herum drehte.

»Lass dir Zeit«, wies ihn Kamen an.

»Ich habe keine Zeit«, blaffte er. »Kat hat keine Zeit. Nach dem, was wir wissen, hat sie das Schwert bereits an der Kehle.«

»Wir werden sie schon finden. Entweder wir schaffen es rechtzeitig oder nicht. Du musst auf beide Möglichkeiten gefasst sein.«

»Ich kann auf deine Weisheiten verzichten! Flieg einfach los und hilf mir, den Ort zu finden!«

»Da ich nicht weiß, wie er aussieht, fliegen wir gemeinsam. In Ordnung?«

In Wahrheit dachte Kamen, dass er den Gargoyle nicht auf eigene Faust losziehen lassen konnte. Denn sobald sie den Ort gefunden hätten, würde er versuchen ihn zu stürmen, ohne an seine eigene Sicherheit zu denken. Sein Beschützerinstinkt war einfach zu stark. Kamen hatte ihn so erschaffen. Interessant fand er allerdings, wie sehr sich Ahnvil auf diesen kleinen Dschinn-Mischling fixiert hatte. Darin lag viel mehr als die Notwendigkeit, alle im Haus und unter Jacksons Obhut zu beschützen. Ihm war die unterschwellige sexuelle Energie nicht entgangen, die Ahnvil der Dschinn gegenüber verströmte. Gargoyles waren von Natur aus lustvolle Wesen, doch das ging weit darüber hinaus.

Doch nichts lag ihm ferner, als zu viele Gedanken daran zu verschwenden. Er war schließlich da, um zu helfen. Er hatte keine Ziele, erwartete weder Respekt noch Vergebung, was die bevorstehende Aufgabe betraf. Er würde einfach tun, was er konnte.

»Na schön«, sagte Ahnvil, nachdem er anscheinend ein halbes Dutzend Argumente durchgespielt hatte. Er spreizte seine Schwingen, und mit zwei kraftvollen Schritten seiner muskelbepackten Beine aus Stein erhob er sich in die Luft. Problemlos folgte ihm Kamen auf seiner Flugroute.

Gemeinsam begannen sie Kreise zu ziehen, wobei sie Kats Haus als Orientierung benutzten.

19

Katrina wartete, bis Panahasi den Raum das letzte Mal an diesem Tag, wie ihr schien, verließ. Bald würde die Sonne aufgehen, und zum ersten Mal war ihr bewusst, dass ihre innere Uhr, die ihr das verriet, sowohl dem Schattenwandlerblut als auch den Jahren der Sonnenallergie geschuldet war. Sie hatte geglaubt, das eine hätte sich aus dem anderen entwickelt, obwohl es tatsächlich schon immer da gewesen war.

Wenn sie das tun wollte, dann musste sie es gleich tun. Sie musste hier raus und dann, wenn ihr das hoffentlich gelang, zum selben Ort wie Ahnvil laufen. Ihrem Zuhause. Hoffentlich schaffte sie es bis dorthin, bevor die Sonne aufging und ihr die Haut verbrennen würde. Sie hatte noch nicht gelernt, wie man sich in Rauch verwandelte, um sich zu schützen, und sie hatte keine Ahnung, wie sie das anstellen sollte.

Mr Cockney kam mit einem Essenstablett den Gang entlang, auf dem die Schüssel Tomatensuppe stand, die sie sich mental gewünscht hatte, um ein bisschen zu üben. Sie wartete, bis er sich zum Gehen wandte und das Gitter abschließen wollte.

»Ich wünschte mir, du würdest die Handschellen aufschließen«, sagte sie und hob die Handgelenke. »Ich gehe schließlich nirgendwohin.«

»In Ordnung«, sagte er sofort. Er zückte einen Schlüssel und schloss sie auf. »Du willst mir doch keins auswischen, oder?«

»Nein«, stimmte sie mit einem unschuldigen und gewinnenden Lächeln zu. »Und ich wünsche mir außerdem, dass du die

Tür nicht verschließt, wenn du gehst. Ich verspreche, ich gehe nirgendwohin.«

»Nun, solange du es versprichst«, sagte er, während er die Tür hinter sich zuzog, ohne sie abzuschließen. Sie hatte festgestellt, dass es einfacher war, jemanden dazu zu bringen, das zu tun, das sie sich wünschte, wenn sie einen Grund dafür angab.

Es gab einen kurzen Augenblick, in dem sie dachte, er würde sich besinnen … und dann einen Augenblick, in dem sie sich am liebsten gewünscht hätte, dass er sich selbst einschloss und die Unterhosen runterließ, um die Demütigung komplett zu machen, doch es wäre schwer gewesen, dafür eine logische Begründung zu finden. Nüchtern betrachtet war es das einfach nicht wert.

Sie verließ vorsichtig die Zelle und zuckte beim Quietschen des Metalls zusammen. Sie musste so schnell wie möglich dort verschwinden. Was, wenn Cockney es sich anders überlegte und zurückkam, um sie einzusperren? Wünsche waren, wie sie wusste, Launen unterworfen. Ahnvil hatte sie davor gewarnt, einen Wunsch an einen Dschinn zu richten, doch galt das auch bei ihr, einer Dschinn? Und viel wichtiger war die Frage, ob der Armreif das erst ermöglichte oder ob es schon immer in ihr gesteckt hatte, sie aber jetzt erst lernte, es zu nutzen?

Keine Zeit. Sie hatte keine Zeit, sich darüber Sorgen zu machen. Sie musste sich auf die Socken machen. Fliehen. Und sie musste während der gesamten Zeit die Brücke zu den beiden Energiequellen an ihrem Körper aufrechterhalten, falls sie diese brauchen sollte.

Sie eilte in den Flur hinaus, den sie langsam entlangschlich. Sie versuchte, daran zu denken, dass sie wahrscheinlich nicht anders als andere Körperwandler aussah; die meisten hier drin trugen allerdings safrangelbe Tuniken und Roben, wie die Mitglieder einer Hare-Krishna-Sekte.

Sie schaffte es bis zur Treppe, bevor jemand sie bemerkte.

»He! Was machst du – ?«

Panahasi. Als sie um die Ecke kam, stieß sie direkt mit ihm zusammen. Er brauchte nur den Bruchteil einer Sekunde, um festzustellen, wer sie war und was es bedeutete, dass sie hier draußen war.

Blanke Panik befiel sie. Als sie ihn mithilfe ihrer Energie wegzustoßen versuchte, geschah etwas völlig Unerwartetes. Ein Energiestrom schoss aus ihr heraus und traf ihn mitten in die Brust. Nicht auf die Brust, sondern ins Zentrum seiner Brust.

Er explodierte von innen heraus.

Kat wurde mit Blut vollgespritzt, und Fleischfetzen und Knochensplitter flogen ebenfalls in ihre Richtung. Doch es war, als befände sie sich in einer Art Blase. Alles glitt an ihr herab, als wäre sie von Glas umgeben.

Entsetzt saß sie da und rang nach Luft. Panik lähmte sie.

Lauf. Lauf! *Lauf!*

Schließlich setzte das Schreien in ihrem Kopf ihren Körper in Bewegung. Sie rannte los. Rannte immer weiter. Blickte nicht zurück, sah kaum, wohin sie lief. Sie wusste nur, dass sie nach oben musste. Sie war in einem Keller und musste nach oben. Problemlos fand sie die Treppe, die ausgeschildert war. Die Ausgänge ebenfalls. Sie stieß auf den ersten und warf sich mit voller Wucht dagegen. Prompt prallte sie ab und landete auf dem Hintern, weil das Vorhängeschloss und die Ketten, die sie nicht bemerkt hatte, standhielten. Sie vernahm Warnrufe und wachsenden Aufruhr, und sie wusste, dass sie es nicht schaffen würde. Die Erkenntnis brachte die Brücke zum Amulett in Position, und ihre Angst setzte die Energie, die sie auf die Ketten gerichtet hatte, frei. Wie Panahasi explodierten sie, und die einzelnen Kettenglieder wurden gesprengt. Sie rannte erneut gegen den Ausgang an und benutzte diesmal die Brücke dazu, sich den Weg hinaus zu erkämpfen. Krachend flog die Tür auf, und Kat wurde in meterhohen Schnee geschleudert.

Sie spürte es nicht einmal. Sie stapfte durch den dicken Schnee, und das Herz klopfte ihr bis zum Hals, als ihr klar wurde, dass sie eine perfekte Spur hinterließ, auf der sie ihr folgen konnten. Sie würde es nicht schaffen. Selbst wenn Panahasi tot war, würde irgendjemand Alarm schlagen, Apep warnen, und dann würde sie bestimmt sterben. Und sie zweifelte keinen Moment daran, dass es langsam und schmerzhaft sein würde.

Plötzlich stieß etwas von hinten gegen ihren Körper und stieß sie in den tiefen Schnee. Sie schrie auf, Tränen traten ihr in die Augen, und die Luft wurde schlagartig aus ihr herausgepresst, während sie sich mit aller Kraft loszureißen versuchte. »Kat! Hab keine Angst. Ich hab dich!«

Im nächsten Augenblick schwebte sie in der Luft, und der Schnee fiel von ihr herunter, als seine Arme sie fest an sich zogen. Sie konnte den Luftstrom seiner kräftig schlagenden Flügel spüren. Sie hätte Angst haben sollen. Sie flog mit halsbrecherischer Geschwindigkeit durch die Luft und wurde dabei nur von einem Paar Hände festgehalten.

Doch es waren seine Hände. Seine. Die ihres Gargoyle. Und sie hatte sich in ihrem ganzen Leben noch nie so sicher gefühlt.

In diesem Moment bemerkte sie, dass jemand neben ihr herflog.

»Ihr seid gemeinsam gekommen?«, fragte sie mit klappernden Zähnen, weil sie durchnässt war und fror.

»Ja. Wir haben nach einer Möglichkeit gesucht, dich zu finden. Und plötzlich warst du da. Halt dich fest.« Er ging in Sinkflug und taumelte ein wenig, als er zwischen den Bäumen eintauchte.

Okay, jetzt machte sie sich Sorgen. Äste und Zweige waren überall und streiften sie ein paarmal um Haaresbreite. Er flog so schnell, dass sie nicht verstand, wie er ihnen ausweichen konnte. Eine Flugroute hatte er kaum.

»Oh mein Gott! Flieg hoch! Du musst höher fliegen!«

»Nein, ich kann nicht. Wir werden nicht verfolgt, das heißt aber nicht, dass Panahasi uns nicht ein paar seiner Lakaien hinterherschickt. Wenn wir tief fliegen, sind wir außer Sicht.«

»Panahasi ist tot! I-Ich habe ihn getötet. Und diejenigen, die wissen, dass ich dort war, wissen wahrscheinlich nicht einmal, warum. Außer dass er das Amulett wollte.«

Er schien die Nachricht von Panahasis Tod gut zu verkraften. Er verlangsamte und landete erneut. Kamen folgte ihnen, bis alle drei schließlich in den eisigen Schnee sanken.

Ahnvil drehte sie zu sich um und nahm sie rasch in Augenschein. Nachdem er festgestellt hatte, dass sie nicht einen Kratzer abbekommen hatte, seufzte er erleichtert auf. Dann fiel sein Blick auf das mit Diamanten und Rubinen besetzte Armband, das sie trug.

»Erzähl mir nicht, er hat dir Geschenke gemacht. Wollte er dich umbringen oder umwerben?«

»Ich hab das Armband auf seinem Arbeitstisch gefunden. Ich glaube, er wusste gar nicht, was es war, sonst hätte er es bestimmt nicht herumliegen lassen. Allerdings ist er auch ein ganz schöner Trottel. Beziehungsweise *war* einer.«

»Siegergeschichten können wir später noch austauschen«, sagte Kamen. »Wir müssen erst einmal weg hier.« Er legte Ahnvil die eine Hand auf die Schulter und Kat die andere auf den Arm. Er schloss die Augen und innerhalb von Sekunden flogen sie in seinem Strahl.

Als sie stoppten, war Ahnvil und ihr so schlecht, dass sie sich aneinander festklammern mussten, um sich auf den Beinen zu halten. Dann erbrach Kat ein Erdnussbuttersandwich … oder das, was davon übrig war. Sie spürte, wie Ahnvils steinerne Hände ihr Haar festhielten und sich langsam in Fleisch verwandelten, während er ihr Hals und Rücken streichelte.

»Schon gut. Ganz ruhig, Kat-Mädchen«, beruhigte er sie leise, bis sie sich wieder aufrichten konnte.

»Gott, das tue ich nie wieder«, schwor sie.

»Was genau?«, fragte Ahnvil sanft lächelnd. »Jemanden über die Klinge springen lassen oder mit einem Strahl reisen?«

Sie lachte zitternd. »Sowohl als auch.«

»Ich mache dir keinen Vorwurf. Komm, Mädchen, bringen wir dich hinein, wo es sicher ist, und wärmen dich auf.«

Seine Fürsorglichkeit kannte keine Grenzen. Er half ihr, sich auszuziehen und in die Wanne zu legen, ihr die Zähne zu putzen und all die kleinen Dinge zu tun, die ihr wieder das Gefühl gaben, Mensch zu sein und sich entspannen zu können. Er fragte nicht nach dem Armband oder wie ihr die Flucht gelungen war, als er ihr in ein sauberes T-Shirt half. Er erinnerte sie nicht daran, wie knapp es gewesen war und auch nicht an die Tatsache, dass sie gerade jemanden ermordet hatte, als er sie ins Bett brachte und fest in den Arm nahm.

Er wartete, bis sie sich beruhigt hatte, bis sie sich unter seinem Schutz ganz sicher fühlte, bevor er begann.

»Erzähl mir alles«, sagte er leise. »Wenn du so weit bist.«

»Das bin ich«, sagte sie. Sie berichtete von Anfang an, und jedes Mal, wenn ihm klar wurde, in welcher Gefahr sie gewesen war, hielt er sie noch ein bisschen fester. Ob das nun geschah, um sein Temperament zu zügeln oder um sie zu trösten, wusste sie nicht. Doch sie vermutete, dass es eine Mischung aus beidem war.

»Ich bin mir sicher«, sagte er, nachdem sie verstummt war, »dass Panahasi völlig unabhängig von Apep gehandelt hat. Den guten Göttern sei Dank. Wenn Apep dich in die Finger bekommen hätte …« Er schloss die Augen und unterdrückte das Zittern, das ihn überlief. *Sie ist in Sicherheit*, versuchte er sich zu sagen. *Sie liegt geschützt in deinen Armen.*

Doch das änderte nichts an der Tatsache, dass er darin versagt hatte, sie zu beschützen.

»Es tut mir leid«, sagte er mit tiefem Bedauern. »Ich habe mich geirrt. Wenn Kamen dich nicht unterwiesen hätte, wärst du jetzt vielleicht tot.« Er berührte das neue Schmuckstück an ihrem Handgelenk. »Es ist ihm zu verdanken, dass du jetzt in Sicherheit bist, und damit stehe ich in seiner Schuld, was ich nicht vergessen werde.«

»Du lässt also zu, dass er mich weiter unterrichtet? Ich meine, ich will die wichtigen Dschinn-Sachen von einem richtigen Dschinn wie Grey lernen, aber Kamen kann mir Grundlagen beibringen. Ist das in Ordnung für dich?«

»Du hattest recht, als du gesagt hast, dass mich das nichts angeht. Du tust, was du tun musst, Kat. Ich mische mich nicht ein.«

Sie blickte hinauf in sein Gesicht und rollte sich herum, sodass sie auf dem Bauch lag und in seine Augen blickte. »Ich verstehe, warum du ihn hasst. Ich will dich nicht verärgern.«

»Ich muss gestehen, ich hasse ihn gerade nicht mehr so sehr.« Er berührte ihren Mundwinkel mit einer zärtlichen und liebevollen Geste. »Er hat mir etwas zurückgegeben, das viel bedeutsamer ist als die Schäden, die man durch Versklavung davonträgt.«

Kat spürte, wie sie einen Kloß im Hals bekam und ihr plötzlich Tränen in die Augen traten. Sie war ein emotionales Wrack gewesen, seit dieses ganze Abenteuer begonnen hatte, doch das jetzt war ein völlig anderes Gefühl.

»Ich bin überrascht, das zu hören«, flüsterte sie.

»Es ist die Wahrheit«, sagte er mit einem schlichten Schulterzucken.

Die Worte hatten eine ungeheure Wirkung auf sie, doch sie beherrschte sich und versuchte, mit ihren aufsteigenden Gefühlen vorsichtig zu sein. Sie wollte nichts überstürzen. Wollte keine Schmerzen riskieren, die er ihr womöglich verursachen würde. Sie befand sich auf unsicherem Terrain. Mit jedem Schritt, den sie machte, wuchs die Gefahr zu stolpern. Die Zukunft war so ungewiss.

Anstatt also unzulängliche Dinge zu sagen und trotz der Gefahr, enttäuscht zu werden, berührte sie seinen Mund mit ihrem. Einen Augenblick später erwiderte er ihren Kuss voller Leidenschaft. Sie schloss die Augen und wollte nur noch seine Stärke spüren. Das gab ihr vor allem das Gefühl, wieder in Sicherheit zu sein. Das und seine Arme um sich herum, der feste Druck seiner Hände auf ihrem Rücken.

Sicherheit.

Und Wärme. Nein. Hitze.

Es brauchte nur einen Moment, und sein Kuss löste die Erregung aus, die stets unterschwellig vorhanden zu sein schien. Dann rollte er sie mit einer plötzlichen Bewegung auf den Rücken und schob sich zwischen ihre Oberschenkel, die sie instinktiv um ihn schlang, wobei er die Ellbogen neben ihren Schultern aufstützte, um mit den Händen ihr Haar und ihr Gesicht streicheln zu können.

»Meine Kat«, sagte er, als er ihren Mund kurz losließ. Dann war er wieder da, voller Feuer.

Seine Kat. Was sie seine Kat? Oder war das etwas Vorübergehendes? Versuchte er so, seinen Willen zu bekommen? War das nur so dahingesagt oder meinte er das wirklich? Gargoyles waren ein lustvoller Haufen, hatte er ihr erzählt. Bedeutete das, dass sie Dinge tun oder sagen würden, um eine Frau ins Bett zu bekommen?

Sie schob die Fragen beiseite und beschloss, einfach anzunehmen, was er ihr körperlich zu geben hatte. Sie wollte sich über den Rest keine Sorgen machen. Sie hatte in dieser Nacht schon so viel durchgemacht. Jetzt war es hinter dem polarisierten Glas taghell, und sie waren vor den bösen Mitgliedern der Schattenwandler, Koboldgötter eingeschlossen, geschützt und konnten sich unbesorgt ausruhen.

Kat bekam so tiefe Küsse, dass sie kaum Luft holen konnte. Es war wie Sex, erst mit seinen Lippen und dann mit den tiefen Berührungen seiner Zunge. Er umschlang ihre mit seiner, sie tauschten Geschmäcker und Erregung aus, bis sie sich völlig darin verlor. Sie spürte, wie sie mit wachsendem Verlangen ganz nass und weich wurde. Sie hatte noch nie etwas so sehr gewollt, wie sie ihn jetzt wollte. Nichts war je so klar gewesen. Von der Angst, die sie erst vor wenigen Stunden noch beherrscht hatte, war sie weit entfernt. Doch beides waren starke Empfindungen. Sie hatte um ihre Freiheit gekämpft und gewonnen. Jetzt kämpfte sie um etwas, das viel beängstigender war. Sie fühlte sich so zu Hause, wie sie es nie zuvor getan hatte. Der Schmerz dieses Ortes war wie weggewischt und wurde durch Leidenschaft ersetzt. Zweifel und Hass hatten in diesem Moment keinen Platz.

Er strich ihr mit der Hand vom Gesicht zum Hals und fuhr ihr mit den Fingerspitzen übers Schlüsselbein. Etwas an der Zärtlichkeit und Intensität der Berührung ließ sie in seine dunklen Bernsteinaugen blicken, wo sie Dinge sah, die sie womöglich gar nicht verstand. Er sah ein wenig verloren aus, als fehlten Teile dieses Augenblicks. Doch sie wusste nicht, wie sie die Lücken füllen sollte. Sie glaubte nicht das zu haben, was er brauchte. Also füllte sie die Leerstellen mit Küssen, mit den

Berührungen ihrer Hände, die sie über seine breiten Schultern gleiten ließ.

Er hatte keine steinerne Hülle und fühlte sich trotzdem so fest an; sie staunte über diese Kraft. Sie hatte noch nie jemanden kennengelernt, der so stark war, und das Gefühl unter ihren Händen war erstaunlich. Allein zu spüren, wie die Wärme unter ihrer Berührung zunahm. Mit den Händen zog sie ihn fester an sich, um ihm zu sagen, wie beeindruckt sie von seiner Stärke war. Um ihm zu sagen, dass sie alles an ihm wollte, jede Kontur und jeden Atemzug, und das mit jeder Faser ihres Seins.

Und er wollte sie mit dem gleichen starken Verlangen. Er brannte für sie, und in diesem Moment hatte er keine Angst, es ihr zu zeigen. Es gab keinen Raum für Lügen und Kämpfe. Warum sollte einer von ihnen das überhaupt wollen? Sie waren ehrlich zueinander, nackt und voller Verlangen. Er knöpfte ihre Bluse auf, schob sie auseinander und entblößte zuerst ihren Bauch und dann ihre Brüste. Ihre Nippel zogen sich zusammen beim Kontakt mit der kalten Luft. Dann schlug sie die Berührung seiner Fingerspitzen, mit denen er ihr Zentimeter für Zentimeter übers Brustbein strich, in den Bann und erzeugte ein wachsendes Verlangen in ihr.

Als er ihren Bauch berührte, zog er sich vor Überraschung und Erwartung zusammen. Sie wollte seine Berührung, und trotzdem erschrak sie. Er legte seine Hand einen Moment flach auf sie und begann zu drücken, als wollte er in sie hineingreifen. Dann hob er die Handfläche an und ließ wieder nur die Fingerspitzen auf ihr ruhen. Er glitt mit ihnen hinab bis zum Flaum auf ihrem Schamhügel. Doch anstatt in ihre Locken einzutauchen, fuhr er mit den Fingern in die entgegengesetzte Richtung und zog eine sichelförmige Linie erst unter der einen, dann unter der anderen Brust.

Als er ihre linke Brust umfasste, atmete sie so schwer, als wäre sie gerannt. Er lächelte ein wenig, und sie wusste, dass er sie absichtlich reizte. Und sie hatte, ehrlich gesagt, nichts dagegen einzuwenden. Sie hatte es kein bisschen eilig. Nun, vielleicht doch. Aber irgendwie doch nicht. Oh, woher sollte sie das denn wissen? Wenn es etwas gab, worin Ahnvil gut war, dann darin, ihr Innerstes nach außen zu kehren.

»Das ist ein hübscher Anblick«, sagte er mit vor Verlangen belegter Stimme. »Du hast die hübschesten Brüste, die ich je gesehen habe.«

»Das ist eine dicke Lüge«, sagte sie atemlos.

»Von wegen. Ich bin wahrlich keine Jungfrau, Kat-Mädchen. Ich habe in über dreihundert Jahren meine Erfahrungen gemacht. Wenn ich dir sage, dass deine die hübschesten sind, ist das nicht nur so dahingesagt. Sie sind hübsch und blass und die winzigen Sommersprossen nur an ihren Spitzen«, er streichelte mit seinen Fingerspitzen darüber, »und dann diese dunkelrosa Nippel … so fest und hübsch pulsierend. Ach. So etwas habe ich noch nie gesehen. Und jetzt werde ich sie voller Gier liebkosen.«

Er begann beide Nippel mit der flachen Zunge zu lecken und nass zu machen, sodass sie in der kühlen Zimmerluft noch härter wurden. Dann nahm er einen tiefen Atemzug und umschloss dabei ihren rechten Nippel mit den Lippen, während er den anderen zwischen die Finger nahm. Er überwältigte sie, indem er gleichzeitig an ihr saugte und sie kniff, und er machte so lange damit weiter, bis sie völlig benommen war, wechselte dann und wiederholte das Ganze an der jeweils anderen Brust. Sie zog die Knie an, und ihre Füße wanderten hinten an seinen Beinen hinauf. Hätte er ihren Körper noch ein Stück hochgeschoben, wäre er direkt in der Wärme ihres Schoßes gelandet, doch er blieb auf Abstand.

Er wusste, dass er hinaufrutschen musste, um sein eigentliches Ziel anzusteuern, doch er ließ sich Zeit. Es genügte ihm, zu hören, wie sie stöhnte, und zu spüren, wie sie sich wand.

Ahnvil ließ ihre Brüste los und presste seine Lippen auf ihren Solarplexus. Dann auf den Bereich oberhalb ihres Bauchnabels, und dann auf die Stelle direkt darunter.

»Himmel, ich kann die Erregung an dir riechen«, sagte er grimmig. »Da möchte ich am liebsten … dich am liebsten schmecken, Kat-Mädchen. Und ich sorge dafür, dass wir gemeinsam kommen.«

»O-Okay«, sagte sie.

Das brachte ihn zum Lachen.

»Na schön, jetzt, wo ich deine Erlaubnis habe …« Er steckte kurz seine Zunge in ihren Bauchnabel, was sie vor Verlangen kichern ließ. Dann schob er seine Schultern zwischen ihre Oberschenkel und streichelte zuerst den einen und dann den anderen. Mit seinen Fingerknöcheln strich er über ihre gesamte Länge, von den Löckchen bis zu ihrem Hintern, wobei sie sich ihm entgegenstemmte, um ihn dazu zu animieren, sich schneller zu bewegen, als er zu tun bereit war. Zu ihrer Erleichterung berührte er sie. Doch die Erleichterung hielt nicht lange an, als sämtliche Stellen, an denen er sie berührte, brannten.

Ahnvil konnte spüren, wie nass sie war und wie sie mit jeder Berührung seines Fingers immer noch nasser wurde. Es machte ihn ebenfalls ungeduldig. Er fand ihren Eingang, schob seinen Finger hinein und musste angesichts ihrer Enge und Erregung stöhnen. Als sie sich erst um einen und rasch um einen zweiten Finger schloss, konnte er sich gut vorstellen, wie sie sich um ihn herum anfühlen würde. Es war, als hätten sie sich noch nie geliebt. Als wäre es das erste Mal, dass er sie erkundete. Sollte das nicht bereits vertrautes Terrain sein? Sie hatten sich davor schon ein paarmal geliebt, warum fühlte es sich nur so … so neu an?

In diesem Moment wurde ihm klar, dass es sich nie vertraut und langweilig anfühlen würde. Nicht mit ihr. Er wusste nicht, warum, er wusste es einfach. Es war eine schmerzhafte Feststellung. Er schloss kurz die Augen, um zu verdauen, was das für ihn bedeutete, denn er wusste, dass er sie nicht verdiente, und trotzdem war er nicht selbstlos genug, sie gehen zu lassen, damit sie das fand, was sie wirklich verdiente.

Ja, er war egoistisch. Daran war nicht zu rütteln. Und sobald ihm das klar war, fügte er sich hinein. Wenn sie etwas anderes wollte als das, was er ihr geben konnte, dann müsste sie der Sache ein Ende bereiten. Er wusste, dass er es nicht tun würde. Nicht tun konnte. Vorläufig verbrachte sie Zeit mit ihm, überließ ihm ihren sexy Körper. Also würde er dafür sorgen, dass es ihr gefiel, dass sie glücklich war. Er würde nicht wieder vor ihr davonlaufen, würde sie nicht unbefriedigt zurücklassen. Er musste ihr bereits das, was zuvor passiert war, vergelten.

Er hörte sie stöhnen, wusste, dass er ihr Lust bereitete, also spürte er dem Geräusch nach, berührte sie tiefer, umkreiste mit dem Daumen ihre Klitoris, bis sie das Geräusch noch einmal machte. Doch das genügte noch nicht, er wollte es länger und inbrünstiger, also senkte er den Kopf zwischen ihre Oberschenkel, nahm den Daumen weg und ersetzte ihn durch seine Zunge. Er reizte sie ein wenig … dann stärker, tat nicht das, was für sie am besten gewesen wäre, sondern brachte sie einmal … zweimal an die Grenze. Bis sie ein frustriertes Geräusch von sich gab. Er lachte leise, und sie stieß ihm zur Strafe die Zehen in die Rippen.

»Ärgere dich nicht«, murmelte er an ihrem Oberschenkel und küsste sie flüchtig an der Stelle. »Ich weiß, was ich tue.«

»Den Eindruck macht es gar nicht!«, grummelte sie.

Er lachte erneut. »Du fühlst, was ich dich fühlen lassen will. Und jetzt sollst du mehr fühlen.«

Und das tat sie auch. Sie schrie laut auf, als er sie mit geschickten Zungenschlägen und gelegentlichem Saugen an ihrer geschwollenen Klitoris bearbeitete. Dann umkreiste er sie mit seiner Zunge und brachte sie an den Rand eines Orgasmus. Es bräuchte nur noch ein … kleines … bisschen …

Die Erlösung kam schlagartig, obwohl sich die Spannung so lange aufgebaut hatte, und sie grub ihm die Fingernägel in die Schultern und zwischen seine Haarwurzeln, hielt ihn fest, als würde er ihr entwischen, wenn sie ihm die Chance dazu gab. Sie hätte von der Wahrheit nicht weiter entfernt sein können.

»Lass nicht los, Mädchen«, sagte er heiser. »Ich bin noch nicht mit dir fertig.«

»Warte!«, rief sie atemlos.

»Nein. Ich werde nicht warten.«

»Sollte ich nicht … oh Gott … sollte ich nicht ein Wörtchen mitzureden haben?«

»Nein.«

»Oh. Okay«, sagte sie mit einem hörbaren Schlucken. »Ich will geben, du willst nehmen. Wo ist das Problem?«, fragte er.

»Aber ich –«

»Nein.«

»Oh. Okay«, seufzte sie, entspannte sich endlich und ließ ihn gewähren. Sie beschwerte sich nicht mehr, bis sie kurz vor ihrem dritten Orgasmus war. »Bitte«, sagte sie, »ich kann das nicht noch einmal.«

»Oh doch, du kannst. Aber keine Sorge, ich habe was anderes vor.«

Er spreizte ihre Oberschenkel noch weiter, um für seinen Körper Platz zu schaffen, und rutschte ein Stück nach oben. Er spürte sein eigenes Gewicht in der Hand, als er seinen Schaft mit der Hand umschloss und an ihrer Öffnung platzierte. Er küsste sie, wartete darauf, dass sie sich entspannte, was einen Moment dauerte, weil sie vor Erwartung ganz verkrampft war. Doch er wartete … wartete … und als ihr schließlich klar wurde, dass ihn nichts aus der Ruhe bringen könnte, drang er mit einem plötzlichen kraftvollen Stoß in sie ein. Ihre Schreie verschmolzen, und sie waren beide überwältigt davon, wie sich der andere anfühlte. Es dauerte eine Weile, bis er ganz in ihr drin war, ohne zu früh zu kommen. Sie hatte eine solche Macht über ihn … und sie war so eng. Es brachte ihm ihre unterschiedliche Größe in Erinnerung, weshalb er sich einen Moment lang um sie sorgte. Doch dann erinnerte er sich daran, dass sie das Mädchen war, das Panahasi ins Jenseits befördert und sich aus Apeps Festung befreit hatte. Und jetzt wussten sie dank ihr genau, wo sich die Festung befand. Man hatte sie nach Kamens Überlaufen auf die andere Seite verlegt, und obwohl er selbst von dort geflohen war, hätte er sie ohne Kat vielleicht nicht mehr gefunden.

Nein. Er tat ihr unrecht, wenn er sie für zerbrechlich hielt. Nicht nach allem, was sie durchgemacht und überlebt hatte. Eine Falle, die ihn beinahe das Leben gekostet hatte. Eine Situation, die Jan Li nicht überstanden hatte, obwohl sie das Gelände wie ihre Westentaschen kannte.

Er schob die Erinnerung beiseite und konzentrierte sich ganz auf sie. Konzentrierte sich darauf, wie sie sich anfühlte und auf ihre Stärke. Er versuchte langsam in sie einzudringen, um ihr größere Lust zu verschaffen, und es war ganz leicht. Sie war so sinnlich, so leidenschaftlich … Mit jedem tiefen, genüsslichen Stoß spürte er, wie er nach und nach die Kontrolle verlor.

»Oh ja«, stöhnte er. »Du bist so zart, meine kleine Kat. Manchmal habe ich das Gefühl, mit dem Tageslicht Sex zu haben, so hart machst du mich, und du gibst mir das Gefühl, unverwundbar zu sein und die Welt erobern zu können.«

Ihre Antwort war ein kurzes, wildes Luststöhnen, das mit jedem Mal intensiver wurde. Er konnte hören … spürte, wie sie auf den Höhepunkt zusteuerte. Er wusste, dass es für ihn kein Zurück mehr gäbe, wenn sie kam. Er würde ebenfalls mitgerissen. Es war ein Kampf, bei dem er sich freiwillig ergab. Er beschleunigte nicht, drang nur tiefer und fester in sie ein, brachte ihren Körper mit jedem Stoß zum Vibrieren. Es war kein wilder Orgasmus wie die Male davor, doch er war tiefer … und seelenvoller … während er sie zwang, ihm die ganze Zeit in die Augen zu schauen.

Er hielt ihren Kopf zwischen seinen Händen, damit sie ihren Blick nicht abwandte, als sie aufschrie und versuchte, die Augen zu schließen und sich ihm ganz hinzugeben. Doch er ließ es nicht zu, zwang sie, jeden einzelnen Moment bei ihm zu bleiben. Sie spannte sich um ihn herum an und machte es ihm angenehm schwer, in sie einzudringen. Doch schließlich sah er die Lust in ihren Augen explodieren und wurde ebenfalls über die Kante geschubst. Zu wissen, dass sie hier bei ihm war, war das einzige Aphrodisiakum und das Vorspiel, das er brauchte.

20

»Leo hat sich vom Hof des Dämonenkönigs gemeldet«, sagte Jackson. »Ich habe vor einer Weile mit ihm telefoniert. Anscheinend«, sagte er amüsiert, »kommen ein paar der Schattenwandlerspezies mit Technik und so grundlegenden Dingen wie Elektrizität nicht klar. Also muss er den Hof verlassen, um zu telefonieren. Dabei fallen mir die Geister ein. Sie haben ebenfalls Probleme mit moderner Technik. Eigentlich finde ich das bedenklich, aber Leo ist mehr denn je davon überzeugt, dass es sich um gute Schattenwandler handelt. Und wie ihr wisst, vertraut Leo niemandem. Das beeindruckt mich. Er ist nicht gewillt, ihnen einfach den Rücken zuzukehren, und diese Art von Vertrauen braucht Zeit, doch oberflächlich betrachtet hat er ein gutes Gefühl.«

»Was ist also der nächste Schritt?«, fragte Kamen.

»Du und die Druidin Bella seid der nächste Schritt«, sagte Jackson. »Sie wird in der Bibliothek recherchieren, da sie anscheinend sämtliche Sprachen versteht, und du wirst in unserer Sprache recherchieren, weil du einen Umkehrzauber dieser Größenordnung am besten erkennen kannst.«

»Entscheidend ist, seine Herkunft zu finden. Sobald uns das gelingt, ist der Rest ein Kinderspiel«, sagte Kamen.

»Das war genau mein Gedanke.« Jackson hielt einen Moment inne. »Trotzdem stimme ich mit Ahnvil überein und bin nicht gewillt, dir mein volles Vertrauen zu schenken. Du bekommst einen Aufseher. Ebenfalls einen früheren Templer wie Docias Körperwandler, Tameri, der dafür sorgen wird, dass du bei der Wahrheit bleibst und nicht nur deine eigenen Interessen verfolgst … oder die der Templer.«

»Ich habe nichts anderes erwartet«, sagte Kamen ruhig.

»Na schön …« Jackson klatschte in die Hände und rieb sie erwartungsvoll, »das Spiel beginnt. Mal sehen, ob wir diesen Fluch entschlüsseln können, bevor Apep das Kind bekommt … die Götter wissen, was er diesem Planeten beschert. Allein der Gedanke macht mir Angst.«

Die anderen Bewohner mussten ihm beipflichten. Sie saßen alle im Wohnzimmer, nachdem Jackson sie dort zusammengerufen hatte. Sogar Gray und SingSing waren gekommen. Faith, der Nachtengel und Leos Geliebte, war offensichtlich zu ihm an den Hof des Dämonenkönigs gereist.

»Es gibt noch eine Sache, die ich erwähnen wollte. Laut Faith wurde ihr Bruder, ein Nachtengel mit außergewöhnlichen Fähigkeiten, kürzlich von einem mächtigen Körperwandler vergewaltigt. Wir glauben, dass es Apep war und dass Faiths Bruder gezwungen wurde, das Kind zu zeugen, mit dem Apep jetzt schwanger ist. Aus diesem Grund müssen wir die Zeugung des Kinds noch viel ernster nehmen. Faith sagt, wenn der Nachwuchs auch nur einen Bruchteil von den Fähigkeiten ihres Bruders hat, zuzüglich dem, was er von Apep bekommt … werden wir uns sehr bald einer noch viel größeren Bedrohung gegenübersehen.«

»Ein Wesen allein mit solchen Kräften ist schon eine Herausforderung, aber zusammen mit Apeps Macht könnte es unbesiegbar sein. Fluch oder nicht, wir haben womöglich nicht den Hauch einer Chance. Apep ist immerhin ein Gott. Keiner kennt die Grenzen seiner Macht, aber mein Gefühl sagt mir, dass wir das sehr bald herausfinden werden.«

»Wir finden eine Lösung«, versicherte ihnen Marissa, die, ähnlich wie ihr Gemahl, der Sache ruhig ins Auge blickte. Es gab einen Grund, dass jeder von ihnen ein eigenständiger Pharao war. Sie waren dazu ausersehen, Anführer zu sein, und hatten sich während ihrer vielen Inkarnationen immer wieder bewähren müssen.

»Das müssen wir«, sagte Grey leise. »Sicher, meine Magie ist sehr wirkungsvoll, doch allein ist sie einem Gott nicht gewachsen. Ich bin nicht so überheblich, das zu glauben.«

»Darum geht es. Wir dürfen nicht nur an uns denken. Die Aufhebung des Fluchs bietet uns die Chance, uns mit den anderen zusammenzutun, um einen gemeinsamen Feind zu bekämpfen«, sagte Marissa.

»Mir wird viel wohler sein, wenn der Fluch erst einmal aufgehoben ist«, sagte Grey. Wenn er nichts gesagt hätte, hätte Kat nicht einmal geahnt, dass ihm nicht wohl bei der Sache war. Der Marid-Dschinn zeigte keinerlei Gefühlsregungen. Es war, als würde man einen friedlichen Teich betrachten. Kat fragte sich, ob sie eines Tages genauso stark wäre und ob sie sich in großer Gefahr ebenso ruhig und sicher fühlen würde. Es machte ihm nicht einmal etwas aus, seine eigenen Schwächen zuzugeben. Vielleicht war es wie bei Jackson und Marissa, erfahrenen Anführern, die angesichts der Gefahr ruhig zu bleiben versuchten.

Es war eine Woche her, seit sie Apeps Festung entkommen war. Sie hatten alle den Atem angehalten und auf eine Art Vergeltungsschlag von Apep oder den Templern gewartet, doch je mehr Zeit verging, desto klarer wurde, dass Panahasi allein gehandelt hatte.

Nachdem das Treffen beendet war und die Gruppe sich größtenteils aufgelöst hatte, nahm Kat allen Mut zusammen und sprach Grey an. Sie war von ihm, seiner Macht und seiner Position ziemlich eingeschüchtert. Sie befürchtete, für hochnäsig gehalten zu werden, ein unerfahrenes Mädchen, das den großen Dschinn um Unterweisung bitten wollte.

»Entschuldige«, sagte sie und knetete nervös ihre Hände.

Grey schaute sie an. Er hatte auf der Sofalehne gesessen und sich gerade erhoben. Doch als sie ihn ansprach, setzte er sich wieder und schenkte ihr ein aufmunterndes Lächeln.

»Du willst etwas wissen?«

»Nein. Ich meine: ja! Ich meine …« Sie seufzte, verärgert über sich selbst. »Kamen hat mir erzählt, dass es verschiedene Gruppen von Dschinn gibt. Von schwach bis sehr mächtig. Ich habe mich gefragt … zu welcher ich gehöre? Niemand scheint es mir sagen zu können.«

»Das ist auch nicht so einfach«, sagte Grey. »Als Mischling ist es nicht so leicht zu bestimmen, was du bist. Doch ich habe eine Vermutung.«

»Die wäre?«, fragte sie neugierig.

»Willst du es wirklich wissen? Vielleicht gefällt dir nicht, was ich dir sage.«

Kat schluckte geräuschvoll. Das klang wirklich überhaupt nicht gut. Sie nahm allen Mut zusammen. »Ich will es wissen«, sagte sie.

»Was hat Kamen dir über die einzelnen Gruppen erzählt?«

»Maride und Ifrit sind am mächtigsten. Jann sind die schwächsten. Shaitan … nun, ich habe das Gefühl, sie sind ziemlich unheimlich. Besser, man meidet sie.«

»Shaitan sind wirklich ›unheimlich‹«, sagte er mit einem amüsierten Blitzen in den Augen. Dann wurde er ernst. »Shaitan arbeiten mit dunkler Magie. Tödlicher Magie. Flüchen. Dem Entwenden von Fähigkeiten. Sie haben Zauberkräfte, die Feuer auf diejenigen niederregnen lassen, die sie ärgern oder beleidigen. Sie ziehen Energie aus den finstersten Niks. Verfluchte Gegenstände, Dinge, mit denen man Gewalttaten begeht. Waffen. Gegenstände, wie du einen trägst.«

Kat befingerte nervös ihre Halskette.

»Auf ihr liegt ein Fluch. Willst du sagen, ich bin eine Shaitan?«

»Ich vermute, du wurdest von einem Shaitan gezeugt und hast Shaitan-Fähigkeiten. Was du damit machen kannst, werden wir noch sehen. Aber du hast Panahasi einen gewaltigen Todesstoß verpasst, ohne es zu wollen, und das sollte uns etwas sagen.«

»Heißt das, ich kann aus Versehen jemanden in die Luft sprengen? Ich habe Angst zu üben, weil ich nicht –«

»Du wurdest von ihm bedroht«, sagte Grey zur Erinnerung. »Du hast getan, was nötig war. Ich bezweifle, dass du jemandem den Tod bringen kannst, der es nicht verdient. Es gibt auch in der Dschinn-Magie Regeln.«

»Du meinst … es war Selbstverteidigung. Also war es gerechtfertigt.«

»Genau. Wenn du dir deswegen Gedanken gemacht hast, lass es.«

»Habe ich nicht«, versicherte sie ihm. »Ich war zuerst ein wenig verstört, doch ich wusste, ich hatte keine Wahl. Ich wäre da niemals lebend rausgekommen, wenn ich nicht gekämpft hätte. Ich habe kein Problem damit.«

»Gut! Dann bringen wir dir mal eine der zentralen Fähigkeiten bei, sollen wir?« Auf ihr eifriges Nicken hin sagte er: »Dschinn verwandeln sich beim Kontakt mit der Sonne in Rauch, um sich vor den Blasen und Verbrennungen, die du erleidest, zu schützen. Wenn du dich in Rauch verwandelst, kann sie dir nichts tun. Das einzige Problem ist, dass du Kohäsion verlierst, je länger du in Rauchform bist, also musst du dir so schnell wie möglich einen geschützten Platz suchen.«

»Ich will das unbedingt lernen. Entschuldigst du mich kurz?«, fragte sie mit ausgestreckter Hand.

»Natürlich. Ich muss mit SingSing sprechen, bevor sie wieder entschwindet. Sie ist ziemlich … launenhaft. Sollen wir uns hier in zehn Minuten wieder treffen?«

»Okay«, sagte sie mit einem Nicken.

Sobald Grey gegangen war, wandte sich Kat zu Ahnvil um, der die ganze Zeit stumm hinter ihr gestanden hatte. Sie bemerkte, wie wichtig es war, dass er sich nicht eingemischt hatte. Es musste ganz schön schwierig für ihn gewesen sein, seinen Impuls zu kontrollieren, sie vor allem zu beschützen. »Kommst du damit klar?«, fragte sie ihn.

»Ich habe es dir bereits gesagt. Ich habe kein Recht, dich daran zu hindern herauszufinden, wer du bist«, sagte er, als er vor sie trat und ihr eine seiner großen Hände an die Wange legte.

»Das habe ich nicht gemeint«, sagte sie und legte ihre Hand auf seine. »Kommst du damit klar? Mit mir. Damit, was ich womöglich bin … eine Shaitan. Eine todbringende Dschinn.« Sie erschauerte. »Ich meine, ich würde verstehen, wenn nicht, weil ich, ehrlich gesagt, selbst nicht weiß, was ich davon halten soll. Und ich weiß, was du von Magie hältst … und ich will nicht …«

»Ich lehne diese Magie nicht ab«, sagte er leise. »Und selbst wenn, ich würde es nicht tun, weil sie von dir kommt. Es gibt nur einen Benutzer von Magie, der mir nicht gefällt.«

»Kamen.«

»Ja. Kamen. Aber wie gesagt, ich hasse ihn nicht mehr so wie früher. Nicht seit das, was er unternommen hat, dich hierher zurückgebracht hat. Ich werde ihn nie mögen. Ich werde ihm niemals vertrauen. Aber … nun, ich habe alles dazu gesagt. Und um ehrlich zu sein … wenn es keine Magie gäbe … wäre ich dir nie begegnet. Ich wäre schon längst tot. Allein das ist es wert, ein Gargoyle zu sein.«

»Oh«, sagte sie und senkte den Blick, als ihr vor Freude die Röte in die Wangen stieg. »Daran habe ich nicht gedacht.«

»Ich habe an nichts anderes gedacht«, sagte er leise und strich ihr mit den Fingern über die Wange. »Seit ich dich von Panahasi wiederhabe. Ich …« Er hielt kurz inne und schien dann von seinen eigenen Worten überrascht zu sein. »Jedenfalls hast du gelernt, wie du dich in Rauch verwandelst, um dich zu schützen.«

Er packte sie an den Schultern und drehte sie in die Richtung, wo Grey gerade verschwunden war.

»Aber …«

Sie wandte sich wieder zu ihm um, doch er war bereits auf dem Weg hinaus.

Was hat er damit nur gemeint, er hat an nichts anderes gedacht? Sicher nicht … so geklungen hatte es jedenfalls nicht. Es hatte geklungen, als wäre ihm das, was passiert war, ziemlich unter die Haut gegangen. Aber dann müsste vor allem sie ihm unter die Haut gegangen sein. Sicher waren sie sich in den letzten Wochen sehr nah gekommen. Sie hatten eine körperliche Beziehung miteinander aufgenommen, wie sie nie eine gehabt hatte. Er hatte eine Art, einem Mädchen das Gefühl zu geben, sie wäre sein Ein und Alles, aber … das war nur ihre Wahrnehmung. Oder nicht?

Nein. Das war gefährlich. Er hatte nie von Beziehung gesprochen. Es war rein sexuell. Nein. Sie interpretierte da zu viel hinein.

Was sollte sie bloß davon halten, dachte sie verärgert, wenn er dauernd solche Sachen sagte? Wenn sie zu viel hineininterpretierte, musste er sich das selbst zuschreiben. Es war nicht ihr Fehler, und er sollte so etwas nicht denken oder sagen, wenn es nicht wirklich das bedeutete, was jeder andere Mann auf dem Planeten damit gemeint hätte.

Zum Teufel mit ihm.

Grübelnd saß sie da da, bis Grey zurückkam.

»Machst du dir wegen irgendwas Sorgen?«

»Nein«, sagte Ahnvil zu Jackson und blickt den Pharao stirnrunzelnd an.

»Warum dann die ernste Miene?«

»Ich hab nur über etwas nachgedacht. Kein Grund zur Sorge.«

»Ach?« Jackson lächelte, und seine Augen funkelten vergnügt. »Wenn mein oberster Gargoyle so ein Gesicht macht, sollte ich vielleicht besorgt sein.«

»Nein. Es ist nichts. Es ist nur … Mir gefällt die Vorstellung nicht, dass Grey meiner Kat das Gefühl gibt, jemand zu sein, vor dem man Angst haben muss.«

»Angst? Warum sollte sie das denken?«

»Er denkt, dass sie vielleicht eine Shaitan ist.«

»Verstehe«, sagte Jackson und wurde ein wenig ernster. »Mit Shaitan ist nicht zu spaßen. Man sollte sich nicht mit ihnen anlegen. Ich glaube aber nicht, dass das so schlimm wäre. Ich hätte jedenfalls nichts dagegen, eine Shaitan in meinem Lager zu haben.«

»Darum geht es nicht. Ich mach mir Sorgen um Kat. Sie hat in den letzten Tagen so viele extreme und ungewöhnliche Dinge erfahren. Ich will nicht, dass sie Angst vor sich selbst bekommt.« Er runzelte die Stirn. »Ich habe gesehen, wie sie sich die ganze Woche verhalten hat. Sie hat Angst, ihre Kräfte zu benutzen und jemanden in die Luft zu sprengen.«

»Eine gesunde Angst, wenn man es sich recht überlegt. Jedenfalls bis sie ihre Fähigkeiten besser unter Kontrolle hat.«

»Ich sehe nicht, was daran gesund sein soll.« Seine Miene wurde noch finsterer. »Nicht für sie jedenfalls. Sie hat schon Angst genug vor sich selbst. Sie sollte sich freuen über das, was sie ist.«

»Und das geht nicht, weil sie eine Shaitan ist.«

»Nein. Ich meine … nein. Ich meine nicht …« Er zog die Brauen zusammen.

»Ich habe den Eindruck, dass du der Einzige bist, dem nicht gefällt, dass sie eine Shaitan ist.«

»Das ist nicht wahr!«, fauchte Ahnvil. »Ich liebe sie, egal was sie ist!«

Jackson lehnte sich gegen den Tresen, verschränkte die Arme vor der Brust und zog abwartend eine Braue hoch.

Es dauerte einen Moment. Einen ziemlich langen Moment.

»Oh, verdammt«, sagte Ahnvil mit vor Schreck geweiteten Augen und strich sich mit der Hand übers Gesicht. »Das ist nicht gut«, sagte er und holte tief Luft. Holte noch einmal tief Luft. Bevor es ihm bewusst wurde, hyperventilierte er praktisch.

»He. Entspann dich, alter Freund«, sagte Jackson beinahe feixend vor Vergnügen, als er zu dem Gargoyle ging und ihm ein paarmal auf den Rücken klopfte. »Entspann dich. Es ist immer so beim ersten Mal.« Er unterdrückte ein Lachen, weil er nicht niedergeschlagen werden wollte. »Es kommt schon in Ordnung.«

»Nein, tut es nicht!«, stieß Ahnvil hervor. »Das ist schrecklich!«

»Ahnvil … alles halb so schlimm …«

»Ich kann ihr überhaupt nichts bieten!«, rief der Gargoyle. »Was hab ich denn für sie? Ein Leben hier, dem Ziel für Apeps nächsten Streich? Du hast Apeps letztes Eindringen auf dieses Gelände nur knapp überlebt. Sie kann sich nicht vor ihm schützen!«

»Sie hat dich. Und wenn ich mich nicht täusche, hat sie sich ziemlich gut vor Panahasi geschützt – und sie hat es nicht einmal absichtlich getan.«

»Panahasi ist das eine, ein Gott aber etwas völlig anderes«, erwiderte er scharf, obwohl er nicht mehr so überzeugt klang wie noch kurz zuvor.

»Und du hast ihr wohl etwas zu bieten. Du hast es selbst gesagt. Du liebst sie. Nach meiner Erfahrung ist das mehr als genug für eine Frau.«

Ahnvil schnaubte.

»Du weißt, dass ich dich nicht hierbehalten werde, wenn du nicht hier sein willst. Du weißt, dass du sie jederzeit an einen sichereren Ort bringen kannst. Ich weiß, dass du in jedem Verbindungshaus der Körperwandler willkommen wärst.«

Ahnvil schnaubte noch einmal. »Und das Zentrum des Geschehens verlassen, wenn du mich am meisten brauchst? Das glaube ich nicht!«

»Weißt du, wie das für mich klingt? Nach Ausreden«, sagte Jackson. »Du hast Angst. Und das solltest du auch. Es ist eine große Verantwortung, jemanden zu lieben und für ihn zu sorgen.«

Diesmal sah ihn Ahnvil neugierig an, anstatt so gefühlsbetont zu reagieren.

»Wie schaffst du das? Ich meine, wie gelingt es dir, keine Angst zu haben?«

»Gar nicht. Ich habe Angst. Die ganze Zeit. Und sie und um mich auch. Es ist einfach unsere Natur. Wenn du glaubst, du kannst die Freuden der Liebe ernten, ohne den Preis dafür zu zahlen, dann willst du das eigentlich gar nicht und solltest es sofort –«

»Nein«, sagte Ahnvil hastig. »Nein, darum geht es nicht. Ganz und gar nicht. Ich will nur nicht … ich habe Angst …«

»Ihr wehzutun?«, beendete Jackson den Satz für ihn.

»Genau«, sagte Ahnvil mit einem schweren Seufzer.

»Das wirst du. Und du wirst kämpfen. Wirst es wiedergutmachen … das gehört übrigens zu meinen Favoriten. Aber wenn du herausfinden willst, was dein Favorit ist …« Jackson verstummte. Aber er konnte bereits die Aufregung, vermischt mit Angst, in den Augen des Gargoyle sehen.

»Ich werd's vermasseln. Ich weiß es einfach.«

»Oh ja«, sagte Jackson mit einem leisen Lachen.

»Wie … wie sag ich ihr nur…«

»Tut mir leid, alter Freund. Was das betrifft, bist du völlig auf dich gestellt«, sagte Jackson mit einem Grinsen, als er sich umdrehte, um einen Blick in den Kühlschrank zu werfen.

Als er sich Ahnvil wieder zuwandte, war die Küche leer.

»Du hast unbedingt einen Vorwand gebraucht«, sagte Jackson zu dem leeren Raum.

»So, siehst du? Stell dir einfach vor, deine Finger schweben davon … aber nicht zu weit weg vom restlichen Körper. Kohäsion ist wichtig«, sagte Grey.

»Wow. Das ist wirklich cool«, murmelte Kat, als sich ihre Finger in Rauch auflösten. »Ich dachte, das wäre viel schwieriger!«

»Wenn du mit der Sonne in Kontakt kommst, versucht dein Körper das automatisch zu tun, doch weil du ein Mischling bist, ist dein instinktiver Mechanismus falsch verdrahtet. Und jetzt kehr zu deinem ursprünglichen Zustand zurück. Gut gemacht. Nicht schlecht für eine Stunde Arbeit.«

Sobald sich ihre Finger zurückverwandelt hatten, strahlte sie Grey an … doch er schaute sie nicht an. Überrascht blickte er über ihre Schulter. Neugierig drehte sie sich um und sah …

Einen kräftigen, groß gewachsenen … Schotten. Und sie meinte Schotten. In einem schwarz-grünen Kilt mit violetten Streifen und einem passenden Sporran mit weißem Fell auf der Unterseite. Er trug außerdem ein weißes Hemd mit hochgekrempelten Ärmeln, ihr strammer Schotte. Fehlte nur noch ein Dudelsack.

»Was ist los?« Sie sah sich im Zimmer nach der Pointe um. Und während sie das tat, fiel ihr großer Schotte vor ihr auf die Knie … womit sie beinahe auf Augenhöhe waren. Sie kicherte durch die Nase. »Hast du wieder mit Ihron Scotch getrunken?«

»Nein. Obwohl ich mir wünschte, ich hätte es getan. Ich muss mit dir reden.«

»Nun ja, ich …« Sie warf einen Blick über die Schulter und musste feststellen, dass Grey verschwunden war. Sie seufzte. »Ich wünschte, die Leute würden damit aufhören«, murmelte sie.

»Womit?«

»Nichts«, sagte sie wegwerfend. »Was soll das alles?«, wollte sie wissen.

»Errätst du das nicht? Ich knie vor dir, Mädchen.«

»Nun, ich dachte eigentlich nicht …« Sie runzelte verwirrt die Stirn. »Kannst du nicht einfach sagen, was los ist?«, fragte sie fast weinerlich. Doch sie hasste weinerliche Leute, weshalb sie sich zusammenriss.

»Ach, Mädchen, stell dich nicht so blind. Siehst du denn nicht, wie viel du mir bedeutest? Ich versuche dich zu fragen … ob du meine Frau werden willst, oder bin ich einfach zu dumm dazu?«

»Du bist nicht dumm!«, stieß sie hervor. »Warum musst du dich selbst so klein machen? Warum kannst du nicht …«

Sie hielt inne.

Blinzelte.

»Tut mir leid, kannst du das noch mal sagen?«

»Kat-Mädchen, ich liebe dich von ganzem Herzen. Du musst verstehen, mein Herz war völlig versteinert, aber jetzt … du löst Gefühle in mir aus, von denen ich gedacht hätte, dass ich sie nie empfinden würde. Dinge, die zu empfinden ich nicht verdiene.«

»Warum denn nicht? Warum solltest du das nicht verdienen?«, wollte sie wissen.

»Weil … weil ich dir nichts anzubieten habe, Kat-Mädchen. Kein eigenes Zuhause. Weder Sicherheit noch Schutz, keine Normalität. Das Leben mit mir wäre … hart.«

»Das Leben *ist* hart, Punkt. Für mich als Schattenwandlerin wird das Leben hart.« Plötzlich begriff sie. »Du … du meinst das ernst? Das hier ist ernst?«

»So ernst wie nur was, Frau«, sagte er und sah ziemlich gekränkt aus.

»Tut mir leid. Tut mir so leid«, stammelte sie und drückte die Hände, die sie jetzt umklammerten. »Gib mir nur eine Minute, um mich zu sammeln. Nur … nur eine Minute.« Sie machte einen tiefen Atemzug. Und dann noch einen. Sie schloss die Augen und presste die Luft durch die Zähne. Dann öffnete sie die Augen wieder.

Ja. Er war noch da. War real. Schaute noch immer, als erwartete er eine Antwort.

Die ganze Zeit … hatte er von ihr gesprochen. Jedes Mal, wenn er ihr das Gefühl gegeben hatte, dass sich alles um sie drehte … hatte er es so gemeint.

»Du liebst mich nicht«, sagte er entmutigt und seufzte. »Tut mir leid. Ich dachte … Ach, ich bin ein Idiot!« Er wollte aufstehen, und sie warf sich ihm entgegen, damit er blieb, wo er war.

»Doch! Doch, das tue ich! Ich … ich …«

Das tue ich!, dachte Kat. *Ich liebe ihn! Während ich mir gesagt habe, dass ich zu viel hineininterpretiere, dass ich mir das einbilde … die ganze Zeit … habe ich ihn geliebt!*

»Das tust du?«

»Ja, das tue ich«, hauchte sie.

»Willst du … mich also heiraten, Kat? Oder ist das zu früh?«

»Nein! Nicht zu früh!«, sagte sie hastig und umklammerte seine Hände noch fester, während sich ihre Augen mit Tränen füllten. »Genau richtig! Oh mein Gott. Oh mein Gott! Ich hätte nie gedacht …«

Sie begann zu weinen, und er rappelte sich hastig hoch und umschlang sie mit seinen Armen.

»Was hättest du nie gedacht, Kat?«, fragte er sie sanft.

»Ich hätte nie gedacht, dass ich jemals heiraten würde«, schluchzte sie. »Ich habe immer gedacht … was, wenn ich die Krankheit an meine Kinder weitergebe? Wie soll ich einen Mann finden, der sich darauf einlässt, in der Dunkelheit zu leben? Und jetzt … bist du da … so attraktiv und groß und … *da*.«

»Oh ja. Ich bin da. Und ich gehe nirgendwohin«, versprach er.

»B-Bist du sicher? Ich meine, du hast nie etwas gesagt oder dich so verhalten, als wolltest du das überhaupt.«

»Willst du mich etwa davon abbringen? Denn das wird nicht klappen«, warnte er sie.

Sie seufzte und lächelte. »Na schön. Ich wollt's nur wissen.«

Er lachte leise. »Du hast meine Frage noch immer nicht beantwortet. Willst du mich heiraten?«

Sie blickte lächelnd zu ihm hoch.

»Oh ja«, sagte sie. »Ein ganz großes Ja!«

»Gut«, sagte er mit einem erleichterten Seufzen. »Und jetzt lass uns küssen.«

»Ja … ja, ja, ja«, juchzte sie und warf sich in seine Arme. Er fing sie auf und lachte. Er drückte sie fest an sich und passte wie immer auf, ihr nicht wehzutun.

»Ich werde stets aufpassen, dir nicht wehzutun, Kat-Mädchen.«

»Ich glaube dir«, sagte sie mit einem Lächeln, als sie ihn ebenfalls an sich drückte. »Ich glaube dir wirklich. Und ich verspreche dir, dir ebenfalls nicht wehzutun.«

»Du kannst mir nicht wehtun. Ich bin aus Stein, Mädchen.«

»Mmm. Trotzdem. Ein paar deiner Körperteile sind nicht immer aus Stein, auch wenn sie hart sind.«

»Jetzt bin ich mal ernst, und du redest anzüglich und schmutzig daher.«

»Tue ich nicht!«, stöhnte sie. »Das habe ich nicht gemeint!«

»Sicher. Bestimmt hast du recht, Liebling.«

»Ahnvil!«

»Nein, ich meine das wirklich, ich glaube dir«, sagte er sanft.

»Hör auf!«

»Ich verstehe, du bist nicht dieser Typ Mädchen …«

»Ahnvil! Ich bin auch dieser Typ Mädchen!«

»Das weiß ich doch längst.«

Kat warf den Kopf zurück und lachte. »Du bist schrecklich.«

»Oh ja. Aber du hast Ja gesagt, also hast du mich jetzt am Hals.«

»Das habe ich«, sagte sie glücklich seufzend, als sie ihn umarmte. »Und das ist gut so.«

Larissa Ione

Demonica

Romantic Fantasy

Tauche ein in Larissa Iones Welt voller dunkler Leidenschaften und heißer Erotik!

Eine Dämonenjägerin, deren Leidenschaft von einem attraktiven Dämon entfacht wird. Ein ehemaliges Dämonenpaar, das nach einer Entführung gezwungen ist, sich erneut ihrer Liebe zueinander zu stellen. Eine Frau, der ein Amulett Unsterblichkeit verleiht, solange sie ihre Unschuld bewahrt. Ein Auftragsmörder wider Willen, der sich in eine Feindin verliebt …

»Eine faszinierende Welt voller prickelnder Erotik!« *Lara Adrian*

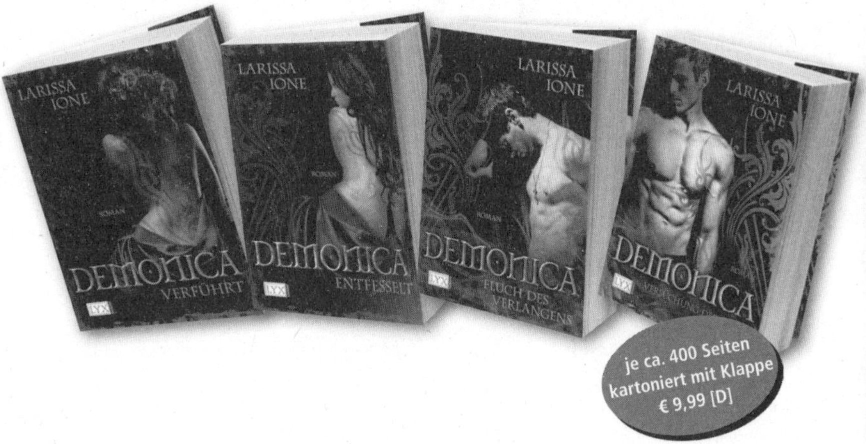

Band 1:
Verführt
ISBN 978-3-8025-8378-0

Band 2:
Entfesselt
ISBN 978-3-8025-8379-7

Band 3:
Fluch des Verlangens
ISBN 978-3-8025-8380-3

Band 4:
Versuchung der Nacht
ISBN 978-3-8025-8879-2

Band 5:
Tödliche Verlockung
ISBN 978-3-8025-8945-4

Band 6:
Reaver
ISBN 978-3-8025-9413-7

www.egmont-lyx.de

LYX
EGMONT